心理支配者 II

翼 苏 著

贵州出版集团
贵州人民出版社

图书在版编目（CIP）数据

心理支配者Ⅱ/翼苏著. —贵阳：贵州人民出版社，2018.9

ISBN 978-7-221-14753-0

Ⅰ.①心… Ⅱ.①翼… Ⅲ.①长篇小说—中国—当代 Ⅳ.①I247.5

中国版本图书馆CIP数据核字（2018）第198571号

心理支配者Ⅱ

翼苏／著

出 版 人	苏　桦
总 策 划	陈继光
责任编辑	黄蕙心　陈继光
封面设计	源之设计
版式设计	陈红昌
出版发行	贵州人民出版社（贵阳市观山湖区会展东路SOHO办公区A座）
印　　刷	长沙鸿发印务实业有限公司（长沙市黄花工业园3号）
版　　次	2018年9月第1版
印　　次	2018年9月第1次
印　　张	20
字　　数	240千字
开　　本	710mm×1000mm　1/16
书　　号	ISBN 978-7-221-14753-0
定　　价	39.00元

版权所有　盗版必究. 举报电话：0851-86828640
本书如有印装问题，请与印刷厂联系调换. 联系电话：0731-82757101

心里支配者Ⅱ

XIN LI ZHI PEI ZHE Ⅱ

目录

第1章　死亡微笑　　　　1

第2章　血色婚礼　　　　35

第3章　食人绅士　　　　79

第4章　沉默的村子　　　129

第5章　死亡预言师（1）　161

第6章　死亡预言师（2）　174

第7章　精准的时间　　　209

第8章　遗失的娃娃　　　255

第9章　倒计时　　　　　293

第10章　番外　　　　　311

第 1 章　死亡微笑

1

特案队办公室

一大早，赵强拿着早饭快步走进来，人还没看到，笑声已经到了："哈哈哈，我真是要笑死了。"

"那你怎么还没死呢？"在泡茶的蓝筱雅斜睨着他，吐槽了一句。

"……"赵强被噎得一下子闭了嘴，立马改口，"哎哟，我的姐姐，我说错话了还不行吗？"

小天使唐逸合上书，问他："强哥，什么事这么搞笑啊？"

赵强马上恢复过来，把早饭放在桌子上，斜靠在办公桌旁，丝毫没有想压低声音的想法："你知道现在局里都在传什么吗？如果有谁见到木九妹子笑了，那就有好运了！"

关于木九的传言是挺多的，可怎么越来越离谱了，洪眉蹙眉道："这都什么跟什么啊？怎么会突然传出这个的？"

蓝筱雅瞪着赵强："赵强，是不是你干的？"还没等他反驳，她自己否定了，"哦，不可能，你也没这个胆。"

"……"他想了想，竟然无言以对。

陈默听着他们聊天，依旧看着文件，和往常一样默不做声。

开玩笑归开玩笑，石元斐仔细想想："不过说真的，我从来没看到过木九妹子笑。"

唐逸点点头："是啊，真的没有。"

说起来吧，木九已经来特案队这么久了，可他们还真是一次都没看到过她笑，连婚礼的时候都没有。

赵强想到了什么，突然怪笑起来："你们说队长有没有看到过？"

"看到过什么？"身后传来一个富有磁性的男声。

赵强浑然未觉："就是……"

"咳咳！"蓝筱雅赶紧给赵强使眼色，然后喊着，"队长你来啦。"接着便看到了在秦渊身后的木九。

蓝筱雅突然想到一年多前木九第一次出现在这间办公室的时候，穿着白色的衣服，就坐在门口，一动不动地看着打印机，行为举止无处不透露着诡异和神秘，而现在，虽然她还是和那时一样面无表情，但是那种诡异神秘却都完全消失了，她已经成为了他们的一员，不可取代的朋友。

赵强抽了一口气，立马回头看向门口，忙扯出笑："哈哈哈，队长早上好。哟，木九妹子也早上好啊。"不出意外看到一张毫无表情的脸。

木九抬眼看他，接着便毫不留情地拆穿他："从你惊吓的表情和尴尬的笑，强哥，你刚才是不是在说我坏话？"

"没有！"赵强决定打死不承认。

木九也不吭声了，漆黑的眼眸一瞬不眨地盯着他。

赵强被这双仿佛能看到心里去的眼睛盯着，底气一下子也没了，缩着脖子做小媳妇状："真的，没……有……"

木九眼眸一转："说起来，你昨天没有收到礼物吗？"

"啊？"赵强一愣，"什么礼物？"

木九："儿童节礼物。"

赵强："……"

最后木九还是知道了，因为走在走廊里被两个新来的女警察叫住了。

两人鼓起勇气轻声叫她："木姐。"

木九停了下来，看了她们一眼，面无表情地道："我比你们都小。"

"呃……那……"因为论资历当然是木九在局里待的时间久了，她们自然不可能叫她妹妹。

没让她们纠结太久，木九开口："叫我木九就好，有什么事吗？"

相对比较矮的女警察用手肘碰了碰同伴的手臂："那个，你来说吧。"

"不是说好你说的吗？"

"啊呀……"她不是害怕吗？

木九心里惦记着蓝筱雅法医室里的蛋糕，结果还差没多少路就被堵在路上了，而且两人还支支吾吾的，都不肯说，木九虽然很想直接走了，但想想秦渊，毕竟她现在身份不同了，最终还是忍了。

虽然木九还是面无表情，但两人觉得好像隐隐有些冷意，想想之前听到的关于木九的传言，也不敢拖了，终于鼓起勇气说了出来："我们能不能看你笑一下呀？"

木九快速思考了一下，没想通："为什么？"

高个儿的女警察解释："因为局里都在传，如果看到你笑了，就能交好运的。"

木九先是不吭声，盯着她们看了一会儿，就在两人快要被吓出冷汗的时候，她才开了口，语调没有丝毫的起伏："你们有没有听说过奥古拉斯·赛德这个人？"

两人都摇头："啊？好像没有……"

"奥古拉斯·赛德从出生开始就从来没有哭过也没有笑过，他的父母包括村里的人都觉得他很诡异，人们想当然地把他判定为不祥之人，于是村里的人都避开他，并警告自己的孩子不要和他玩，他就被关在屋子里不得外出。但是，转折却在某一年发生了，有人来到村里告诉他们，奥古拉斯·赛德并不是不祥之人，他的笑能给村里带来好运和财富，听到这个，他家里的人还有村里的人当然都希望他能笑，可是他就是没法笑，于是他们想出了一个好办法。"木九的声音低沉，带着特别的感觉，她说完最后一句停顿了一下，看向了她们。

两人不知不觉就被吸引住了，都瞪大了眼睛，双手相握着，紧张地看着她："什，什么办法？"

木九的声音在走廊里显得更加阴冷："他们把他的嘴角向上拉，然后用线牢牢地缝住了，这样就可以让他的嘴一直保持着笑的样子。"

听到这里，两人倒吸一口冷气，这也太残忍了。

看着她们的表情，木九压低声音问："你们猜，之后怎么样了？"

"村子里富裕起来了？"一个女警察猜测，另一个女警察则紧咬着嘴唇。

木九缓缓开口："村里的人……"

不远处的法医室，等了好久的蓝筱雅走了出来，看到木九就叫她："木九，怎么还在那儿啊？"

木九的声音马上变了，她对着蓝筱雅说道："哦，就来了。"蛋糕蛋糕！木九心里想着蛋糕，自然不会管别的，就绕过两人往前走了。

没有听到结局，两人都觉得心痒痒的，转身喊木九："那个，之后村子怎么样了啊？"

木九停了下来，回过头，额前的刘海在她的脸上留下阴影，看上去多了一些阴森，她面无表情地开口："当然全死了。"

说完这五个字，她就转回头走向蓝筱雅，留下两个女警察被吓得一动不动，满脸的震惊。

蓝筱雅看着站在那里不动的女警察，但是又看不清楚她们的表情，于是低头问木九："你和她们在聊什么呢？"

木九头也没回地淡淡道："没什么，就是讲了个故事。"

蓝筱雅"哦"了一声也就没在意了，带着木九进了法医室，指着办公室桌子上两个袋子："买了蛋糕和泡芙，要吃什么？"

木九脸上依旧没有表情，但是眼睛瞬间亮了："蛋糕。"

"阿姨。"

身后传来稚嫩的女孩子的叫声，拿着购物袋的女人并没有在意，继续往前走。

"阿姨，阿姨。"

女孩子的叫声还在继续。听着身后靠近的脚步声，她略一迟疑，放缓了步子，不一会儿，衣角就被拉住了，她一低头，看到了一只小小的手。顺着那只手向后看去，是一个七八岁模样的女孩，瘦瘦小小的，但是很干净，穿着蓝色的裙子，扎着两个小辫子，看上去很可爱。

女人看到孩子不由得放软了声音，转过身对着她，脸上也带上了温柔的笑。"哎，小朋友，怎么啦？"

女孩子抬着头笑着开口，声音糯糯的："阿姨，能不能陪我玩会儿游戏啊？"

女孩的请求让女人有些惊讶，她看了看四周，似乎女孩身边没有人，她以为女孩和父母走散了，有些担心地问她："小朋友，你一个人吗？爸爸妈妈呢？"

女孩嘟了嘟嘴，可怜兮兮地道："我爸爸去那边买东西了，我一个人有点无聊。"

看到女孩的表情，女人的心一下子软了，她自己也是一个五岁大孩子的妈妈，心想不会耽误多少时间，于是便没有拒绝。"嗯，好啊，那你想玩什么游戏呀？"

女孩咬着嘴唇想了想，而后开口道："石头剪刀布。"

女人点点头，心想这个简单。"嗯，好呀。"

"但是，阿姨，输的人可是要接受惩罚的。"

女人把手上的购物袋放在地上，手撑着膝盖问她："你说，什么惩罚呀？"

女孩认真地道："被赢的人用手弹脑门儿。"

"好。"

见女人答应了，女孩兴奋地道："阿姨，我们赶紧开始玩吧，石头剪刀布！"

随着"布"这个字从女孩的嘴里说出，女人握着拳头最后放下手出了布，然后发现对面的女孩出了剪刀。

"阿姨，你输了哦。"赢了的女孩笑得无比开心。

被她的笑容所感染，女人也笑了起来，温柔地道："嗯，你赢了，来吧。"她说着弯下腰靠近女孩。

女孩伸出手在女人的脑门儿上弹了一下。

"嘻嘻，输的人就要接受惩罚哦！"

2

清早。

"琪琪啊，慢点跑，等等奶奶。"一个穿着红衣服、蓝裤子的小男孩在公园边上跑着，他身后不远处是他的奶奶，虽然已经走得很快，却还是赶不上自己的孙子。

小名叫琪琪的男孩听到奶奶喊他，没停，还是自顾自往前跑，突然他看到公园里的气球，便马上被吸引住了，回头对他奶奶喊了一声，还用手指给她看："奶奶，你看，那里有气球！"

"琪琪，别乱跑。"

但男孩明显不会听，自己一个人就往气球那边跑去，等他走近了，从背后看去，才发现气球是被一个坐在椅子上的阿姨拿着，她的手上有好几个气球，五彩缤纷的。

男孩走到她旁边，眼巴巴地看着那些气球。"阿姨，能给我一个气球吗？"

可他却没有得到任何的回应，男孩不由得觉得有些沮丧。

这时，他的奶奶终于赶了过去，累得直喘气。"琪琪啊，以后等等奶奶。"

看到自己的奶奶来了，男孩立马撒娇起来："奶奶，气球。"他嘟着嘴，一副想要的模样。

男孩的奶奶顿时有些为难，看着对方也没声音，并没有要给气球的意思，她赶紧哄着自己的孙子："这是人家阿姨的，奶奶等会儿给你去买。"

男孩听了一下子高兴起来："好，那我要两个气球！"

"好好。"奶奶点头答应着，牵着自己孙子的手往前走，她回头看了一眼这个拿气球的女人。

"啊！啊啊啊……"

男孩听到奶奶的叫声，也回头看去，他看见，拿着气球的女人正咧开嘴对他笑着。

"哈哈哈哈哈哈哈哈哈哈。"

正在玩游戏的石元斐发现耳朵里又听到了奇怪的笑声，不由得掏了掏耳朵，发现笑声还在，从电脑后面探出脑袋问正在看书的唐逸："唐逸啊，我是不是出现幻听了，怎么又听到赵强魔性的笑声了？"

唐逸苦笑地扭头看他："石头哥，你没出现幻听，就是强哥。"

石元斐啧啧了两声："我下次录一段他的笑声，都可以拿来驱鬼辟邪了。"

戴着耳塞在那里看书的陈默表示毫不影响。

随着笑声的越来越近，赵强出现在特案队办公室的门口，还在那里笑：

"哈哈哈哈哈哈。"

可他刚走进来，就被正好从法医室回来的蓝筱雅拍了下脑袋："赵强，你又要笑死了吗？"

"不是，你们听我说，上次局里不是在传如果谁看到木九妹子笑就会交好运吗？"

"现在又传什么？"秦渊皱着眉头走进来，真不知道局里某些人是不是太闲了。他觉得是时候该管管了。

走在他身后的木九对种种关于自己的传闻倒是无所谓，反正别烦她就行。

赵强听到声音心里一跳，回头看着秦渊，嘿嘿笑了："哎哟，队长，你来了啊。"

秦渊绕过赵强往里走，却没去自己办公室的意思。"赵强，你接着说。"

获得许可，赵强于是继续说："啊，就是，上次木九和他们说了一个故事，居然把他们给吓到了，就再也没敢传什么看到木九笑就能交好运的事了。"

蓝筱雅便问："木九，什么故事啊？"

木九面无表情地把那个故事又讲了一遍。

唐逸张开了嘴巴，明显也是被吓到了。"这是真的啊？"

赵强笑道："哈哈哈哈，当然是假的了，一看就是木九妹子临时编的啊。"

"哦。"唐逸摸了摸头发。

木九瞥了他一眼："强哥，其实你一开始听到也以为是真的吧。"

被拆穿的赵强四十五度仰望天花板。

"木九啊。"蓝筱雅想到了什么，侧身低头看了木儿一眼，然后突然两只手捏住她的脸，往上一提，"来，给姐姐笑一个。"

木九漆黑的眼睛看着她，还是那张面瘫脸，嘴角违和地被迫向上一扬。"笑。"

"……"蓝筱雅看了抽了抽嘴角，松开了木九的脸，然后帮她揉了揉，"还是算了吧。"

就在这时，门外传来清晰的脚步声，洪眉走了进来，脸色严肃。"队长，各位，有案子了。"

石元斐和唐逸照例被留在局里，秦渊带着其余人赶去了现场。

尸体被发现的地方在一个公园里，因为是公共场所，加之是早高峰还是老人早锻炼的时间，引发了不少路人的围观，秦渊到了现场就指挥警察把警戒线的范围再扩大，加强了对周围的隔离，之后便带着特案队的成员走到了尸体的位置。

这是一具女性尸体，被摆放在公园的长椅上，腰被一根铁丝和椅背缠绕在一起，从背后看去就像她只是坐在那里休息一样。她的手上被绑着好几个气球，颜色各异，而更加瘆人的便是她的脸，她闭着眼睛，两边嘴角被割开，分别用两根铁钩与耳部钩住，她就这样咧着嘴，微微露出染着血的牙齿，以一种诡异的形态笑着。

她早已经死亡，但是她还在笑着，迎接着每一个看到她的人。

赵强睁大着眼睛张着嘴巴，过了好一会儿才找回自己的声音："我的天哪！陈默，我已经起鸡皮疙瘩了，你看到没？"

陈默看了一眼尸体，没等赵强说完，就已经离开去找附近的摄像头了。

在场的人在看到尸体的一瞬间想到的便是之前木九说的那个故事，这个女人和那个故事中的人一样，被刻意弄出了这样一个笑容。

"嘿嘿嘿。"

不知为何，赵强看着那张"笑脸"总觉得自己还能隐隐听到她的笑声，一股凉意从背脊一路窜了上来，就在这时突然一只手拍了一下他的肩膀。

"啊……"赵强尖叫的同时整个人跳了起来。

秦渊和在检查尸体的蓝筱雅同时冷冷地扫了他一眼。

赵强赶紧捂着自己的嘴缩着脖子看向身后，居然是木九，他用手按着自己的胸口忍不住抱怨起来："木九妹子啊，你可吓死我了。"

木九面无表情地指着他的脚下："你踩着东西了。"

赵强赶紧看向自己的脚下，自己踩着一张纸的一角了。"啊，抱歉。"他赶紧抬起脚。

木九蹲下来用手套把它拿了起来。

"这是什么啊？"赵强凑过去看，却发现不是白纸，"收据啊，是不是我口袋里的啊？"

木九看了一眼便否定了："不是，这上面有血迹。"

秦渊听到两人的说话声，看过去便问："木九，有什么发现？"

木九正反看了一遍。"一张便利店收据，上面可能沾有死者的血。"

秦渊："有便利店的地址和日期吗？"

木九："没有，正好缺了那一块。"

赵强看了一遍上面买的东西。"买的都是日用品和零食啊。"

除此之外看不出其他的线索，木九便把收据放进物证袋里。

这时，蓝筱雅站了起来，脱下了手套，已经完成了对尸体的初步检查。"队长，死亡时间在凌晨1～2点，死因是窒息，是被凶手用麻绳勒死的，除此之外，手腕和脚腕都有长时间被捆绑的痕迹，手臂上多处香烟烫伤，死者至少被囚禁了几天，嘴角是用刀划开的，而且她的舌头也被割掉了，暂时就这些，其他的要尸检之后才能得出详细结论。"

秦渊对蓝筱雅点点头："嗯，好的，辛苦了。"

木九走过去，漆黑的眼睛盯着尸体看了一会儿，然后蹲下来凑近尸体，站起身后开了口："这件衣服，她穿着并不合身。"

因为是女人，所以蓝筱雅一开始也关注到了这点："嗯，的确，这件裙子对她来说有些大了。"

赵强看了一眼，倒没觉得什么："可能是她想穿得宽松些吧。"

蓝筱雅又看了一会儿，越看越觉得哪里不对劲："不对，不光是尺寸，这裙子，怎么总有种说不上来的感觉？"

木九说出了原因："因为这裙子不是死者的。"

赵强一脸疑惑："啊？不是她的？"

木九垂眸，看着那条裙子："这件裙子很旧，是经过多次洗涤的，但是上面还有樟脑丸的味道，说明是长时间放在衣橱里不拿出来的，加上尺寸又和死者不符。"

秦渊有了结论："所以很可能是凶手给她穿上的。"

蓝筱雅："这么一看的话，这种款式的裙子是好多年前流行的了。"

木九点点头："这件衣服的主人可能已经去世，或者离开了凶手，所以凶手在寻找替代品，他在重现'她'当年的模样，和'她'当年发生的事情，而被害者稍有反抗，他就实施虐待。"

秦渊："最后他发现她无法成为那个'她'，便将被害者杀害弃尸在了这里。"

在一旁的赵强"哦"了一声,然后又看了一眼尸体的嘴部,但很快就移开了视线。"你们分析的我都懂,可是为什么凶手要把死者的嘴弄成这样啊?"

木九的视线最后落在死者咧开的嘴上,用毫无起伏的语调开口:"因为他最喜欢她笑着的样子。"

在一个昏暗的没有窗户的地下室里,男人蹲下来伸出手抚摸着椅子上女人的脸。"你为什么都不笑呢?"

女人嫌弃又紧张地别开脸,嘴里呜呜呜地发出细碎的声音。

男人却毫不在意她的躲避,反而一脸痴情地歪着头看着她。"你知道吗?你笑起来的模样最漂亮了。"

"哈哈。"男人自己笑了起来,但马上捂住自己的嘴,皱着眉道:"不,你笑的声音比我的好听多了。"

"嘿嘿,不对,不对。"男人低声笑起来,然后仍然不满意,用手拍了下自己的嘴。

"哈哈哈,不,呵呵呵……"

男人忽高忽低的笑声在地下室里久久回荡着。

而在楼上,房间里的女孩手里捧着语文课本,稚嫩的嗓音缓缓读着上面的诗句:"春眠不觉晓,处处闻啼鸟。夜来风雨声,花落知多少。"

3

地下室里静悄悄的,只能听到角落里滴答滴答滴水的声音,女人垂着头,睁着双眼麻木地看着水泥地,两眼没有任何焦距、没有一丝光彩,身体的折磨和心理上的折磨已经让她完全崩溃。

她已经在这里待了整整一天,她原本只是在外面逛街,在路上遇到了一个独自一人的可爱女孩,要和她玩石头剪刀布,可之后,她就感觉自己被人从身后敲晕了,再醒来时,她就被带到了这里,这个昏暗的带着消毒水味道的地下室里,被绑在椅子上,完全不能动弹。

而她的面前蹲着一个男人,痴痴地看着她,她吓坏了,想要尖叫,却后知后觉地发现嘴被胶带封住了,男人轻抚着她的脸,说着那些她听不懂的话,有时只是对她笑着,就像是一个疯子一样。

她不知道这个疯子把她绑来是要干什么,是为了要赎金还是想伤害她。她已经很久没有进食、喝水,她觉得自己大概就要这么死了,在这个阴暗肮脏的地下室里结束自己的生命,可她突然又想到自己的家人,他们肯定在寻找自己,她的父母,她的孩子,她的丈夫……

想到这些,她的眼神不再麻木,泪水涌了出来,她痛苦地抽泣着,不行,她想要活下去,想要再见到他们。

嗒嗒嗒的脚步声传来,她心里一沉,接着就看到了那个男人走了进来,手里还端着盘子。她的视线向上,还能从男人有些脏的脸上看到某种歉意。

"对不起,对不起,我忘了给你吃饭了。"男人急急走了进来,然后蹲下来查看她的脸,"你怎么哭了?是不是饿了?该死的,都是我,给忘了。"他语气里满是自责,甚至让女人在一瞬间有一种错觉,他也许不想伤害她,也不会伤害她,但这只是一念之想,她马上就否定了,不,这个男人绑架了她,他是个可怕的男人。

接着,男人献宝似的把盘子给女人看。"你看,我给你烧的菜,是你最喜欢吃的,来快吃。"

"啊,胶带,你没法吃,我现在就把你嘴上的胶带撕掉,但是,你不可以叫哦。"等看到女人小幅度地点了点头,男人便轻轻地把她嘴上的胶带撕开。

等到胶带完全被撕下,女人立刻尖叫起来,用尽了她所有的力气:"啊!救命啊啊啊!谁来救……"

男人原本温柔的目光瞬间变得阴冷起来,他扔下盘子,冲上去用手拼命捂着女人的嘴。"我跟你说过的,不可以叫,你为什么不听!为什么不听我的话!"

女人挣扎着,可只能发出呜咽声,她发狠一般地咬住了他的手。

"啊!"男人嘶吼着,反手给她一巴掌,女人的头歪向一边。"啊!"接着又是一巴掌。

"啊！啊！"他边叫着，边疯了一般地打着女人，直到她承受不了昏了过去，又一次失去了意识。

男人这时才停了下来，拍了拍她的脸，发现她没了反应，不由得吓一跳，他不知所措地抓了抓自己的脸，站在那里摇着头念念叨叨的："你不应该叫的，不应该，你不叫不就没事了……"

"是你的错，都是你的错……"

特案队的人在勘查完现场后回了局里，陈默想要找到公园里的监控，但是这个公园是开放式的，又不大，所以并没有安装任何监控，而在那个时间段附近几乎没有人，店铺也早就关了门，连唯一开着的24小时便利店也表示没看到任何可疑人员。

赵强靠在桌子边上，单手摸着下巴。"凶手肯定有车，不然半夜里抱着个尸体肯定会有人发现的。"

石元斐眼睛还盯着电脑。"我还在查附近路边的监控，暂时没看到什么可疑车辆和抱着尸体的人。"

这时洪眉走了进来，手上拿着一份资料。

秦渊抬头看去，问道："查到死者身份了？"

洪眉走到他们面前，把资料递给了秦渊。"已经查到了，死者叫董春燕，32岁，已婚，没有孩子，和丈夫生活在一起，职业是公司出纳。死者13日那天照常下班后没有回家，晚上丈夫回家后发现联系不上死者，于是在第二天报了警。"

陈默表情严肃地开口："所以死者被凶手囚禁了三天。"

洪眉叹了口气，有些痛心，随后又收起了这种悲伤。"没错，我和死者的丈夫、朋友还有同事了解过，她最近生活很正常，也没听说被什么人跟踪，这三天也没有接到任何奇怪的电话，或是勒索电话。"

"因为凶手的目的不在于钱，而是死者本身就已经满足了他的幻想。"秦渊说完后，下意识地用视线去追寻木九，却发现她正拿着那张染着血的收据，而上面的血已经被检验出是死者的血，他正想问她有什么发现，门口却传来了蓝筱雅的声音。

"各位，尸检报告出来了。"蓝筱雅大步走了进来，手里拿着尸检报告。

"死亡时间和死因都和之前的判断一样，不过我在她头部发现了被重物敲击的伤痕，是前几天的伤，她应该是被凶手从身后攻击而绑走的，还有一点奇怪的是，死者身上的伤被上过药。"

秦渊低头略一思索，而后分析道："死者反抗时，凶手会不受控制地去打她，但是之后又会流露出愧疚，因为他把死者幻想成了他喜欢的人。"

赵强摇摇头："他这是精神错乱了吧！"一会儿打人，一会儿又涂药，简直变态！

蓝筱雅继续道："除此之外，她的胃里有食物，说明凶手还是让她进食。我还在她食物里发现了安眠药的残留，而且，她这几天被人性侵过数次。她的身上全是凶手的指纹还有DNA，但是数据库里没有匹配的。"

唐逸听完后觉得有些奇怪："为什么凶手要用安眠药？她的双手双脚都被绑着，处于完全被凶手控制的状态啊。"

秦渊有了判断："他在性侵她的时候，把她身上的绳子解开，但他要确保她不会反抗，所以给她服用了安眠药。"这可以看出凶手在这方面非常谨慎，他生怕被害人会逃出去。

陈默："凶手的控制欲很强。"

"而且他不会停下来，在这个死者不能再满足他后，他杀了她，但他还会去寻找新的目标。"秦渊沉声道，"我们必须尽快找到他。"

结合着尸检报告分析后，凶手的行为虽然越来越清晰，但是无法锁定凶手是谁，办公室陷入短暂的沉默。而赵强突然发现似乎木九一直就没说过话啊，于是往她那边看去，却发现她一个人一声不吭地坐在椅子上，漆黑的眼睛就盯着那张收据，他疑惑地问："木九妹子，你干吗一直看着这个收据啊？有什么特别的吗？"

木九没回答，而是戴上手套，把收据从袋子里拿出，把纸平放在眼前，转换了几下角度后，接着她眯了下眼睛，把纸放在袋子上，伸出手从笔筒里拿出了一支铅笔，轻轻在收据上开始快速地来回画线。

就这样，她用铅笔几乎涂满了整个收据空白的背面，所有人都被她的动作吸引过去看。

等木九放下笔，蓝筱雅弯腰看着收据："咦？这上面，是不是有字啊？"

木九点了下头,用毫无起伏的语调开口道:"这张收据被垫在了纸下面,所以纸上面写过的痕迹就印在了收据上。"

"哇。"赵强有些崇拜地看着木九,心想她怎么会想到这个的。

石元斐听了也走了过来。"这么神奇,是不是凶手写的啊?"

"$4×6+8=32,5×2=10$……"赵强原以为写着什么字,却发现全是数字,抽了抽嘴角,"这是数学题?"

"这是小学低年级的数学题啊。"有孩子的洪眉对这个自然清楚。

木九看着这稚嫩的笔迹,面无表情地开口,只说了两个字:"孩子。"

女人晃了晃沉重的头,又一次恢复了意识,她的头很晕,脸火辣辣的,身体的难受让她又一次回忆起了昏迷之前发生的一幕,男人被她激怒了。

她感觉自己的身体吃不消了,没有进食,没有喝水,她几乎没有了任何力气,她开始懊悔起来,刚才不应该叫的,她太傻了,被关在这个地方,她怎么叫都不会被其他人听到的,如果她刚才不叫,她本可以吃到食物补充能量,可现在……

女人支撑不住,又闭上了眼睛,没过多久,她又听到了脚步声,可似乎不是男人的脚步声。

她强撑着睁开眼,却发现进来的是一个女孩。

等女孩走近了,女人才认出她来,虚弱地开口:"啊,是你……"

4

女孩慢慢走向她,稚嫩的脸上带着不安和内疚,她开口轻声地对女人道:"阿姨,对不起。"

女孩正是昨天在路上要她陪她玩石头剪刀布的小朋友,女人怎么也不会想到会在这里看到她,听到女孩说对不起后,女人马上反应了过来:"你……那是你爸爸?"

"嗯。"女孩点了点头,一副要哭出来的模样。

"所以,所以从一开始就是一个圈套?你让我来陪你玩游戏,是故意的？"女人痛苦地垂着头，她万万没想到自己那时候的心软会让自己最终陷入到这样的困境之中。

女孩哭了起来，低着头反复向她道歉："对不起，阿姨，我也不想这么做的，对不起，对不起。"

女人终究不可能向一个孩子发火，因为她知道肯定是那个男人让她这么做的，因此女人放软了语气："告诉我，是不是你爸爸逼你的？"

女孩用手背抹了抹眼睛，点点头："嗯，他会打我的，如果我不这么干，他就会打我。"

女人看着孩子撩起袖子露出的那些伤疤，觉得特别心疼，接着，她突然觉得自己有了从这里出去的希望，为了怕男人听到，她压低声音道："孩子，帮阿姨把绳子松开好吗？"

女孩听了拼命摇头，看得出她很怕自己的爸爸。"不行，爸爸就在楼上，他会发现的，到时候他肯定会发火，他会打死我的。"

女人心想也是，男人在楼上，她不一定能逃出去，于是，她想换个方式："那你帮阿姨打个110。"

女孩抬头看着女人，眼眶里还有眼泪，她小心翼翼地开口："我怕，警察会把爸爸抓走吗？我妈妈已经不在了，如果爸爸也被抓走了，那我就只有一个人了。"

女人听了也有些心酸，毕竟孩子还这么小，又没了妈妈，虽然爸爸对她很不好，但她心里还是依赖爸爸的。"或者，给我家人打个电话，好吗？"

女孩想了想又摇了摇头。"阿姨，家里没有座机，我也没有手机的。"

看着女人渐渐暗淡的目光，女孩从口袋里拿出两个包子。"阿姨，我给你带了吃的下来，我喂你吃点东西吧。"

"谢谢你，孩子。"她已经饿得不行了，心想还是先吃点东西，有了体力才好逃出去。

女孩一口一口给女人喂着包子还有水，女人吃了东西渐渐恢复了一些体力，人也舒服了一点，她感激地对女孩笑了笑，不管怎么样，女孩的出现让原本已经绝望的她看到了希望。

看到女人的笑，女孩低下头，咬着嘴唇似乎在犹豫，过了好一会儿，她像是下了决心，小声地开口："阿姨，我知道我爸爸做的事不对，如果我放你出去，那你能不能不告诉警察叔叔？"

一听到这个，女人的眼睛顿时亮了，她激动地对女孩道："好好，阿姨答应你，我要是出去了，不会告诉警察，谁也不会告诉的，我保证！"她想她要是出去了之后，一定要解救这个可怜的孩子，不能让孩子在这样的环境下成长，但首先，她要先出去！

女孩似乎相信了女人的保证："那等会儿我爸爸出去之后，我再过来。"

女人又笑了："好，阿姨等着你。"

女孩走后，地下室里又只剩下了女人一个人，她只能焦急地等待着女孩的到来，过了不知道多少时间，女人又听到了脚步声，是女孩的脚步声！

原本闭着眼睛的女人猛地睁开了双眼，看向门口，果然没一会儿女孩就出现了。

女人激动地问她："孩子，你爸爸走了吗？"

可女孩却摇了摇头："啊，还没有。"

女人听了之后，眼神又暗淡下来，情绪难免有些失望。

女孩看着女人的表情，扭捏了一下，原本放在身后的手伸了出来，她的手里拿着一本练习册："阿姨，你能教我做道题吗？"

女人听到女孩的声音，看向她手里的本子，她心想反正也要等到男人走，她便答应了："嗯，好啊。"

教了女孩几道数学题后，女人不免又开始急躁起来，她现在就想要尽快离开这里，一分一秒也不想待着了，于是她道："孩子，你去看看你爸爸出门了没有。"

女孩看着她点点头，收起了练习册："好的。"

女人对孩子温柔地笑了："谢谢你。"

女孩看着女人的笑脸突然愣了，她眨了眨眼，轻声道："阿姨，你笑起来和我妈妈好像。"

"你妈妈……"女人突然想到男人昨晚和她说的话，那时候男人也提到了笑，还疯了似的笑着。

女孩低下了头，哽咽着道："她走了，她不要我了。"

女人特别心疼可怜这个孩子，她出声安慰道："好孩子，别哭，你妈妈不是不要你了，她一定很爱你的，只是，有别的原因。"她觉得孩子的母亲肯定是因为受到了男人的虐待，才会离开。

女孩抹了把眼泪点点头："我上去看看爸爸走了没有。"

看着女孩跑出去的背影，女人突然有一个念头，如果那个男人出去了要不要直接带着女孩一起走？因为如果她逃走了，男人肯定会发现是女孩把她放走的，万一，他真的把女孩打死了……

女人正想着，没多久，她又听到了女孩跑步过来的声音，女人紧紧盯着门口，女孩又来了，她跑到女人的身边，对她道："阿姨，我爸爸出门了！"

女人激动地问她："真的吗？"

女孩点点头："我帮你把绳子松开。"

女人感激地道："好，谢谢你，孩子。"她不由得哭了出来，她终于可以出去了。

女孩蹲下来用手去解绳子，但是因为绑得太紧，根本很难解，费了很大的力气，还是没有解开。

发现女孩解不开绳子，女人也焦急起来。"剪刀！孩子，拿剪刀来。"

女孩四处张望着，终于在架子上看到了一把小刀，她赶紧拿过来，开始割绳子，就这样，女人身上的绳子渐渐都松开了，被绑了一天，她终于重获了自由，浑身酸痛，她动了动手腕和脚，尝试着想要站起来，却发现脚没有力气。

女孩有些担心地问她："阿姨，你怎么样？"

女人摆摆手，对她笑了笑。"没事，缓缓就好。"

"那我扶着你吧。"

在女孩的搀扶下，女人站了起来，慢慢走了几步，她觉得可以走了。

女孩带着她走到外面，女人看到了一个扶梯。"从这里上去？"

"嗯。"女孩抬头对她道，"阿姨，我先上去，再看看我爸爸有没有回来。"

女人点点头："好的。"她想是应该保险一些，不然如果男人突然回来了，她就完了。

女孩慢慢爬了上去，把天花板上的一块掀开，爬了上去，女人看着女孩消失在视线里，并不急着爬，而是扶着扶梯等着女孩给她信号。

可等了一会儿，却还没听到女孩的声音，也没看到她回来，女人心里有些不安，她仰着脖子抬头轻声叫着："孩子，孩子，你在吗？"

却还是没有任何的回应，她觉得有些奇怪，在下面犹豫了片刻，还是决定先爬上去。

就这样，她一步一步地爬了上去，她先伸出头，然后用手撑着地板，终于离开了地下室，她慢慢爬起来，然后观察着自己所处的地方，这是一个空空的房间，除了一扇门什么都没有。

她慢慢走向那扇开了一条缝的门，伸手抓住把手，此刻她的心脏怦怦地跳着，她紧咬着嘴唇，做好准备后一下子打开了门。

可眼前看到的却让她浑身发抖，她不由自主地向后倒退了好几步。

"你为什么要逃呢？"男人大吼着冲上去一拳就打在她的脸上，女人尖叫着摔倒在了地上，"啊，求求你，别打我……"

"为什么要离开我？"男人一脚踹向她的肚子，接着又是一脚，他愤怒地大吼着，"为什么呢？"

"啊……"女人被打得咳出了血，"咳咳，求，求求你，放，放过我……"

"我那么喜欢你，我对你这么好！"男人一把抓住女人的头发把她从地上拽起来，狠狠地抽她，一遍一遍地问她，"为什么要离开我？为什么要离开我？啊！啊！"

"求……求……"女人痛苦地哀求着，已经毫无力气，视线也渐渐模糊。

男人看着她半死不活的模样，恶狠狠地道："这是你自找的！"

男人沿着扶梯走下去，就这么拖着女人已经不动的身体。

女人虚弱地睁开眼睛，在被拖下去前最后看到的就是站在门口的女孩，她想要伸手，却没有一丝力气。

女孩看着这一幕，伸出手从外面关上了门，表情麻木地转身。"所以说为什么一定要走呢？"

5

在第一具女性尸体被发现的短短两天后的清晨，第二具女性尸体又出现在一条小路的垃圾桶旁，而那里离第一具尸体被找到的公园不到两条街道。

秦渊出示了证件后，带着队员进入警戒线内，伴着血腥味和周围垃圾的味道，在鉴定科取样拍照离开之后，他们一眼就看到了被丢弃在垃圾桶旁的女性尸体。

和第一具尸体呈现给众人的感觉非常不一样，但有些却又是一样的。

相比于第一名死者身上穿着完好的衣服，她身上的衣服几乎被撕烂，暴露在空气中的皮肤上布满了血痕和淤青，伤口看上去触目惊心，她就像一个破碎娃娃一般，被遗弃在这个肮脏杂乱的地方。

但是她脸上诡异的"笑"却没有改变，和第一名死者一样，她的嘴角被割开，两边用铁丝钩着，形成了眼前这样的死亡微笑。

"凶手很执著于死者的笑。"这就像是一种仪式，是他固有的手法，让人一眼就能认出的特征。

赵强在一边看着蓝筱雅对尸体进行检查，眼睛扫到死者的笑容，后背又是一凉，赶紧移开了视线。"我们都可以称呼他为'微笑杀手'了。"

"愤怒。"

毫无起伏的语调突然从身后传来，赵强一愣，看向后面的木九，"什么？"

木九漆黑的双眼注视着在地上的尸体，她面无表情地开口道："之前他还能控制住自己，但这一次，他愤怒到了极点。"

蹲着的蓝筱雅抬头看向木九："嗯，木九说得没错，存在严重的过度伤害，死者的死亡时间已经超过了十二小时，死亡原因，虽然还没做详细的尸检，但我判断她应该是被打死的，她身上全是外伤，比之前那名死者的伤要更多更重，不过脖颈处没有勒痕，嘴部的手法和之前完全一样。"

秦渊听完蓝筱雅的结论，表情严肃地道："看来他比之前更加暴怒，肯定有什么原因导致了他犯罪行为的升级。"

木九眨了下眼睛，特殊的嗓音带着一丝阴冷的感觉："因为她逃跑了，但被男人发现了。"

这时，蓝筱雅正好检查到死者的腿部，有了发现："啊，等等，死者的腿被打断了。"

这如同证实了木九刚才的判断，她缓缓开口："这是对她的惩罚，她犯了他最不能忍受的错误，和那个女人做的一样的事。"

赵强听完后看着她："那个女人？就是凶手所迷恋的那个女人？"

"嗯。"

秦渊偏头观察着木九的表情，知道她现在已经基本有了思路。"可以进行侧写了？"

木九的视线转向秦渊："我还要再确定一件事。"

完成现场勘查后，众人回到了特案队。

特案队的队员正在整理现场获得的线索，没多久洪眉拿着资料走了进来，声音干净柔和："各位，死者的身份确认了，李洁，33岁，已婚，还有一个五岁的儿子，这是她的照片。"

他们把两名死者的照片放在一起对比。

唐逸来回看了几眼，找出她们的相似点。"都是黑长发，高瘦型，还有，她们的笑容……"

秦渊道："最重要的就是这个。"照片上的女人笑容都很灿烂，一笑就能给人留下很深的印象，而就是因为这样美好的笑容，却让她们被残忍地虐待，甚至失去了生命。

洪眉继续向他们介绍死者的情况："据她丈夫所说的，她前天下午和朋友在商场逛街，原本说好晚上在一家餐馆一家人一起吃饭的，但是到了晚上却和她失去了联系，这点我和死者的朋友也证实了，她们是下午3点半左右分开的，死者是单独离开的，之后就失去了联络。"

那个时候天还亮着，赵强听了感叹道："大白天绑架一个活人，凶手胆子很大啊，这一不小心很容易就被人看到的。"

陈默把所有的位置都在地图上标了出来。"两名死者被绑架的大致位置还有抛尸的地点都相距不算远，说明凶手就是在这个范围内活动寻找目标。"

唐逸乖巧地点点头："嗯，那他的家应该也就在这个范围内。"

赵强看了一眼："虽然有个范围，但说小也不小了。"

刚看完监控的石元斐从电脑屏幕后探出头来："不过巧合的是，那家商场就在第一名死者工作单位的对面，我调看了商场附近的监控，最后一次她出现在监控里是下午3点40分的时候，她走进了一条小路，正好是没有监控的，之后就再也没看到她出现了，之前的死者也是相同的情况。"

这无疑是一个巨大的发现，唐逸张着嘴道："所以两名死者很有可能都是在那附近被凶手绑架的。"

木九垂眸："那个被绑架的地方才是关键。"

"被绑架的地方？"

秦渊抬手放在嘴唇下方，略一思索："看来那个地方对于凶手而言很重要。"

木九抬眼平视着前方："那是他们初次见面的地方。"

赵强拍了一下手："这么说的话，因为凶手迷恋的女人离开了他，承受不了的他到他们初次见面的地方，寻找和她差不多类型，特别是笑容相似的女人，然后绑架了她，带回家囚禁起来，把她当做是那个女人。"

秦渊分析道："凶手是在抛尸的第二天就绑架了第二名死者，那么他很有可能在今天再去那里寻找目标。"

陈默冷静地开口："所以我们可以去那附近寻找可疑人员。"

秦渊点点头，接着看向木九："木九？"

"我可以进行侧写了。"木九顿了一下，接着用毫无起伏的语调开口？"凶手是男性，年龄在30到40岁之间，有车，但是是便宜的二手车，他的生活拮据，性格暴躁，很可能有间歇性狂躁症。他的穿着很普通，不修边幅，看上去很邋遢。还有，你们找到他的时候，他的孩子应该也在附近。"

队里的大多人都一愣，震惊地看向她："孩子？！"

木九漆黑的眼眸看着他们："没错，他有一个孩子。"

6

第二小学二年级一班的钱云把班级的学生放掉之后，回了自己的办公室，她整理好东西和同办公室的教师告别后走出了办公室准备回家，可她刚走出办公室就听到了一个很轻的声音。

"钱老师。"

钱云听到声音偏头一看，就发现站在办公室外的正是她自己班里的一个女学生。

钱云把包背好，弯腰柔声问她："罗佳，怎么了？还不回家呀？"

罗佳低着头，怯怯地开口："老师，我不敢回家。"

钱云看她一副要哭出来的模样，轻轻拍拍她的肩膀："怎么了呀？来，告诉老师。"

罗佳抬头看着她："老师，我今天语文和数学都没有考满分，我爸，我爸他肯定要打我的。"

"不会的，你成绩这么好，这次也是班级的前五名。"罗佳一直是班级里的模范生，又是大队长，成绩好，脾气又好，所以钱云一直很喜欢她。

罗佳拼命摇着头，紧张地道："老师，你不知道，我要是考不到第一名他就会打我。"

钱云想起了罗佳家里的情况，她是单亲家庭，家里只有爸爸，之前开家长会的时候稍微接触过，脾气似乎不好，而且每次都早早就离开了，她本来还以为这么好的孩子，家长肯定是不错的，不过她那时候想，估计是父亲比较严厉，本身工作忙的原因。

钱云安慰她道："那你好好跟你爸爸说，说下次一定会努力，然后考第一名给他看。"

"不行的，老师，不管用的，他肯定会打我，你看。"罗佳抽泣着，把自己校服两边的袖子推了上去，给钱云看。

看着手臂上那些伤口，好多已经结疤了，在女孩原本干净的皮肤上，看上去简直触目惊心，钱云不禁捂住了自己的嘴。"天哪，罗佳，这些都是你爸爸打的？"

"嗯，钱老师，都是他打的。"罗佳抹着眼泪道，"他一喝酒就会打我，生气了也会打我，这一次他肯定会打我的。"说到最后她害怕地大哭起来。

"不哭不哭。"钱云赶紧拍着她的背，心里暗暗想着，怎么会有这样的父亲，居然如此虐待自己的孩子！她看着这孩子觉得十分心疼，"罗佳，别怕，有老师在，不会让你爸爸再打你的，这样，我给你爸爸打个电话，好吗？"

罗佳听后使劲摇头："钱老师，没用的没用的，他根本就不会接你的电话，更不会听你说的。"

钱云想了想，大概也只有这个办法了："那，老师陪你回去，好不好？"

罗佳抬头看着她，激动地道："真，真的吗？会不会太麻烦老师了。"

钱云对她温柔地笑了，抚摸着她的头："没事，既然知道了这种事情，我是应该和你爸爸见一面谈一谈。"

罗佳看着她的笑容，也微微笑了："谢谢你，钱老师。"

罗佳的家离学校并不远，走过去大概十五分钟，钱云便和罗佳走着回了家，路上，钱云看着偏瘦的罗佳，买了些点心给她吃。

罗佳看着钱云给她的点心，又一次哭了出来。

钱云有些紧张起来，停下来弯腰看着她："你怎么哭了呀？"

罗佳小心地捧着手里的点心，低着头小声道："我妈妈走后，再也没有一个人给我买过点心了。"

钱云给她擦了擦眼泪，看着她的表情只能叹了口气，对于这个孩子心里是更加心疼了，她又一次对罗佳笑了："以后老师给你买，好不好？"

"好。"

很快两人就到了罗佳的家，她的家在一个老式小区里，就住在一楼。

到了家门口，罗佳用自己包里的钥匙开了门，她走进去，然后拿了一双拖鞋放在钱云的面前："老师，穿这双吧，干净的。"

"好。"钱云换好拖鞋跟着罗佳走了进去，她看了一眼家里的环境，发现非常脏乱，空气中虽然有空气清新剂的味道，但还夹杂着一些难闻的味道，看得出根本不怎么打扫。

罗佳往里面看了一眼，转头对钱云道："我爸还没回家，老师，你先坐在这儿吧，我去给你倒杯水。"

钱云并不介意："没事，我等他回来。"她已经和丈夫说好了要晚些回家的。

过了一会儿，罗佳从厨房端了一杯水递给钱云："钱老师，喝水。"

"谢谢你，你也来坐吧。"

罗佳点点头，坐在了钱云的旁边。

在等罗佳爸爸期间，钱云和罗佳聊着她的生活还有学习。

聊了一会儿，罗佳站起身对钱云道："老师，我去给你拿个水果吧。"

钱云摇摇头："不用了。"

可罗佳还是坚持去了厨房，钱云看着罗佳的背影，觉得真是可惜了这么乖巧的女孩，她决定一定要好好帮助她。

过了一会儿，身后传来脚步声，她以为是罗佳来了，回头一看，却看到了一个皮肤黝黑的男人，手里正拿着一个玻璃瓶，就站在她的身后。

她惊吓地叫了一声，还没做出什么反应，就看到那个玻璃瓶向自己砸来，她缓缓向后倒去，在失去意识前一刻，她听到了罗佳的尖叫声。

......

钱云是被疼醒的，她睁开眼睛，就感受到了落在自己手臂上的疼痛感，她的眼前正是刚才看到的那个男人，他的手上正拿着一条皮带，往自己的身上抽着。

钱云闷叫了一声，发现自己的嘴被封住了，而自己的全身也都被绑在了椅子上，根本动弹不得，怎么会这样？！

"唔唔唔。"她拼命挣扎起来，男人看到她睁开眼睛，停下了抽她的动作，突然蹲下来和她平视着。

钱云吓得赶紧扭头，但是脸却又被转了回来。"你现在知道回来了？当初为什么要离开我！"

钱云完全听不懂男人的话，只好摇着头。

男人根本不管钱云，自顾自地吼着："你知道我这几年有多痛苦吗？我那么爱你，你为什么……为什么要走！"

"不过现在好了，你又回来了，我们，以后都可以在一起了，对不对？"

钱云还在摇着头，没想到男人又被她的动作刺激到了，拿着皮带发了疯似的抽她。"为什么！你还准备逃走吗？！我不允许，绝不允许，我再问你一次，我们以后都要在一起，好不好？"

钱云疼得直冒冷汗，快要昏过去了，自然不敢再摇头了，她微弱地点了点头。

"乖，我就知道，你还是要我的。"男人痴迷地捧着她的脸，然后就发现她身上被他打的伤，焦急地道，"啊，对不起，把你给弄伤了，你等着，我去拿药给你涂，你等着我啊。"他说完就匆匆忙忙地跑走了。

钱云身上痛得不行，心里也是非常恐惧，她隐隐猜出了男人的身份，应该就是罗佳的爸爸，而他口中的她应该就是罗佳的妈妈，他这是把她当成了他离开的妻子。

怎么办？她强撑着睁开眼睛，看着自己所在的地方，是一个地下室，应该是在罗佳家的下面，现在她就算叫，肯定也只会叫来他。

她突然又想到了罗佳，不知道这个孩子现在怎么样了。还有，她自己，会被怎么样对待呢？

正这么想着，突然一个稚嫩的嗓音出现在门口："钱老师。"

她一看，竟然是罗佳。

罗佳哭着向她跑过来，撕开了她嘴上的封条。"对不起，老师，对不起，我也不知道我爸会这样。"

"罗佳，快，快去报警。"

"钱老师，我现在根本没法出去，报警会被我爸爸发现的。"罗佳紧张地道，"怎么办，这样下去，他肯定会打死你的，呜呜。"

钱云虚弱地开口："别哭，孩子，快帮我把绳子解开。"

"好的好的。"罗佳赶紧拿来剪刀把钱云身上的绳子剪开，把绳子都拉了下来。

罗佳看着钱云身上的伤，担忧地问："老师，你怎么样？可以走吗？"

钱云努力用手撑起来，却引来全身的疼痛感，差点又晕了过去。

而就在这时，外面传来了脚步声，让里面的两个人神经瞬间绷紧。

"是我爸爸来了。"罗佳整个人都颤抖起来，然后她看了一眼手中的剪刀，像是下了决心一样，对钱云道："老师，我会保护你的。"说完她就走到了门旁，手里紧紧拿着那把剪刀。

下一秒，男人走了进来，看到了已经被松绑的钱云，叫了起来："怎么回事！你……"

话还没有说完，藏在边上的罗佳就一下子冲上去，对着她爸爸的背刺了上去。

"啊！"男人惨叫一声向前倒在了地上，可这点伤根本没法制伏男人，他从地上爬了起来，转身看着自己的女儿。"你！"在他伸出手的那一刻，钱云拿了旁边的一把刀用尽全力扑了过去，狠狠地刺向男人的身体。

"啊啊啊！"她尖叫着，闭着眼睛又连刺了好几刀，一下又一下。

直到罗佳发着抖的声音响起："钱，钱老师，好，好了……"

钱云嘴唇颤抖着，睁开了眼睛，看到自己染着血的手还有手上的刀，她视线向下，看到了男人背上的伤还有他瞪大的眼睛。

"啊，啊……"她一下子扔开了刀，然后抱住了旁边哭着的罗佳，她睁着眼睛无神地看着墙壁，一遍一遍地道，"没，没事了，没事了……"

7

特案队赶到现场是在半个小时后，房主罗田一已经当场死亡，他的尸体在地下室被找到，背后中了数刀，对地下室进行取样化验之后，在多处发现了两位女死者的血迹和指纹以及残害她们使用的凶器，同样，在凶器上找到了罗田一的指纹。

先行到达现场的洪眉已经向接警后到达的警察了解了大致的情况。"杀死罗田一的人是罗田一女儿的班主任钱云，也是她报的警，她身上都是伤，已经被送到医院了，目前的情况没有生命危险，不过精神上受到了很大的刺激。"

秦渊正色道："那罗田一的女儿呢？"

"和钱云在一起，也到医院去做检查了，这孩子的身上也有很多旧伤和新伤，应该是这几年被罗田一打的。"洪眉想到刚才看到罗佳手臂上的伤口就觉得心痛，她收敛思绪，对秦渊道："队长，那我和唐逸先去医院了。"因为受害者是女性和孩子，让这两人去问询是最合适的。

秦渊颔首道："好的。"

这时陈默走了过来，向他汇报："队长，我看了小区里的监控，受害者是和罗田一的女儿一起回来的。"

赵强听了立马道："啊，难怪今天我们在商场附近没有找到他，原来是因为他女儿的班主任正好去了他家里。"原本他和陈默今天带着一些警察特意去了商场那里蹲守，结果并没有看到什么可疑人员，包括木九所说的孩子，然后就接到了队长打来的电话，赶到了这里。

秦渊接口道："而她正好符合他选择被害者的条件。"

等鉴定科对于现场的取证已经结束，他们才进入罗田一的家里。

赵强走进去一看，张大嘴感叹着："这家里真的好乱啊，多长时间没打扫了。"

木九扫了一眼房间，表情依旧没变，走在秦渊旁边往里走。

秦渊弯腰从沙发旁拿起了一块碎玻璃，俊朗的脸上神情格外严肃。"在沙发上检验出了钱云的血迹，门口也发现了装有碎玻璃的袋子，可以确定罗田一是从身后用玻璃瓶砸晕了钱云，然后将她囚禁于地下室内。"

陈默在旁补充道："小区的监控显示，罗田一是下午4点左右到的小区，没有开车，就在钱云和罗佳到家前的半个小时。"

赵强"啊"了一声道："我知道了，原本他应该是打算回家后开车去商场那里，结果罗佳的班主任来了，看到她的长相后，就改变了主意。"

从到现场开始，木九就没有说任何话，只是用漆黑的眼睛看着周围的一切，秦渊知道她肯定是在提取现场所有的信息和线索，以便于进行分析。如果不出意外的话，这个案子基本已经算是告破，在警局里待了几天，也终于可以回家了，这两天吃得都很随意，秦渊看着她的侧脸，严肃的脸上表情柔和了不少，他想着今天晚上要烧几道荤菜。

正想着，赵强的声音从不远处传来。"头儿头儿，这里！地下室从这里下去。"

"嗯，我们下去。"秦渊说完却看到木九往另一边走去，"木九，不下去？"

木九显然有她先想要看的东西，她看着秦渊道："我等会儿下去。"

秦渊点点头，和陈默还有赵强往地下室走去。

地下室里唯一的光亮就是中间的一个灯，地下室的门口画着尸体的轮廓，罗田一的尸体已经运回了局里，地上一摊血迹，是罗田一的血。

而在尸体的不远处，是一把椅子，上面沾着点点的血迹，地上是被人弄断的绳子，显然被害者都是被绑在这个椅子上受到虐待的。

"真是残忍，简直连畜生都不如！"只是看着这个地方，赵强都能想象出那三名女性受到的虐待，再加上凶手还经常对自己的孩子进行毒打，虎毒还不食子呢！

陈默走到椅子后的架子上翻找，除了一些工具外，他发现了铁丝。"这些铁丝应该就是罗田一用来放在死者的嘴上的。"

秦渊颔首道："现在就等洪眉还有唐逸对钱云还有罗佳的问询结果了。"

而同时，在上面的木九独自走到一间卧室，一眼看去便知这间是罗田一的，房间里乱糟糟的，被子没有叠，上面还放着衣服。她环视着整个房间，十几秒后她直接走到了床边上，然后掀开了枕头，一张照片就在它的下面放着。

木九拿起照片，这是一张一男一女两人的合照，男的是罗田一，照片中罗田一搂着旁边的女人，咧嘴开心地笑着，而旁边的女人也笑着，但细微观察之后却能发现她眼神中的惊恐。

她将照片收了起来，然后打开了床头柜的抽屉，里面放着几瓶药。木九拿出来看了一眼标签，又打开了瓶盖把药倒出来查看，接着她的眉头微微地皱了一下，就把药放进了药瓶里。

把药瓶收起来后，她走出了这个房间，然后到了另外一个房间，这里是罗田一女儿罗佳的房间，木九待了一会儿走了出去。

这时，秦渊他们也从地下室上来，秦渊看到木九："要下去看吗？"

没想到木九却直接摇头了："不需要了。"

四人便回了局里，没多久后，洪眉和唐逸从医院回到了特案队办公室。

"各位，我们回来了。"

秦渊对他们微微笑了："辛苦了，情况怎么样？"

洪眉接过赵强递来的水喝了一口，马上道："我和钱云了解了事情的经过，因为罗佳这次考试没有考进前五名，怕罗田一打她，所以钱云就陪她一起回家，想和罗田一好好谈一次，到罗佳家里的时候没看到其他人，然后罗佳去厨房给她拿水果，接着她就被罗田一从身后敲晕了，醒来之后，就被绑在地下室的椅子上，身上被罗田一抽打，而等罗田一离开后，罗佳就来了，帮她松绑，只是没想到罗田一回来了，于是钱云说她就拿刀刺死了罗田一。"

等洪眉说完之后，一旁的唐逸也开口道："我问了罗佳，她说自从妈妈离开之后，她爸爸就变得脾气非常不好，经常打骂她，不过在今天之前，她一点都不知道她爸爸居然干了这样的事情。平时通往地下室的那个房间都是锁着的，她爸爸不让她靠近，而这一次，她亲眼看到了她爸爸把老师给敲晕了，于是她趁她爸爸不注意就下去帮她的老师松绑了，结果罗田一回来了，她不想让她爸爸伤害老师，就从背后用剪刀刺伤了他，之后钱老师为了保护她，把她爸爸给刺死了。"

钱云和罗佳的口供基本一致，唯一不同的就是钱云隐瞒了罗佳刺伤罗田一的事情，这点大家都很理解，毕竟她只是一个孩子，钱云这样是出于对她的保护。

"撒谎。"毫无语调的声音从后方传来。

"嗯？"在场的人一致看向突然出声的木九。

木九漆黑的眼睛看向秦渊，面无表情地道："我要见一见那个孩子。"

8

罗佳被带到了局里，洪眉领着她到了审讯室。

"罗佳，你先在这边坐着，不要紧张，就是问你一些问题。"洪眉看着怯怯的罗佳，想到她经历的虐待，不免有些母性泛滥，木九什么都没说，只是说要见一见这个孩子，洪眉想大概是想自己了解一下罗佳的父亲罗田一。

罗佳看着洪眉离开了审讯室，她回头看着旁边的镜子，从镜子里看到了自己，看了一会儿，她低头弄着自己的手指。

过了没多久，审讯室的门又打开了，罗佳人惊了一下，偏头看向门口，一个女警察走了进来，比刚才的女警察要年轻，个子也并不高，她留着齐刘海，微长的头发披在身上，她的皮肤很白，瞳仁很黑。罗佳的眼睛和她的对上，可对方只是扫了她一眼，便不再看她。

罗佳注意到她的手上除了拿着一个文件夹之外还拿着一杯饮料，她看着女警察在她的对面坐下，然后她发现饮料根本不是为她准备的，因为女警察坐下的第一件事就是喝了一口饮料。

"罗佳。"

和她的长相完全不同的是，她的声音冰冷，语调没有任何的起伏，就像是机器人一般。罗佳听了不由得一愣，然后点了下头："我是。"

木九看向她："你爸爸叫罗田一？"

"嗯。"听到她爸爸的名字，罗佳颤抖了一下，露出一丝惊恐的表情。

木九看着她的表情根本不为所动，继续问道："在钱老师之前，你有见到罗田一带另外两个女人回家吗？"

"没有，我一点都不知道。"

木九继续问："你也没去过地下室？"

罗佳摇摇头："没有，就昨天才去过。"

木九听完直接跳到了另一个问题："罗田一一直打你吗？"

"啊？"转换得太快，罗佳愣了一下，然后小幅度地点点头，声音里有哭腔，"嗯，从很小就打了。"

"最近也打吗？"

罗佳摸了一下自己的手："嗯。"

木九看了一眼她的小动作，然后问："他是从你妈妈离开后开始打你的吗？"

罗佳的眼神里充满了恐惧："嗯，他开始变得很吓人，很可怕。"

"钱云是不是打算领养你？"木九又快速转了一个话题。

罗佳又是愣了一下："嗯，她这么和我说过。"

木九突然又问她："那你还记得你妈妈吗？"

罗佳点点头："记得，她总是对我笑，笑得特别温柔。"

"就像这样？"木九拿出一张照片放在她面前。

"妈妈。"罗佳抚摸着照片上的女人，喃喃地叫着。

木九把照片给抽走了，用冰冷的声音说道："你妈妈因为受不了罗田一的家暴，在你四岁的时候逃走了，抛弃了你，所以你恨她。"

罗佳猛地抬头看着木九，咬着嘴唇道："不，我很想她。"

木九漆黑的眼睛看着她，良久。"你刚才说你对于罗田一绑架女性的事情完全不知道，但是我们查了监控，有一名女性在被绑架前你拦住了她和她说了一会儿话，而之后她被罗田一绑架了，而那辆车上也有你，你想说你不知道？"

罗佳一瞬间的表情变化是掩盖不了的，她缓过神来紧接着又做出了一副可怜的模样："那……是，是他逼我的，是我爸爸逼我的，如果我不这么干他就要打死我！"

木九根本不意外会听到她这样的解释，她轻敲了一下桌面："是他逼你的，一开始我也以为是这样。"

罗佳听了马上露出要哭了的表情："本来就是这样，我也不想的，我不知道我爸会这么对待她们的。"

木九喝了一口饮料，然后单手撑着自己的脸，像看戏一样。"你见过罗田一是怎么对待她们的吗？"

罗佳摇着头："没有，之后我，我再也没有见过她们。"

木九盯着她的眼睛，缓缓开口："你知道在我看了你们家之后，有一些地方让我觉得有些吃惊吗？"

"啊？"罗佳一脸无辜地看着她。

"罗田一生病了你知道吗？"

罗佳微微张着嘴："什么病啊？"

"精神病。"

"不，不知道。"

"他一直在吃药，不过，吃的不是治疗精神病的，而只是感冒药，但是那些治疗精神病的药物我却在你房间里找到了。"木九认识那种药，她发现在色泽上有一些偏差，所以就把药拿回去让蓝筱雅检验。

"不，不可能。"

木九反问："为什么不可能？"

罗佳咬着嘴唇不说话。

木九看着她，说了一句让在审讯室隔壁的特案队队员们震惊的话："我一直以为是他操控了你，但是我没想到的是你已经控制住了他。"

罗佳的表情渐渐有了一些变化："什么意思？"

听到这一切的赵强说了一句一样的话："什么意思？"

陈默回了一句："字面意思。"

木九喝了一口饮料，放下的同时开了口："罗田一有轻微的弱智，再加上精神分裂症，前几年他的确虐待你，但是之后，你反而成了这个家的主人，家里所有好的东西都是你在用，你的房间相比于罗田一的好太多，他的房间里甚至没有空调，而你手上的新伤，根本不是他弄的，是你自己弄的。"

罗佳叫了起来："我为什么要弄我自己？"

"因为你要造成你一直在受虐待的假象。"

"你，到底想说什么？"罗佳的表情变得有些阴沉。

木九缓缓道："绑架那些女人是你的主意。"

罗佳突然笑了，就像是一个孩子一般的笑容。"怎么可能呢？我只是一个孩子。"

"那又如何？我小时候身边就有一群孩子，他们杀过人，互相残杀，他们也是孩子，而我是在那样的环境下活下来的。你骗不了我。"木九漆黑的眼睛直直地看着她，因为这样的注视，罗佳的笑容渐渐收敛，那种带着仿佛能看透一切的眼神，让她突然有些害怕。

木九看着她有些退缩的样子，用毫无起伏的语调开口："因为你恨你的妈妈抛弃了你，所以你找到那几个和你妈妈长相类似的女人，在她们受到罗田一虐打之后，你再出现在她们的面前，装作自己是无辜的，给予她们希望，让她们教你做题，你希望她们来扮演你的妈妈。"

罗佳艰难地吞了一口口水，她紧张地握紧了拳头，为什么？为什么她会知道？！

木九停顿了一秒。"特别是第二个女人，你说要帮助她逃出去，你的确是帮她松绑了，然后呢？嗯，你骗她说罗田一已经走了，可等到女人离开了地下室，打开门，看到的却是等在那里的罗田一，而你，就站在那里看着那个女人被他虐打。"

所有的话都是对的，没有丝毫的偏差，罗佳看着眼前这个没有表情的女人，心里竟然产生了一种恐惧感，她瞪大了眼睛，问道："我为什么要这么做？"

从她的表情中，木九知道自己的推测都是对的，于是她回答道："因为你想看看她会不会逃走，会不会想到带你一起走，你不能容忍她们和你妈妈一样抛下你。"

"你知道警察总有一天会破案，那时候警察肯定只会抓罗田一，而把你当做是受害者，但这对你来说远远不够，你需要一个新的家庭，所以你选中了钱云，她没有孩子，对你也好，也喜欢你。于是你就演了这么一出戏，骗她到了你家，让罗田一虐待她，然后你再出现在她面前，想尽办法要救她出去，等罗田一出现时，假装为了保护她去拼命，最后等着钱云把罗田一给杀死，一个没有母亲、被父亲长期虐待的孩子，一个在危急关头救了自己的孩子，她怎么会不领养你？"

罗佳紧咬着嘴唇，手微微颤抖着。"这，这不过都是你猜的。"

木九语调平稳："这是事实。"

"我最多只是被我爸爸逼着在路上搭讪那两个女人而已，我根本没有伤害过她们，都是我爸爸干的。"罗佳说着突然想到了一个关键的问题，她笑了，"说到底，你根本就没有证据，不是吗？"

木九垂眸没有回答。

木九的沉默无疑给了罗佳信心。"对不对？你根本没有证据，那你能把我怎么办呢？"

木九听完还是没有说话。

罗佳笑了起来，此时女孩的表情已经没有了丝毫的胆怯和恐惧，她卸下了所有的伪装。"说起来，你给我的感觉很奇怪，你一直没有表情吗？"

木九抬眼看她。"没有。"

罗佳像是发现了一件新奇的事情，她站起来手撑在桌子上凑近去看木九。"所以，你不会笑吗？"

木九："不会。"

"真的啊？"罗佳咯咯咯地笑开了，然后又凑近了一些，"那，要不要我教你一个办法？"

木九问道："什么办法？"

"你在你的嘴角划两刀，然后用铁丝把嘴角钩起来，再挂到耳朵上，这样你就笑了。"罗佳用手在自己的脸上比画，然后压低声音问木九，"你要不要试试看？"

木九听完依旧是没有表情，她垂眸敲了一下桌面，随后抬眼看向她："所以你也是这么对待她们的吗？"

罗佳的笑脸瞬间僵住了。

木九冷冷地看着她："那两名女性的确是被罗田一给杀死的，但是在她们死后割了她们的嘴角，然后制造出这种死亡笑容的却是你。我们在两名死者的嘴角发现了属于你的DNA。"

"你！"罗佳惊恐地看向她，随后僵着脸笑了，"那又如何？都是我爸，他逼我的，我只是一个孩子。"

木九点了下头："对，你是一个孩子，之前被自己父亲虐待了几年的孩子,所以即使是这样,你也可以编各种理由来逃脱法律的制裁,但是,我却一定要让准备领养你的钱云知道,你是什么样的孩子。"

"你,为什么要毁了我!那是我好不容易得来的一个家!"罗佳被木九的这句话给彻底激怒了,她一下子就去拿桌上的那杯饮料,但还没拿起,就被木九单手给按住了。

木九的手慢慢收紧,她从椅子上站了起来,居高临下地看着那个咬着牙愤怒地瞪着她的罗佳,声音冷冰:"好不容易得来的家?那是你毁了三名女性,杀了其中两个人骗来的家,你根本不配拥有。"

木九拿着饮料和文件夹走出审讯室,门口站着秦渊还有其他队员。

赵强一脸见鬼的表情:"这,这居然只是一个孩子,这要是长大了……不得了……"

"我还以为她就是一个受害者。"洪眉根本想不到这个小小的受害者居然变成了施暴者,心理居然变得这么扭曲。

陈默冷冷地说了一句:"可怜之人必有可恨之处。"

秦渊见木九似乎有些无精打采的模样,以为她觉得不能将这个孩子绳之以法,所以有些难过,便上前揽着她,拍了拍她的肩膀:"你已经尽力了。"

木九知道秦渊误会了,抬头看着他,眼睛黑亮黑亮的:"我只是肚子饿了。"

秦渊听完不由得轻笑。

而赵强听了顿时有些没有想法了:"木九妹子你怎么又饿了?不是之前吃了个蛋糕吗?虽然你现在瘦对吧?但是这么吃下去总是要胖的。"

木九反驳道:"我有运动。说起来,几天待在局里没回家,都没运动了。"

赵强怀疑地看着她:"在局里只有方便运动吧,再说你回家居然还会运动?"木九难道不是吃了睡、睡了吃吗?

木九看着他道:"床上运动。"

秦渊:"……"他就知道,秦渊看着面无表情说出这四个字的木九,无奈地拍了拍她的脑袋。

赵强:"噗……咳咳!"

唐逸小天使:"啊?"

第 2 章 血色婚礼

1

"命运真的掌握在我的手里吗？"

阴暗的地下室里人的声音显得有些空洞，可没有人回应，却能清晰地听到天花板上每隔一段时间滴落到地上的水声。

滴答，滴答。

有些动听。

还有那轻微的椅脚摩擦地面的声音。

那是，谁在挣扎？

"真的要靠这样的方式取得吗？"

问话的人似乎满是疑问，可问完之后只是站在原地，有些粗糙的双手不安地相互摩擦着，甚至不敢去看那个在椅子上坐着的人，哦，确切地说是被绑着的人。

被绳子绑着，连嘴都用布塞着，嘴里发出的呜呜呜的声音都显得那么微弱，微弱到连那个踌躇的人都不会注意。

嗒嗒嗒。

天花板之上突然传来一阵脚步声，是一个女人走过，高跟鞋的声音非常容易辨认，可一会儿脚步声就渐渐消失，一个匆匆走过的人，根本就不会注意到她的下方正发生着什么。

"真的要这么做吗？"

不断地提出疑问，在犹豫，在迟疑，原本低垂的头抬了起来，视线向上触及到了什么，目光渐渐变得坚定起来。

旁边是一把斧头，已经有些生锈的斧头，被搁在墙壁旁靠着，斧头有些重量，那个人不得不用双手握着。

嘴角渐渐扬起，仿佛此时握在手里的不仅仅是一把斧头。是命运吗？可能只有那个人自己知道。

一步一步，离椅子越来越近。

椅子上的男人满脸的汗，鼻梁上的眼镜已经歪了，可他已经无法把它推正，他看着靠近的人，呜呜呜地拼命摇着头，他的心里在狂吼，可对面的人根本听不到。

滴答，滴答。

汗水滴落到了水泥地上，也没有人听得到。

"是啊，杀了你就好了。"

这一次，不再是疑问。

嗒嗒嗒嗒，嗒嗒嗒嗒。

似乎是一群孩子跑了过去，震动隔着地面传到了下面，地下室里唯一的光源，一根电线连着的电灯泡轻微地晃动起来，让墙面和地面的影子也跟着移动起来。

地上和墙壁上映出拉长了的斧子的影子，也映出了那个被恐惧绝望包围的男人的影子，两个影子越来越近，却又停住了。

"开始了。"

双手紧握着斧头微微向后，然后用尽全力向那个摇晃的脑袋砸下。

砰！

那是什么声音呢？

头盖骨被砍碎的声音吗？还是心底里那个枷锁被彻底击碎的声音？

血喷溅而出，在墙壁上，在地上，在人的脸上、衣服上，在灯泡上。

可现在在地下室里的人又有谁会在意呢？

"呵，呵呵，呵呵呵……"嘴角扬起的弧度越来越大，一丝的笑声从紧闭的嘴里溢了出来，然后是两声，接着是三声，像是好久没有笑过的人，已经忘记如何去笑了，笑声干硬难听，可就像刚才说的，现在在地下室里又有谁会在意呢？

有些干涩的嘴慢慢张开，就像是压抑了很久，在这时全部爆发出来。"哈哈哈，哈哈哈哈。"笑声在地下室里回荡着，久久回荡着，然后渐渐消失。

滴答，滴答。

那又是什么？

泪水滴落在了地上。

摇晃着的灯泡最后静止下来，在墙壁上映出了三个人的影子。

几天后。

"姐！二婚快乐！"

今天办婚礼的蓝筱雅看着走过来嬉皮笑脸的赵强露出冷笑："呵呵。"然后像变戏法一样，从身后抽出一把手术刀。

"我晕！姐，你结婚还带着手术刀？！"赵强瞪圆了眼睛，赶紧往自家老婆陆颖身后躲，高大的人都缩在老婆后面，就探出个脑袋，一脸紧张地看着那把泛着光的刀，吞了口口水，弱弱地解释道，"别，别生气啊姐，第二次婚礼嘛，简称二婚。"

蓝筱雅斜了他一眼："你个二货。"

在一旁又当了一回新郎的白毅倒是完全不介意赵强的冷笑话，伸出手，微笑着说："谢谢啊，红包拿来。"

赵强抬了抬下巴："不是上次送过了吗？"

蓝筱雅微微一笑："你刚才不是说二婚吗？二婚当然也是要收红包的啊。"

毕竟是沾了喜气，而且局里还能聚个会，他们自然是准备了的，陆颖从包里拿出一个红包递了过去，甜甜地道："两位新婚快乐啊。"

"谢谢。"白毅点头道谢，没接，而是等着蓝筱雅把红包接了，一看就知道家里的财政大权自然在蓝筱雅手里。

赵强拿笔在册子上签了名，后面没有宾客来，所以就和他们闲聊起来："我说你们这也太浪费钱了吧，上次都办了次婚礼了，干吗又办一次？"

蓝筱雅耸耸肩："不一样啊，上次主要是请家里的亲戚，父母长辈都在，只能办传统婚礼，你又不是不知道我喜欢现在这种。"这次是蓝筱雅特地找的婚宴场地，主要就是办创意婚礼的，像这次他们办的主题就是吸血鬼，所以从婚纱到会场的装饰到每一个细节都是精心设计的，全是蓝筱雅最喜欢的样式，而来宾也是要换上他们准备的服装，所以这次请的就是一些朋友还有他们局里的人。

"这次出血本了吧。"赵强往里面粗看了一下就知道弄这一场婚礼的费用肯定不少，不过出来的效果应该可以期待一下。

"我们出血本没关系，否则就是父母吐血了。"因为婚礼上的一些设计是有些惊悚的，长辈们肯定受不了，万一吓出心脏病这可就不是喜事了，所以两人就决定传统婚礼办一场，然后再办一场他们自己喜欢的婚礼。

这时又有朋友来了，白毅往旁边指了指，对赵强他们道："你们先去那里的更衣间换衣服吧，然后回来拍照。"

赵强比了一个OK的手势，然后和陆颖去更衣间。

来宾陆陆续续到了，当入口处出现一对一高一矮、高度相差有些大的年轻男女时，蓝筱雅脸上马上绽开了笑容，直接冲了过去。"木九！"然后双手捏住木九的小脸，开始揉啊揉。

木九毫无起伏的声音响起："筱雅姐，再次新婚快乐。"木九在家里就穿好了蓝筱雅准备好的衣服和饰品，一身黑色连衣裙，裙摆蓬蓬的，手臂上黑色的蕾丝上有些红色如血一样的痕迹，脖子上有两个血洞，像是被吸血鬼咬过一样，而黑色的头发被盘了起来，顶着一个骷髅头，配上她的表情，如同一个吸血鬼娃娃一般。

和蓝筱雅站在一起如同姐妹装一样。

而难得穿西装的秦渊显得身形更加挺拔，他走到白毅面前，拿出红包递过去："新婚快乐。"

白毅笑着接过："谢谢秦队长啊。"

那边一高一矮两只女吸血鬼并肩走了过来。"小九，先进去吧，等会儿婚礼就开始了。"

木九抬头，漆黑发亮的眼睛看着蓝筱雅："筱雅姐，有红烧肉吗？"

蓝筱雅："当然有啊，知道你喜欢吃，我特意点的。"

"有糖醋小排吗？"

"有！"

"八宝鸭呢？"

"也有！"

秦渊和白毅："……"

2

  这次的婚礼邀请的人并不多，来的都是白毅和蓝筱雅的朋友和关系比较好的同事。

  婚礼除了场地布置之外，特别的是并没有请司仪，所以相比于婚礼，这更加像是一个化装派对。里面的灯光刻意调得昏暗，甚至还有投影的蝙蝠时不时从天花板上飞过，背影音乐不再是甜蜜的歌曲，而是带着点阴森的音乐，和传统婚礼差别实在太多，总之，所有的布置都是按照蓝筱雅的喜好策划的。

  特案队的队员们自然被安排在了一桌，赵强刚坐下来，就看到几只蝙蝠从桌子上飞过，耳边还响起那挥动翅膀的声音，赵强身体一抖，觉得整个人都不好了，他对自己老婆道："总有种走错片场的感觉，这怎么像婚礼啊，这分明是来到了鬼屋啊。"

  陆颖听完只是笑笑，转头和洪眉继续聊天。

  对面技术员石元斐立马问他："和法医室比比呢？"

  "好吧，那大概稍微好一点点，起码这里活人多啊！"赵强着重把活人这两个字给念了出来。

  "不一定。"

  如同机械般冰冷无语调的声音从赵强的右侧传来，配着周围的音乐和氛围显得更加阴沉，更别说那三个字了，赵强僵着脖子转头看去，就对上一双黑眸，一张白皙的脸在一杯红色不知是何饮料的衬托下显得有些形同鬼魅。

  "木九妹子，你可别故意吓我啊。"说完又向木九旁边的队长秦渊投去求助的眼神，希望他能管管自己老婆，结果发现秦渊正在和陈默聊天，压根儿就没往他这里看。

  淡淡的忧伤……

  就在这时，木九又开了口，还是一样的声调："强哥，你知道这里原本是什么地方吗？"

  理智告诉赵强不能说不知道，因为答案肯定不是什么好玩意儿，于是他很坚定地点头道："我知道！"

木九向他身后瞥了一眼，然后默默地低头喝饮料，赵强欣喜不已，他终于有一天把木九堵得没话说了，简直要给机智的自己点个赞啊！

"啊，赵强，原来你知道这里原本是殡仪馆啊。"蓝筱雅不知何时出现在赵强身后，把刚才两人的对话都听进去的她来补了一刀。

"……"赵强默默抹泪，你们这两个欺负人的！

几个人瞎扯了一会儿，婚礼很快就开始了，仪式弄得相当简单，婚礼非常顺利地进行着，玩了几个惊险刺激的游戏后就到了切婚礼蛋糕的环节了。

随着现场的灯光变亮，换装之后的白毅和蓝筱雅推着一个推车出来，上面放着一个和木九身高差不多的白色蛋糕，蛋糕的顶端放着一个骷髅头，骷髅上方开着一朵红色玫瑰花，精致而妖艳。

"木九！上来和我们一起切蛋糕！"

听到蓝筱雅的呼唤，木九咽下嘴里的糯米饭，放下准备去夹红烧肉的筷子，起身往那里走去。蓝筱雅笑着把切蛋糕的刀递给她，蓝筱雅和白毅也握住刀柄，三个人一同在蛋糕上切了一刀。

由于他们是背对着宾客，所以被切了一刀的蛋糕那面是对着宾客的，于是这一刀下去之后，注视着蛋糕的人都看到了从蛋糕里面流出的红色液体，在白色蛋糕的衬托下显得格外醒目。

然而让人惊讶的事情还没有结束，随着红色液体的流出，可以隐约从缺口处看到蛋糕中心分明有什么东西！

蓝筱雅和白毅对视一眼，为了看清里面是什么，蓝筱雅又拿起切蛋糕的刀再切了一刀，随着一块蛋糕的掉落，一只沾着红色液体的东西也出现在众人面前，分明就是一只血肉模糊的人手！

在场的不是警察就是法医和医生，看到这种情况，第一反应都不是尖叫，警察想着的是封锁现场，法医想到的是看清尸体，就在所有人要行动的瞬间，他们发现木九用手指沾了一点那个红色液体先是闻了一下，接着就放进嘴里尝了一下。

"不是真血，是假的血浆。"木九吐了吐舌头，似乎是味道很糟糕，接着她又伸出手去触碰了那只手，随后面无表情地道，"这个也不是真手。"

"喂，我说两位，开玩笑开得过分了点啊，我们还都以为发生命案了呢。"

"是啊，我想怎么参加个婚礼还出来尸体了。"

"就是啊，我心脏病差点给吓出来！"

朋友们纷纷觉得有些不满，这营造气氛可以，弄得让人以为发生命案就太过了，还好在场有警察在，不然真的会报警，到时候警察来了发现是乌龙，这就是报假案，浪费警力。

原本很好的婚礼氛围就这样被破坏了，蓝筱雅和白毅从新娘新郎顿时变成了被人说教的对象了，现场不免变得有些尴尬起来。

可木九发现蓝筱雅也是一脸惊讶的样子，看着蛋糕一动不动，她觉得事情就有点不对劲了："筱雅姐，你不知道？"

蓝筱雅回过神来，一脸委屈地看着木九："不知道啊，我也吓了一跳。白毅，你弄的？"

白毅也是毫不知情的样子，还沉浸在震惊之中，听到蓝筱雅的声音，回头看她，也摇着头："没有，我怎么会开这种玩笑呢？"

确定了不是自己老公弄的，蓝筱雅赶紧转身向自己的朋友们解释："各位，真不是我们俩设计的，我们怎么可能拿这种事情开玩笑呢？"

其他人被搞得一片混乱。"啊？不是你们的话，那是谁弄的？"发生这样的事情，他们下意识就认为是蓝筱雅和白毅为了营造气氛设计的，可现在排除了他们，就没有头绪了。

特案队的其他几人这时已经上了台站在他们旁边，秦渊从蛋糕的缺口处往里看了一眼："先检查一下蛋糕，看里面还有没有其他东西。"而后他直起身体问蓝筱雅，"筱雅，这蛋糕是在哪儿订的？"

蓝筱雅双手叉腰，一脸愤怒地看着蛋糕："是这儿的工作人员负责订的，就是附近的一家蛋糕店，婚礼开始之前刚送到这里的呀，你们知道的我最喜欢吃蛋糕了，我怎么可能把蛋糕糟蹋了？"蓝筱雅很火大，这可是她和木九最喜欢的蛋糕口味了，结果还不能吃！

洪眉伸手拍拍她的肩膀："没事，我们再给你们买个蛋糕。"

赵强、石元斐还有唐逸在研究那只假手。

石元斐："这手做得和真手似的，简直可以以假乱真啊。"

唐逸点点头："是啊，如果不是近看，真看不出来。"

赵强用手碰了碰，感叹道："哇，居然还是有点弹性的，做工不错啊。"

在他们讨论之时，木九一直盯着蛋糕观察，还从里面掏出一个沾着血的透明袋子,她这时已经明白这蛋糕是怎么回事了,开口道:"这蛋糕是完整的,假手不是蛋糕制作之后再塞进去的,而是一开始就被放在里面,然后再弄上奶油,那些假血浆也是,被塞在这个袋子里,被刀切开后,血就流了出来。"这明显已经不是为了这场婚礼特意设计的了,假手加上假的血浆,蛋糕已经被毁,不能食用了。

赵强听完惊叫起来:"所以这是恶作剧吗?!"

特案队几人面面相觑,都张大了嘴巴。

秦渊沉声道:"把这里的工作人员叫来,我们得查查清楚了。"

"蒋金冀先生,请牵起新娘的手,从这一刻起,无论贫穷和富贵,健康和疾病,你都将关心她,呵护她,珍惜她,保护她,理解她,尊重她,照顾她,谦让她,陪伴她,一生一世,直到永远,你愿意吗?"

蒋金冀看着自己的新娘微笑,然后大声地喊着:"我愿意!"

"好,那新娘余明娜小姐,请看着新郎的眼睛,从这一刻起,无论贫穷和富贵,健康和疾病,你都将关心他,呵护他,珍惜他,保护他,理解他,尊重他,照顾他,谦让他,陪伴他,一生一世,直到永远,你愿意吗?"

余明娜的眼里隐隐含着泪光,她看着自己心爱之人的脸,坚定而幸福地开口:"我……"

可愿意那两个字却硬生生卡在她的喉咙,再也说不出来了。

"啊啊啊!"

"啊啊啊啊啊啊啊啊啊!"

3

"啊啊啊啊啊啊啊啊!"

赵强第一个反应过来,扭头往门口看去。"嗯?奇怪,你们有没有听到什么声音啊?"

"好像有人在叫。"即使门关着,尖叫的声音还是传了进来,不像是音效,而配合着此时的背景音乐,显得更加惊悚了。

木九也往门口看去，开口纠正道："是好多人在叫。"

"不会还有别的新人也收到了这样的蛋糕吧！"石元斐这么一提，所有人瞬间明白过来，是啊，蓝筱雅和白毅平时又没什么仇人，不至于有人会针对他们，看来这次是专门针对办婚礼的新人弄的恶作剧。

秦渊开口对洪眉道："眉姐，你陪筱雅在这里等工作人员，我们去看看。"赵强也让自己老婆在这里待着，木九自然跟着秦渊走了出去。

秦渊带人刚走到外面，就看到不远处的楼梯口，几个人一边尖叫一边跑下楼，分明是看到什么吓人的东西，都想尽快离开这里。

赵强火大得直跳脚。"这蛋糕到底是什么人弄的啊！好好的婚礼被搞成这样！够缺德的！"原本是非常幸福的时刻，结果变成了恐怖片，这谁受得了啊！

这时白毅和这里的工作人员也来了，工作人员明显也没遇到过这样的事情，脸色煞白，一脸的不知所措，一个劲地给白毅道歉："先生，非常抱歉，我们马上把蛋糕给处理掉，实在对不起，我们已经报警了。"

白毅摆摆手，指着正好过来的秦渊他们："报警倒是不必，来参加我婚礼的人一半是警察，他们就是。"

那工作人员的眼神简直像看到救星一般，急切地道："那警察同志们，你们能不能上去看看，死，死人了！"身后有好多工作人员跑上楼梯，看来都是去那里查看情况的。

唐逸心想他们肯定是误以为蛋糕里的是死人，于是赶紧解释："放心，蛋糕里的不是真的尸体，是假人。"

可没想到那工作人员却满头大汗地道："不是，是真的死了人！新娘死了！"

....

一支原本应该射中爱心的丘比特之箭此时正插在穿着白色婚纱的新娘脖子上，箭的尾部还用粉色的丝带装饰着，垂落下来，上面喷溅着血，属于新娘的血，因为它终究不是丘比特之箭，而是夺人性命的利箭。

瞪圆了的双眼，张大却发不出任何声音的嘴，血从脖子的缺口不断涌出，新娘浑身抽搐了几下，最终没有了任何的动静。

人们都说做新娘的那一天是一个女人一生中最美的一天，而她的生命也永远地终结在这一天。

新郎颤抖着伸出手去探她的鼻息，像是受到惊吓一般地又缩了回去，他抓住她的手。"明娜！明娜！不！不！医生！救护车！快叫救护车！不，明娜……"新郎的一声声呼唤充斥在这并不大的宴会厅里，来宾们在尖叫恐惧之后有的仍捂着嘴在一旁看着，有的赶紧打了110和120，更多的是围在新郎新娘身边，目睹着这场惨剧。

宴会厅中央的一位年轻妈妈一边看着前面，一边拍拍仍然坐着的儿子："安安，我们走吧。"

男孩却抬头看着天花板："妈妈，有东西掉下来了。"

"别管了，听话，快点跟妈妈走。"

小男孩依旧抬着头，发现又有东西掉下来，伸出手接住了它，小小的虫子在他的小手里缓慢蠕动着。小男孩并不害怕，还把手伸给他妈妈看，好奇地问："妈妈，你看这是什么虫子啊？"

"啊！"男孩的妈妈定睛一看就认出了这是什么虫子，尖叫着甩着儿子的手，"快扔掉它！"

"妈妈，是什么呀？我没见过。"男孩还是一脸不解，一心想知道这是什么虫子，但是他的妈妈此刻想的就是尽快带儿子离开这个恐怖的地方。

"别问了，快走。"她一把抱起儿子就往门口冲。

身后却突然传来玻璃破碎的声音，还有重物落地的响声。

"啊啊啊！"

"啊啊啊啊啊啊啊啊啊啊啊！"

比之前还要更加大声的惨叫，回头看向那里的所有人都在尖叫，场面一片混乱，几乎所有人都往门口跑，有人被推倒在地，却也阻止不了后面人的前进。

宴会场里唯一镇定的男孩目不转睛地看着原本他坐着的位置。"妈妈，一个大东西掉下来了。"

男孩的妈妈听着叫声回头看去，但看到的一幕却让她马上转回了头。"啊！"一阵恶心，她捂着自己的嘴巴防止自己吐出来，然后按着自己儿子的脑袋头也不回地冲了出去。

工作人员带着秦渊几人往上走,而有更多人惨叫着往下冲,秦渊赶紧把身体娇小的木九牢牢护在身后。

等到他们走到楼上宴会厅门口时,就看到有人在门口弯着腰吐,同时就闻到了从里面传出来的恶臭味。

赵强赶紧捏着鼻子:"天哪,好大一股味啊。"

唐逸也同样捏着鼻子说话:"这人难道不是刚,刚死的吗?怎么会有这种味道?"

知道楼上发生了真命案,蓝筱雅也跟着一起上来了,她倒是一点不在意这股味道,微微蹙眉:"这分明是死了很长一段时间了啊。"说着拿出手套——戴上。

一旁最先看到这幕的赵强张大了嘴巴,一脸震惊:"姐,你结婚还带着验尸工具呢?!"他想怪不得刚才还掏出手术刀了呢。

蓝筱雅潇洒地扬了扬下巴:"那当然了,你看这不是碰上了。"

赵强嘴角一抽,无力反驳。

"马上封锁这里。"秦渊和其他几人也戴上了蓝筱雅准备的手套,这才进去。

原本坐满人的婚宴厅此时只剩下四个人,四个活人,而死人……

蓝筱雅看了一眼然后继续往新娘在的地方走去,她蹲下来检查之后又站起身走了回去,她微微向秦渊摇了下头,一脸忧伤,同一天的两个新娘,如今一个却要为另一个验尸。

而此时看到宴会厅中央的赵强、唐逸瞪大眼睛,同时倒吸一口冷气,唐逸一下子没忍住恶心,捂着嘴巴就转身冲了出去。

"这,这……"

眼前的一幕连陈默都微微别开脸,深呼吸了一下才走了过去。

秦渊、木九是最先走过去的,宴会厅的中央躺着一具尸体,已经有些腐烂的男性尸体,但这还不是全部,尸体上到处爬满了虫子,各种虫子,白色的、黑色的,而最多的就是白色的蛆,那些虫子在男人的身上爬来爬去,钻来钻去,眼睛里、鼻子里、嘴巴里、耳朵里……

有虫子慢慢爬了出来,爬到了木九的脚边,她低着头,漆黑的眸子看着那只虫子,在碰到她鞋子的一瞬间,抬起脚将它踩死。

4

　　两个婚礼宴会厅马上都被封锁了起来，特案队的所有人在秦渊的安排下行动起来，陈默和不舒服的唐逸去查蛋糕，洪眉负责问询相关人员，石元斐负责查监控，而秦渊、木九、蓝筱雅和赵强则待在这个有两具尸体还有一堆虫子的婚礼宴会厅里。

　　赵强就死死站在新娘尸体的旁边，就是不到那具满是虫子的男性尸体那里去，而想想也知道蓝筱雅肯定不会就这么放过他的，于是正拿着钳子半蹲在地上的蓝筱雅对赵强挥了挥手，喊道："赵强，快点过来帮我。"

　　赵强一听，受惊了一般一下子挺直了背："姐！我过去也干不了什么事啊，你让木九帮你呗，她又不怕！"

　　"不行，她是不怕，可这一会儿已经被她踩死五六只虫子了。"蓝筱雅一边说着一边回头看木九。

　　被提到名字的木九无辜地抬起头，面无表情，鞋子一落地，瞬间又踩死了好几只。

　　蓝筱雅："……"然后扭回头大喊，"赵强！"

　　最后可怜的赵强还是过去了，就蹲在蓝筱雅旁边给她拿着透明器皿，然后看着蓝筱雅把活着的各种不知道什么名字的虫子放进去。

　　赵强睁着一只眼闭着一只眼斜睨着手上的器皿，鬼叫着："嗷嗷嗷，这是蛆。"

　　蓝筱雅用鄙视的眼神看着他："这是你唯一认识的虫子吧。"

　　赵强一脸嫌弃地指着地上飞快爬过的小强："当然不是了，我还知道那是蟑螂，这尸体上怎么这么多虫子啊，难道他特吸引虫子？"

　　蓝筱雅摇摇头，扫了一眼面前的虫子，然后指着正好爬到赵强脚边的其中一只："有些虫子不应该出现在这里，比如这个……"话音刚落，被虫子吓一跳的赵强脚一动。

　　啪。

　　蓝筱雅："……"

　　罪魁祸首心虚地指着前面："姐，别激动，那里还有。"

啪。

木九又成功干掉几只。

蓝筱雅："……"她感觉心好累。

发现自己老婆在玩虫子的秦渊无奈地叫她："木九，过来。"

"哦。"留下一堆虫子尸体，木九乖乖地走过去，站在他旁边。

秦渊扒开一个装饰花，里面露出一个小孔。"这里有一个机关，箭应该是从这里射出来的，目标就是台上的人，旁边有一个定时装置，箭是在凶手指定的时间以指定的角度射出的，所以凶手一定知道婚礼进行的时间还有流程。"

"还有他们站的位置。"木九补充着。

秦渊赞同地点头，而后走到台上，看着地板。"地上有两个叉叉，看来标的就是新娘、新郎站的位置。"

"但是。"木九走到其中一个叉叉旁边，"凶手没有办法把控站在这个位置的人是新娘还是新郎。"

秦渊看着地上新娘留下的那一摊血迹："所以如果刚才他们的位置换了一下，那么死的就是新郎了。"

这时秦渊的手机响了，他一看来电人的名字，接了起来，然后走到蓝筱雅他们那边："石头，我开免提了。"

电话那头石元斐兴奋地道："队长，同志们，我查到那个满身是虫子的男性死者身份了，你们肯定想不到他是谁？"

秦渊立马道："和这对新人有关系？"

电话那头沉默了两秒："我晕……队长，要不要这么机智啊？"

赵强听了大喊道："你都这么说了肯定是有关系啊！难道是新娘的前男友？"

"不是哦，继续继续。"

蓝筱雅夹起一个黑色虫子，兴奋道："啊！我知道了，新郎的前男友？"

石元斐无语："没有这么狗血……"

木九眨了眨眼睛："伴郎？"

"bingo，木九妹子加一分！"

"居然是伴郎啊……"赵强叹息了一声，好好的婚礼，现在新娘死了，伴郎也死了，喜事完全就变成了丧事，几家人的丧事。

石元斐继续道："对啊，死者叫谢青，是新郎的好朋友，原本是这场婚礼的伴郎，我是在新郎的社交网站上查到的。"

凶手残忍地杀死了他，却仍旧让他参加了这场原本应该参加的婚礼，以这样的一种方式。

"然后我又接着查了谢青的社交网站啊，通信记录啊，发现他是在三天前失踪的，没人能联系到他，他的家人也在前两天报了警，只是一直没有找到他。"

赵强听到三天这两个字惊了一下，忍住恶心低头又看了一眼那具尸体："等等，才三天？我还以为死了很长时间了。"

蓝筱雅表示认可："确实是三天，只不过是因为这些虫子而导致尸体加速腐烂。"

"可凶手把尸体放哪儿了啊？能招来这么多的虫子，现在又不是夏天。"

蓝筱雅微微一笑："虫堆里呗。"

"啊？！"

"是啊。"蓝筱雅一脸我是认真的表情。

秦渊蹙眉看着她。"筱雅，你的意思是这些虫子不是尸体腐烂自然出现的，而是凶手把死者放在了满是虫子的地方？"

蓝筱雅颔首道："没错，我刚才就说过，这里面有些虫子根本就不应该出现在这里的，而且你们看这些碎玻璃，说明死者是被装进了一个玻璃容器里，被放在天花板上的，而那个容器里肯定是装着各种虫子，所以掉下来之后，有一部分的虫子马上离开了尸体，因为这不是它们喜欢待的地方。"

赵强突然觉得自己身上有点痒，他总觉得这几天晚上他会做噩梦的。

秦渊视线落在尸体上："虫子会加速尸体的腐烂，这或许就是凶手的目的。"

"死亡原因我还得回法医室做详细的尸检，虫子太多，暂时看不出什么人为外伤。"

这时一直盯着虫子沉默不语的木九开口道："有一个问题。"

还蹲着的赵强抬头看她："木九妹子，是什么？"

木九黑亮的眼睛看着在死者尸体上蠕动的虫子，用毫无起伏的语调问出了这个问题："他是死亡之后被装进去的，还是死亡之前？"

5

木九的问题让在场的人陷入短暂的沉默，蓝筱雅最先开了口："这倒是要好好研究一下。"

赵强听完只觉得浑身上下没一个地方舒服的，看着那腐烂的尸体，摇了摇头："我不大想知道这个问题的答案。"

"但这是关键，筱雅，你处理完这些虫子后先带尸体回去。"秦渊说完，随后又看向赵强，"赵强，你也去帮忙。"

被突然点到名，赵强心里一跳，瞪大眼睛指着自己："我？为何是我？"

蓝筱雅拍拍他的肩膀："和虫子相处久了，你会对它们产生感情的。"

赵强一副要哭了的样子："可我一点都不想和它们产生感情啊！"

在休息室里，洪眉正在向新郎询问婚礼的情况；秦渊和木九敲了门进去；蒋金冀坐在椅子上，弓着身体，神色悲伤。

秦渊对洪眉点了下头，然后对蒋金冀道："蒋先生，请节哀，我们已经证实在宴会厅的那具男性尸体是你的朋友，谢青。"

蒋金冀不可置信地抬头看着秦渊，满脸的震惊。"啊？什么？你说，你说是谢青！谢青死，死了？！不，这怎么可能？！"

秦渊并没有马上继续询问，还是等待了片刻，让他情绪稍稍稳定之后，才开了口："你应该已经几天没联系上他了吧？"

可蒋金冀仍然没有从朋友死亡的震惊之中缓过神来，他摇着头自言自语着："不会的，不会的！"

"蒋先生。"

"啊？！"蒋金冀发蒙一般，抬头看向秦渊。

秦渊又重复了一遍问题："你应该已经几天没联系上他了吧？"

蒋金冀似乎这才听到，身体有些哆嗦着，连声音都是发着抖的："没，没错，他，他是什么时候死的？"

秦渊如实向他说明："三天前死的，死亡原因还未查明。"

"三天……"蒋金冀又低下头看着自己的手。

秦渊继续问:"谢青是你和你妻子共同的朋友吗?"

"不是,他是我的大学同学。"蒋金冀低着头,让人看不清他此时的表情。

"谢青和你妻子平日里有得罪过什么人吗?"

"没,没有,绝对没有!"蒋金冀坚决而肯定地摇头。

秦渊看着他继续道:"我们在宴会场的主台上发现你们站的位置画有两个记号,这是谁画的?"

他抬起头看着秦渊:"是我,因为正好是中间对称的位置,我,我有点强迫症。"

虽然在上面标记好有些奇怪,但蒋金冀的解释倒也算合理,也许初衷只是为了力求完美。

"那谁站在哪个记号上是你们商量好的,还是随意站的?"

"我们说好的,我站在左边,她站在右边。是不是,如果我站在右边,死的就是我?"

木九这时开了口:"对。"

蒋金冀紧张地咽了口口水,面色比之前更惨白了,他双手紧握着,很是局促。

木九再度开了口:"你很害怕吗?"

这样的声音语调让蒋金冀一愣,他抬头看着在秦渊旁边穿着礼服的木九:"什么?"

木九面无表情地看着他很局促的状态:"你看上去特别害怕,死了两个人,一个是你的新娘,一个是你的好朋友,但你的害怕却远远大于你的悲伤,这是为什么?"

看着那双漆黑的眼睛,仿佛有种被看透的感觉,蒋金冀结巴道:"我,身边的人死了,我,我当然会紧张了。"

木九点点头:"哦。"

"你'哦'是什么意思?"

木九眨了下眼睛,缓缓道:"你说得很有道理。"

"……"

就说了这么几句后，木九便不吭声了，秦渊知道木九这是不想问了。

秦渊便开口询问："蒋先生，你最后一次见到谢青或是和他最后一通电话是在什么时候？"

"四天前，就是在这里，第二天我就联系不上他了。那个，警察同志们，我知道的都已经告诉你们了，可以走了吗？我还要去看我的丈人、丈母娘，他们肯定很痛苦。"

蒋金冀离开了这里，洪眉看着记录本："从他口中没得到什么有价值的线索，他和死者是网上认识的，恋爱半年，算是闪婚了，这几天也并没有遇到什么奇怪的事情。"

木九打了个哈欠，然后道："因为他隐瞒了很多事情。"

洪眉看着木九："隐瞒？小九你觉得他有杀人嫌疑？"

"有，但现在人是不是他杀的我并不确定，不过……"木九很笃定地道，"这个案子和他脱不了干系，他不是参与者，就是下一个受害者。"

秦渊："所以我们一定要挖出他所隐瞒的东西，必要的话派人跟着他。"

而调查蛋糕的陈默和唐逸也有了发现。

唐逸汇报道："队长，我们去了蛋糕店，然后发现一个很重要的线索。"

"是什么？"

"筱雅他们订的蛋糕和蒋金冀他们订的蛋糕是一模一样的。"陈默把蛋糕店拿来的蛋糕图片还有登记册给秦渊看，果然上面登记的蛋糕是同一款。

洪眉看了后很是惊讶："居然一模一样的？这么巧？"

唐逸点点头："没错，尺寸外观口味都是一样的，这款蛋糕是他们店最有特色的蛋糕，所以两个蛋糕是在今天一起被送过来的，我觉得很有可能出现在筱雅姐婚礼宴会厅的那个蛋糕其实是给蒋金冀的。"

"原来是这样。"

秦渊回头看着身后一片狼藉的婚礼会场："如果这蛋糕真的是凶手给蒋金冀婚礼准备的，那么藏有假手的蛋糕、被箭穿喉而死的新娘、被放置在虫堆里的伴郎尸体，凶手想展示的到底是什么呢？"

从婚礼中心出来的蒋金冀在路口拦了一辆出租车，出租车在他的面前

停下,他拉开车门坐上了后座。

出租车司机回头看他:"先生,到哪里去?"

蒋金冀报了一个地址:"师傅,不好意思,有纸巾吗?"

"有的。"出租车司机拿出一包纸巾递给他。

蒋金冀道了谢,然后抽出一张纸巾,把眼镜拿了下来,用纸巾擦了擦眼角的泪水,然后把那包纸巾还给了司机。

司机看了眼蒋金冀的穿着,觉得应该是刚参加婚礼的人,便问他:"先生,你刚才是从婚礼中心出来吧,那里发生什么事了?我看都是警察在那儿啊。"

"发生了凶杀案,死了两个人,其中一个还是新娘。"仿佛是一名旁观者,他面无表情地说着那里发生的事情。

"那可真是太惨了,好好的婚礼,红事变白事了啊,这新娘家里人还有新郎该有多难受啊。"

蒋金冀感叹着摇摇头:"可不是吗。"

6

根据陈默和唐逸的调查结果,洪眉双手环胸想了下:"如果蛋糕是在制作过程中就被放进了假手假血包,那制作蛋糕的蛋糕师就有很大的嫌疑了。"

唐逸点点头,显然之前就已经考虑到了而且已经做了这方面的调查:"这款蛋糕是由两名蛋糕师傅制作的,他们都表示自己不知情,绝对没有在里面放过任何和蛋糕无关的东西。"

一旁的陈默也道:"制作间是有监控的,我查看过了,在制作过程中的确没有做过任何手脚。"

既然不是在制作过程中放进去的,而且蛋糕在完成后又没有被破坏的痕迹,洪眉疑惑地开口:"那这假手是怎么进去的?"

"如果整个蛋糕都被调包了呢?"

不知何时赵强从案发的婚宴厅里走了出来,边走边抖,生怕有虫子爬到他的身上去,听到秦渊这么说,他立马接口:"整个蛋糕?头儿,你的意思是有人做了一个一模一样的蛋糕,只不过里面事先放了假手和假血包,然后再和原本要送来婚礼中心的蛋糕给调换了?"

洪眉和唐逸看着赵强有些滑稽的动作,忍不住低笑起来。

陈默分析着:"如果是这样,一可能是在蛋糕店就已经被调包;二是在运送到婚礼中心的路上被调包;三是在婚礼中心被调包。"

秦渊严肃地颔首道:"陈默和唐逸,按照这个思路,你们继续去查蛋糕的来历。"

唐逸刚想点头,秦渊旁边的木九却开口了。

"还有一点。"

"什么?"

木九面无表情,用毫无起伏的语调说:"不能排除放了假手的蛋糕就是给筱雅姐的婚礼准备的。"

赵强嘴角一抽:"应该,不可能吧,这得多大仇才会在婚礼搞出这种恶作剧啊。"在知道两个蛋糕是同一款后,他们直接就排除了这种可能性,实际上他们不愿这种可能性存在。

木九看了他一眼,冷静地回答:"存在即合理。"

唐逸显然也觉得木九说的这种可能基本没有,他开口道:"可是,受害者他们的婚礼中新娘被当场杀害,伴郎几天前被杀害还被装进虫子堆里放在婚礼现场,再来一个被人动了手脚的蛋糕,凶手显然想要彻底毁了他们的婚礼,制造出恐慌吧。"

木九听后反驳道:"问题在于蛋糕并没有给这场婚礼造成任何恐惧,新娘被箭射穿喉咙时,还没有到切蛋糕的环节,你们看到那个蛋糕时,它是完好无损的,对吗?"

陈默沉声道:"对,是我切开的,为了查看里面有没有放置别的东西。"

木九接着说了另一种假设的情况:"而如果他们先切了蛋糕,在看到了里面的东西后,势必会引起恐慌,新郎新娘站立的位置就会改变,他们肯定会离开那里,固定好方向的箭就没法射中他们任何一个人,这样凶手杀人的目的就达不到了。"

秦渊听后表示赞同:"的确,无论是哪种情况,这个蛋糕在这场谋杀案中的存在都是不合理的,这样一来,是不能排除这个蛋糕就是给筱雅他们婚礼准备的。"

听完这么一分析,众人都迟疑了,是啊……

"所以陈默、唐逸,调查时也要把这种可能性考虑进去。"

陈默和唐逸点头:"好的。"

秦渊又看向洪眉:"洪眉,你继续查两位死者的生活圈,交际圈还有其他资料。"

"我明白。"

秦渊看向木九:"我们先回局里,等筱雅的尸检报告。"说完瞥向一直在减弱存在感的某人,"赵强……"

"头儿,我知道……"赵强一拍脑门儿,慢吞吞地往原路回去去找蓝筱雅。

在等蓝筱雅的尸检报告中,秦渊让石元斐查了婚礼中心被害者那个宴会厅门口最近一段时间的监控,可每天都有两场婚礼举办,进进出出人流量实在太大,而在这场婚礼举行之前,进出过这个宴会厅的有新人(因为同样是创意婚礼,并没有请父母)和工作人员,并没有发现其他可疑人员,而最大的问题就在于,现在并不知道这个箭的装置是何时被放进去的。

一场婚礼中新娘和原本定好的伴郎接连被杀是实在不多见的,而两人唯一的连接点就是新郎。

秦渊突然想到了一些案子:"之前有过这一类案子,凶手为了折磨他选定的目标,他并不直接杀害他,而是先选择他身边的人,亲人、朋友,将他们一个一个地虐杀,在给目标以巨大的心理恐惧后,最后才将他杀死,给被害者双重折磨。"他觉得,"我们或许可以从新郎入手开始查。"

木九坐在椅子上,晃了晃脚,沉默了片刻才开口:"他给我的感觉很不好。"

秦渊斜靠在桌子一边低头看着她:"因为他隐瞒了很多?"

"不止这些,但说不清。"木九在他的身上能看出一些东西,那是他表现出来的,而那些捉摸不透的,才是更加令人不安的。

秦渊伸手抚摸着她的头发:"我们可以慢慢查,总会弄清楚的。"

木九抬起头，看着面前的白板，上面贴着案件中目前所得到的线索，漆黑的眼睛一眨不眨，然后歪了下头，靠着秦渊习惯性地蹭了蹭。

　　又过了好长时间，特案队的门被打开，蓝筱雅风风火火地走了进来，后面跟着整个人感觉都不好了的赵强。

　　蓝筱雅把尸检报告递给秦渊："尸检报告出来了，死亡时间是三天前，我在他头部找到了一处钝器伤，不过这伤并不致命。"

　　"那死因是？"秦渊慢慢看下去，在看到上面写的死因时视线停顿了一下。

　　蓝筱雅看向木九，叉腰道："木九，你之前问过他究竟是死前被放进虫堆里还是死后，根据尸检结果，他是死前被放进去的。"

　　赵强抓了抓自己的头发，弄得乱糟糟的："啊，真是，再听一遍我还是受不了。"

　　木九听后还是没什么表情，似乎早就料到了这点，她开口问蓝筱雅："筱雅姐，他是被咬死的还是毒死的？"

　　蓝筱雅向她说明："确切地说是一种毒蜘蛛，我在他体内发现了毒素，而那些虫子都是无毒的，或是不足以导致人体死亡的，但是，在蜘蛛的毒素发作致死之前，有一段时间，他是清醒着被虫子啃咬的，而因为蜘蛛的毒，他体内有很多已经死亡的虫子。"

　　"变态，绝对是变态了！怎么会有这么变态的人！"赵强已经找不到别的词了，只有变态这个词最能表达他现在的感受。

　　蓝筱雅瞥了一眼赵强继续道："我对新娘也做了尸检，那支箭的箭头上涂有毒液，也是属于同一种毒蜘蛛的，不过即使没有毒液，就伤口的位置来看，她的性命也难保。"

　　赵强愤愤地直跳脚："所以凶手家里肯定养了这种毒蜘蛛，还有，还有各种虫子，变态变态！"他又连骂了好几声。

　　蓝筱雅一脸受不了地看着他："我说赵强，你除了会说变态还会说别的吗？"

　　赵强："死变态……"

　　"……"蓝筱雅翻了个白眼。

　　这时秦渊的手机响了，他接了起来："喂，我是……好，我知道了。"

秦渊放下手机，沉着脸对他们道："蒋金冀不见了。"

蓝筱雅吃了一惊："那个新郎不见了？"

秦渊颔首道："他根本没有去见他的岳父岳母，坐出租车离开之后就甩掉了跟踪他的警察。"

赵强听后啧啧两声，摸着下巴道："这个新郎果然有问题啊！"

秦渊表情严肃："不管怎么样，现在必须尽快找到他，他不是嫌疑人，就是凶手的下一个目标。"

婚宴厅里，婚礼司仪拿着话筒微笑着开口："好了，亲爱的朋友们，现在英俊的新郎已经站在了我的旁边，首先我想问一下新郎，此时此刻最想见到的人是谁？"

新郎开口道："新娘！"

司仪继续道："请大声喊出她的名字！"

新郎对着话筒大喊了一声："鹿雯！"

新郎洪亮的声音让宾客们满意地鼓起了掌。

"我想新娘已经听到了新郎爱的呼唤，那么朋友们，让我们和新郎一起把视线投向那个爱的拱门，共同来迎接我们美丽的新娘！"

两道灯光从两侧打向了拱门，浪漫的背景音乐适时响起，灯光下是穿着白色婚纱的新娘和她的父亲。

"大家可以看到，此时新娘正挽着自己父亲的臂膀，走向了属于她的幸福殿堂，新郎，现在你可以去迎接你的新娘了。"

新郎拿着话筒向前走去，而新娘也难掩幸福的笑容，一边走一边看着他。

两人越来越近，只有几步之遥时，新娘原本拿在手里的捧花落在了地上，原本的笑容变为了惊恐的表情，她咳嗽起来，随之而来的却是一点点喷溅出的血珠，滴落在她白色的婚纱上，就像是花一般的点缀。

毫无察觉的婚礼司仪还在主持着："新娘马上就要走向这一生的……"

"雯雯！雯雯！"

"雯雯，你怎么了？！"

她浑身发抖着停了下来,只能用手捂着自己的嘴,却挡不了那喷涌而出的血,那些血从她的指缝间流出,滴落在婚纱上,她睁大眼睛看着向她冲来的男人,大口地呼吸着,可越来越多的血却从她的喉咙涌上来,致使她已经无法说出一个字,瞳孔渐渐开始涣散,她已经听不到身边的呼唤声和尖叫声。

灯光始终落在她那张已经扭曲的脸上,她是全场的焦点,此时却是噩梦般的焦点。

她最终垂下手无力地向后倒去,没有遮掩的嘴大口大口地吐出血,她身体里的开关像是被打开了,里面的血液在迫切地寻找每一个出口,从眼睛、鼻子、嘴巴、耳朵,涌出的血顺着她的脸和脖子流下,染红了那一套最纯白的婚纱。

尖叫声、哭泣声瞬间充斥着整个礼堂,浪漫的背景音乐还在播放着,交织在一起,如同诉说着这个童话开头的恐惧故事。

宾客们疯了一般地向出口冲去,混乱中不知是谁推翻了那巨大而精致的婚礼蛋糕,蛋糕直直地掉落在地上,破碎一般地散开,白色粉色混合的奶油、黄色的蛋糕坯还有涂抹在上面如同草莓酱一般红色的黏稠体。

一个圆滚滚的东西从蛋糕坯里滚了出来,在地上滚了几圈后停在一个年轻女人的脚前,惊慌中奔跑的女人被突然出现的物体绊倒在地,她的手被旁边冲出去的人踩过,她痛呼着缩回手,撑起身体想要爬起来,回头却看到了那个绊倒她的东西。

她的视线对上了一双眼睛,一双死不瞑目的眼睛,它的主人孤零零地倒在地上,被周边人的脚踢碰着,一晃一晃,一晃一晃……

"啊啊啊啊啊啊啊啊啊啊啊!"

7

两场不同地点举办的婚礼连续两天都发生新娘当场身亡,在现场同样发现另一具尸体,这种听上去不可思议的事件却发生了。

特案队赶到现场时,场面还没有得到完全控制,赶来的救护车已经宣告了新娘死亡,新娘的家人崩溃欲绝,还没进宴会厅就能听到里面传来的撕心裂肺的哭喊，宾客中有人昏厥，有人痛哭着，有人蹲在门口直愣愣地盯着宴会厅，突发的惨案让这场原本幸福的婚礼转变成了一场彻底的悲剧，没有人会想到。

秦渊指挥着警察控制着现场，疏散所有不相关的人员，洪眉和几名女警察想要劝说新娘的父母离开这里，他们先是不愿，可最后新娘的母亲承受不住昏倒在女儿的旁边，被紧急送上了救护车。

半个小时后，现场终于得到完全控制，采集取证工作正在进行中，特案队的人站在门口，看着里面的场景，没有一个人说话。

空气中弥漫着血腥味，弥漫着淡淡的奶油味，弥漫着浓重的悲凉和痛楚。

过了十几分钟，鉴定科的队长收队后对秦渊道："秦队，我们好了。"

秦渊向他淡淡颔首："辛苦了。"

等鉴定科的人离开，秦渊和其他队员们戴好手套进入案发现场，距离门口没多远，就有一颗男性的人头倒在地上，他的眼睛大睁着，仿佛还在注视着这里发生的一切，脖子处是一道血口，他的身体目前还没有被找到，警察们正在这个婚礼中心内全面搜寻。

宴会厅的中心，新娘躺在血泊之中，婚纱的上身已经几乎被她自己的血染成了红色，她的脸上全是血，从五官里流出，死相惨烈，触目惊心。

婚礼现场的摄像机全程记录下了婚礼的所有进程，那时候几乎所有的摄像机从不同角度对准了新娘，清晰地记录下了她发作到死亡的过程。

原本摄像机是为了记录下新郎与新娘的幸福甜蜜，没想却成了新娘最后的一段死亡影像。

秦渊他们看着这段录像，一开始一切都是美好的，只见新娘挽着自己父亲的手走向新郎时，她起初只是咳嗽，然后开始咯血，之后大口大口地吐出血，画面血腥恐怖，五分钟后，新娘倒在了自己父亲的怀里，此时血还在从她的五官里不断地涌出。

赵强和唐逸看了忍不住拧了眉头。

蓝筱雅本想捂嘴，但是手上戴着手套，只好放下手，面色凝重："她从发作到死亡的时间很短。"

赵强看着她问："和上一起是同一个凶手所为吧？"新娘都是在仪式

中突然间死亡。

蓝筱雅检查了一下尸体，摇摇头："这个目前还不能确定，死者体内大出血，有中毒的症状，是哪种毒物我还要回法医室进行检测。"她最后看了一眼死去的新娘，起身对他们道，"我去看看另一个。"便走向了那个头颅。

调查完走进来的洪眉和蓝筱雅擦身而过，然后直直走向秦渊几人："新娘的名字叫鹿雯，另一个男死者的身份我从几位宾客口中知道，是新郎的高中同学，原本应该是这场婚礼的伴郎，但据说有急事不能出席，之后几天就失去了联系。"

秦渊听后开口："和谢青的情况一样。"

这时毫无起伏的声音在他们旁边响起："洪眉姐，新郎呢？"

洪眉看向木九，一时也无法回答："新郎……"到了现场后，她的关注点都在确认两位死者身份上，还有新娘的父母上，根本没有在意新郎。

唐逸想了想道："应该是在救护车上陪岳父母去医院了吧。"

洪眉是送他们上救护车的，自然看到有谁陪同，她仔细回忆着，却不能肯定看到的人里有没有新郎。

木九回头看向后面的大屏幕，然后指给洪眉看。"眉姐，你看那里，有看到这个男人吗？"大屏幕上正放着新郎和新娘的婚纱照片。

洪眉看了一会儿，蹙眉回忆了一番："好像没有，等等。"她表情一变，语气肯定地道，"我记得肯定没有这个男人。"

赵强咽了口口水："那新郎去哪儿了？"

陈默听后对秦渊道："我去查一下这里的监控。"说完向门口走去。

在场的每个人这时都明白，如果真的是同一名凶手所为，那么这次的新郎可能会和蒋金冀一样，在离开婚礼中心后失踪。

这时做完检查的蓝筱雅向他们喊了一声："各位，他的死亡时间在昨天，头部被冷藏过，死因还不能确定，现在从皮肤来看，中毒的可能性很高，不过可以确定的是他是死后被砍下头的。"蓝筱雅想到什么，补充道，"对了，他的头上没有被虫啃咬的痕迹。"

赵强松了口气，心想还好没有虫子。

蓝筱雅一脸"我就知道你怕虫子"的表情，然后用戴着手套的手指指着死者的眼睛:"还有死者的上眼皮是被特意粘上去的。"

赵强"啊"了一声:"怪不得他眼睛睁得这么大。"

蓝筱雅站起身对秦渊道:"不过队长,还是得找到他剩下的躯体才能判断死因。"

秦渊点点头,神色凝重:"警察正在这个婚礼中心搜查。"

唐逸想了想表情纠结:"凶手会把剩下的躯体放到哪儿去呢?如果不在这里,那要找到很难。"

木九看向死者的头,语气意外地肯定:"不,就在这里。"

"啊?"

木九却不再说话,而是走向原本放蛋糕的位置,然后转身用漆黑的双眼环视这整个婚宴厅,十几秒后,她的视线锁定了一个方向,她慢慢穿过拱门,穿过新娘的尸体,继续向前走向主台。她站在上面偏头看着周围,然后她走到一边,伸出按下了一个按钮,原本收起的红色帷幕慢慢从两边开始下降。

血红色的帷幕挡住了整个主台,也挡住了上面的木九,他们不知道木九在干什么,紧接着就是一声重物坠落的声音。

唐逸心一跳:"怎么了?"

木九并没有回答他们,此时帷幕又缓缓升了上去,露出了木九,还有她脚边的一具无头尸体。

木九面无表情地看着尸体:"找到了。"

8

一具无头尸体躺在地上,他的身上穿着黑色的西装,肚子的位置有些鼓起,秦渊几人走到主台,看着这具尸体。

唐逸张大嘴一脸吃惊:"居然真的在这里!"

洪眉也是感觉非常神奇:"木九妹妹,你是怎么想到尸体会在那儿的?"

赵强他们都看向木九,即使和她已经相处了这么久,木九还是能给他们带来惊奇,一些不可思议的事情,木九往往都能轻松察觉做出正确的推理。

木九指着正前方远处掉落的蛋糕，面无表情地开口："蛋糕的位置，凶手让死者睁着眼睛，就是为了让他看着自己的躯体，而站在这里能闻到尸体的味道。"原本尸体是被冷藏的，而在外面存放了一段时间后，味道就会散发出来。

蓝筱雅做了简单的检查之后，抬头对他们道："手腕和脚腕都有被捆绑的痕迹，因为穿着衣服，我现在没法看到他身上的情况，死亡原因还要等尸检之后，不过这是不是伴郎龚为的尸体还要回去确认。"

他们一想也对，目前还是不能确定这就是龚为的尸体。

蓝筱雅站直身体对秦渊道："那队长，我先带尸体回局里了。"

秦渊颔首道："好。"

过了没多久，去监控室的陈默回来："队长，我查了监控，新郎郑易然在我们赶到之前就已经离开了婚礼中心，在门口坐上了一辆出租车。"

唐逸听后问："是不是去医院了？"

陈默微微摇头，沉声道："不是，那个方向和医院完全是反方向，我已经让石头去追查出租车的位置。"

秦渊当机立断做了部署。"现在的主要任务就是尽快找到蒋金冀和郑易然。木九还有赵强和我先去蒋金冀的家里；陈默和唐逸继续追踪郑易然的位置；眉姐尽快查清死者的详细资料，还有两起案件中所有被害者存在的关系。"

"好的队长。"

在安排完现场之后，特案队从婚礼中心离开，秦渊开车和木九还有赵强前往蒋金冀的家里。

蒋金冀的父母在他上大学时就相继去世，于是他大学后便留在了o市工作，在这里租了房子。

秦渊联系了房主，向他出示了证件说明来意后，房主给他们开了门。

蒋金冀所租的房子是两室一厅，房主说这房子已经租给了蒋金冀几年了，他对他印象不错，而且蒋金冀准备存够钱买下这套房子。

秦渊几人进了房子，家里看上去非常整洁，看得出平时经常整理打扫。

一走进客厅，就可以在墙壁上看到蒋金冀和余明娜的结婚照，照片上俊男靓女，亲密甜蜜，茶几上也放着两人的合照，完全就是一对新婚夫妻的家里。

在客厅停留了片刻后,他们又走进卧室,卧室的床头也挂着两人的结婚照。赵强扫了一圈便在那里对案子进行猜测:"真是奇了怪了,照理说是新婚夫妻,感情应该是最好的时候,怎么婚礼上新娘一死,这两个新郎的第一反应居然就是走了?难不成这两个新郎其实认识,然后一起谋划杀了新娘和伴郎?啊,是不是因为新娘和伴郎有一腿?两个新郎发现后没有拆穿,而是先杀了伴郎,再在婚礼上设计,杀了新娘?"

没人回答他,秦渊已经离开了卧室,而木九自顾自查看着整个房间。

赵强说完之后就有些不确定起来,接着自我否定了:"总觉得不太合理,是不是两个新郎都被凶手给威胁了?之前收到威胁信,如果不按照凶手所指示的做,就要杀更多的人?"

转念一想:"可是如果收到威胁信应该报警啊?为什么他要隐瞒呢?难道被凶手抓住把柄了?"

木九看完卧室,似乎没发现什么,就往外走,赵强一看她走了,跟在她后面:"木九妹子,你觉得呢?我这些推断中有正确的吗?"

"没有。"毫无起伏的声音从前面传来。

"啊?"赵强一脸失望,锲而不舍地继续问,"真的一点都不对吗?"

在书房的秦渊听声音一回头就看到跟在木九身后说不停的赵强,而木九明显是懒得理他,面无表情地走过来。秦渊看了忍不住轻笑,出声阻止了赵强:"行了,赵强,现在乱做猜测没什么用,重要的是尽快找到蒋金冀。看来他从婚礼中心离开后并没有回过家,没有带走任何钱财、衣物。"

赵强点点头,没继续打扰木九,打开抽屉后也有了发现:"是啊,连身份证都在呢。"

秦渊放下手上的东西,视线看向木九,发现她正站在书桌前,一动不动地盯着什么,他便走上前问道:"木九,怎么了?"

木九指着桌子上的台历:"16 日,就是他们办结婚仪式的那一天,他在上面画了一个圈,然后从 1 日开始,每过一天他就会在日期上面画一个叉,但是从 13 日开始却停止了。"

这个发现让秦渊眉头微锁:"13 日,那正好是谢青死亡的那一天。"

赵强也凑过去看:"会不会是忘了呀?"

秦渊和木九却不这么认为："从时间上而言太过于巧合了。"

"可这又代表了什么呢？"赵强并不明白也想不通。

就在这时，秦渊的手机响了，他拿出手机一看，是陈默打来的。"喂，陈默……找到了？好，我们马上回局里。"

秦渊挂了电话，神情有些复杂："蒋金冀找到了。"

木九从秦渊的表情和语气中已经看到了答案："他的尸体？"

秦渊神色凝重地颔首道："对，他已经死了。"

秦渊三人开车返回局里，到了特案队办公室，其他队员们都已经归队。

一进办公室，木九明显是口渴了，拿起水杯咕嘟咕嘟直接喝下一杯，快喝完时还呛了一口，她旁边的秦渊赶紧拍了拍她的背，边对起身的陈默道："陈默，说一下情况。"

陈默立刻向三人介绍了情况："石头通过出租车的定位系统追踪到了那辆出租车最后停靠的位置，是在一个偏郊地区，附近有一个废旧工厂，我们在那里找到了蒋金冀的尸体，但并没有发现郑易然，因为那附近没有监控，所以现在还没有查到他的去向。"

赵强听后大为吃惊："追踪郑易然，却发现了蒋金冀的尸体？这是什么情况？蒋金冀是郑易然杀的？"

唐逸摇摇头，慢慢道："现在不清楚，我问了那个出租车司机，他说郑易然上车后报了地址，然后就没再说任何话，到了目的地后付了现金就下车了，一路上都没有任何异常。"

秦渊继续问："你们看到蒋金冀的时候，他的尸体是什么情况？"

陈默："他穿着婚礼时的西装，头后部有一处明显的伤，筱雅正在进行尸检。"

一直在看监控的石元斐探出了脑袋："队长，我还在查那周围的监控。"

"好，我们先等尸检结果。"

十几分钟后，办公室门外响起了一阵急促的脚步声，几秒后，蓝筱雅冲了进来，手里拿着尸检报告："各位，尸检结束了。"

办公室原本忙碌的所有人都停下来看向她。

蓝筱雅表情有些复杂:"我要给你们讲一个鬼故事。"

赵强一听,吓一跳:"鬼,鬼故事?姐,你别吓我!说尸检结果就好,干吗还要讲鬼故事啊?"

陈默拍了他一下,示意他安静继续听蓝筱雅说。

蓝筱雅清咳一声,看着他们缓缓开口:"蒋金冀是前天死的,前天早上。"

9

赵强一下子没反应过来,迷迷糊糊地问:"前天早上?这是什么鬼故事?"

秦渊提醒他:"蒋金冀和余明娜的婚礼是在前天中午举行的。"

"早上……中午……什,什么?!"赵强大叫起来,这时才想起来,蒋金冀的婚礼是和蓝筱雅同一时间举行的,就是在前天中午啊!

不只赵强,其他人也是一脸震惊,在案发后第一个接触蒋金冀的洪眉也吓得不轻,觉得太不可思议了:"蒋金冀前天早上就死了?这,怎么可能?我们都亲眼见到他的,还向他问过话。"

"就,就是啊!"赵强瞪圆了眼睛,突然觉得背脊有点凉,"那我们那时候见到的是人是鬼啊?"早上就已经死亡的人,他们居然在中午见到了,还说过话,这真是活见鬼了。

唐逸想到了一种可能性:"筱雅姐,你确定那是蒋金冀的尸体吗?"他想说不定只是长得很像的两个人呢。

蓝筱雅叹了口气,对此也是想不通,她有些激动地道:"我确定,我确认了很多次了!就是蒋金冀的尸体,所以我才说是鬼故事啊。"

结合着这个惊人的发现,秦渊在脑子里把这两起案子所有的线索都理了一遍,他突然想到了一种可能性……

一直没有说话的木九突然开口,说了一句让在场的人更加一头雾水的话。

"现在一切就讲得通了。"

唐逸眨了下眼睛看着木九:"讲得通什么?"

秦渊此时也明白了,他刚才想的可能和木九所说的是一样的,他偏头看向她:"木九,我们见到的人根本就不是蒋金冀,对不对?"

木九抬头看着秦渊颔首道:"对。"

赵强听了倒吸了一口冷气:"我们见到的不是蒋金冀?!那他是谁?蒋金冀的双胞胎兄弟?"

已经调查过资料的洪眉道:"不会吧,蒋金冀是独生子女。"

木九否定了赵强的猜测:"他和蒋金冀没有关系,只是假扮成了蒋金冀。"

赵强还是惊讶:"假扮?太不可思议了,我们那时候看到的那张脸和蒋金冀长得一样啊,而且体形什么的也是。"

木九漆黑的眼睛看着他们,冷静地解释:"因为他把自己的脸弄成了和蒋金冀一模一样,让人完全辨认不出,而他选择了蒋金冀,就是因为身高体形和他相似。"

唐逸挠了挠头发,歪着头问:"可如果有人假扮成了蒋金冀,余明娜为什么会没有发现呢?"毕竟是最亲密的人。

秦渊沉声道:"他应该是伪装的高手,恐怕之前就开始观察蒋金冀的生活细节,模仿他的走路姿势、他的神情、他的声音。"

赵强觉得信息量太大,消化了一下还是不由得感叹着:"天哪!我一直以为这种事只存在于古代的。"

陈默双手抱胸,表情严肃地道:"所以婚礼当天蒋金冀早上被凶手杀了,中午那个男人代替他参加了婚礼。"

木九却摇头道:"不,是三天,三天前蒋金冀就被调包了,只不过他被杀是在婚礼当天。"

赵强一下子明白过来:"啊,所以那个日历……"

木九知道他要说什么,点了下头。

确定了这个,秦渊问蓝筱雅:"筱雅,蒋金冀的死因是什么?"

"他头后部有一处严重的砍伤,从伤口形成的形状来看,凶器应该是一把斧头,这就是他死亡的原因,但是,还不止这些。"蓝筱雅停顿了一下,又说了一个让人惊讶的消息,"我在他的体内发现了一只蜘蛛。"

"蜘蛛!在他体内?"赵强、唐逸还有洪眉都觉得心里一毛,浑身不舒服。

蓝筱雅倒是神情自然地点点头。"是死后放进去的，和毒死新娘余明娜的是同一类蜘蛛，我觉得应该也是同一只蜘蛛，你们要去看吗？蜘蛛还在法医室呢，这可是稀有品种。"

几人都是摇头，特别是赵强，头摇得跟个拨浪鼓似的。

"要。"木九举起手，刘海下的眼睛漆黑得发亮，她看着蓝筱雅，明显是非常期待的目光，和看到蛋糕时差不多。

蓝筱雅向她比了个 OK 的手势："好，等会儿带你去看。"可过了一会儿蓝筱雅马上想到木九之前对待虫子的方式，心想还好这蜘蛛已经死了，不然天知道木九想干吗。

于是为何新郎会在新娘死亡后直接冷漠地离开也就解释得通了，因为他根本就不是新郎，解决了这个问题，秦渊想到了另外一件事："筱雅，昨晚那名新娘和伴郎的尸检结果怎么样？"

"对了，差点忘了他们。"蓝筱雅一拍手，主要是蒋金冀的尸检报告太惊人了，她缓了缓马上道，"尸检结果都已经出来了，新娘鹿雯的死因是中毒，而且是一种剧毒蜘蛛的毒液，我在她的颈后发现了针孔，应该是有人提取了蜘蛛毒液，注射入了她的体内，造成了她七窍流血而亡，不过和毒死余明娜还有谢青的蜘蛛不是一个品种的蜘蛛，这种蜘蛛的毒性更加剧烈。"

停顿了一下，她继续说："而后来木九找到的那个无头尸体就是伴郎龚为的，死因和鹿雯一样，同一种蜘蛛，只不过他体内的毒素要少很多，不过，他和谢青在某一些方面有些类似。"

赵强眼皮一跳，有些不好的感觉："不要告诉我是虫子。"

蓝筱雅一摊手，也很无奈："就是虫子，你们有没有注意到龚为尸体腹部那里很明显鼓起来了。"

唐逸想了想回忆了起来："那不是啤酒肚吗？"

"我一开始也这么认为，但是我剪开他衣服后，却在腹部发现了缝合线，在拆开之后，你们永远没法想象那个画面。"就连蓝筱雅自己也是很少见到这样的尸体。

赵强艰难地咽了口口水，表情纠结："姐，我突然不想知道了。"

木九却已经平静地问了出来:"他的肚子里全是虫子?"

蓝筱雅点了点头:"对的,数不清的虫子,黑乎乎一片,那些虫子应该是被放进一个袋子里,然后再塞进他体内的。我可以肯定的是那时候他还没有死。"

洪眉听了捂住了嘴:"天哪!"

陈默:"难怪他的手腕和脚腕都被绑住了。"

秦渊叹了口气,表情凝重:"而且是用铁链,这样他就没有办法挣脱。只能活生生地忍受着成群的虫子在他体内爬行啃咬。"

赵强捂着肚子,觉得有点痛,怎么能这么残忍!

蓝筱雅继续道:"然后凶手再让蜘蛛咬了他,他中毒身亡,体内的虫子也就都死了,那些虫子我处理了半天。"

"变态,变态!"赵强忍不住骂道。

唐逸表情复杂地道:"所以真的是同一个凶手干的,都用虫子对被害者进行极其残忍的虐待,再用蜘蛛毒死。"

洪眉想到了第二位新郎:"那郑易然是怎么回事?"

木九面无表情地回答:"和蒋金冀一样的情况。"

"啊,还是那个男人伪装的?"赵强实在感到意外,"一个人居然伪装成了两个人?还都没被发现?"

秦渊道:"我想之所以他才会挑选蒋金冀和郑易然,因为他们和他的身高体形都非常接近。"

蓝筱雅举手道:"对了各位,还有一个重要线索,我在龚为的指甲缝里找到一些皮肤碎屑,我从中分离出了DNA,结果是属于一名女性。"

"女的?"

赵强大惊:"凶手是女人?!"

唐逸抓了下头发:"这好像还不能确定吧,留下皮肤碎屑的女人可能是杀人凶手,也可能是帮凶,也可能是其他身份的人。"

秦渊认可地颔首道:"唐逸说得没错,不过既然已经确定了两起案件的关系,我们就可以并案调查,这可以定性为连环杀人案,目前有两名嫌疑人,一名是伪装成蒋金冀和郑易然的男人,另一名是在龚为指甲缝里留下皮肤碎屑的女人,另外,还是要尽快找到郑易然。无论是活着的还是他的尸体。"

当晚,郑易然的尸体在另一个废弃工厂被找到,目击者是一名拾荒老人。蓝筱雅对郑易然的尸体进行了尸检,结果表明,他的死亡时间是在17日下午,也就是昨天,婚礼开始之前,死因和蒋金冀完全一样,头后部有一处被斧头砍的致命伤,体内有一只已经死亡的蜘蛛。

会议室里,石元斐把所有现有的资料都投影到了大屏幕上。"好了,目前两起案件所有的被害者都已经被找到,我们来整理一下所有死者的信息。"他按下鼠标,一张又一张的现场照片还有死者照片在屏幕上播放着。

"伴郎谢青是13日是被杀害的,死因是蜘蛛毒液,死前被放在虫堆中,新郎蒋金冀是16日早上10—11点被杀害的,死因是斧头造成的锐器伤,死后体内被放入毒蜘蛛;新娘余明娜,16日中午12点10分在婚礼现场被杀害,中箭身亡,箭上有蜘蛛毒液,令三人中毒的蜘蛛为同一种蜘蛛。"

"伴郎龚为,16日被杀害,死因是蜘蛛毒液,死前体内放入虫子,死后被砍下头颅;新郎郑易然,17日下午4—5点被杀害,死因和蒋金冀相同;新娘鹿雯,17日傍晚6点08分婚礼现场被杀害,死因是蜘蛛毒液造成七窍流血,令三人中毒的蜘蛛也为同一种蜘蛛。"

大屏幕上忽明忽暗,每一张显示出来的照片都让人触目惊心。

一些关键的问题也渐渐清晰起来:"伴郎都是最先被杀害的,接着是新郎在婚礼前被杀,而新娘都是在婚礼现场遇害。"

"每一种身份的人凶手都采用基本固定的犯罪手法,比如伴郎的死因都是蜘蛛毒液,死前都被放入虫子折磨。"

赵强用手撑着下巴:"可凶手为什么要选择举行婚礼的新人还有他们的伴郎为目标呢?看不惯别人幸福?而且为什么还要假扮成新郎呢?"

"因为他要亲眼看着自己的作品。"毫无起伏的声音在会议室响起,木九的脸在屏幕下忽暗忽明,"我可以进行侧写了。"

10

木九的身体转向他们:"我们要找的凶手是两个人。"

唐逸听后点点头:"是不是那个假扮蒋金冀和郑易然的男人,还有在龚为手指甲缝里留下皮肤碎屑的女人？"

木九嗯了一声："他们的关系一个是操控者，一个是顺从者。"

陈默蹙眉推测道："男人是操控者，女人是顺从者？"

木九："对。操控者策划，而顺从者负责执行。"

"所以杀人的是女人？这些人都是一个女人杀的？"赵强心想，这女人也太……变态了。

木九却摇了摇头："不全是，从六名死者的尸体和死因中可以提取到两种凶器，一种是斧头，另一种是蜘蛛和各种虫。斧头代表的是暴力，用斧头杀人时，是凶手一种暴力的宣泄，看重的是对死者生命的终结；而蜘蛛、虫子代表的是折磨，凶手可以不用借助自己的手，他只需要站在一边看着被害者经受的痛苦，扭曲的身体，听着他惨痛的叫声，他的身上不会沾染任何血，他享受的是这个折磨的过程。"

唐逸听后道："一种是直接杀害，另一种却是长时间折磨，后者要更加变态残忍啊。"

赵强思索了一下问木九："那是不是斧头是那个女人的凶器，而蜘蛛和虫子是那个男人的凶器？"

木九点点头。

秦渊从木九的话中理清了一些思路："所以他要假扮蒋金冀和郑易然，为的是在现场看到新娘惨死的过程，以及新娘的死亡和伴郎的尸体带来的恐慌和混乱。"

木九用毫无起伏的语调开口："因为别人的痛苦和尖叫才是他想要获得的。"

赵强捂着胸口，表情纠结："这，这人绝对是变态究极体了吧。"

对于赵强来说，变态是他形容所有残忍凶手的词，但木九却不会用这样的词，她缓缓道："他是反社会人格，冷漠残忍，极度以自己为中心，年龄在25到35岁，生活优越，职业受人尊重，在任何方面都有主导欲和控制欲；他擅长操控别人，能轻易说服别人按照自己所希望的行动。"

她顿了一下："选择婚礼，是因为他想要找到一个公共场合来展现他的作品，那里能让在场的人从极度的幸福喜悦拉到极度的崩溃悲伤，他是一个操控者，很多事情他不会亲自去做，所以他找到了一个女人，年龄在

20 岁左右，上下不超过 5 岁，精神有轻度错乱，易于控制，性格孤僻，伴有幻想症，小时候遭受过长期虐待，而且是男性，虐待她的男性经常使用斧头。"

秦渊听后分析道："男性嫌疑人更加狡猾，且还会易容，很难追查，所以我们可以从这个女性嫌疑人入手。"

木九的视线转向石元斐："石头哥，找一下过去五年间有十几岁的女孩将自己的父亲或者是亲人中的男性用斧头砍死的案件。"

"好的，稍等。"过了一会儿，石元斐开口，"还真有十几起这样的案件。"

木九眨了下眼，又问："其中女孩被关进精神病院的呢？"

键盘敲击声后："有五起！"

秦渊问："现在人在 s 市的呢？"

"有两个人，其中一个还在精神病院，还有一个。"石元斐看后叫了一声，"啊！半年前逃出精神病院了！"

秦渊语速加快："石头，查一下她的详细资料。"

"呃……OK 了，她叫陈莉莉，现在 19 岁，四年前用斧头把她的继父砍死，砍的头部，砍了好几下，造成他当场死亡，据邻居说女孩经常遭继父虐待，抓捕后发现她精神有问题，就被转送到精神病院治疗，半年前从精神病院逃离，至今没有找到。"

木九垂眸略一思考，抬眼问石元斐："在精神病院期间，她有访客吗？"

石元斐赶紧查："有，据上面的调查记录显示，有一个男性访客，不过之后查过这个人，发现他提供的身份信息都是假的。"

在场的人都有一种同样的感觉——接近了！

陈默："能查到当时那个男人到精神病院的监控记录吗？"

"我试试。"没多久，石元斐把男人的影像放大到屏幕上，"你们看，就是这个男人。"

秦渊看了一眼屏幕又低头道："石头，再调出婚礼上的监控。"

石元斐马上又调出了另一个监控视频，两个人一对比，众人都看了出来："啊，虽然脸不一样，但的确是同一个人。"

居然就这么找到了，赵强激动地道："这么说来，应该就是她了！"

陈默却发现了一个问题："等等，既然她之前有过犯罪记录，应该是采集过她的样本的，她的 DNA 应该是记录在系统中的。"

蓝筱雅心想对啊，但问题是："我在系统中比对过，没有匹配的。"

木九突然想到了什么，看向蓝筱雅："筱雅姐，你再比对一次。"

"好，我马上去。"

过了没多久，蓝筱雅冲进了会议室："啊！这太不可思议了！就是陈莉莉的，为什么之前查不到？！"

其他人也都觉得诡异，只差了没多久时间，怎么会有不同的结果？

赵强大惊："这是又见鬼了？"

木九漆黑的眼睛看着屏幕上那个伪装过的男人，冷声道："因为他准备丢弃这枚棋子了。"

周日，繁华的商业街上满是来来往往的人，有年轻的情侣，有夫妻，有一家三口，也有结伴的朋友，在这个惬意的午后，喝着饮料享受着这难得的休闲时光。

商业街的广场上有一个音乐喷泉，在舒缓的音乐下，大大小小的孩子在一边玩着水，欢笑声、奔跑声、嬉戏打闹声充斥着整个广场。

路过的人看着这些疯玩着的孩子并没有什么责怪，而是淡淡一笑，感慨着他们的活力。

旁边的儿童游艺项目也吸引了不少孩子，大人们在一旁看着自己的孩子，时不时叮嘱着，时不时为孩子拍下这快乐的瞬间。

路人的脸上或平静或微微笑着，有人慢慢逛着，有人为了赶路匆匆走着。这里就像是这座城市某一刻的缩影，即使城市的节奏很快，但也有让它放缓的方法；即使城市在黑暗中总会存在着罪恶，但更多的却是美好。

不过即使是这样，那些罪恶也会蔓延到阳光之下，打破这城市的安宁。

一个年轻的女人出现在商业街的一头，她的个子中等，穿着粗布的衣服，齐肩的黑发披散着，微长的刘海几乎遮住了她一半的眼睛，她的手里抱着一只玩具熊，很大，足有她身高的一半还多，她用双手抱在怀里，像是宝贝一样紧紧地抱着。

她像是一个漫无目的的人，行走在这熙熙攘攘的街上，她的大玩具熊吸引了过路人不少的注意，不过大家就只是看了一眼，接着便转过了视线，可能只是和同行的人指了指，可能有女孩对自己男朋友撒娇着要买，但更多的，下一秒就忘记了。

她一路笔直地走着，神情麻木，她甚至不会去避让将要撞上她的人，迎面的人被吓一跳，奇怪地看了她一眼，接着往旁边避开。

就这么一路，她抱着玩具熊走到了中心的广场，她走过音乐喷泉，走过那些玩水的孩子，走过旁边的游乐设施，最后停在中心那一座雕像前。

她站直了身体，缓缓眨了眨眼睛，然后她一动不动，就像定住了一般，在路人的眼中，就像是在等待与网友见面，或是等待自己男朋友的女孩。

一阵铃声从她的口袋里传出，她的眼睛还是直愣愣地看着前方，像是没有听到一样，铃声一直响着，直到最后停止。

就在铃声停下的那一瞬间，她开始动了，她一手拿着玩具熊，一手从里面掏出了一个玻璃瓶子，瓶子里黑乎乎一片，就像是黑色的玻璃一般，她把玩具熊放在地上，靠着雕像，然后打开了那个瓶子，一个个黑色的东西顺着瓶口爬了出来，有些爬到了她的手上，她的眼神还是一样的空洞，仿佛毫无察觉。

离她最近的路人终于发现了她手上的东西。

"这，这是什么？！"

"天哪！那是虫子！"

随着那一声虫子，女人机械般地仰起了头张开了嘴，然后举起瓶子把瓶口对准自己的嘴，灌了下去，无数黑色的虫子瞬间倒入了她的嘴里。

"啊啊啊！她在干吗？！"

"虫子，啊啊啊！"

周围的人被自己眼睛所看到的震惊了，女人们尖叫起来，有人转身就跑，有人捂着自己的嘴，她的四周陷入一片混乱。

可中心的女人却毫无所动，她继续保持着这个动作，瓶子里的虫子慢慢减少，黑乎乎的虫子塞满了她的嘴，虫子通过她的口腔往她的身体里爬，有些爬出了她的嘴巴，在她的脸上爬行，有些掉落在身体上，钻进她的衣服，很多掉落在地上，四散爬开。

"啊啊啊啊啊啊！"

小部分的骚动逐渐蔓延开来，越来越多的人看到，而外圈的人却不明真相，都伸着脖子往混乱的中心看去。

"里面什么情况？"

"虫子，好多虫子！"

"有女人在吃虫子！"

有人一听到赶紧离开，有人以为是在表演，里面的人想要出来，外面的一些人想要进去看，对冲造成了更大的混乱，里面陆续有人被绊倒或者推倒在地，还来不及爬起，又被人踩住了手脚。

被推倒的一个卷发女孩尝试了好几次还没爬起，她突然感觉到小腿有些痒，她低头看过去，好几只黑色的虫子已经爬上了她的小腿，她尖叫着用手拍着那些虫子，可地上爬来的虫子却越来越多。

"啊啊啊啊啊！"原本平和充满欢笑的广场在几分钟内变成了恐怖的场所，人们的尖叫声、孩子的哭闹声充斥了整个广场。

女人看着眼前惊恐的人们混乱的一切，满意地咧开了嘴，黑乎乎的虫子在她的嘴里进进出出，在她的鼻孔和耳朵里钻来钻去，她却像是没有感觉一般，接着她蹲下身，一些虫子随着她的动作从她的身上掉落，她从玩具熊里又掏出了一个瓶子，同样黑乎乎的瓶子，她打开了瓶子，这一次她没有再灌进自己的嘴里，拿着瓶子的手向前倾倒，虫子啪啪啪……一堆接着一堆掉落在地上，得到自由的虫子，向四周散开，在地上奋力爬行。

黑色的虫子爬向了人群，爬向了在地上的玩具熊，它们沿着它胖嘟嘟的身体，爬到了它可爱的脑袋上，爬过它的嘴巴、鼻子和眼睛，密密麻麻。

11

商业街的保安们在看到监控后首先赶到了中心广场，穿过人群，就看到了零散在地上爬的黑虫子，一路跑过去不知道踩死了多少个，很快他们就看到了中心区域雕像前的那个女人，脸上身上爬满了黑色虫子的女人，覆盖住了她原本的皮肤，远远看去黑乎乎一片，保安们也都是第一次看到这种事，即使是大老爷们也都觉得一阵恶心。

女人的周围也都是虫子，虫子还在向外面爬，一时间谁都不敢靠近那个像是发了疯浑身是虫子的女人，毕竟还没确定这虫子到底有没有毒，保安们想总得先解决了这些黑虫子，便疏散了附近的群众，拿来灭虫器往地上喷，很快，大批的虫子被杀死了，可还有很多的虫子在女人的身上。

女人一动不动地看着他们灭虫，突然毫无征兆地坐在了地上，转身抱起了旁边的玩具熊，她把下巴搁在玩具熊的脑袋上，随着旁边的音乐微微晃动起身体，她张开嘴，似乎是想说话，也许是想唱歌，但她发出的声音却只有："啊……啊……啊……"

她对此却毫不在意，应该是想到了什么开心的事情，她再次咧开嘴笑了。没有人知道那一刻她在想些什么，她想要说什么话，因为下一秒，她抱着玩具熊，身体歪向一边，倒在了满是虫子的地上。她蜷缩着，身体微微抽搐，呕吐物混合着黑色的虫子从她的嘴里流出。她的眼神始终空洞而麻木地看着前方，直到最后一动不动。

特案队赶到现场时，陈莉莉已经死亡，赵强看着在她身上爬来爬去的虫子，虽然这几天几乎天天能看到虫子，但他还是震惊得说不出话来。

地上还爬着一些黑虫子，几个虫子爬到木九的脚边，她漆黑的眼睛低头看着它们，在快要碰到她鞋子时，抬脚踩了上去。

秦渊蹙眉看着那些虫子，偏头问检查虫子的蓝筱雅："筱雅，这虫子有毒吗？"

蓝筱雅摇摇头："没有毒，很普通的虫子，就是多了点而已，看她的情况，是中毒死亡的，不过不是这些虫子造成的。"

"不，不是，她为什么要这么做？！"赵强又想到了在局里看到的监控画面，陈莉莉拿着装有虫子的瓶子直接往自己嘴里倒，他只是看着都觉得浑身难受。

木九看着这个已经空旷的广场，冷声开口："这是那个男人最后的作品。"

"那个男人逼她这么做的？"赵强实在想不明白，那个男人是有多么丧心病狂！怎么能做出这样的事情！

"逼？"木九的眼睛看着女人的尸体，那张爬满虫子的脸上带着笑，

"不，她心甘情愿。"

这个从小被继父虐待的女人，在被打骂时从来就没有一个人帮过她，即使是她的亲生母亲，因为有了更小的孩子，只把她当做是累赘，看着她被打，没有一次阻止过。所以从小到大，她从来没有受到过一点点的爱和关心，就这么麻木而痛苦地活着。

直到十几岁时，在继父熟睡的时候，她举起了继父刚刚磨好的斧头砍向了他，一下又一下，带着热度的血溅在她的脸上，她看着继父被砍烂的脸，这么多年，她又一次笑了出来，虽然声音干涩难听。

她拿着斧头没有走，而是在家里待着，直到生母回来发现，她看着那个生下她的女人第一次哭得那么伤心，她又笑了出来，这一次比上一次要好很多。

她被送去了精神病院，在那里接受治疗，没有人来看她，一待就是几年，时间久了她便忘记了自己的名字，忘记了自己的年龄，忘记了她为什么会来这里，她每天就坐在床上看着窗外，走在走廊里看着窗外，坐在花园的椅子上呆呆地看着，重复做着同样的事情。

直到有一天，一个男人在她的旁边坐下，他什么都没说，只是在她的旁边坐着，整整一个小时，直到有护士来找她，男人笑着对她说了一句话："谢谢你陪我坐了这么久，能问问你的名字吗？"

她摇摇头，因为她自己都忘了。

第二天，那个男人又来了，还给她带来了一个玩具熊，很大的玩具熊，他把玩具熊放在她的怀里，对她说："送给你的。"

她低头看着怀里的玩具熊，发现上面还有一个卡片，她打开一看，上面写着五个字：送给陈莉莉。

"陈莉莉……"她喃喃地念着这个名字。

男人轻笑："我从护士那儿打听到了你的名字。"

她抬头看向他，语气里带着不确定："这是我的名字啊……"

男人对她点点头："对，是你的名字。"

"陈莉莉，陈莉莉……"这一天她抱着男人送给她的玩具熊一遍又一遍地念着自己的名字。

男人时不时会来看她，给她带东西，他经常叫着她的名字，那时候他脸上总是带着笑，很好看的笑容，她也想回给他笑容，可她发现她已经太久没有笑过了，以至于忘了如何去笑了。

半年前，男人说要带她离开这里时，她听后没有丝毫的犹豫，她想要跟他走，于是那一晚，她带着她唯一的玩具熊离开了这所精神病院。

这之后，她发现男人的脸上总是带着笑容，和她说话的时候，让她杀人的时候，把人放进虫堆里的时候……但她从来不会害怕，他让她做的，她都会去做，因为他是第一个对她笑的人，第一个笑着叫着她名字的人。

································

"心甘情愿……"赵强重复了一遍木九的话，觉得自己背脊上蹿上了一股凉意，这是什么样的感情啊？

"现在陈莉莉死了，我们怎么追查到那个男人？"

陈默话刚说完，手机铃声响了起来，在场的人一听，都不是自己的，蹲在尸体旁边的蓝筱雅听了一会儿，抬头看向他们："好像是她口袋里的。"她摸向女人的口袋，果然里面有一部手机，有人打来了电话。

蓝筱雅递给秦渊，屏幕上显示着一串数字，他给木九看了一眼，木九点点头，表示自己记住了，而陈默赶紧给石元斐打去了电话。

"石头，追踪一个号码：134×××××××××。"

秦渊看着陈默打了电话，这时才接了起来："喂。"

"秦队长。"电话那头的男人准确地道出了秦渊的身份，"麻烦让你旁边的木九听电话。"他像是知道秦渊不愿意一样，又加了一句，"不然，我马上就挂电话。"

秦渊没有办法，只能把手机递给了木九："木九，他让你听电话。"

木九拿过手机放在耳边："喂。"

"木九。"男人的声音带着些许的笑意。

木九声音冷硬："你是谁？"

男人却不回答，而是笑着问她："还满意我给你准备的礼物吗？"

木九垂眸，目光冷了下来："你说蛋糕？"

男人轻笑:"你果然聪明。"

"为什么要送给我?"

男人微微叹了口气,似乎陷入了回忆:"因为我们已经好久没见了,木九,从当年你离开那里之后。"

"言斐文。"木九已经确定了,他是言斐文(木九的父亲)当年训练出来的其中一个孩子。

"嗯,只可惜他已经死了,这么宝贵的时候,我们就不要聊一个失败者了。"他顿了一下,转了语气,"木九,对我的作品有什么评价?"

秦渊在一旁低声问石元斐:"石头,查到他的位置了吗?"

"不行,队长,有干扰。"

秦渊看向周围:"他应该就在附近,石头,查到所有附近正在打电话的男人,再比对之前监控中拍到的那个男人。"

石元斐立马道:"好!"

没有得到木九的回答,男人又道:"木九,如果你们想拖时间找到我的话,就应该回答我的问题,你对我的作品有什么评价?"

木九没有理睬,声音冷硬:"你先告诉我你的名字。"

男人问道:"名字有这么重要吗?"

木九照着他的话反问他:"那我的评价有这么重要吗?"

手机那头传来男人的笑声:"呵,呵呵……重要,因为我想知道言斐文女儿的评价。"

"哦。"木九垂眸看着地上还在爬的虫子,"原来如此。"

男人听后饶有兴致地问:"哦?你想到了什么?"

木九用毫无起伏的声音开口:"你从没有被言斐文看重过,即使你认为他是一个失败者,可你依然介意他之前对你说过的话。"

几秒的沉默,手机那头才又响起男人的声音:"不要想看透我,木九,没有用的,我知道你的手段,找到对方心理上的弱点,然后攻击。"

木九没有在意他的话,而是继续道:"你的脸上有伤疤,所以你从不在外人面前露出你原本的脸。"

"呵呵……你真的很聪明,可你们要怎么找到我呢?找出所有附近正在打电话的人吗?正如你所说,我现在看上去可不是我原本的脸。"男人顿了一下，"对了，说了这么多，你还是没告诉我你对我作品的评价。"

"空虚。"木九只说了这两个字。

男人问她："什么意思？"

她没有解释，只是道："字面上的意思，当我抓到你之后，我会在审讯室里告诉你。"

"可问题是你要先抓到我。"

木九："我会的。"

"队长，我找到他的位置了！他在……"石元斐赶紧把位置告诉了秦渊。

"好，我知道了。"秦渊对木九点了下头，然后对陈默和赵强道："走。"

男人还在继续说："说不定下次见到你的时候，我会假扮成你那个无趣的老公秦渊。"

木九冷声道："你比他要矮很多。"

男人笑了起来："你似乎比以前有趣多了，木九，我有些迫不及待想要再见到你了。"

秦渊几人走到了石元斐说的位置，在一条偏僻的小道上，一个男人坐在地上身体靠在墙边。

"但是，还是下次吧。"男人低笑的声音从手机里传出。

"木九，再……"男人的话还没说完，木九直接挂了电话。

秦渊上前蹲下伸手探向他的脖颈处，表情凝重地回头道："他已经死了。"

赵强看着眼前已经死了的男人，惊讶道："那个男人根本不在这儿？！"

陈默叹气道："我们上当了。"

"祁隽。"木九缓缓说了一个名字。

秦渊三人看向说话的木九。

木九漆黑的眼睛看着他们，声音里带着一丝空灵："他的名字叫祁隽。"

第3章 食人绅士

1

即使知道了那个男人的名字叫祁隽，但他的身份依旧是个谜，系统里查不到关于他的半点资料。十几年前言斐文的基地瓦解后，那些被他训练的孩子都和他一起消失，而祁隽就是其中之一，他就像是个凭空出现的人，在完成他自称的所谓"作品"之后，又再度凭空消失，几乎没有留下任何可以追踪的痕迹。

陈莉莉作为一个执行者的自杀带走了唯一可以得到的线索，这个案子虽然暂时告一段落，但远远还没有结束。

对于木九而言，祁隽的出现更像是一种警示，即使言斐文已经被枪决，但他留下的祸根却还存留在这个社会上。

两个月后的一天早晨。

秦渊早早起床烧好了早饭，洗好手脱下黑色的围裙后，他才走回卧室，在厨房时就一直蹲在旁边的哈士奇阿律自然也一路跟着男主人到了卧室。

卧室的床上鼓起了一个大包，木九整个人几乎都埋进了被子里，只有黑发留在外面，虽然房间里开着空调，但温度并不是很低，显然这就是木九睡觉的习惯。

秦渊走到床边上，伸手把被子拉下来一些，露出了一张小巧的侧脸，她闭着眼睛，眼睛感受到了突然来的光线，木九微微皱了皱眉头和鼻子。

没有了在工作中的冷硬和强势，此时的秦渊眉眼间带着外人少见的柔情，他轻声喊她："木九，该起床了。"

木九只是嘟囔了一声，还是没睁开眼睛，动也没动，明显还没睡醒。

一旁的阿律发现自己的女主人还没起来，身体一下子直立起来，两只爪子趴在床边上，露出了一个脑袋，凑过去想要叫醒她，可发现女主人的脑袋离自己有点远，阿律做着准备想要跳到床上去。

秦渊看了它一眼，阻止了它要跳上床的行为，看木九还没醒，索性一把把被子掀开："早饭都做好了，有包子还有其他点心。"

终究是食物起了作用，木九吸了吸鼻子，一下子就睁开了眼睛，黑亮的眼睛看向一边的秦渊，开口道："早。"可第二个字就是，"饿。"

秦渊忍不住笑了，捏了捏她的鼻子："快起来吧。"

"嗯。"木九伸了个懒腰，然后在床上滚了起来，滚到一边又滚到另一边。在床边的阿律看到自己主人的动作，也模仿起来，躺在地上，滚了起来。

滚了几下的木九终于完全清醒了，顶着有些乱的头发一下子从床上坐了起来，洗漱之后就到了客厅，和秦渊面对面坐下吃早饭。

木九吃饭时向来专注，埋头吃着食物，向来不喜欢别人打扰，当然狗也不行。

阿律非常贪吃，而且不怎么喜欢吃狗粮，人吃的食物倒是没有一样不吃的，于是在秦渊和木九吃饭时，它就准时蹲在一边，微微咧开嘴，或卖萌或撒娇企图寻求关注寻求投喂。

秦渊指着旁边它的狗粮，自然是不会喂给它的。于是它就往木九那儿靠近，晃着尾巴，见木九看也没看它，索性就趴到木九的腿上了。

这个不小的动静终于让木九放下了筷子，她转头看着对她哈气晃尾巴的阿律，突然一本正经地开口："耶稣说：你得不到，是不求。你求而不得，那是妄求。"说完她问它，"懂了吗？"

木九试图和一只狗讲道理的结果自然是失败的，最后木九分了半个肉包给它，结束了这场教育。

吃好早饭换好衣服后，秦渊和木九开车去局里，今年 s 市特别热，几乎是几十年来最热的一年，所以全市用电量极大，结果他们局里必须得节电，没有任务的队，除了下午最热的那三小时之外，办公室里不能开空调，于是暂时没有案子的特案队也只能遵守这个规定。

秦渊和木九到特案队办公室时，里面就只有赵强和石元斐，两个人都在对着电风扇喝着冰水降温，明显很热。

木九看着他们的样子，开口问："为什么不去法医室？"法医室因为特殊，所以是一直供冷的，那里绝对是最凉快的。

赵强一听法医室，头摇得跟个拨浪鼓似的："不去，不去，我宁愿在这里热死。"

石元斐捂着胸口："是啊，那里是凉快了，但简直是从心底里冒冷气啊。"

木九听完只是看了他们一眼，什么都没说。两人知道肯定被鄙视了。

秦渊还要处理公事，于是最后木九一个人去了法医室，那里除了蓝筱雅，陈默、洪眉和唐逸都在。

法医室里没事干的几人正聊着天，蓝筱雅喝了口手中的红色饮料："对了，唐逸，你女朋友呢？怎么最近都没见到了？"

想到自己的女友，唐逸的脸上露出淡淡的笑："他们队最近有案子，去 w 市了，不过我早上问过她，说是这两天就要回来了。"

蓝筱雅高兴地道："那就好，等她回来，我们一起出去聚一次，还有陈默，也带上你女朋友。"

"嗯。"陈默应了一声。

蓝筱雅看向一旁没说话的洪眉，挑眉道："眉姐，别忘了还有你老公和我干儿子啊！"洪眉之前遇到了一个不错的男人，对她和孩子都很好，在半年前已经结婚了，如今生活幸福得很。

"我知道。"洪眉温柔地笑着，然后看向门口开门进来的木九，"木九来啦。"

木九走进来关上门，对他们道："早。"

蓝筱雅赶紧对她招手。"来，木九，吃蛋糕。"

木九走过去拿了一块巧克力蛋糕，拿着勺子挖了一块放进嘴里，甜甜的味道充满了她的口腔，这让她满足地眯起了眼睛。

一栋欧式的小洋房里，里面是偏向于古典的巴洛克的装修风格，无论是色彩还是家具，都是华丽而艳丽，一套欧式古典沙发在客厅的正中央，前方的壁炉上挂着一幅巨型油画，而在壁炉的旁边放着一个人体骨架，眼眶处发出幽幽的两道绿光，如同在注视着别人一般。

在客厅不远处的餐厅里，一张欧式古典长餐桌边坐着一个年轻的男人。

精致到无可挑剔的五官和宛如雕刻般的外貌，即使是在家里，他仍然穿着正装，微长的黑发梳理在耳后，没有一丝凌乱。此刻他微微低着头用手中的刀切下一块牛肉，再用叉送入嘴中，动作优雅无比，几乎没有发出声音。他面色柔和，却带着一种不怒自威的贵族气质，他坐在那里，仿佛和这个欧式古典的背景融合在一起，形成了一幅完美的油画。

男人一个人安静地进餐，餐具的旁边放着一杯血红色的酒，他放下刀叉，单手拿起杯子，微微倾斜，品尝了一口，血红色的液体在他的嘴唇上留下一点印记，他拿起餐巾布，用一角轻轻在嘴巴上按了几下，他的每个动作都是这么得体，没有任何可以挑剔的地方。

他优雅地吃完了他的晚饭，将餐具收拾干净后，他走进卧室，换下了他身上的衣服，打开了最里面的衣橱，从一排一模一样的白色衬衫中拿出了一件。他将扣子解开，穿在了身上，再从下到上，将扣子一颗一颗地扣好，直到最后一颗扣子，他整理了一下领子，随后又将袖口的扣子一一扣上，随后是马甲，最后是一套深红色的西装，他仔细整理着自己的衣服，每一处都不放过。

换好了衣服，他便走到一个落地镜前，打理着自己的头发，他就像是要出席一场重要的宴会一般，精心地打扮着自己，最后他满意地看着镜子中的自己，嘴角勾起一抹笑，走出了卧室。

穿过洋房长长的走廊，他用钥匙打开了一个房间的门，里面是一间书房，整面的架子上摆满了书，他走到书架前按下了一个开关，对面的一块墙壁向两边移开，露出了隐藏在里面的一扇门。他缓缓走过去，打开了门，里面是漆黑的一片。

他就像是来过无数次一般，抬脚走向那片黑暗之处。

沿着楼梯一步步向下走，在他经过时，两边的灯亮起，发出微微的红光，映在他的脸上。

走完了这几十节台阶，这个偌大的地下室也完全显现出来，就像是一个家一般，有客厅有厨房，有书架，几乎什么设备都有，只是墙壁那些昏暗而泛红的灯，带来不一样的诡异。

男人缓缓往里走，地下室的中间有一个很大的物体，上面盖着一块深色的幕布，他走上前拉住幕布的一角将它一把扯下，露出了一个大笼子。

笼子里有一个女人,她躺在里面身上冒着冷汗,止不住地哆嗦着。她似乎是感受到了那一点光亮,原本紧闭的眼睛睁了开来,她看向笼子外的男人,挣扎着爬了起来,她的手抓住两根铁栏杆,那张泛着不同寻常红晕的脸就卡在两根栏杆之间。

她伸出一只手,想要抓住男人的衣服,她的眼里含着泪水,干裂起皮的嘴唇微微张开,艰难地发出了声音:"求,求你……"

2

女人伸出的手却始终碰不到那个直挺挺站在笼子外的男人,她又撑了几秒,却没有得到男人任何的回应,最后只能无力地垂下手,她的另一只手也松开了栏杆,她靠在栏杆上,脑袋抵在上面,她只能半睁着眼睛,虚弱地喘着粗气。

男人优雅地站在那里,像看一只动物一样看着笼子里的女人,他没有再靠近一步,而是开口问道:"你感觉怎么样?"

女人剧烈地咳嗽起来,身体支撑不住渐渐向下滑落,她用手轻轻撑着地面,艰难地抬头看向男人,她的声音嘶哑地说:"我,很不舒服,求,求求你,放了我吧。"语气里带着浓浓的哀求。

男人只是一动不动地看着女人的状态,表情不变,很肯定地道:"嗯,你发烧了。"

女人小幅度地点了下头,她强撑着睁开眼睛,用哀求的目光看着这个穿着得体高贵的男人,希望他能放过她。

男人的嘴角缓缓勾起一个弧度。"那你的前额一定很烫吧。"

女人以为男人只是在询问她的身体状况,于是又点了下头。

"还有哪里烫吗?"他继续问。

女人已经没有力气开口说话,只能用手指着自己的脸还有脖子,因为高烧,她的头部和脖颈都像烧起来一般,这让她有种要被自己的体温活活烧死的感觉。

男人用一种审视的目光看着她。"哦,很好。"他似乎很满意,嘴角的弧度越来越明显。

"水……"女人张了张嘴，却只能发出一个字，从醒来后她已经很长时间没有喝到水了，加上她发了高烧，更是需要水。

"水……"男人缓缓念出了这个字，似乎是在思考什么，几秒后，他点了点头，"你的确需要水。"

女人有些激动地喘着气。"谢……"

男人走到一边，没有去厨房倒水，而是拿起了角落里的一根水管，他打开了水闸，水管里流出了水，他拿着水管走回了原本站着的地方，将水管对准了笼子里的女人，不是温和的水流，他将水流开到最大，急速的水冲向虚弱的女人的身体。

"啊……"她被水流直接冲倒在地，水冲在她的身上，生疼，她的身体在地上扭曲着，挣扎着，她想要避开，男人却轻松地转变着方向，重新冲在她的身上。

足足持续了几分钟，等到浑身被冲湿的女人已经承受不住陷入昏迷，男人才关了水闸，他放下水管，走近去看她："这些水足够了吗？"

不知过了多久，女人醒了过来，头晕头痛身体的所有不适下一秒全部席卷而来。她的眼睛微微睁开一条缝，然后又虚弱地闭上，过了好久，她才又睁开了眼睛，眼前是一个餐桌，长长的餐桌，上面放着一套精致的餐具。她低头看自己的手，才发现她两只手都被绑了起来，她此时正坐在一把椅子上，不仅仅是手，脚还有身体都被牢牢地和椅子绑在一起，她抬起头，看到了自己之前待着的那个笼子。

这让她一下子明白过来，她还在原来的地方，她只是从笼子里出来了，却依旧没有逃离这个噩梦般的地方。她挣扎了一下，可身体太过于虚弱，没一会儿她就喘着粗气，再也没有力气了。

"你醒了。"男人温和的声音从后方传来，女人的神经一下子紧绷起来，他醇厚迷人的嗓音让她的头皮发麻，她的嗓子已经完全哑了，一下子发不出什么声音。

身后的脚步声响起，男人走过她的旁边，她努力抬着脖子看过去，发现男人正在戴手套。

白色的手套，男人仔细地戴好了一只，然后又戴好了另一只，感受到了女人的注视，他看向她，对她露出了微笑，他伸出手，探向了女人的前额。

女人却被他的动作吓坏了，她的身体不由得跳了一下，可男人只是用手背碰了一下她的额头，再没做任何的动作就收回了手。

男人的脸上始终带着优雅的笑容，就像是一个温柔的绅士。"你的额头真的很烫。"可语气里却没有担心，而更是陈述一个事实。

因为高烧因为刚才的冷水因为害怕，女人的身体不住地发抖着。

男人又看了她一眼，似乎是想到了什么，从一个柜子里拿出了一个类似于颈托的东西，又走回了她的身后，然后从背后把它给女人戴好。

因为戴上了颈托，女人的头根本低不下去，颈托的前部很高，她的下巴高高抬起，这让她的脸几乎和地面平行，她喘着气，她很恐惧，根本不知道男人到底想对她做什么。

"求……"她看着男人比刚才更近的脸，想要说话求他，声音却嘶哑得根本没法听。

"本来我是不会这么做的，因为食物应该是在烹饪器皿上烧制的，不过今天你倒是给了我一些灵感。"

女人看着男人意味不明的微笑，她不知道她给他的灵感是什么，但她知道对她来说绝不是好事。

男人说完这句话就又走到她的身后，她只能看到头顶上的天花板，听着身后男人弄出的一些声音，却根本不知道他在干什么，他将要对她做些什么。

看不见反而更加恐惧。

过了一会儿男人的脸再度出现在她的眼前，他戴着白色手套的手上拿着一个小碗，另一只手上拿着一个刷子，他的嘴角噙着笑，把刷子放进小碗里，蘸了一些里面的金黄色透明溶液，他拿着刷子在女人的滚烫的额头上刷了一层，女人的头被固定着，让她无法动弹，只能任由男人在她的额头上刷了一层又一层。

在惊恐之中，她似乎闻到了一股味道，她这时反应过来，男人在她的额头上涂的是油！

又刷了一层之后，男人把刷子放进碗里，放到一边，然后手里又拿了一个打火机。

"不，不，不要……"她瞪大了眼睛看着男人打出了火苗，她似乎明白了男人下一步想要干什么，她使出所有的力气挣扎着，椅子因为她的动作小幅度震动起来，但她依旧没有办法挣脱。

"不，啊！"她嘶哑地叫着，却阻止不了男人把火苗放在她的额头上，原本就发烫的额头更加滚烫了起来，油被火点着，燃烧起来。

"啊！啊啊啊！"女人痛苦地哭喊着，她甚至可以看到在自己额头上烧起来的火，"啊！啊！"她全身更剧烈地挣动起来，她的手紧紧握着，指甲生生掐进了她的手心里。

男人静静地看着她头上的火苗，丝毫不在意她痛苦的模样，他从身后拿起一个盘子，用夹子夹起了一片培根，然后就放在了她的额头上，培根在火中发出嗞嗞嗞的声响，混合在女人越来越低弱的叫声中。

女人彻底昏死过去，地下室里就只剩下肉慢慢烧熟时发出的那美妙的声音。

嗞嗞嗞……

不久后，偌大的地下室里响起了男人醇厚迷人的嗓音："肉熟了。"

3

一早，赵强吃着肉包子，手里拿着一袋豆浆晃着走进了特案队办公室，今天来得太早，办公室里只有唐逸一个人。陈默的位子上放着包，明显就是去训练了，他对唐逸道了一声早，发现对方低着头没反应。赵强走到自己的位子旁放下包，拿着早饭走到唐逸身后，一看，得，原来是在看书，他咬了一口肉包子，嚼了嚼："唐逸啊，你这又在看什么书？"

唐逸这才听到赵强的声音，回头对他道："啊，强哥，你来啦，这书是问筱雅姐借的，一个食人魔写的幻想小说。"

"食人？"赵强以为他听错了。

但唐逸却以为他大概没听懂，便解释道："嗯，就是吃人肉。"

吃人肉……人肉……肉，居然真的是……赵强嚼着嘴里的肉，觉得整个人都不好了，他赶紧喝了口豆浆把肉咽下去："写这小说的人吃人肉？真是世界之大无奇不有，也太重口了。"

唐逸点点头，打算详细和他说："对的，几十年前他杀了一名女性，然后对她的尸体进行肢解,当晚吃下了她的鼻子还有大腿内侧的肉,然后再将其他部分分类存放在冰箱里,第二天早上将她的……"

赵强听着脸色都不对了,泛起一阵恶心,他赶紧出声阻止了滔滔不绝似乎要把整个食人魔案件都讲完的唐逸:"停!不要再说了,唐逸小朋友,我早饭还没吃完呢!"

赵强这么一提,唐逸这下才反应过来:"啊,抱歉,强哥。"

赵强仰头叹了口气,用手捂着自己的额头:"怎么会有心理如此变态的人?"

"因为他觉得表达爱意最好的方式就是吃了她们。"木九毫无起伏的声音带着一种特别的阴冷。

赵强觉得头皮都发麻了,扭头看向门口,就看到木九跟着秦渊走进来,身后还有蓝筱雅。

"他还将女死者的眼球挖出来,泡在酒里。"蓝筱雅晃了晃她手上的饮料,里面放着她自己制作的假眼球,她对赵强一笑,"就像这样。"

赵强觉得他今天大概是不用吃早饭了。

正从外面急匆匆走进来的洪眉正好听到蓝筱雅这一句,立马一愣:"嗯?你们已经知道案子的情况了?"

蓝筱雅扭头看洪眉,一脸茫然:"啊?什么案子?"

"嗯?"洪眉道,"我们刚接手的案子,你们不是在聊吗?"

发现是误会了,蓝筱雅摆手道:"不是,眉姐,我们在聊食人魔呢,几十年前的案子了。"

洪眉颔首道:"哦,是这样啊,我还以为你们已经了解过这次发生的案子了。"说到案子,她表情有些严肃。

收到消息,在训练的陈默也赶回了办公室。

秦渊一听到案子,表情也凝重起来:"眉姐,什么案子?"

洪眉向他们大致介绍了情况:"今天早上有一名拾荒者在一个垃圾桶里发现了一具被装在黑色袋子里的女性尸体,她的双眼被挖掉,现在被害者身份还没确认。"

众人一听明白了,怪不得洪眉以为他们刚才在讨论这个案子。

"眉姐和唐逸继续查死者身份。"秦渊说到一半就感受到了一股炽热的目光，来自他的右侧。

盯（⊙w⊙)……

他的视线依旧看着前方，继续道："陈默、赵强和我去现场。"

盯（⊙w⊙)……

秦渊轻咳一声："筱雅，你也和我们一起去。"

继续盯（⊙w⊙)……

叹了口气，秦渊终于偏头看向他的右侧，对上了木九漆黑发亮的眼睛："我知道，没让你不去。"

"啊？木九妹子怎么了？"赵强心想木九可是看到什么血腥的场面眉头都不皱一下的人，为什么队长突然强调让她去这件事。

秦渊伸手轻轻揽着木九，嘴角的一丝笑容让他原本冷峻的脸上带上了一些暖意："她怀孕了，已经一个多月了。"

几秒的沉默，直到赵强手里的豆浆掉在了地上。

陈默倒是最先反应过来的，对秦渊和木九说了声："恭喜。"

蓝筱雅是第二个："小九，你怀孕了？！"

接着是洪眉："木九妹妹，你怀孕了？！"

然后是唐逸："木九，你怀孕了？！"

最后是赵强："木九妹子，你居然怀孕了？！"

木九："……"

木九看着他们一脸震惊意外的表情，加上赵强说的那句话，木九眨了眨眼，最后看向赵强："什么叫我居然怀孕了？我是女的，如果是秦渊怀孕了，你那后半句才是对的。"

秦渊你居然怀孕了？！赵强在心里默念了一遍，然后看着队长的表情，他赶紧低头，要是说这话不是找抽吗？！

"太好了，木九！"蓝筱雅从震惊中缓过神来，心里开心得不行，一把抱住了木九，然后不忘对秦渊道，"队长，恭喜啊！"

"是啊，队长恭喜啦！"

秦渊眉眼皆染着笑："谢谢。"

"那木九妹妹你还要出现场？会不会身体有反应？"毕竟那里不仅仅有垃圾桶还有尸体，空气里的味道自然很恶心，前几个月本来就是反应最厉害的时候，洪眉不免有些担心。

木九摇头道："没事。"

秦渊："先去现场吧，不舒服再让她回车里坐着。"

于是加上木九，五个人很快就赶到了现场，发现尸体的垃圾桶在一处偏僻的路上，这里的垃圾桶不经常清理，因为一下车，就可以闻到空气中的恶臭味，还好现在已经入秋，不然这里的味道和虫子会更加严重。

秦渊一闻到这里的味道，就偏头问木九："怎么样？"

木九一边戴手套一边回答："没事。"

秦渊点点头，出示了证件带着三人进入了警戒线内，陈默则去查看附近的监控。

死者的尸体已经被搬到了垃圾桶外面，平放在地上，为了不破坏任何线索，尸体并没有被拿出，还是被黑色的袋子包裹着。蓝筱雅拿着工具箱走在最前面，到了尸体旁边蹲下身把袋子掀开，露出了女人的脸。

眼前的景象让蓝筱雅皱了眉头，女人的两个眼球都被挖掉，留下两个血窟窿，血顺着脸颊留下，已经干涸，这个当然不足以让她感到吃惊，问题在于死者额头上的一块肉也被割了下来，伤口整整齐齐，已经能看到里面的白骨。

"这是怎么回事？她额头上怎么……"

蓝筱雅道："被割下来了。"

木九看着死者的头部，似乎想到了什么，她开口道："筱雅姐，检查一下她的全身。"

"嗯。"蓝筱雅点点头，在秦渊和赵强的帮助下，把尸体从袋子里取出，尸体完全呈现在他们面前，看到的那一刻，蓝筱雅有些吃惊，她看着尸体上的缝合线，惊呼，"这具尸体被解剖过！"

赵强也跟着叫了起来，"欸？！什么情况？"

"他取走了死者所有的内脏。"

毫无起伏的声音在身后响起，赵强头皮一麻，回头看向站在旁边面无表情说出这句话的木九，咽了口口水："木九妹子，你怎么知道？"

木九看着死者的脚底，独特的嗓音缓缓开口："玫瑰食人魔。"

4

"玫瑰食人魔。"秦渊微拧着眉头低声重复了一遍这五个字,然后走到了木九所站的位置,看向了死者的脚底,那是一朵红色玫瑰,在那里悄然绽放。

蓝筱雅在脑子里回想了一下,此时也记起了这五个字代表的是什么,可紧接着她想到的问题是:"凶手不是十年都没有出现过了吗?"

赵强完全一脸迷茫,轮流看着三人不怎么好的脸色,疑惑地问:"什么案子啊?"十年前他还不在 s 市,所以对这个案子根本没印象。

秦渊开口向赵强讲述了这个当年轰动一时的案件:"第一起案子发生在十四年前,死者是一名女性,之后每个月都会有新的死者被发现,死者中有男有女,年龄都在十五岁至三十五岁之间。死者的尸体都在垃圾箱被找到,且都放在黑色的袋子里,双眼被挖去,内脏被几乎全部取出,身上的伤口全部被缝合好。在每个死者的脚底都发现了一朵红色玫瑰,这是凶手的一个标志。"

每个月一名死者,连续四年,那就有四十多名死者了,赵强倒吸了一口冷气,看向他眼前的女死者。"和这个死者的情况几乎一样啊!"他往旁边走了几步,这时也看到了死者脚底的红玫瑰,"所以才会叫玫瑰……可,为什么是食人魔?死者的内脏难道被,被凶手给……"

木九替赵强说完:"被凶手吃了。"

秦渊补充道:"凶手一直没有被找到,起初在案件调查的过程中,当时参与的警察都以为凶手这么做是为了贩卖器官,直到十年前出现的最后一位女受害者,警方才发现之前的推断是错误的。"

赵强咽了口口水:"她怎么了?"

木九用毫无起伏的声音道:"她是在家中遇害的,从被杀,到凶手剖开尸体取出内脏并缝合,再到他烹饪内脏并食用,和受害者同住的朋友目睹了全过程。"

烹饪内脏并食用……赵强的脑子里反复放着这句话,觉得一阵恶心。"她,看着自己的朋友被……"吃了这两个字赵强实在说不出口,这也太残忍变态了，可转念一想，"那照理说她不是看到凶手的长相了吗？为什么凶手没有杀了她？"

秦渊开口向他解释道："据她说凶手戴着面具，而她被绑在了椅子上，所以最后只提供了凶手的身形、大致的年龄和他的声音，现场没有留下任何指纹还有DNA，都被凶手清理干净了。"

在地上蹲着脚麻了蓝筱雅站起身继续道："这之后凶手好像就消失了，也一直没有被找到，很多人推测他已经死了，不过他是生是死至今是个谜，这个案子也成了s市最凶残的未破案件之一，当时全市的人都人心惶惶的。"

木九开口道："而今天正好是十年前最后一名死者被害的那一天。"

"那这个死者是……玫瑰食人魔又再次作案了？"整整十年没有再出现过被害者，现在却又出现了，想想都觉得毛骨悚然。

秦渊分析道："当年据那名唯一的目击者的口供来看，当年凶手在三十岁左右，到现在在四十岁左右，的确存在这种可能性，但玫瑰食人魔当年有不少崇拜者，也有人模仿他作案，所以不能排除模仿作案这个可能性。"

赵强一副见了鬼的表情："这种人居然还有崇拜者？"

蓝筱雅对此已经见怪不怪了："当然有了，但凡是那些变态杀人狂，都会有崇拜者，你去网上搜搜就知道了。"崇拜者家里往往会贴着凶手的照片，收集他作案的所有资料，给他所在的监狱寄信，把他当做是一种信仰，极端的就是模仿作案。

赵强觉得自己的三观受到了冲击。

这时，陈默走了回来，表情凝重地对秦渊道："队长，我检查过了，这附近没有监控。"

可惜却不意外的结果，凶手弃尸之所以会选择在这种偏僻的小路上，就是因为附近没有监控，让警方没法追查。

秦渊听后颔首道："先回局里吧,把当年案件的档案调出来进行比对。"

回到办公室，蓝筱雅去进行尸检，而洪眉和唐逸已经确定了死者的身份。

"死者叫林青，二十一岁，是一名在读大学生，四天前家人报了失踪，那一天她和同学出去玩，下午分开后就失去了联系。"

赵强"啊"了一声："四天前？筱雅说死者的死亡时间在昨晚 7 到 8 点间。"

秦渊道："所以凶手在杀死死者之前囚禁了她数天。"

这时，坐在椅子上喝着牛奶的木九开了口："和当年第一名死者的性别、年龄、职业，包括囚禁的时间都相同。"

当年的档案还没有拿出来，洪眉惊讶地看着木九："木九妹妹，你这都记得？"

木九放下牛奶面无表情地道："言斐文当年给我看过这个案件的资料。"说话时嘴上还沾了点牛奶。

在场的人听后第一反应是佩服木九过人的记忆力，而后想到的是那时候她还不满十岁。

秦渊看向木九抬手指了指嘴的位置，木九眨了眨眼，反应过来后，伸出舌头把嘴边的牛奶舔掉。

过了没多久，蓝筱雅手里拿着尸检报告走了进来，第一句就是："木九，你说得没错，死者体内的脏器基本都被拿走了。"

赵强还是很震惊："居然是真的！"

"死者是生前被剖开的，解剖到缝合尸体的方法都很专业，绝对不是第一次做，死因是失血性休克，还有死者死前发过高烧，她额头上有被烧过的痕迹，燃烧物……"蓝筱雅顿了一下，"是食用油。"

石元斐从电脑后面探出脑袋，以为听错了："你说食用油？"

蓝筱雅点了下头，表情有些复杂："而且我还找到了一些肉的残留物，不是人肉。"

石元斐艰难地问："所以说？"

唐逸脸色有些发白："凶手在死者的额头上烧过肉。"

赵强和石元斐倒吸一口冷气，同时叫道："我的妈呀！"

而木九的关注点却不一样："筱雅姐，你说死者生前发着高烧？"

"对，没错。"

木九点点头，却没再说什么。

"凶手他到底，不是，对吧，肉，在人身上烧，然后……"赵强已经被震惊得语无伦次了，最后化为两个字总结，"变态！"

没多久，陈默就从档案室里找出了当年所有的案件资料，将那时候的尸体局部照片和这次死者的进行对比，就有了惊人的发现。

蓝筱雅翻了翻当时的尸检报告："黑色袋子的材质和当年相同，死因，包括死者身上的缝合方式也一样。"

唐逸来回看了好几遍，之后才非常肯定地道："就连死者脚底的红色玫瑰也是一模一样的。"

"所以唯一的区别就在于这次凶手在死者的额头上……"赵强语气复杂地说出了这三个字，"烧了肉。"

唐逸补充道："然后还把额头上烧伤的那块肉割了下来。"

木九用毫无起伏的语调道："因为她发了高烧，食物能在热的地方被烧熟，这给了凶手灵感。"

听到的人只觉得背脊有些发凉。

赵强想了想问："所以真的是玫瑰食人魔在沉寂了十年后再次作案？"所有案件的细节几乎相同，而四十岁左右的他也有能力作案。赵强想或许玫瑰食人魔特意选在今天这个特别的日子向世人宣告他的回归。

秦渊表情沉重地摇了摇头，"目前还不能确定，还有一种可能，这是一次比较完美的模仿作案，如果是这样，凶手就知道当年案件的所有细节。"

坐着的木九以极快的速度翻着手里的一份档案，她的视线最后落在那份目击者的笔录上，她用手指敲了敲，而后看向秦渊，语气坚定："当年的那名目击者，我要和她谈谈。"

5

安排好了每个队员的调查方向，在联系了当年的目击者袁婷后，秦渊开车和木九前往目击者的家里，车上，木九带着秦渊早上给她买的布丁还有蓝筱雅买的抹茶蛋糕，一上车就拆开包装开始吃。

都说怀孕后，孕妇的食量会增大，不过就秦渊看来，似乎也没什么变化，因为原本木九就很能吃。

搞定了两个布丁和一块蛋糕后，秦渊的车也开进了袁婷的小区，在楼下停好车，木九心满意足地把垃圾扔进垃圾桶里，和秦渊走进了袁婷住的那栋楼。

走到三楼301室的门口，秦渊按了门铃，没多久，屋里传来了脚步声，然后是一个女人的声音："谁？"

秦渊开口回道："袁女士，我们是特案队的，之前和你联系过。"

略微的迟疑，接着门打开了，露出了一张长相平凡的脸。袁婷扎着一个低马尾辫，身上穿着家居服，在看到秦渊和木九后，她的表情有一瞬间的羞赧，似乎是为了自己太过随意的打扮，她伸手微微拢了拢有些凌乱的头发，理了理自己的衣服，而后她开口对他们道："请进吧。"接着弯腰从鞋柜里拿出了两双拖鞋。

"打扰了。"秦渊和木九换好拖鞋跟着袁婷走了进去。

在这个老式小区两室一厅的房子是袁婷的家，但同时也是十年前案发时的现场，当年袁婷和被害者宋晓余共同租住在这里，后来这所房子被袁婷买下，她也就一直独自住在了这里。

袁婷让他们坐在了客厅的沙发上，然后去厨房给他们倒水。

木九从进屋开始就一句话没说，只是用眼睛观察着这个房子，然后在脑子里比对着她刚才在办公室看到的当年现场的照片，这个房子应该在几年前装修过，但是地板的颜色和墙纸的颜色没有改变，单看客厅还有厨房，家具的位置和当年也没有什么变化，看得出即使重新装修了，房子还是尽量保留着当年的样子。

只有沙发旁边的书架是当年没有的，木九扫了一眼书架上的书，这时袁婷走了回来，把两杯水放在了茶几上。

"谢谢。"秦渊道了谢，并没有去喝水，而木九却先看了眼玻璃杯，然后拿起杯子喝了口水。

袁婷并没有坐下，而是有些歉意地道："你们稍等一下。"她说完就往里面的房间走，过了一会儿她回来了，身上披了一件衣服。

木九注意到她不仅仅去披了一件衣服，手上还拿了一支钢笔。

袁婷在他们对面的沙发上坐下，有些不解地问："你在电话里说要和我了解当年晓余的事，为什么过了十年又重新提起这个事？"

秦渊只是道："我们想重新查一查当年的这个案子。"

"是不是……"她犹豫了一下，抬眼看着秦渊，"他又作案了？"袁婷说话时用手摩挲着这支钢笔，这似乎是她下意识的动作。

"只是正常的案件调查。"对此，秦渊并不多说，也没有向她透露最近发生的案子，"因为你是当年所有案件中唯一的目击者，所以我们想了解一下情况。"

"哦，是这样啊。"摩挲钢笔的动作停顿了一下，她的视线略微向下，片刻的沉默。

秦渊开始了询问："袁女士，你还记得当时凶手是怎么进屋的吗？"

秦渊的问题让袁婷抬起了头，她抿了抿嘴，开口道："是晓余让他进屋的，因为那一天我们卫生间的下水道堵塞了，所以请人来修，而我那时候在房间里。"

秦渊继续问："那之后呢，你听到了什么声音？"

袁婷的视线向上，似乎在回忆当时的经过："晓余的叫声，然后是人倒地的声音。我觉得很奇怪，所以赶紧出去看了，走到客厅就发现晓余倒在地上，头上有血，我吓得叫了起来，然后就被敲晕了。"

"你醒来之后呢？"

袁婷垂下眼，视线看着茶几，她缓缓道："我被绑在了椅子上，嘴巴被胶带封住，挣脱不了，然后我看到了晓余躺在了桌子上，她应该是比我伤得重，还没有醒。"

秦渊等她说完后问："那凶手呢？他在哪里？"

"他穿着一身西装，黑色的，他走了过来，发现我醒了后，还对我笑了一下。"袁婷又停顿了一下，缓缓摩挲着手里的钢笔。

"然后站在了晓余的旁边，他手上戴着手套，然后从包里拿出了一个箱子，从里面拿出了一个针筒，他告诉我他要给晓余注射麻醉剂，不过是局部麻醉，所以她的大脑还是清醒的。之后他解开了她的衣服，她当时穿着她新买的连衣裙，他在她的身体上看了很久，他告诉我这是一件很美妙的事。"

她的声音越来越低，袁婷握着钢笔的手微微收紧，人微微颤抖着，"然后他从箱子里拿出了刀，在我的面前割，割开了她的身体，我看到晓余睁开了眼睛，但他却笑了。"袁婷说着闭上了眼睛，似乎还能看到那一幕一般。

秦渊并没有说话，而是等着她继续说下去。

她缓了缓，做了个深呼吸。"之后我没再看，我实在不敢看了，但是他还在不断地说着他在干的事，每一个步骤都会告诉我，他说他把她的内脏拿了出来，我虽然看不见，但是我能听到那些恐怖的声音。不知道过了多久，他说他把她的身体缝合好了，接下来就可以，可以进餐了。"她低着头，身体微微哆嗦着，像是又重新感受到了那时恐怖血腥的场景，"我睁开眼，看到他又笑了。"

秦渊注意到袁婷说了三次笑了，他微微蹙眉："从始至终，凶手都戴着头套吗？"

袁婷点点头，继续摩挲着手中的钢笔："对的，我只能看到他的眼睛和嘴巴，他的眼睛很亮，嘴唇很薄，还有声音很低沉，我可以感觉得出他大概三十岁的样子。"

秦渊继续问："之后他还干了什么？"

"他去了厨房，出来的时候手里端着几个盘子，我知道那不是我们家里的盘子，应该是他带来的。他还带了红酒和杯子，红酒里放着晓余的眼睛……他让我看着他吃，那些盘子里放着的是……晓余的……"袁婷眼里含着泪，紧拧着眉头说不下去了。

"他还和你说过什么吗？"

"他还在晓余的脚底纹了一个红玫瑰，然后他回头问我好看吗。"袁婷视线向下，看着桌上的水杯，下一秒，她像是回过神来，继续道，"他收拾了很久就离开了，离开的时候他没有关门，说会有人看到我把我放了的。"

和十年前的笔录基本相同，但秦渊觉得有什么地方有些不对劲，他看向旁边一言不发的木九，发现她漆黑的眼眸一直盯着袁婷。秦渊可以肯定，她应该是发现了问题。

果然，下一秒木九偏头看着他，开口道："我肚子饿了。"

木九的暗示秦渊自然一下子就明白了，木九是想要单独问她，于是他起身："那我出去帮你买。袁女士，抱歉，我很快回来。"

袁婷"哦"了一声，听到门关上的声音，然后才看向一直没有出声的木九，一直都是那个男警察在提问，以至于她刚才都没有注意到，现在才发现她的年纪看上去并不大,齐刘海,眼睛很黑。袁婷犹豫了一下,开口道:"有一些饼干,你要不要先吃一点?"

"不用了。"木九摇摇头,她盯着袁婷的脸,漆黑的眼眸带着看穿人心的力量,她的声音毫无起伏而冰冷。

"前面的假话我都已经听腻了,现在,让我来听听真话。"

6

袁婷满脸错愕地看着木九,对方的眼神太过尖锐,以至于她原本握着的手竟一下子松开,手中的钢笔就这么掉落在她的腿上,腿上传来的感觉使她整个人微微一跳,然后像是回过神一般。她低下头赶紧拿起钢笔,如同宝贝一般放在胸口的位置。

她再次抬头看向木九,表情里有一丝的局促:"你,这话是什么意思?"

木九没有回答她的问题,而是开口问了她一个问题:"你当初为什么要买下这个房子?"

袁婷没想到木九会问这种事,不由得一愣,有些局捉地回答:"那,那是因为,因为这里是晓余最后待过的地方,所以我要买下来。"

木九对她的这个回答并不发表评价,而是又问了第二个问题:"这个房子重新装修过,但和案发时的现场几乎没有任何变化,地板和墙纸也用了和之前完全一样的,为什么?"

这次袁婷明显好了很多,回答也顺畅了起来:"还是同样的理由,我想要这房子保持着晓余在的时……"

木九明显有些不耐烦了,这次根本没等她说完就打断了,她冷冷地说出了两个字:"撒谎。"

如此直白的两个字让袁婷的脸上出现了一秒惊愕的表情,然后她缓了过来,不禁冷笑起来:"你们既然觉得我撒谎,为什么还要来找我?"

木九喝了一口水,放下杯子后敲了敲玻璃杯壁,她漆黑的眼眸看着袁婷有些发怒的表情:"因为你隐瞒了太多。"

袁婷像是一下子被激怒了,她不由得抬高了声音,满脸的怒气:"我把所有的事都已经告诉你们警察了,十年前就已经全部告诉了,当时的事是我这辈子都不愿再去回想的，你们没能力抓住他，却让我一直去回想那些细节，你们未免也太过分了！现在倒好，居然说我撒谎，我为什么要撒谎？！"

相比于袁婷的激动，木九依旧面无表情地看着她，如同在看戏一般，她缓缓开口："在进门之前我也不能确定你撒谎的原因，也不知道你隐瞒了多少，但是……"木九顿了一下，压低了声音，"你刚才暴露了，暴露得很彻底。"

袁婷微喘着气，有些咬牙切齿地问："你到底想说什么？"

木九身体前倾，没有语调的声音显得独特而阴冷："你买下这间房子不是为了她，而是因为他。"

她看着袁婷控制不住变化的表情，继续道："你即使装修也保留了房子原本的模样，不是为了她，而是因为他。"

即使心里已经波涛汹涌，但袁婷的脸上尽力保持着平静，她像是为了掩盖，笑了一下："什么她他的，我不明白。"

"不，你明白我的意思。"木九步步紧逼，她说完后身体向后，平视着她，"当你知道我们是来找你问当年的案子时，你问的问题是他是不是又作案了。你想知道的是他是不是又出现了。可当得到否定的答案后，你失落了。"

袁婷摇着头辩解道："那是因为他出现了，你们就能抓到他了！"

木九冷冷地道："是吗？"

她看着袁婷因为慌乱而收紧的手："你是想我们抓到他，还是你能见到他呢？"

袁婷错愕地看着木九："我为什么会想见他？"

木九漆黑的眼睛一眨不眨地看着她："因为这十年来你都在期待着他的出现，甚至他能回到这里——他最后作案的地方。"

袁婷眼神闪烁起来，她避开了木九的眼神，视线落在了玻璃杯上："你在胡说些什么？他要是出现，我会报警，会，会帮晓余报仇。"

木九缓缓摇了摇头，将玻璃杯转了一个面对着袁婷，语气肯定地道："你不会报警的，因为他对你来说不是凶手，不是杀人狂，不是食人魔，只是他，只是一个男人。"

袁婷紧紧咬着嘴唇，似乎在克制着自己的情绪："他，他可是杀了我的朋友！"

木九听完淡淡道："那又如何？"

袁婷似乎被她的这四个字惊到了，直愣愣地看着木九。

"你根本就不在意不是吗？"木九说着身体再度前倾压制着她，她看了一眼袁婷手上紧紧握着的钢笔，"不然你为什么要留着这支钢笔，刚才在问话之前还特意去拿了它。"

袁婷更加捏紧了钢笔，她咽了口口水："这只是我的幸运物，拿着它让我……"

"撒谎。"木九再一次打断了她的解释，"玫瑰食人魔，你知道人们为什么给他起这个代号吗？"她看着对方心虚的眼神，"一是因为他吃人肉，二是因为他似乎钟爱玫瑰花，而你手里的钢笔上刻有一朵玫瑰，这是他的东西。"

袁婷急急地道："这是我的东西。"

木九平静地开口："当然，他送给了你。"

袁婷双手抱胸，将钢笔用另一只手臂遮住："你有证据吗？"

"我没有证据，但是你的动作和眼神帮我证明了。"

她们对视了几秒，袁婷移开了视线，哼了一声："你真荒唐。"

木九冷冷地看着她，直接说了出来："你觉得和一个爱上杀了自己朋友的凶手比，谁更荒唐？"

袁婷惊慌地看着木九，大叫着否定："我没有！"

木九压低了声音，漆黑的眼睛如穿透人心一般："你有，所以你买下了这个房子，这个你唯一一次和他接触过的地方。你即使装修了也没有改变这里，因为你要保留那时候的模样，这样你可以一遍又一遍地回想当时的场景。你知道他喜欢玫瑰花，所以玻璃杯上有玫瑰花，你所有的餐具上都有玫瑰花。"

袁婷眼神慌乱了，一副被看穿的样子："胡说八道，你在胡说八道！"

木九语速很慢，一字一字地说出："胡说八道？听听你之前的回答，你对他的描述要远远多过于你的朋友宋晓余，因为你的视线被他牢牢吸引了，你根本不在乎你的朋友正在经历着什么，甚至，你产生了嫉妒，为了一个见面不过一小时的杀人魔,你嫉妒了你的朋友。"

她发疯一般摇晃着头,她想要极力否认:"不!不!"

"他解开了她的衣服,她当时穿着她新买的连衣裙,他在她的身体上看了很久。"木九面无表情地重复了她之前说的一句话,她视线向下,看了眼袁婷外套里的衣服,眼神里带着一种嘲讽,"她穿着她新买的衣服,而你只是穿着普通的家居服,这让你嫉妒了。你在想为什么宋晓余要打扮得这么漂亮,为什么吸引到他的会是她,而不是你自己。他在她的身体上看了很久,却没有看你,这让你更加嫉妒了,他的眼神温柔而痴情,但是看着的不是你,只有她,只属于她。"

袁婷急红了眼睛,她的手死死抓着沙发,眼神愤怒。"别说了,别再说了!"

木九平静地看着对面情绪激动面临崩溃的袁婷,决定再刺激她一下。"你说他对你笑了三次,这是你在十年前做笔录时没有提到的事情,因为他根本就没对你笑过,你坐在这个房子里一次又一次地回顾当时的场景,回顾着他每一个眼神、每一句话,然后加上了你的幻觉,十年,足够让你自己相信你的幻觉。"

"不,不是!"这大大地刺激到了她的神经,她瞪圆了眼睛,像是一个疯子一般,表情从愤怒变为了痴笑,"他真的对我笑了!是对我!他还……"像是意识到了自己的失误,她赶紧闭上了嘴。

"他还什么?"但是木九却捕捉到了,"他看到了你的眼神,他知道你在想什么,后来他解开了你身上的绳子,他还喂了你。"她顿了一下,一字一字地说出口,"吃下了宋晓余的内脏。"

最后一句话让袁婷瘫软在沙发上,她看着对面那个看上去娇小却可怕的女人,有些虚弱地笑了:"你,为什么都知道?"

"我最开始就说过,你暴露得太彻底了。"木九眨了眨眼,又想到了一点,"还有很重要的一点你也撒谎了,你看到了他的长相,因为他笃定了你不会向警察告发他。"

袁婷已经无话可说,她只是低着头,痴痴地看着手中的钢笔。

"这十年来,你忘不了他,一直在等着他出现,书架上都是心理学的书,你的房间里应该放着你收集到的所有关于他的资料,你想了解他,等到再次见到他时,你甘愿成为他的'食物'。"

"你是不是觉得我疯了?我没有!"袁婷歪着头冷笑起来,"呵呵,你是不会懂的,只有看到过才会明白,他对待她很用心,那种感觉真的很奇妙,我是唯一一个,在他旁边看着他完成这一切的人,我是唯一的,唯一的……"她的口中不断重复着这三个字,十年来她就像这样催眠着自己。

木九冷冷地看着这个可恨到悲哀的女人,她起身前对袁婷说了最后一句话:"十二年前,宋晓余救过你一命吧。"

那句话传入她的耳朵里,女人的笑有一瞬间的停滞,她的眼角滑下一滴眼泪,不知是为了她,还是他,或是她自己。

木九再也不看袁婷一眼,走到门口开了门,秦渊正站在门外,听到声音,回头看向她。

木九走到他旁边,似乎有点累,她头一歪,靠在了秦渊身上,毫无语调的声音在他的下方响起:"她的房间里应该有玫瑰食人魔的画像。"

秦渊先是一愣,而后伸手摸了摸她的头发:"厉害。"

木九抬起头面无表情地接受着夸奖,然后去翻他的口袋。

秦渊疑惑地问:"找什么?"

"吃的。"木九翻了翻,发现没有。

秦渊不由得笑了:"你真饿了?"他自然以为不过是木九的借口,所以一直站在门口,主要还是不放心她。

木九鼓了鼓脸:"嗯,饿了。"

7

正如同木九预料的那样,在袁婷卧室的衣橱里,贴满了关于玫瑰杀人魔的资料,从第一起案件开始直到最后一起的,所有的资料她都收集了,大多都是从报纸上剪下来的,她还用红色的笔在上面圈圈画画,旁边还贴着每一个案发现场的照片,全部都是她自己去拍摄的。

十多年,警察在找玫瑰杀人魔,她也在找,警察是为了将他绳之以法,而她却只为了见他一面,甚至愿意成为他的"食物",这种让人觉得疯狂而不可思议的事情,只因为她已经畸形扭曲的爱。

资料的中间是一幅人像画，那是一个穿着西装的男人，三十多岁的年龄，剑眉，眼神坚定而温柔，嘴角微微勾起，看上去就像是一个高贵优雅的绅士，可他就是那个在四年间变态残害了四十九人的玫瑰食人魔。

之后赶来的警察到了袁婷的卧室，将她衣橱里的资料全部都取了下来，袁婷一开始只是在门口看着，看着她收集了十年的东西被放进箱子里，她整个人麻木地看着，直到她看到那幅她亲自画的画像被取了下来，这无疑刺激到了她，她突然发起了疯，大叫大吼着要冲过去："不要带走他！把他还给我！那是我的东西！属于我的！"

袁婷被拦了下来，但她依旧在吼叫着，她甚至用手去抓拦住她的警察的脸，那幅画就像是她十年来的全部，是她抛弃了朋友，抛弃了良知，她唯一剩下的东西，可现在却被人给夺走了，这就像是在她的身上生生割了一刀又一刀。

袁婷很快被身边的警察牢牢控制住，她跪在地上，痛哭着，看着那幅画被放进了箱子里，最后盖上了盖子。

"啊啊啊啊！那是我的，我的……"她像是耗尽了最后一丝力气，瘫倒下来。

木九在她的身后面无表情地看着她，看着这个已经彻底癫狂的女人，玫瑰食人魔杀害了四十九人，可真正伤害影响的又何止这四十九个人。

离开了袁婷的家，秦渊和木九带着资料回了局里，一到办公室，秦渊把袁婷画的画像递给了石元斐，让他对比系统里身份证的照片。

石元斐接过画像不由得一愣，眨巴着眼睛看向秦渊："队长，这是玫瑰食人魔？"

秦渊颔首道："没错，就是他。"

陈默一听不由得觉得奇怪："这是谁画的？"

"袁婷。"

听到的队员们都大惊："袁婷？！那个目击者？"

洪眉满脸疑问，觉得不可思议："不是说凶手当时一直戴着面具所以她没有看到吗？"

"不，她看到了。"木九拿出了放在口袋里的录音笔，她旁边的唐逸接过并放了出来。

他们几人听着木九审讯的过程，越听眼睛就瞪得越大，听到后面时，洪眉不由得用手捂着嘴，他们万万没有想到竟然会有这种事情，一个算是被害者的人竟然爱上了在她前面残忍杀害自己朋友的食人魔，为了这个食人魔，隐瞒了十年。

石元斐边用电脑自动对比着符合画像的人边问木九："木九妹子，她真的吃，吃了？"他实在是接受不了这一点，这可是她的朋友啊！即使是陌生人，吃人肉……

木九扭头看着他，面无表情地点点头。

"天哪！"石元斐捂着胸口，觉得一阵恶心，不是强迫而是自愿，这还算人吗？

洪眉蹙眉愤愤地道："而且宋晓余之前还救过她的命啊！她怎么能这样？"

木九用毫无起伏的声音道："因为她的心理已经扭曲了。"

原本他们以为那些凶手的心理很难懂，现在连这种人的心理都无法理解了，而缓过来的特案队队员们接下来就开始佩服起木九，这只是她第一次见到袁婷，只是短短不到一个小时的时间，她就靠她的那双眼睛完全看穿了这个女人，将她隐瞒了十年的真相完全挖掘出来。

石元斐一脸崇拜地看着她："木九妹子……"

还没说完，木九像是知道他要说什么，点了点头："嗯，我知道。"

唐逸走到石元斐旁边看着那幅画像，开口问道："可是，袁婷的画像可信度高吗？毕竟她不是看着他画的，会不会有偏差？"

木九却道："这是她最爱的男人，他的脸已经印在了她的脑子里，她不会忘记的。"

在场的人没有一个人感动于这样畸形的爱情，只觉得可怕到背脊发凉。

人可以因为爱上一个人而变成天使，但也可能变成魔鬼。

这时，秦渊突然发现没听到赵强的声音，于是问："赵强呢？"

秦渊一说，他们也反应过来，唐逸"咦"了一声："奇怪，队长，你没看到他吗？你打电话回来的时候，他也开车去了。"

"没有。"秦渊算算时间，他们在那里待了很久，他如果是和后面的警察们一起来的，不可能碰不上，除非，他蹙眉问，"他是不是单独开车的？"

陈默道："应该是。"

唐逸心想不好："强哥不会又迷路了吧？"

他们正说着，石元斐的手机响了，他低头一看："得，是赵强。"赶紧接了电话，他索性直接开免提了。

"喂，赵强。"

手机里传出赵强很急的声音："石元斐，快帮我看看，我现在在哪儿呢？"

石元斐一听差点跳起来，睁大了眼睛就瞪着手机，还用手指指着自己，"你在哪儿你问我？！"

赵强无辜地道："我迷路了啊，旁边又没看到路牌。"

石元斐翻了个白眼，只可惜赵强看不到："你可真行，你车上有导航啊，大哥，你不会用吗？"

赵强急道："问题就是它把我导到这鬼地方来的啊。"

"我真服了你了。"石元斐通过定位找到了赵强所在的位置，可一看就傻眼了，"我找到你了，你怎么到那边去了！"居然和赵强原本要去的方向几乎是相反的，石元斐没办法，只能远程指挥着他。"你现在直行，然后到前面掉头。"

"对，笔直开，然后向右小转。"石元斐看着电脑屏幕上赵强车行驶的方向，大叫起来，"哎！哎！哎！向右小转，你现在是向左！！"石元斐表示他选择死亡。

办公室的所有人都有些不忍听下去了，秦渊抬手揉了揉眉心，下次绝对不能让赵强单独开车出去。

最后石元斐实在没了想法，只好交给耐心极好的唐逸给赵强指挥，而赵强还在搞着右转还是左转的时候，石元斐找到了和画像高度匹配的一名男性。

石元斐想了想，有些无奈地道："我们是不是应该感谢袁婷画得不错？"

秦渊看着屏幕上出现的男子照片，沉声道："如果不是她隐瞒了十年，玫瑰杀人魔或许十年前就应该落网了。"

石元斐叹气："是啊，或许新的受害者就不会出现了。"

"石头，调出他的资料。"

"好。"石元斐很快就查到了他的资料，他看着出现在屏幕上的信息，僵着脖子扭头看向秦渊，"队、队长，可是，他已经死了，在八年前就死了。"

8

在场的人都非常震惊。"八年前就死了？"

秦渊看着电脑屏幕上的男人资料，谨慎地道："还不能确定这个男人就是玫瑰食人魔，毕竟只是画像匹配。"

唐逸拧着眉头道："那要怎么确定？当年所有的案发现场凶手都没有留下任何的DNA和指纹。"凶手之所以这么多年都没有被抓，就是因为他作案时非常细致谨慎，没有留下一点点的线索。

"先让袁婷来帮我们确认。"

众人看向坐在椅子上开口的木九，石元斐打了个响指："对啊，她是唯一见过凶手的人，而她又爱上了他，看到自己爱了十年的人肯定会一下子认出来。"

秦渊和木九拿着照片到了袁婷所在审讯室，秦渊在审讯室旁边的房间里看着，而木九一个人开门走了进去。为了控制住情绪波动很大的袁婷，她的手上被铐上了手铐，而从被带进审讯室，一开始又哭又喊的她最后就这样一直神情麻木地看着桌面，一动也不动。

所以对于有人进来，袁婷起初没有任何反应，还是保持着原本的姿势，直到木九在她对面坐下，叫了她的名字。

"袁婷。"

对面传来的特殊声音让袁婷整个人一颤，她慢慢抬起头，就对上了那双漆黑的眼眸。

麻木的表情一瞬间转变为愤怒，她看着这个挖掘出她隐藏了十年秘密的女人，这个夺走了她所有的女人，袁婷咬牙切齿地道："是你！"

木九面色平静地看着她："是我。"

袁婷冲她吼着："你又来干什么？还想夺走我什么？！"

无视她的怒气："让你看一张照片。"木九拿出那张照片放在桌子上，正对着袁婷,从始至终一直盯着她的眼睛。

袁婷看着桌子上的照片,在看到男人的一瞬间,她一下子瞪大了双眼,她的胸口剧烈地起伏着,震惊接着转化为抑制不住的喜悦,她的双手因为激动而颤抖起来,就这么痴痴地看着照片上的男人,她咧开了嘴,竟笑出声来。

是他,是他!她一眼就能肯定!

他在看着她,他又在看着她,袁婷永远也忘不了那时候的感觉,那种被他注视着的感觉,时隔了整整十年,她终于又一次看到了他,即使只是看着他的照片,这依然让她激动不已。

袁婷流着泪痴笑着伸手要去触碰那张照片,却在即将碰到的前一秒,照片被抽走了。

照片就这么消失在她的视线之中,袁婷瞪大了眼睛看着木九将照片拿了回去,她的视线向上,看到了那张面无表情的脸。

木九对上她的眼睛,缓缓开口:"我来只是让你帮我们确定这个男人是不是玫瑰食人魔。"人在这种毫无防备之下一瞬间做出的反应都是本能无意识的,所以即使袁婷没有之后的反应,木九也可以确定这个男人就是玫瑰食人魔。

袁婷这才恍然发现自己刚才干了什么,她暴露了他的身份,反应过来的她不由得怒目圆睁地看向木九,但随即她想到了什么,笑了起来:"呵呵呵,你们抓不到他的,十年前你们都抓不到,现在又怎么抓到呢?"

"我们的确抓不到他了。"木九身体前倾,压低声音一个字一个字地道,"因为他已经死了。"

袁婷整个人一震,不可置信地看着木九。"什,什么,你说什么?"

木九冷冷地道:"他八年前就已经死了。"

"你胡说!你胡说!他怎么可能会死,不会的,不会的!"袁婷摇着头,拼命去否认她听到的事情,她甚至用手想要去捂住自己的耳朵,然而她的一只手被铐着,她发了疯似的用拳头捶向桌子,"啊啊!你撒谎,撒……"

木九开口打断了她,纠正道:"撒谎的一直是你。"

"不!不!"袁婷想要站起身伸手去抓木九,但单手被铐着,她只能趴在桌子上,却怎么也碰不到木九一丝一毫,她大吼着,"把他还给我,还给我！"

　　木九站了起来，居高临下地看着她，用毫无起伏的语调开口："袁婷，如果你十年前没有隐瞒的话，或许你当年还能再见到他。"她推开椅子向外走去，在经过袁婷身边时，冷冷地道，"你说呢？"

　　木九的声音传入她的耳朵里，喊声突然停止，几秒后接着便是更加撕心裂肺的又一次吼叫，袁婷已经彻底崩溃。"啊！啊啊啊啊！啊啊啊啊啊啊啊！"吼声响彻了整个审讯室，她十年的希望和期盼在今天如同玫瑰食人魔的尸体一样，化为了灰烬。

　　她再也见不到他，再也见不到了……

　　"照片！对了，照片，把他的照片给我！"袁婷哀求地看着木九，"求你！"

　　木九拉开门，只是回头看了她一眼，直接走了出去。

　　秦渊和木九回到办公室，在外面开车转了一个多小时的赵强也终于回来了。

　　"队长，木九妹子，我都听到了，你好样的！"然后在收到木九的眼神后，赵强还不忘辩解，"都是这导航坑我！指路都指不清楚的。"

　　蓝筱雅听了在一旁吐槽道："全世界导航都坑你一个人好了吧。"

　　赵强只好撇撇嘴不说话了。

　　秦渊走到石元斐旁边："石头，说一下这个人的资料。"

　　石元斐赶紧看向电脑："他叫陆向青，男，死亡时37岁，我查了当时医院的记录，是晚期癌症，他是病逝的。"

　　玫瑰食人魔十年没有作案，对他的身份和行踪一直无人知晓，这样一个连环杀人狂，这样一个逃过警察多年追铺的变态凶手竟然最后是死在了癌症上，这是所有人没有预想到的，或许也是他没有想到的。

　　唐逸听了问蓝筱雅："筱雅姐，他得癌症和他吃人肉有关系吗？"

　　蓝筱雅摇摇头："没进行过尸检，这我不能判断。"

　　赵强握紧拳头愤愤地道："如果真的是因为吃人肉得病的，那还真是报应！四十九条人命呢！"

秦渊看着陆向青当年的医疗记录，蹙眉道："36岁时被检查出的癌症，看来他是因为生病后无力作案才停止的。"

"换而言之，如果当年他没有生病，他会一直继续作案下去，直到被抓啊。"赵强说完觉得背脊发凉，如果真是这样的话，那当年还会有多少受害者出现啊……

秦渊略一思索，开口问石元斐："石头，他还有其他亲人吗？"

石元斐敲击着键盘，马上查到了："有，他还有一个弟弟。"

"把地址发到我手机上，我们去他弟弟家。"

9

秦渊带着三人去了陆向青弟弟陆向晨的家里，陆向晨比陆向青小三岁，虽然是亲兄弟，但是无论是从长相还是之前的身份地位都相差很多。陆向晨长相普通，从中专毕业后，换了无数的工作，但都是很底层的工作，而哥哥陆向青，生前则是一名律师，享受着别人的尊敬，但就是这样一位温文尔雅、穿着讲究、举止气质如同绅士一样的男人，却正是十多年前让人胆战的玫瑰食人魔，在四年间无差别地杀害了四十九名无辜的人，并吃下了他们的内脏。

陆向晨现在住在陆向青去世前住的房子里，他之前有过一段婚姻，但没几年就离婚了，没有孩子，之前住的房子卖了，从那之后就独自居住在了这里。

陆向晨的家在一楼，秦渊在门口按了门铃，过了一会儿从屋里传来脚步声，对方没问外面是谁，直接开了门，而开门的人正是陆向晨。

秦渊向他出示了证件："警察。"

陆向晨在看到他们后，脸上的表情在一瞬间露出了一些惊慌："警察，呃，你们有什么事吗？"

秦渊接着问道："陆向青是你的哥哥吗？"

"对啊。"发现警察不是来找自己的，陆向晨的表情似乎一下子放松了些，"你们找他？他几年前就过世了。"

秦渊颔首道："这我们知道，我们现在怀疑陆向青与十多年前的凶杀案有关系，所以来这里进行调查。"

陆向晨听了表情一变，不可置信地叫道："你说凶杀案？！我哥哥他和凶杀案有关系？"他表现出的震惊不像是伪装。

"没错。"

陆向晨看着他们，摊手道："可你们问我也没用，他的事我都不知道啊。"

赵强接着问："那陆向青的物品呢？"

陆向晨抿了抿嘴，开始有些不耐烦了："电器家具我都用着，没用的东西就扔了啊。他都过世了，我不可能都留着，你们说是不是？"他摆明了想要和陆向青的所有事情都撇干净，从他的肢体还有表情上，都可以看出他并不想让警察进入他的家里调查。

"这个房子下面有地下室吗？"

突然出现的女声让陆向晨愣了一下，他这时才注意到那三个男警察旁边还有个女的："地下室？怎么可能？这房子就一层。"

秦渊听完他说的："能让我们进去看看吗？"

陆向晨似乎有些不情愿，就站在门口，保持着半开着门的状态，既没有直接拒绝也没有让他们进屋的意思。

木九看到他表情中的那一点心虚，直接问："不方便？"

陆向晨对上那双眼睛，心里一惊，他眼神闪烁了一下：然后开大了门，"没有没有，进来吧。"

秦渊："打扰了。"

陆向晨想到什么，从鞋柜里拿出四双拖鞋："你们换下拖鞋吧。"

看着他们换好了拖鞋，陆向晨领着他们进了自己的房子。

木九走在最后，叫住了陈默。

这是一个三室一厅的房子，房间很大，但是同时也很乱，从陆向晨的衣着上就可以看出，他生活得很邋遢，家里的东西都是乱放，厨房里更是脏乱。

陆向晨把放在餐桌上吃完的外卖盒收起来扔进一边的垃圾桶里。"不好意思啊，家里有些乱，几天没理了。"

他们走到客厅的位置，秦渊问陆向晨："陆先生，四天前的下午你在哪里？在做什么？"

陆向晨算了算日期，回道："四天前？我在上班啊。"

秦渊接着问："那昨天晚上到今天早上呢？"

一旁的赵强一听，马上就明白了，队长这是在确认玫瑰食人魔的弟弟陆向晨会不会是这次案子的凶手，这两个时间，一个是死者失踪的时间，另一个则是抛尸时间。

陆向晨听到这个问题，眼神闪烁了一下，有些结巴地道："当，当然在家睡觉啊。"他说完马上就转换了话题，笑着道，"那什么，你们去房间里随便看啊，我去帮你们倒水。"说着就往厨房那边走。

陆向晨一离开，赵强就问木九："木九妹子，你觉得这房子下面有地下室啊？"

木九往房间里走，声音毫无起伏："十年前的调查显示被害者应该是被关在地下室的，陆向青没有结过婚，一直是独居，而他的工作很忙，如果要确保死者内脏的新鲜度，就必须时时查看被害者的身体情况，所以从多种方面来看，他关死者的地方一定离他住的地方很近。"

赵强双手一拍："啊，有道理，这地下室应该挺隐蔽的吧，不然陆向青的弟弟怎么会不知道呢？"

而这时说去倒水的陆向晨走到厨房门口，贼头贼脑地探着头，看着他们走进了里面的房间，直到确定看不到他后，他赶紧从客厅里拿了一个包，然后脱了拖鞋光脚走到门口，他一边注意着屋里的动静，一边赶紧换上了鞋子，他轻声开了大门，人一下子就窜了出去。

在进房子之前，木九当时叫住了陈默，让他在门外等着，不用进去，所以陈默一直在门外，身体靠着门口的墙壁，抽着烟。

他听到动静，原以为是秦渊他们调查完了，可偏头一看，皱了眉头，出来的是陆向晨，他怀里抱着一个包，就这么鬼鬼祟祟地冲了出来。

陈默一看不对劲，没有出声，很快做出了反应，他把烟放进嘴里，几乎在陆向晨出现的下一秒伸出了脚，侧身就向他的小腿一踢，丝毫不知道外面还有一名警察的陆向晨就这么毫无防备地被绊倒在地，他正面栽倒在地上，痛呼出声，接着两只手就被翻到背后压制住了，前后不过数秒的时间。

听到动静出来的秦渊和赵强就看到了这么一幕：陈默嘴里叼着烟，一手按着陆向晨的头，一手抓着他的两只手，而陆向晨倒在地上完全无法动弹。

赵强一看忍不住感叹:"陈默,你简直帅出新高度啊!"

陈默对此没什么反应,看向秦渊,报告着:"队长,他刚才要逃走。"

赵强走到陆向晨面前,低头看着他:"哎哟,这是心虚了啊。"

陆向晨抬头,满头的汗,但他还是不停地辩解:"冤枉啊,我没杀人,我哥哥的事我不知道也没参与!真的,我什么都不知道!"

赵强完全不信,指着他道:"你没杀人,没参与,那你跑什么啊?"

"我,我……"陆向晨就是不说,只是重复着,"反正我没杀人!"

"他是贩毒。"这时木九从房子里走了出来,手里拿着一包毒品。

赵强喷了两声。"贩毒啊,难怪见了我们这么紧张,所以你逃跑是因为这个原因?"

"对,对,我贩毒,我承认,但是,警察同志,我没杀人!"为了证明自己肯定没杀人,陆向晨一点没狡辩,直接认了自己贩毒的事实。

既然查出了毒品,他自己也承认了,秦渊开口道:"陈默,给他铐上手铐。"

陈默拿出手铐给他铐上,然后把他整个人从地上提了起来。

秦渊想到刚才问他时他不正常的反应:"你昨天晚上是不是去做毒品交易了?"

陆向晨点点头:"是。"

"关于你哥哥,你是不是还隐瞒了什么?"赵强是觉得他不可信了,说不定还瞒着什么呢?

陆向晨头摇得跟拨浪鼓似的,苦着脸道:"没了,警察同志,真没了,他活着的时候就瞧不起我,我们几乎不来往的,他生病我还是后来才知道的。"

木九对秦渊点了下头,表示陆向晨在这个问题上的确没撒谎,他对于哥哥陆向青的事完全不知情。

在房子里找到所有的毒品之后,陈默先押着他到了外面的警车里,秦渊三人继续在这个房子里搜查。

除了客厅外,这三个房间一个是卧室,一个是书房,还有一个被陆向晨当作了杂物间,赵强在地上踩了半天,没发现有空心的区域:"不会不在这儿吧？"

木九没有说话，在走了一圈后又回到卧室，她的目光在房间扫了一遍，最后落在了衣橱上，她走过去打开衣橱，踮起脚把里面挂着的衣服取下来，秦渊走进来一看，赶紧走过去："我来。"

秦渊轻松地把所有衣服都取了下来放在了身后的床上，而木九则进了衣橱里，伸手敲着衣橱壁的每一个位置，她细细听着声音，做着判断，然后回头指着中间的位置对秦渊道："空心的。"

赵强也走了过来，听到木九说的，马上问："那要把衣橱移开？"

秦渊走到一边看了之后道："衣橱是镶在了墙体里的。"

木九："应该有机关。"可秦渊在衣橱里摸索了一遍，并没有发现。

赵强想既然找不到开关，索性用武力得了："要不然直接砸开吧？"

木九从衣橱里走了出来，漆黑的眼睛看着衣橱的周围，然后走向了衣橱旁边的床头柜，她坐在床上，将第一个抽屉打开，手伸了进去，在最里面碰到了一个凸起物，她按了上去。

随着衣橱里机关转动的细微声响，一道空心的门出现在秦渊和赵强的眼前。

黑漆漆的门通向地下，通向那个埋葬了四十九条人命的食人密室。

10

秦渊走在最前面，他拿出手机把手电筒功能打开，照亮了门里，很快他在墙壁上找到了灯的开关，打开后，沿着墙壁的几盏壁灯随即亮了起来，照亮了向下的层层台阶。

赵强在秦渊身后往下看，那几盏壁灯发出的光有些昏暗，底下还是一团漆黑，根本看不清那里有什么，赵强咽了口口水："这地下室挺深的啊。"

赵强总觉得这个地下室透露着某种诡异，他慢吞吞回了头，看到了身后依旧面无表情淡定的木九，他突然有了主意："那个啥，木九妹子，你看你都怀孕了，就别下去了吧。"

木九看了他一会儿："然后你陪我？"

发现自己的心思被木九完全拆穿的赵强弱弱地开口："是啊，你看你要是一个人在上面队长不放心啊。"

秦渊回头看了他一眼，没发表任何意见。

木九点了下头："强哥，那我和秦渊下去，你在上面待着吧。"

让一个孕妇下去，然后他一个大男人在上面等着？赵强即使胆子再小也干不出这事啊，于是他让木九走在中间，而他走在了最后，在走下楼梯的前一刻，他回头看了一眼那扇门，心里有些忐忑，为毛总有种等他们下去这门就会自动关上的感觉啊？！

秦渊侧着身子往下走，一手拿着手机照明，另一只手则牵着木九的手，就这样在走了几十节台阶后，他们到了地下室。

秦渊拿着手机照向旁边的墙壁，在找到一排开关后，全部打开，下一秒，地下室里几乎所有的灯都亮了起来，依旧是昏暗的灯光，而有些灯管已经不亮了。

赵强看了一眼，倒吸了一口冷气："这么大的地下室啊！"

楼下的地下室基本和楼上的面积是一样的，只有几块承重墙，并没有划分房间，所以显得格外空旷，地下室没有任何的装修，完全是水泥墙水泥地，灰暗而单调。

地下室的正中央有一个大铁笼子，已经锈迹斑斑，显然，这是陆向青用来关受害者的地方，他通常会先囚禁他们几天，基本只给水，不给任何食物，直到被害者的身体达到了他满意的状况，他便会"食用"他们，在他的眼中，被害者不是人，不是他的同类，而只是他最爱的"食物"。

只是看着这空空的铁笼子，或许很难真正了解到被害者们所承受的所有心理加上身体的虐待，但仅仅是这样，都会让人觉得背脊发凉，人类一直处于食物链的最顶端，可就在这个地下室里，有四十九个人，成为了另一个人的盘中餐。

在笼子的旁边是一个长桌子，上面铺着白色的布，上面固定着铁链，铁链也已经锈迹斑斑，桌子上有一个柜子，里面放着各种解剖工具，整整齐齐。陆向青就是用这些剖开了被害者们的身体，将他们的内脏一个又一个地取出，分类放在餐盘上。

地下室的最左边是一个开放式的厨房,各种餐具都整齐地摆放在那里，包括各种调味料，它们烹饪调味的却不是动物肉，而是人肉，厨房的前面是一个餐桌和两把椅子，餐桌上还铺着精美的餐布，毫无疑问，这就是陆向青进餐的地方。

这里被清理得很干净，看不到一点血迹，甚至闻不到一丝的血腥味，这个地下室已经废弃了八年，但身处在这里，似乎仍能想象出每一个触目惊心的画面，被害者的绝望、他们的哀号、他们的痛哭、他们的死亡。

地下室的右边是完全不一样的布置，沙发、茶几，还有整个墙壁的书架，上面摆放了满满的书籍。

木九走到书架前，从上到下，从左到右，扫着所有书的名字，书架上的书都是分类摆放的，各类书籍都有，从心理学，到解剖学，到经济学，小说，甚至还有植物养殖，木九随意抽出一些书，每一本都有被翻阅的痕迹，看得出陆向青会经常在这里看书，或许他在看书时，被害者就在旁边的笼子里苦苦哀求，又或许，在他进餐之后，他擦干嘴巴，拿着一杯红酒缓缓走到书架上，取下一本书，然后坐在沙发上开始读书。

书架旁边的墙壁上挂着一幅巨大的油画，画上只有一朵红色的玫瑰花，和所有被害者脚底的玫瑰花一模一样。

木九走了过去，视线在画上停留了片刻，然后她走近，伸出双手握住画框的两边，将画拿了下来，秦渊看到后走过去将画接过放在一边，而画之下，露出了一个保险箱。

赵强看着不免有些惊到了："木九妹子，你怎么知道这后面有保险箱的？"

木九没有回头，只是回了两个字："感觉。"

赵强不由得叹气，人比人气死人，为什么他的感觉每次都不准呢？

收起这个心思，赵强凑过去看了一眼，惊讶道："这保险箱居然还有电啊。"

"需要密码。"秦渊用手机照着，本想通过上面数字按钮的磨损程度来判断是哪四位数字，可毫无发现，陆向青相当谨慎，每次按密码应该都是戴着手套按的。

赵强想了想："会不会是陆向青的生日？"

"4月18日。"秦渊输入了0418，然而显示密码错误。

"不是生日的话……"

木九的声音毫无起伏:"他第一次作案的时间。"

"8月12日。"秦渊说着输入了0812,可没想到的是,密码竟然还是错了。

赵强看着密码箱上显示错误,震惊地瞪大了眼睛,不单单是因为不是这四个数字,而是因为向来料事如神的木九居然判断错了!

"不是8月12日的话那还能是什么对陆向青有意义的数字和日期呢?"赵强摸着下巴想了想,"也许我们想得太复杂了,这里之前没人能进来,陆向青说不定就设了一个很简单的密码,比如0000?"像他,手机解锁密码就用的这个,不会忘记。

赵强说完就去试了,结果嘛,当然不对了……

不放弃的赵强继续猜测:"难不成是1234? 0101? 1010?"

木九一声不吭,只是用漆黑的眼睛盯着那个保险箱上的数字键盘,0812,是她能想到的最合理的密码,这是他杀死第一个被害者的日期,是他第一次品尝人体内脏的那一天,他在保险箱外挂着那幅玫瑰花画……

画!

木九眨了下眼睛,视线向下,落在了那幅被摆放在地上的画上,她马上蹲了下来,在画上找寻着日期,可是没有。

秦渊看到她的动作,俯身道:"木九,你发现什么了?"

木九指着画:"把画框拆了。"

秦渊蹲下来小心地把画框拆了,木九从里面把那幅油画拿出来,没有再看正面的画,她翻了个面,视线落在白纸的右下角。

上面是一个日期,木九看着那四个数字微微眯起了眼睛,随后她站了起来,走向了保险箱,按下了和纸上相同的四个数字。

嘀嘀两声,保险箱打开了。

在一旁的赵强看得非常清楚,那四个数字是什么。

"0712?!"

11

赵强看着打开的保险箱又看向木九,一脸迷茫不解。"为什么是7月

12日？"他接过木九递给他的画，一看最下角的日期，"啊，原来是陆向青画这幅画的时间。"

秦渊看着保险箱里放着的一个文件袋，蹙眉道："恐怕不只是这个原因。"

"呃。"赵强咽了口口水，"那，还有什么原因？"

木九从保险箱里拿出文件袋，声音冰冷毫无起伏："他第一次杀人的时间。"

"啊？"赵强听完惊讶地又将视线转向木九，"不是，可第一名受害者不是8月12日被杀害的吗？"

木九没有立即解答赵强的疑问，而是打开了文件袋，从里面拿出了一沓照片。

赵强凑过去一看，微微瞪大了眼睛："这是……"

秦渊看着那些有些旧的照片，神情凝重地道："所有被害者的照片。"

木九一张一张地翻着，照片中有男有女，从十几岁的学生到三十多岁的人，四十多张照片，全部都是陆向青杀害的人。

当年警局的档案里记载了所有人的照片，所以这些照片都牢牢被木九记在了脑子里，她快速地翻着，直到还剩最后几张的时候，她停下了动作，看向秦渊："是她。"

赵强看着照片上三十多岁模样的女人，不解地问木九："她，怎么了？"

木九看着照片上微笑的女人，面无表情地道："她才是陆向青杀的第一个人。"

赵强倒吸了一口冷气："啊？所以说她是7月12日被杀的吗？"

木九看了最后那几张照片："五十张照片。"同时就代表了整整五十名死者，陆向青把被害者的照片收集起来，当作了一种纪念品。

秦渊冷声道"陆向青实际上杀害的,不是四十九个人,而是五十个人。"

赵强突然想到了一个关键的问题："可她的尸体呢？是不是因为陆向青在杀她时和之后的被害者不是一个手法，还是根本就没有找到她的尸体？"

秦渊摇头道："这个现在还不能确定。"因为地下室信号不好，他对赵强道，"赵强，你先上去把这张照片发给石头，让他查一查照片上这名女性的身份资料。"

"好好，我马上上去。"终于要离开这个怎么看怎么诡异的地下室，赵强自然是开心，拿着照片赶紧往门口走。

木九放下那沓照片，她把文件袋倒了过来，从里面掉出了一样东西，正好落在木九的手里，是一把钥匙。

木九伸手递给秦渊。

秦渊接过那把钥匙，蹙眉道："钥匙，开什么的钥匙呢？"

可他们在地下室找了一整圈，却没找到任何需要钥匙开的柜子或是其他东西。秦渊和木九从地下室走上去时，石元斐已经查到了陆向青真正杀害的第一名死者的信息。

赵强开了免提："石头，你说吧，队长和木九妹子都在。"

石元斐向他们说道："她叫方丽，确实是十四年前被害的，当年她只有三十五岁，当时记录的死亡时间是7月12日。"

"真是7月12日？"那就和木九的判断完全一样了，赵强佩服木九的同时继续问，"那她的死因呢？"

这时电话里传来的却是蓝筱雅的声音："这个就不能确定了。"

赵强赶紧改口："姐，为什么啊？"

蓝筱雅解释道："因为只找到了她的头部，头颈之下的躯体至今没有找到。"

赵强心想居然真的没找到？！他对着手机叫着："这都十四年了啊！"

蓝筱雅在办公室耸了耸肩，无奈地道："是啊，确实没有找到，之后十四年中凡是找到的无头女尸都和方丽的DNA对比过，没有一次匹配的。"

"好，我们知道了。"了解了大概的情况，挂了电话后，秦渊思考之后决定，"我们先回局里。"

陆向晨也一同被带回了局里，在审讯室由陈默进行进一步的审讯。

秦渊三人回了特案队办公室时，唐逸已经从档案室里找出了当年方丽案子的所有相关资料。

木九坐在椅子上依旧用她非常人一般的速度翻看着资料。

秦渊走到石元斐旁边，双手交叉放在胸前，问道："石头，方丽有家人吗？"

石元斐点点头："有，有一个儿子，方丽的丈夫在十八年前就离家出走了，所以在她遇害之前一直是和她儿子住在一起。"

木九看着资料，很快就了解了当时的情况，当年方丽遇害时，她的儿子赵宇文十四岁，那天他放学回家发现自己的母亲不在家，到了晚上她母亲也还没回来，而当他准备自己去冰箱找吃的时，打开冰箱后，第一眼看到的却是自己母亲的头颅，被挖去眼睛的眼眶空洞地看着他。

之后赵宇文报了警，而从当年起直到现在，方丽尸体的其他部分依旧没有找到。

"天哪……"赵强听后想象了一下当时的画面，让被害者才十几岁的儿子打开冰箱看到自己母亲的头颅，是谁都要崩溃的，"陆向青简直丧心病狂啊！"

秦渊却注意到了一个关键信息："他砍下了死者的头部，却把其他躯体部分藏了起来，和之后的作案手段完全不同。"除了最后一起，其他的死者完整的尸体都是被装进黑色的袋子里然后再扔在垃圾桶里。

木九抬起头，漆黑的眼睛看向秦渊，显然他们所关注到的是一样的："这和他的犯罪模式不符，即使他解剖了尸体，他也会进行缝合，因为他要尽量保持尸体的外观完整性。"

赵强想了想推测道："会不会是因为陆向青认识方丽，毕竟是他第一次挑选杀害的人，从身边认识的人开始下手，而第一起作案的成功让他胆子大了起来，于是之后开始找不认识的人作案，所以方丽和之后的被害者被杀害的方式不同。"

唐逸抬起脑袋，举起手道："可是我让眉姐查了两人的关系，没有找到任何联系。"

赵强望天，好吧，他的感觉又错了。

办公室沉默了几秒，一个特别的声音再度响起："他挑选方丽的原因不是因为他认识她，而只是找了一个年龄在三十五岁的单亲妈妈。"

赵强看向说话的木九："三十五岁的单亲妈妈？"

秦渊回想起陆向青的资料："陆向青的父母也是在他小时候离婚，他是由他母亲带大的，弟弟陆向晨是由父亲抚养，而他的母亲在三十五岁时生病死亡。木九，这才是陆向青挑选方丽的关键？"

木九颔首道："陆向青把方丽幻想成了他的母亲，他会变成食人魔应该也是因为他的母亲。"说完她的推断后，木九的视线看向石元斐，"石头哥，你帮我查一下陆向青母亲是怎么病死的。"

"好！"石元斐敲击着键盘，很快就查到了，"突发心脏病死亡，啊，我还找到一篇新闻，报道的就是陆向青的母亲，上面写着一名年龄在三十多岁的母亲在家心脏病发作身亡，几天后才被发现，然后警察还在家中的地下室找到了死者的儿子，他一直被关在地下室，就靠着一些已经腐烂的肉活了下来……天哪……"石元斐说到最后用手捂了嘴。

木九缓缓眨了一下眼睛，她用毫无起伏的声音开口道："腐烂的动物肉，那种恶心的味道让他再也吃不下动物肉，直到几年之后，他突然想到，他可以吃人肉，但必须是新鲜的人肉。"

秦渊神情凝重地道："所以他找到了和他母亲年龄相同的方丽，吃下了她的内脏。"

木九："就像吃了他母亲一样。"

12

"就像吃了他母亲一样。"木九毫无起伏的语调如同从地狱发出的声音一般，让人觉得毛骨悚然。

特案队里片刻的沉默，似乎都沉浸在木九的那句话中，直到秦渊低沉的嗓音打破了这种安静："石头，查一下上个月12日，有没有发生过和方丽情况相同的谋杀案？"

石元斐先是一愣，随后反应过来，抬头问秦渊："队长，就是死者头部被砍下，只找到头部，但是找不到死者剩下的躯体？"这种作案手法并不常见，一般的正常情况下，即使尸体遭到肢解，死者的头部和其他躯干一样都会被凶手藏匿起来，不会单独留下死者的头部。

秦渊颔首道："对。"

赵强转了转眼珠子，有些惊讶："头儿，你怀疑8月12日也不是这名凶手的第一次作案时间？而是7月12日？"

既然十多年前的玫瑰食人魔陆向青已经在八年前去世，那么这次杀害林青的凶手就是模仿作案，挑选陆向青最后一次作案的整整十周年那一天进行犯罪，很明显是为了纪念，但如果凶手第一个作案时间是在一个月前的7月12日，而且手法和方丽的死亡相同，那就显得很诡异了。

秦渊只是道："要考虑到所有的可能性。"

石元斐在系统里搜查了一下，居然真的发现了："妈呀，真的有一起案件，一名女性在7月12日遇害，在家中只发现了她的头颅，其他部分没有找到，至今也还没有确定嫌疑人。"

其他队员听到后纷纷露出震惊的表情，居然真的是在7月12日！

一旁的唐逸听后问："石头哥，女性的年龄呢？"

石元斐看着屏幕上的信息回答："三十五岁。"

赵强搓了搓有些起鸡皮疙瘩的手臂："不要告诉我她是个单亲妈妈？"

石元斐抬头看向赵强，打了个响指："没错，死者汤梦如和方丽的家庭情况几乎一样，离婚，她有一个儿子归她抚养。"

这样基本就可以假设这名死者和林青可能是同一名凶手所杀，而且概率极高，秦渊用手敲了下桌面，问石元斐："这个案子目前归哪个队处理？"

石元斐道："一队。"

秦渊听后将视线转向洪眉，他当机立断道："眉姐，和一队的队长沟通一下，把我们掌握的信息给他看，告诉他这个案子希望由我们特案队来接手。"

洪眉接过秦渊递来的资料，领首道："好的，我马上去。"

等洪眉离开后，赵强咬着手指，表情纠结地道："天哪！所以说凶手挑选的日期不是玫瑰食人魔陆向青最后一次作案十周年的那一天，而是陆向青十四年前第一起案件的那一天。"赵强一口气说完，突然觉得好绕。

唐逸倒是直接说出了重点："如果这两起案件真的是一人所为，那么问题就在于，他比我们先知道，方丽才是陆向青的第一名被害者。"

"对啊！"唐逸的话点醒了赵强，他前后摇晃着手指，有些激动地道："难道陆向青家里的地下室之前还有其他人进去过？他找到了保险箱，也破解出了密码，而后发现了里面所有被害者的照片？"

"有这种可能性。"在还没调查前，存在着各种可能性，在有确凿的证据之前，谁也不能肯定，秦渊沉声道，"先等一队调查的资料。"

过了没多久，洪眉就回来了，手里抱着一杳资料，赵强赶紧走过去接过放在桌子上。

洪眉对赵强笑笑，然后对秦渊道："队长，我把这个案子所有相关的资料都拿来了，包括一队目前调查到的线索，死者的头部已经移交到筱雅那儿了。"洪眉顿了下，接着开口，"还有，许队长让你破案之后记得请他们队吃饭。"

秦渊浅笑："我知道了。"

众人查看了资料，和方丽的情况基本差不多，死者汤梦如的儿子从学校回到家后，在客厅的桌子上发现了她母亲的头颅，之后跑了出来，邻居报的警，根据尸检结果，死亡时间在7月12日12点到13点间，可以判断死者的头部是死后被砍下的，除了凶手没有把死者的头部放进冰箱里，其他的都一样。

"小区的摄像头最近在调试中，所以没有拍下任何的画面。"

"房门没有被撬开的痕迹，邻居也表示在那个时段没有听到什么异常的声音。"

"所以很有可能就像十年前宋晓余那一案一样，凶手假扮成了快递员、修理工之类的，让死者主动开的门。"

"凶手要移走死者的尸体，肯定需要车。"

众人看着一队的调查和现场照片，一一做着分析。

直到……

"我可以进行侧写了。"

木九独特的声音让所有人都停了下来，纷纷看向她。

和之前详细的侧写不同的是，木九这一次却只说了一句话："和当年对陆向青做的侧写一样。"

"一样？！"

唐逸明显有些疑问："可是，这次的凶手不是模仿陆向青吗？模仿者和初期的行凶者，他们在心理等各方面应该是会有差别的吧？"

木九摇了摇头，否定了唐逸的看法："不，他对陆向青不是单纯的模仿，因为他们就是一类人。"

"一类人……"赵强默念着这三个字。

木九继续道:"他们会成为这样,刺激点都是一致的,就是他们的母亲。"

"嗯……"赵强思忖了一番,然后说出了自己的推断,"陆向青是因为小时候被母亲虐待,经常被关在地下室里,而那一次他母亲突然在家中病逝,导致他在地下室靠吃腐肉活了下来,之后才会想到吃新鲜人肉,第一次挑选的对象也是和她母亲相似的人。那……这次的凶手,也是因为受到母亲的虐待,然后查到了玫瑰食人魔的身份,也查到了第一位受害者,发现陆向青竟然和他有着相同的经历,于是开始模仿他作案?"

一下子说了这么多,洪眉听着不由得对他竖起了大拇指。"赵强,不错啊,感觉说得很合理。"

石元斐却在一旁吐槽:"他那是瞎掰得挺像那么回事的吧。"说完习惯性地问木九,"木九妹子,你说呢?"

没想到,木九开口道:"的确很合理。"

居然被木九妹子说合理了!赵强一个激动整个人差点跳起来。"哦耶!石头,听到没有?谁说我是瞎掰的!"

石元斐扬着下巴,指着他道:"那你说说嫌疑人是谁?"

"嫌疑人……"赵强声音一下子弱了下去,"这我怎么知道?"

"有一个人非常符合。"

石元斐赶紧问:"木九妹妹,是谁啊?"

木九漆黑的眼睛看着前方,声音毫无起伏地道:"陆向青杀害的第一名被害者的儿子。"

半个小时后,秦渊、木九和赵强三人到了方丽儿子赵宇文的家门外,秦渊按了门铃,没多久,门开了,开门的正是赵宇文。

看到门外的警察,赵宇文明显吃了一惊:"你们,有什么事吗?"

秦渊先出示了自己的证件,表明了他们的身份:"赵先生,我们是特案队的,关于一个案子想找你了解一下情况。"

赵宇文听着秦渊的话,显得满脸的迷茫,但还是侧身让他们进屋:"哦,那请进吧。"

赵宇文拿出三双拖鞋让他们换上，然后带着他们走了进去，走在最后的赵强关了门，估计是想到之前逃跑的陆向晨，他犹豫着要不要守在这里。不过最后还是跟着他们进去了。

"请坐吧。"突然三名警察找上门，赵宇文有些不安地搓着手，"呃，你们要不要喝点水？"

秦渊摇头道："不用了，谢谢。"

四人都坐在了沙发上，秦渊先开了口："赵先生，是这样的，我们来这里是为了十四年前你母亲的案子。"

赵宇文听到是关于他母亲的案子，一下子激动起来，身体前倾，急着问："是不是找到凶手了？"

秦渊如实说明了情况："嗯，我们目前已经确定了凶手的身份，不过他在八年前已经生病死亡了。"

"八年前就生病死亡了……"赵宇文的眼神一下子暗淡下来，心情似乎颇为复杂，过了一会儿，他有些艰难地开口，"那你们知道，他，他为什么要杀害我母亲吗？"

秦渊大致和他讲述了原因。

"单亲家庭，被他母亲虐待？"赵宇文似乎有些难以理解，"虽然我父母也离婚了，但是我母亲待我很好，她甚至都没打过我。"他提到自己的母亲，不禁有些哽咽。

赵强听着赵宇文的话，心里觉得有些奇怪，他没有被自己的母亲虐待？是撒谎还是什么？

"赵先生，当年第一个发现你母亲尸体的人是你对吗？"秦渊本想就当年的笔录进行确认，然而赵宇文听到这个问题后却露出了很奇怪的表情。

"这个……"他低下头，避开了秦渊的眼睛。

"怎么了？有什么问题吗？"

原本低着头的赵宇文听到这个有些特殊的声音，抬起了头，对上了一双漆黑的眼睛，他一下子觉得自己像被看穿一样，他抿了抿嘴唇，犹豫了一下，才开了口："其实，那时候第一个发现我母亲的，并不是我，我是后面才到家的。"

秦渊蹙眉道："可是当年的笔录显示是你发现后报的警，然后警察到场时，家里也只有你一个人在。"

赵宇文长长地叹了口气，面露苦色："因为他的身份一直是我母亲想隐瞒的。"

木九直接道："你母亲的私生子。"

赵宇文吃惊地看着木九："你，你怎么知道？"

看着对方的表情，木九面无表情地开口："他的名字。"

"梅易成。"

13

男人穿着修身的深色西装站在家里的落地镜前，镜子映出他精致的五官和高挑的身形，他手里拿着一枝红色玫瑰花，然后小心地放入他西装胸前的口袋里，他整理好衣装后走出了房间。

穿过洋房长长的走廊，他用钥匙打开了书房的门，走到书架前他按下了一个开关，对面的一块墙壁向两边移开，露出了隐藏在里面的一扇门，他缓缓走过去，打开了门，里面是漆黑的一片，他走了进去。

沿着楼梯走到略微昏暗的地下室里，暗红色的灯光映在他略显冰冷的脸上，他走到地下室最深处，最后停留在一个暗红色的柜子前，他从口袋里拿出钥匙，打开了柜门。

柜子里是一个大型的玻璃容器，里面盛放着满满的液体，而那些溶液包裹着一具无头尸体。

他伸出手，修长的手指轻轻抚摸着玻璃容器的外壁，就如同在抚摸着里面的那具尸体一般。

男人俊美的脸上露出浅浅的笑，他的眼睛始终凝视着里面的尸体，微微开口，喊出了两个字。

"母亲。"

根据赵宇文提供的信息，石元斐确定了他同母异父哥哥的身份。梅易成，方丽的私生子，比赵宇文大两岁，在生下梅易成后不久，方丽找到了

一个比之前梅易成生父有钱的男人，便抛弃了他们，和赵宇文的父亲结婚后，她很快就怀孕并生下了赵宇文，自此之后便不与梅易成有任何来往，她也从来没有告诉赵宇文的父亲，她还有一个儿子存在。

她隐瞒了好多年，直到梅易成的父亲生了重病，带着孩子找上了方丽，这个她想隐瞒一辈子的秘密就这么曝光了，赵宇文的父亲因为不满她的刻意撒谎而提出了离婚，崩溃的方丽没有接受梅易成，而是赶走了他们。

十岁时，梅易成的父亲病逝，他便一个人居住在他父亲留给他的家里，方丽因为怨恨他们毁了她的婚姻，即使是这样的情况，她也从没有去看过梅易成，反而是赵宇文知道自己有个哥哥后，一直去看他，也会在方丽不在家时，让他来家里玩。

于是那一次，以为方丽不在家的赵宇文让梅易成先去家里等他，而当赵宇文回到家时，梅易成已经发现了自己母亲方丽被砍下的头颅，梅易成在报警后告诉赵宇文，既然母亲不愿认自己，那就让这个秘密继续隐瞒下去，于是在警察到了现场之后，在家里见到的只有赵宇文一个人。

一个从出生后就被母亲抛弃的人，一个直到母亲死亡的那一刻都不被她认可的人，一个一直处于黑暗中被视为污点的人，或许谁也想象不到这样一个他对于他母亲的情感有多复杂，对于她的怨恨有多大。

梅易成的家在s市的一处洋房里，即使他的童年如此艰辛，但是他依旧靠着自己在这里立足，靠着他自己获得了财富和地位。

特案队到达洋房门口时，正好是中午12点，秦渊走到门口按下了门铃，过了一会儿，洋房的大门打开了，站在门内的是一个穿着西装的高挑男人，梅易成和赵宇文的长相似乎都随了他们的母亲方丽，五官精致，容貌俊美，他们的长相有几分相似，但是气质上却又有几分不同。

梅易成神色淡然地在秦渊几人的脸上一一扫过，似乎并不惊讶于他们的到来，在秦渊正准备表明身份时，他退后一步，开口道："请进吧。"

他没有片刻的停留，说完后就转身往里走。

秦渊几人跟着他进入了洋房，欧式的装修风格，豪华色彩艳丽，赵强边走边看向四周，在走到客厅时，他看到了壁炉旁的人体骨架，眼眶处发出两道绿光，就像是在注视着他一般。

赵强看着背脊一凉，赶紧移开了视线。

梅易成丝毫没有要招待他们的意思，他一声不吭地走到餐厅，然后在精致的长餐桌前坐下，拿起刀叉开始进餐，面色柔和，举止优雅。

"梅先生。"

秦渊的声音让梅易成微微拧了下眉头，他抬头看着站在餐厅门口的他们，表情有一丝不满："我知道你们要找我谈什么，但我不喜欢别人在我吃饭时打扰我。"

"我也不喜欢。"木九拉开梅易成对面的椅子，直接坐了下来。

对于木九的举动，梅易成并没有表现出任何的不满，他看向她漆黑的眼睛，反而问她："需要来点吗？"

对于一个吃货来说，拒绝一份美味的食物是非常艰难的，特别是她肚子正好饿了的时候，但木九看了一眼还是拒绝了："不用。"

梅易成没有坚持，垂眼继续自顾自进餐。

于是特案队四人，三人站着，一人坐着，就这么静静地看着梅易成一人吃饭，五分钟后，梅易成无奈地轻笑了一声，他放下了手中的刀叉，拿起餐巾轻轻擦拭着嘴角。

梅易成放下餐巾后，抬头看向他们："看来你们是不会让我在这里好好吃完这最后一顿饭了。"

木九看着他问："为什么说是最后一顿饭？"

"你们不是来调查7月12日和8月12日的那两起谋杀案的吗？"梅易成显然早就已经知道了。

秦渊颔首道："没错。"

"她们是我杀的。"让人倍感意外的是，梅易成直接承认了。

木九开口问他："为什么？"

梅易成脸色平静地开口："既然已经查到了我，你们应该知道了吧？"

木九盯着他的眼睛，声音冷硬地道："我问的是你为什么要承认？"

梅易成微微勾起嘴角，反问她："为什么不承认呢？"

两人的眼睛对视了几秒后，木九又开口道："这个洋房是陆向青留给你的。"

梅易成缓缓点了下头。"在杀了我母亲之后，是他一直照顾我，是不是觉得很奇怪？我跟着一个在我眼前杀死我母亲的人生活了好多年。"

木九没有回答他，只是用漆黑的眼睛看着他。

"我母亲的尸体就在地下室里。"他有些自嘲地笑了，"也只有死后，她才愿意和我待在一个房子里。"

"为什么要承认？"木九似乎特别执著于这个问题，她反复地询问他。

梅易成依旧没有回答，他的视线从木九的身上移开，看向她身后的秦渊："走吧，我带你们去地下室。"

洋房下的地下室和陆向青家里的地下室几乎一样，而在最里边的角落，一个高高的柜子里，一具无头女尸浸泡在盛满了福尔马林的玻璃容器里，梅易成告诉他们，这就是他母亲方丽的尸体。

之后，汤梦如的尸体在外面的花园里挖了出来，而梅易成作为杀害汤梦如和林青的嫌疑人被带回了局里。

一天后。

木九走进了审讯室，梅易成坐在椅子上，被手铐铐住的双手放在桌子上，他面色平静，听到开门的声音，他没有回头，等到木九出现在他的对面，他才抬眼看向她。

木九开口道："赵宇文被逮捕了，他刚刚已经认罪了。"

听到这个消息，没有震惊没有疑惑，梅易成的表情甚至没有任何的变化，因为他一下子就明白了："你们，早就知道了？"

"离开赵宇文家之后，我们就进行了调查，的确，在汤梦如被害的时间段，你的车在她小区的门外出现过，但是那个时候你根本就不在 s 市。"木九看着他的表情继续道，"陆向青的保险箱里除了所有被害者的照片，还有一把钥匙，我们在他家的地板下找到了一个雕有玫瑰花的木箱子，里面只放了一张照片，上面有陆向青、你还有赵宇文。"

"还有你地下室东西的摆放，你是左撇子，赵宇文是右撇子，而里面的东西全都是他在用。"

所有的线索综合在一起就拆穿了赵宇文的伪装和谎言，不过即使是这样，他们依旧去了梅易成的家，把他作为嫌疑人带回了警局，为的就是给赵宇文造成一种假象，之后他们暗中跟踪赵宇文，而就在今天，他又绑架了一名女性，被当场抓捕。

梅易成始终静静地听着木九说话，一个字也没说。

木九用毫无起伏的语调问他:"为什么要替他认罪?"

梅易成双手交叉握着,他淡淡地笑了,抬眼对上木九的眼睛,许久后才开口:"你知道我母亲当年对陆向青说的最后一句话是什么吗?"他的视线从木九的眼睛移开,看向了旁边的那片镜子,他轻声一个字一个字地说了出来:"不要伤害他。"

木九走出审讯室,秦渊就站在门外,看到她出来,他接过她手里的东西,然后递给她一个布丁。

木九拿过布丁,却意外地没有马上吃。秦渊见她表情有些凝重:"怎么了?赵宇文的案子还有问题?"

"不是。"木九舔了舔嘴唇,心里还惦记着昨天梅易成在家吃的牛排,"想吃牛排。"

第 4 章　沉默的村子

1

七夕情人节后一天一早，石元斐背着包哼着歌走进办公室，一副心情颇好的模样，赵强看他和昨天白天完全不同的状态，嘴里叼着一包豆浆走过去，一把揽住他的肩膀："石头，怎么回事啊？有什么好事了？"

石元斐春光满面地道："那是当然，我昨天晚上相亲了。"

赵强一脸惊讶地看他："七夕去相亲？"

"干什么？！"石元斐回头一看他这种表情，怒了，"你们昨天这一个个成双成对地出去过节去了，我找不到朋友陪也就算了，还不允许我相亲啊？"

赵强拍拍他的肩膀，安抚道："不是，主要是这日子挺特别的。"

石元斐开了电脑坐了下来："就是要这种日子相亲啊，万一看对眼了，就能在情人节脱单了啊！"

赵强看他心情极好的样子，挤眉弄眼地道："那怎么着？看你这表情，看对眼了？"

石元斐嘿嘿一笑："我反正是对她第一印象挺好的，主要是有共同话题啊，聊得来。"

赵强的八卦之心在燃烧，拉过旁边的椅子，坐了下来："那你们吃好饭看没看电影啊？"

"看了啊。"

"不错嘛！"赵强激动地又拍了下他的肩膀，继续打探，"最后有没有送人家姑娘回家？"

石元斐用手指推了推眼镜："当然没送，她原本就在家啊。"

赵强一听，差点从椅子上跳起来，看着石元斐，一副真看不出你还有这本事的表情："哎哟，没想到啊，你在她家约的啊？"

石元斐一听他误会了，解释道："不是啊，我在我家。"

"不，不是……"赵强觉得自己脑子不够用了，"她在她家，你在你家，你们怎么相亲的？！"

石元斐往桌子上一指："电脑啊！"

"你说什么？电脑？！"赵强一脸震惊，一瞬间还以为自己听错了。

被赵强的吼声给吓了一跳，石元斐用手指挖了挖耳朵："对啊，干吗这么少见多怪，视频聊天啊。"

赵强翻了个白眼："我晕，合着你们根本没碰面啊。"

"有什么区别吗？"对石元斐来说，不都是能看到对方，还能聊天吗？

"这区别大了好吗？"赵强又翻了个白眼，然后突然想到了一个问题，"不对啊，那你们怎么吃的饭，看的电影啊？"

石元斐一脸看笨蛋的表情："这有什么不能的？各自吃各自的啊，我在家里放电影，她可以透过电脑摄像头看到，不就是一起看的电影吗？看完我们还讨论了呢。"

赵强一脸卧槽的表情。

石元斐拍了拍他的肩膀："时代在进步啊赵强，你要接受各种新鲜的事物。"

这时蓝筱雅走了进来："早啊。"打了招呼后，就看到了赵强，她挑眉道："赵强你这是什么表情啊？"

赵强把石元斐的相亲方式告诉了蓝筱雅，蓝筱雅听完后，走到他旁边对石元斐道"石头,觉得人家姑娘好的话,赶紧再约人家啊,不要错过了！"

哎！怎么和他预想的反应不一样啊，赵强急了："姐，他们这种相亲方式，你听了都不惊讶吗？"

蓝筱雅双手抱胸看他，反问道："有什么好惊讶的？"

赵强后来问了洪眉和陈默，也没得到他预想的反应，最后还是在唐逸那边找到了安慰，因为他和赵强完全是一个反应。

没多久后，秦渊和木九一块来了，秦渊在前面拿着包，木九在后面吃着早饭，石元斐一看到她，就叫道："木九妹子，有你的信！"

蓝筱雅一看到信，突然想到了："是不是阿布寄来的？"

木九咽下早饭，走过去拿了信，看到信上写的地址和寄信人后，她冲蓝筱雅点了下头，然后拆开了信封，拿出了里面的信。

她展开信,写信人的字就像是刚刚学写字的孩子一样,但每个字都写得很认真,一笔一画都很整齐。

而信上其实只有几个字:"木九:我现在很好。"

除了信之外,里面还放了一幅画,是蜡笔画的,蓝天、白云、农田和稻草人,几乎是所有村子里都会有的景色,却也是那个村子很久没有拥有过的。

两个月前。

某条高速公路上,坐在副驾驶的赵强看着车窗外越来越荒芜的土地,长长地叹了口气:"我有一种被坑了的感觉,而且这种感觉越来越强烈。"

坐在后座上的蓝筱雅啃着零食瞥了他一眼:"不是你要跟我们一起来的吗?"

赵强觉得很委屈,觉得自己完全上当了,他扭头看着她:"说好的休假去旅游啊!"所以他那时候都没问去哪儿,收拾好行李就跟着他们来了。

蓝筱雅摊手道:"对啊,这不是在路上吗?"

"姐。"赵强格外激动地叫着,"不,不是!正常的旅游应该是去海边、山上玩啊,游泳啊,爬山啊,泡个温泉,逛个古镇啊,对吧?"

"哎哟,这些地方……"蓝筱雅啧啧两声,道,"这些地方玩多了有什么意思呢?"

赵强苦着脸,声音都带着颤音。"那去×就有意思了吗?!"

"当然,有意思多了。"蓝筱雅说着看向两边,"木九,你说是不是?唐逸你说是不是?"

木九吃下一颗葡萄,面无表情地开口:"嗯。"

唐逸也点点头,一脸开心:"对啊。"

×是唐逸几年前在网上发现的,这个村子没有名字,大家都直白地叫它×,这是一个非常神秘诡异的村子,有着很多离奇的事件和传说,十几年来有很多人去探险,却终究没有办法搞清楚里面隐瞒的秘密。

唐逸把×的事情说给了木九和蓝筱雅听后,两人都表示非常有兴趣,但一直没有时间,这次正好休假,于是就决定去×探险,秦渊自然是要陪着的，而赵强一听去旅游，什么都没问，也跟着来了。

赵强上车之后才知道他们要去的地方，根本不是什么旅游胜地，这不，一听×这名字，向来怕鬼的他简直要崩溃了，他苦着脸又看向开车的秦渊："队长！现在改个路线……"

"乱吵吵什么，吃你的吧。"蓝筱雅身体向前，伸出手直接把一颗葡萄塞进他嘴里。

赵强抗议无效，最后车还是往×的方向开去。

可还没开到目的地，天已经快黑了，夜路不安全，他们决定去最近的村子里借宿一晚，又开了一点路，就到了最近的高姚村。

秦渊的车开进村里，在门口就遇到了一个中年村民，秦渊停了下来，放下车窗："你好，我们路过这里，因为太晚了，想在村子里借宿。"

男村民打量着秦渊和坐在他旁边的赵强，然后又看向了后座的车窗户，他开了口，有些结巴："借，借宿啊，那，那什么，你们几个人？"

"五个人，不知道方不方便？"

男村民抓了抓脖子："村，村里倒是有个旅馆，干净是干净，不，不过你们，这，这一看就是大城市来的，能住吗？"

秦渊颔首道："可以，那能麻烦带我们去吗？"

男村民爽快地答应了："行，行啊，我骑摩托车，你们在后面跟，跟着我，不，不远的。"

"谢谢了。"

男村民骑上了旁边的摩托车，发动后向前开去，秦渊也启动车子，跟在他后面。

五分钟后，摩托车在一家小旅馆前停了下来，秦渊也停了车，五人开门下了车。

男村民把摩托车停好，回头看向他们："到，到了，就是这儿。"他说着话，眼睛打量着木九三人。

男村民对上木九那双漆黑的眼睛后，眼神马上避开了，抓了抓头发，道："我，我带你们进去吧。"

他走在前面，带着他们进了旅馆。

男村民一进去就冲里面喊着："梅子，有，有生意了。"

"来了来了。"有些轻快的女声从里面的屋子里传出，接着就走出来一个年轻的女人，穿着大红色的衣服，看到男村民，脸上带着笑，"姚叔。"接着就看到了身后的人，"他们来借宿的？"

被称呼为姚叔的男村民对梅子道："路，路过这儿的，来，来住一晚，五个人，有房间吗？"

叫梅子的女人笑着点头："有，要几间房？"

最后要了两间房，蓝筱雅和木九一间，秦渊三人一间。

安排好之后，姚叔和他们打了招呼。"那，那没事，我就走了啊。"

"谢谢了。"

"是啊，大哥，麻烦你了。"

他们再三感谢了那位热心的姚叔，然后梅子就带着他们去了房间。

房间确实比较简陋，但是看上去却还算干净，他们收拾了一下东西，洗漱后就早早睡了。

夜里，村子里很安静，没什么人声，只有窗外虫子的叫声，还有有时传来的几声狗叫，木九和蓝筱雅睡在一张床上，不过却没有马上睡着。

蓝筱雅听到木九翻身的声音，轻声问："木九，睡了吗？"

"还没。"

"真是好久没在外面住了，都睡不着了。"因为工作忙，蓝筱雅要么在家睡，要么就是在法医室里休息，外出旅游的机会很少，他们队里的每个人都是这样，蓝筱雅叹了口气，却突然轻笑起来，"不过想到明天就到×了，真是激动得更加睡不着了。"

木九睁着眼睛看着天花板："还是早点睡吧，明天要早起。"

"嗯嗯，睡吧。"蓝筱雅闭上眼睛，过了一会儿又睁开了，"你眼睛闭了没？"

木九："没。"

"……"

"啊啊啊啊！"而就在这时，一阵尖叫声突然在这个旅馆里响起，"汪汪汪！"紧接着附近传来阵阵狗叫声，彻底打破了这个村子平静的夜晚。

2

"怎么回事？！"听到外面的尖叫声，蓝筱雅和木九一下子从床上坐了起来，往门口的方向看去。

尖叫声过后，附近村民房子门口的灯亮了起来，在黑夜中透着暗黄的光，没多久后，楼下又陆续传来村民说话的声音，有男有女，他们的声音都不响，又混杂在一起，听不清楚。

木九回头看着旁边的窗外，透过村民家里的灯光，看到有一两个村民急匆匆地赶了过来，而蓝筱雅正犹豫着要不要出去看看，她们房间的门外就响起了敲门声，蓝筱雅心里一紧张，不过马上就发现敲门的是秦渊。

"木九、筱雅，是我。"秦渊低沉的声音从门外传来。

蓝筱雅赶紧下床，穿上鞋子走到了门口，木九也跟在她的身后，蓝筱雅把门锁转开，打开了门，走廊上的吊灯亮了，秦渊、赵强和唐逸都站在门外。

"唐逸，你陪着她们。"秦渊看着木九和蓝筱雅，道，"我和赵强下去看看情况。"

刚才的惨叫声让人瘆得慌，蓝筱雅有些不放心，叮嘱着："你们当心点啊。"

木九的眼睛从秦渊的脸上移开，然后默默地从蓝筱雅旁边钻了出去，默默地走到了秦渊的边上。

秦渊低头看着她，坚持着："你待在这儿。"

木九抬起头，漆黑的眼睛看着秦渊，盯……

发现对方没什么反应，她又看向旁边的赵强，面无表情地开口："强哥，你害怕吗？"

其实还是有点害怕的赵强接收到旁边自家队长的眼神，只好强装镇定："不，不怕。"

"回房间去。"秦渊的手按在她的肩膀上，看着穿着白色短袖的木九，把原本披在身上的外套盖在她的肩上，将她人一转，轻轻推了进去。

蓝筱雅在里面一把揽住木九，明显也不想让她一起去。

"唐逸，锁好门。"

看着门关上后，秦渊才和赵强往楼梯那儿走。

没法下去看情况，木九就回到床上，趴在窗口向下看，来的村民似乎都进了这个小旅馆，听不清也看不到什么。

唐逸在床边坐下："你们说发生什么事了？"

蓝筱雅双手抱胸站在床旁："那叫声怪吓人的，应该是个女的叫的。"

唐逸猜测着："会不会是我们刚才看到的那个叫梅子的？"

"有可能。"

房间里安静了几秒，唐逸两手相握着，他打量着四周，明显有些害怕："姐，你说这里会不会闹鬼啊？"

蓝筱雅摆摆手，想要打消他的这个想法："哪儿来的这么多鬼，说不定就是晚上起来上厕所的时候被影子或是虫子吓到了。"

"姐……"

这次没等唐逸说完，蓝筱雅就打断他："哎，别怕别怕，有姐在。"

唐逸一脸无辜："不是，我就想说为什么不开灯啊？"

"……"蓝筱雅这才发现屋里黑乎乎一片，刚才也没开灯。

她正准备去门口开灯，就听到木九的声音从窗口那儿传来："恐怕没这么简单。"

"啊？"

而秦渊和赵强两人一路向下走，在一楼二楼中间的楼梯上，秦渊向下看去，正好可以看到一楼入口的位置，有好几个村民站在那里，他又往下走了几步，看到了站在他们对面的旅馆主人梅子还有带着他们来这里的结巴姚叔，他们在那边激烈地讨论着什么。

秦渊的角度看不到梅子的脸，但能从声音上听出她很害怕："你们说会不会是……"

"瞎说什么呢！"梅子一句话还没说完，就被对面一个模样凶悍的男人给打断了。

男人的声音一下子音量上去了，姚叔神色紧张地道："说话轻，轻点。"

他说着用手指了指上面,似乎指的就是秦渊他们。

那个凶悍的男人皱着眉头看他:"来人了?"

姚叔压低声音道:"嗯,晚上刚来的,路过咱村,住上面了。"

秦渊已经肯定姚叔指的就是他们,正准备下去,就听到他们的话题又回到了之前的。

"那这玩意儿,咋办啊?"是梅子的声音。

那个凶悍的男人低吼着:"能怎么办,埋了啊!"

姚叔听了,不同意,出了个主意:"埋,埋了有,有什么用,干,干脆烧了!"

梅子一听,语气有些激动,看样子觉得这个主意好:"对对,烧了好,烧了好!"

"那赶紧的,拿出去。"

这时,秦渊和赵强已经下了楼梯,走到了他们面前。

那几个村民一听到动静,回头一看,每个人的脸上都有着不一样的表情,有惊吓,有探究,更多的是慌张。

姚叔是最先反应过来的,他咧开嘴,对着他们笑着道:"哎哟,是,是不是吵,吵到你们了?"

秦渊淡淡点头:"嗯,听到叫声,我们就下来看看发生什么事了。"

姚叔嘿嘿一笑,摆摆手,一副不想说的模样:"没,没什么大事。"

站在姚叔后面的那个长相凶悍的村民手里拿着一个用一块粗布裹着的东西,就在这时,那块布的一角突然掉了下来,就露出了里面的东西,赵强一眼看到就认了出来,太多突然,表情自然是没控制好,一瞬间全表现在脸上了。

那个村民一看到赵强的表情,马上低头一看,发现东西露出来了,赶紧抓着布重新包好。

发现被看到了,姚叔的表情一变,有些为难地道:"本,本来不,不想让你们知道的,怕,怕你们害怕,就,就是……"

估计是嫌姚叔结巴说话慢,那个长相凶悍的村民打断他:"行了,我来说吧,这断啊是我们这儿的一个村民的。"他指着他手里用布包着的那只人手,"他几个月前突然生病了,整个人神神叨叨的,据说是撞见鬼了，病一直看不好，吃药也没用，没多久就死了，死了之后我们就埋了他，可是头七那一天，他的一只脚就从地里爬出来了。"

赵强听了倒吸一口气，背脊蹿上一股凉意："地里爬，爬出来了？"

姚叔点点头，压低声音道："可，可不是吓，吓死人了，他死的时候身体可是完，完整的，手脚都连着呢，所，所以我们估摸着，是，是那鬼干的。"

旁边另外一个中年村民道："这不，今天他的一只手就在这儿出现了。"

"是啊，我晚上一出房间，就看到，那，在地上。"梅子还是一副惊魂未定的样子。

赵强觉得这听着实在太诡异了："你们这儿有装摄像头吗？"他想着看到监控的话，就能知道怎么回事了呀？

梅子没听明白："啥？"

姚叔倒是知道："哦，那，玩意儿，我们这儿一小，小村子里的旅馆，哪会有。"

梅子补充道："我们旅馆晚上门锁着呢，人进不来。"换句话说，就是只有鬼能干这事。

赵强想想也是，也不可能装，虽然听村民这么一说，是挺像是鬼干的，但他毕竟是警察，不能所有诡异的事情都往鬼身上推，于是他想了想道："要不，让我们看看？"

姚叔一听，急忙摆摆手："不用，不用，我，我们把，把它去埋了就行。"

另一个村民也催着他们上去："是啊，你们去睡吧，都这么晚了。"

"没事，我们……"赵强想表明身份，却被旁边的秦渊用眼神制止了，秦渊对他们点了下头："那我们就上去休息了。"

梅子一脸歉意地道："不好意思啊，吵到你们了。"

"没事。"秦渊转身给了赵强一个眼神，赵强点点头，跟着他上楼了，但还能听到他们讨论的声音。

"赶，赶紧去埋了。"

"那，不烧了？"

"算，算了，先，先埋了吧。"

之后他们似乎走出去了，声音也就越来越轻，直到听不到了。

秦渊和赵强上楼到了木九他们住的房间，敲了门："是我们。"

唐逸走过去开了门，一看到他们就问："队长，怎么样？发生什么事了？"

"闹鬼了。"赵强一进屋，一开口就是这三个字，然后在唐逸一脸被吓到的表情中，把事情告诉给他们听。

蓝筱雅表情纠结地道："手和脚自己出来了？"她和尸体打了这么多年的交道，从来没碰到这种事。

赵强狂点头："是啊，玄乎吧，我本来想看看那尸体怎么回事的。"

秦渊却道："他们明显不想让我们知道。"

"因为他们不知道我们是警察啊。"赵强想，他们肯定以为他们是普通的老百姓，看到尸体再加上这么诡异的事，肯定会害怕，所以才不想让他们知道。

秦渊偏头看着他："就是因为这样，更不能让他们知道我们的身份。"

"啊？"赵强想到刚才在楼下秦渊制止自己，这时才渐渐反应过来，吃惊地看着他，"队长，你觉得有问题？"

秦渊点点头，表情凝重："那个村民肯定不是病死那么简单。"

唐逸突然想到之前木九说的那句话，转头看向她。

木九从始至终一直趴在窗台上，看着窗外，而楼下，最后走出去的姚叔也抬着头，正看着他们亮着的房间。

3

赵强看着他们："那我们查不查啊？"

蓝筱雅在床边坐下，兴奋得一拍床："既然有问题，当然要查了！"

赵强听了道："可我们不就在这儿住一晚吗？明天一早不是要出发去×吗？"

"去×又不急，它在那儿又不会消失，当然是命案更重要了。"

唐逸在一旁认可地点头。

"可他都死了几个月了吧？能查到什么吗？"

蓝筱雅抬着下巴，晃了晃手指一脸自信地道："我验尸工具都带着呢，尸体方面的检查包在我身上，没问题！"

出门旅游居然还带着设备，赵强真是要给她跪了："姐，你还真是随身携带啊！"不过转念一想蓝筱雅可是连婚礼的时候都会准备着的。

"那是！"

"已经很晚了，先睡吧，现在也不方便调查，查案的事明天再说。"虽然那几个男村民走了，可是旅馆的主人梅子还在下面，他们离开旅馆肯定会被她发现，更不用说去找那具村民的尸体了，他们对村子一点都不了解，晚上去查不现实。

商量完之后，秦渊他们便回到自己的房间里休息，而他们走后，蓝筱雅和木九说了会儿话也睡了。

第二天早上，他们很早就起了床，洗漱之后，他们到了楼下，在门口看到了坐在那里玩手机的梅子。

一看到他们，她马上把手机收进了抽屉里，抬头笑着问他们："昨天睡得好吗？"

秦渊朝她点了点头："嗯，挺好的。"

梅子探出脑袋去看他们的行李，却发现他们手上什么都没有，不过她还是问："那你们准备走了是吧？"

"不，我们一个朋友身体有些不舒服，所以我们想再待一段时间。"秦渊谎称唐逸不舒服，为了不让村民起疑心，这也是目前唯一能留下来调查的方法，然后再暗中进行调查。

梅子一听，表情有些担心："啊呀，咋回事啊？要不要紧？"

秦渊摇了摇头："没事，吃坏东西了，休息会儿就好。"他说着瞥了赵强一眼。

赵强接收到信号，就笑嘻嘻地对梅子道："对了，反正我们待着也没事干，想在村子里逛逛，行吗？"

梅子估计没想到他们会这么说，一时愣了一下："啊……行啊。"她突然想到了什么，压低声音道，"不过你们千万别去后山那儿，那儿块啊是坟地，闹鬼。"

蓝筱雅听了问道："白天也闹鬼？"

"呃……"梅子一时不知道怎么说，然后突然想到，"本来是不会，可你们昨天也见着了，那手都从坟地里爬出来到这儿了，这鬼的事啊，说不清楚。"

"队，呃……"赵强差点说漏嘴，赶紧改口，"哥，我看那是挺邪乎的，我们别去那儿了。"

秦渊颔首道："嗯，我们去其他地方。"他想着等村里人不注意，一定要去看看。

梅子这时提议："对了，不然，叫个人陪你们转转吧。"

"会不会太麻烦了？"

梅子连忙摆手，笑容憨厚："不会不会，你们对我们村也不熟悉是不？"她说着已经从台子后走了出来，热心地道，"我带你们去姚叔那儿，他肯定乐意。"

姚叔的家离梅子的旅店很近，没走多少路就到了，怪不得昨天晚上梅子尖叫后，他很快就到了这儿。

梅子让他们在门外等着，她过去敲了门，边敲边喊着姚叔，过了一会儿，门从里面开了，开门的却是一个年轻的男人，二十岁左右的模样，长相和姚叔有几分相似，手里拿着个游戏机，大概打游戏被打扰了，脸上的表情有些不耐烦。

梅子一看不是姚叔来开的门，笑嘻嘻地问那个年轻男人："东子，你爹呢？"

东子惦记着玩游戏，阴沉着脸随口说了一句："一大早就出去了，估计是和王叔。"

"哦，行，那我出去找找，你继续玩游戏吧。"东子正准备关门，梅子像是想到了什么，边叫着边把手放进口袋里，掏出了什么东西塞进了东子的手里，"吃的。"

东子拿着也没说什么感谢的话，似乎是习惯了这样的事情发生，脸上的表情还是很不耐烦地说："嗯，这下没事了吧？"

梅子年龄比他大了十多岁，对于他的这种态度，梅子似乎觉得一点关系都没有，"没事了没事了。"

秦渊他们在后面看得听得很清楚，从梅子说话的语气和动作上来看，她是在讨好东子，而且不是一两天了，而东子似乎也习惯了接受，明显对她的态度却不怎么好。

秦渊觉得，这种奇怪的模式应该是与姚叔有一定关系。

看着东子关好门，梅子转身走了回来，对秦渊他们道："啊呀，不巧了，姚叔不在。"

秦渊说了声没事，然后向她打探着："姚叔是不是在你们村挺有威望的？"

梅子点点头："是，因为姚叔人厉害，脑子聪明啊，村子里的发展当初都靠他。"

赵强也在一旁道："这倒是，我看你们村发展得挺好的，比周围的村看起来都好。"他们过来一路上路过好几个村子，虽然有些村子没进去过，不过光从外面看，也能感觉出这个村子发展得好。

"嘿嘿，现在农村都发展起来了。"梅子脸上满是笑意，看着是对现在的生活挺满意的。

秦渊正想表示他们自己可以随便在村里逛逛时，从不远处跑过来几个村民，秦渊认出其中一个昨天晚上也来了旅店。

他们的表情不太好，一副焦急的模样，看到梅子，就冲她喊："梅子！出事了！"

梅子赶紧走过去："王叔，咋的了？"

王叔激动地喊着："那玩意儿不见了！"

梅子没反应过来："什么玩意儿？"

"啊呀！"王叔看了眼秦渊他们，只好说明白，"就是洪春的尸体啊。"

梅子吓了一跳，声音也抬高了："啊？不是好好埋在后山吗？"

"没！"旁边另一个三十多岁的村民语气激动地道，"早上铁哥路过那里，发现埋洪春的地方就剩一个坑了，人整个没了！"

"要命了！"梅子手紧握成拳捶着胸口，"这是让鬼给偷了？！"

王叔急得直跺脚："不知道啊，现在大家都在村里找，昨天洪春的手不是到你那儿了吗，我们就想来你那旅店找找。"

梅子直点头："行行，我带你们去找。"她心里着急，也顾不上秦渊他们了，和他们什么都没说，就带着那两个村民往自己的旅店里走。

等他们走后，赵强抓了抓头发："尸体让鬼给偷了？"

蓝筱雅瞥了他一眼，问道："你信？"

赵强摇摇头："不信。"

木九看着往旅店跑去的那三个人的背影，开口道："你们有没有觉得他们过度紧张了？"

赵强倒是觉得挺能理解的："他们是以为闹鬼吧，不过谁会去偷尸体啊？"

"关键是谁的尸体。"秦渊表情严肃地道，"现在我们得到了那个去世村民的名字——洪春，让石头查一查，应该能查到他的身份。"

给石元斐打去了电话，石元斐听了之后非常惊讶："你们不是去×探险了吗？怎么还要查人啊？"

赵强把事情经过告诉了他。

石元斐在那头道："所以说现在这尸体失踪了？别真是鬼吧。"

"行了行了，别吓我，赶紧查！"赵强说完在心里默念了几遍，没有鬼，没有鬼。

没过一会儿，石元斐的声音从手机里传出："查到了，村里只有一个叫洪春的，他父母在三年前过世了，他原本在w市工作，然后就辞了职，应该当时就回村子了。"

秦渊听后问："之后他就一直待在村子里？"

"没查到他这三年的工作记录。"

木九开口："他父母当时的死因呢？"

"这我查不到，上面没记录。"

看来还是要在这里查，秦渊道："知道了，谢了，石头。"

临挂电话前，石元斐叮嘱了一句："队长，你们小心点啊，特别是赵强。"

"不是，为什么特别是我啊？"

赵强还在对着手机嗷嗷乱叫，可惜石元斐已经挂了电话。

"嘿！这人……"感觉背后被人一拍，赵强回头一看，发现是木九，她面无表情地看着他，淡淡开口："因为你特别招鬼喜欢。"

赵强："……"

下午的时候，木九看着窗外，看到姚叔一个人来了旅店，不过他没待多久,就又离开了。赵强下去看了,但是他们是在屋子里说话,声音很轻,他不方便靠得太近,所以什么也没听到。

直到晚上,村民们找遍了整个村子,也没找到洪春的尸体,尸体就像凭空消失了一样。村里人心惶惶,到了很晚灯还都亮着,而秦渊他们也以唐逸身体还没好为由,打算在这里再住一晚。梅子因为尸体不见了的事情很紧张,对于他们又住一晚的要求并没有察觉出什么不对劲的地方。

到了深夜,村子里的灯也渐渐暗了,秦渊他们也睡了,睡到半夜,赵强感觉脖子一凉醒了,睁眼一看,黑乎乎的天花板,往左边一看,一片空空的墙壁,往右边一看,风从窗户缝隙吹进来,带动着白色的窗帘微微飘起。

房间里静悄悄的,只有旁边秦渊和唐逸平稳的呼吸声,村子里也是静悄悄的,可赵强此时的心却开始怦怦直跳了。

想到村里人闹鬼的说法,想到洪春的尸体现在还没找到,看着旁边的窗户,他有种应该去关好的感觉。

万……爬进来呢……

没有鬼,没有鬼……赵强做了个深呼吸,又在心里默念起来,他从床上慢慢坐了起来,伸出手动作极快地把窗户关好,又拉好了窗帘,做好了这些,才让他稍稍安心了。

咚!

静悄悄的夜里,这一声并不响的动静却被赵强听得很清楚,他心里一跳,转头看向门口。

要不要去看看呢?赵强在心里挣扎着,虽然有些害怕,但是好奇心还是促使他下了床,他轻手轻脚地走到了门口。

他想着就开门往外看一眼,反正他不出去。

这么想着,赵强的手按在门把手上,又做了一个深呼吸,手往上一用力,这才打开了门。

看到门外黑漆漆的一片,他屏住了呼吸,将脑袋探了出去,前面的走廊里并不是一片漆黑,借着从一个窗户外洒进来的淡淡月光,他看到了站在走廊里的背影。

那是一个女人,穿着白色的裙子,黑长的直发,而她的手里正提着一个东西，圆滚滚的东西。

"鬼啊！！！！"

4

赵强的尖叫声不光惊醒了房间里的秦渊和唐逸，也把走廊里的感应灯给弄亮了。

走廊里瞬间亮了起来，秦渊走到赵强旁边，拉开门往门外一看，什么都没说，直接走了出去。

晚一步走过去的唐逸打开房间里的灯，也探出脑袋看了一眼，原本紧张的心一下子放松下来，然后他拍了下赵强，安抚道："强哥啊，没鬼。"

赵强一手捂着眼睛，根本不敢看，一手往前一指，声音颤抖："不，我，我看到了！就，就在那里！穿着白裙子，长头发！"

唐逸无奈地道："强哥，那是木九。"

"啊？"

赵强慢慢放下手，睁开眼睛再一看，秦渊旁边站着的穿着白色裙子，黑长直发的可不就是木九吗！

"木九妹子，你吓死我……啊！妈呀！"赵强紧绷的神经刚放松下来，又被吓了一大跳，木九的手上赫然提了一个男人的人头，"原来我刚看到的圆鼓鼓的东西是人头啊！"

木九点了下头，相当淡定地向他们说明当时的情况："刚才外面有声音，我打开门，人头就挂在门上。"

唐逸张大了嘴巴，看向了木九和蓝筱雅房间的门口："挂在门上……"万万没想到，开门看到人头的木九丝毫没被吓到，吓到的反而是赵强，而且还是因为把木九当成了女鬼。

"木九，你简直强心脏啊。"赵强光想想就怕，要是这人头挂在他们的门上，他这一眼看到，那就不是尖叫这么简单了。

这时才被吵醒的蓝筱雅打着哈欠从房间里走了出来，看着他们都在走廊上，一脸不明真相的表情："怎么回事啊？"

木九给她看了一眼人头，蓝筱雅又打了个哈欠，睡眼蒙眬的样子："木九,你拿着人头干什么?"问完,她也完全醒了,因为她发现,"这是真的人头啊?!"

"这应该就是洪春。"秦渊拿出手机,上面有石元斐发来的洪春的照片,虽然脸上有泥土,但依旧可以辨认出来他的身份。

"这人头挂在我们房间的门上?"蓝筱雅觉得实在没法理解,找了一天都没找到的尸体,结果晚上在这儿出现了,而且只有一个人头,"到底为什么要这么做?"什么仇,什么怨!

木九用毫无起伏的语调开口:"让我们感到恐惧。"

唐逸琢磨了一下,弱弱地开口道:"是不是想让我们赶紧离开这里?"

"嗯,很有可能。"先是洪春的一只手在他们来的当晚出现在旅店里,而现在他们住的第二晚,人头直接挂在了他们门口,一次比一次恐怖,第一次或许还感觉不到,而现在就太过于明显了,这是冲他们来的。

"那现在怎么办?"

赵强刚问完,楼梯处就传来很急的脚步声,几秒过后,梅子出现在他们面前,应该是听到了赵强的叫声跑上来的,她捂着胸口喘着气,一脸紧张地看着他们:"咋的了?!"

木九把手上的头正面给她看,梅子盯着她手上看了一眼,吓得立刻尖叫起来,脸色煞白,她扶着墙壁,一下子瘫倒在地上,下一秒就要昏过去一样。

"咋会,咋会这样……"

从梅子这种见鬼了的表情中,他们可以确定这就是洪春了。

秦渊走上前几步,低头问道:"现在旅店除了我们和你之外,还有其他人吗?"

梅子一声不吭,视线一直在木九的手上。

"梅老板。"秦渊叫了她一声,然后重复了一遍刚才的问题。

梅子像是回过神来一般,摇了摇头:"没,没了。"说完她的视线又移了回去。

秦渊继续问她:"旅店除了正门,还有后门吗?"

梅子却又像是听不见了一样,她的眼睛就这么死死地盯着洪春的头,身体哆嗦着,张着嘴嘀咕着什么,秦渊离她最近,却什么都听不清楚。

然而下一秒，她突然扶着墙壁站了起来，转了身，失魂一般跌跌撞撞地走到楼梯口，然后就走了下去，消失在他们眼前。

"我们也下去，看看哪里可以从外面进入这里。"

他们下去的时候，旅店的门开着，梅子显然已经冲了出去，他们开了灯，趁村民还没赶来，在一楼搜查起来。没多久，木九就在一个房间的门口发现了一些泥土，她打开门走了进去，果然房间里的地上也沾有一些泥土，一些不完整的脚印，且是两条，一路到了窗口，窗户是开着的，而窗台上也沾着泥土，显然，在木九她们门口放头的那个人是从这里进来，然后原路出去的。

她探头看向外面，外面是泥地，所以肯定会留下明显的脚印，她喊了一声："秦渊。"

"怎么了？"秦渊说着走到她旁边。

木九用手指着："用手机照一下外面。"

秦渊打开手机的手电筒，伸出手照向外面的泥地上，果然可以看到明显清晰的脚印，同样是来回两条。

木九看着泥地上一深一浅的脚印，很肯定地道："他的右脚瘸了。"

秦渊看了之后也赞同木九的判断："所以我们要找这个村子里右脚瘸了的人。"就目前看到的那些村民，没有一个是脚瘸了的。

"在，在哪里呢？！"

秦渊和木九听到外面的喊声，回头往门口看去，附近的村民已经来了，他们便往外走去。

"在这里。"赵强手里拿着洪春的头，只不过现在用布包着，他把头递给最近的姚叔，紧张兮兮地道，"可吓死我们了。"

姚叔伸手接过，然后打开了布，旁边的几个村民都凑过去看，在看到人头后都叫了起来。

"真是洪春啊！"

"啊呀，怎么又到这儿来了！"

姚叔旁边一个三十多岁的男村民问："姚叔，你看这是咋回事啊？"

"只，只发现这个？！"姚叔皱着眉头看着梅子，表情很不好。

梅子脖子一缩，弱弱地点头："对啊，姚叔，你说是不是鬼放进来的?"

姚叔愁着脸,还没说什么,旁边一个和梅子年纪差不多的女村民突然白了脸,一脸的惊恐,她开口,轻声道:"会不会是……"

"闭嘴!"还没说完,姚叔打断了她,回头瞪了她一眼,骂了句脏话,"瞎说什么!"

那女村民马上就低头不敢再说话了。

这时秦渊和木九从拐角处走了出来,木九注意到姚叔在瞄她,于是便装作看到了姚叔手上的人头,然后马上别开脸,伸手抓住秦渊的手,人哆嗦起来。她本来皮肤就白,看上去小小弱弱的,这下更让人觉得是受到了很大的惊吓,毕竟这样的反应才是正常的。

赵强一回头把这幕看得清清楚楚,脑补着之前木九开门看到人头时的面无表情,然后淡定地拿了下来,再看这个,简直要被她的演技给跪了。

姚叔的表情看着他们时缓和了些:"真,真是不好意思啊,你们先上去睡,睡吧,这事我,我们来处理。"

等他们走上楼梯后,下面传来其他村民焦急的声音:"姚叔,咋办呢?"看得出来,村民们都很听姚叔的,凡事都要先问他。

姚叔看了眼楼梯的方向,阴沉着脸:"出,出去再说。"

秦渊他们回到房间,透过窗口往下看,一帮村民包括梅子都走了出去。

"怎么看?"

蓝筱雅刚刚检查了死者的头,开口道:"可以排除中毒,但是具体死因查不出来。"毕竟尸体不完整,的确存在很多不确定性。

秦渊颔首道:"我们在一楼的房间里发现了脚印,他是通过房间的窗户爬进来的,分析了脚印,潜入旅店的人右脚瘸了或者有残疾。"

蓝筱雅回想了一下,托腮道:"可我们好像没有看到有这种情况的村民吧?"

"目前是没有。"秦渊表情凝重地道,"但这是一个重要线索,明天我们可以向旅店老板打听。还有,还是要查清楚洪春的死因,这是关键问题。"村里的人对于洪春的事情基本不在他们面前多说什么,只能靠他们自己去查。

赵强一摊手,无奈地道:"问题是现在连尸体在哪儿都不知道。"

唐逸低头想了下:"如果他把洪春的人头放在我们门口是为了吓走我们,那我们如果还是不走呢?"

赵强皱着眉头扭头看他:"你觉得明天他还会继续这样?"

"有可能吧,而且我觉得应该会更过激。"唐逸想到这点,总有一些担心。

赵强叹了口气,觉得心累:"你们说那尸体能在哪儿啊?村里就这么点地方,全村人几乎都找遍了,还没找到。"他可不想再被尸体吓一跳了。

一直没有说话的木九突然开口:"后山。"

"啊?"

她抬头看向秦渊:"我们明天去一趟后山。"

没多久后,还没睡的木九从窗口看到梅子一个人走了回来,她的脚步看着有些沉重,时不时看着四周,等她进了旅店,就听到了关门声。

第二天,几乎一夜没怎么睡的秦渊他们很早就出了房间,然而到了楼下,在前台坐着的却不是梅子,而是姚叔的儿子——东子。

秦渊走上前问:"梅老板呢?"

东子打了个哈欠,瞥了他们一眼,又看回手机很随意地回了他一句:"她啊,死了。"

5

东子的这句话让在场的所有人都感觉到了震惊和不可思议,从凌晨最后见到梅子到现在,不过几个小时的时间,而当时她除了受到了惊吓外,什么事都没有。

好好的一个活人,突然死了,赵强瞪大了眼睛走到东子旁,又和他确定了一遍:"真死了?!"

东子正用手机玩着游戏,不耐烦地瞥了他一眼,语气也是不好:"对啊。"

赵强继续问他:"那她怎么死的?"

"妈的!"这局游戏失败了,东子骂了一声,然后抬头瞪向赵强,"烦死了，要问问我爹去！"

"不是，我就问……"

秦渊拍了拍赵强的肩膀，示意他别和东子说了，因为一看东子就是一心沉迷游戏，完全不关心村里事的，估计也不会清楚梅子的事情，问他还不如去问姚叔。

东子看他们不说话了，嘴里哼哼了几声，又低下头玩手机。

留赵强和唐逸在旅店看行李，秦渊、木九和蓝筱雅走出旅店，附近一个在外的村民也没有，去姚叔家敲门他也不在。

秦渊道："我们去后山，既然有人死了，他们应该在那里。"

还好后山离旅店并不算远，走了没多久，他们就看到了不远处的一座山坡，而在那里果然围着好几个村民。秦渊他们走近一看，看到了中间的姚叔，还有在地上的一张草席下露出的一个人的两只脚，应该就是梅子的尸体。

姚叔旁边的几个壮汉正在用铲子挖坑，看来是要埋葬了梅子。

他们走了上去，本来在指挥的姚叔看到了秦渊他们，脸上有些惊讶，拍了拍身上的土，向他们走过去："哎，你们怎，怎么过来了？"

秦渊直接问了："姚叔，听您儿子东子说的，梅老板是怎么了？"

听到梅子，姚叔脸色不好地摇了摇头，叹了口气道："梅子啊，唉，自，自杀了。"

居然还是自杀，蓝筱雅吃惊地道："自杀了？可凌晨她不是还好好的吗？"

"是啊，谁，谁想到会，会这样！"姚叔摆了摆手，声音低沉地道，"都是，是这鬼，鬼闹的，你们想，两次洪春那玩，玩意儿都到她旅店里去，去了，这鬼啊，怕是缠，缠上她了。"

蓝筱雅半信半疑，开口问："她是因为这个自杀的？"

姚叔无奈地道："被鬼，鬼缠上了还能有，有什么办法，就像洪春也，也是。"

"姚叔，那她是怎么自杀的？"

姚叔压低声音道："上，上吊死的。"

据他说，他早上去找梅子，在门口没见到她，喊了几声梅子都没回他，他就到她的房间里去看，打开房门就看到上吊的梅子，他把她放下来时，梅子已经断气了。

秦渊问："那梅老板有家人吗？"

姚叔告诉他们："没了，她那，那口子三年前，前就死了，也没生娃。"

三年前，秦渊突然想到洪春的父母同样也是三年前去世的。

这时，身后的村民喊了一声："姚叔，你看这坑行了吗？"

"来，来了！"姚叔向后喊了一声，然后转身往那里走去。

秦渊和蓝筱雅准备跟上去看看，秦渊发现自己的手被拉了一下，他回头一看，是木九，他看着她道："怎么了？"

木九指了指旁边："我去那边看看。"

秦渊马上明白了木九的打算，现在村民都忙着埋葬梅子，不会去注意其他地方，而木九一个人行动基本不会引起村民的注意，这确实是个好主意，但让她一个人去，秦渊心里终究不放心，他叮嘱着："小心点，有事就喊。"

木九点点头，然后往旁边的路走去。

秦渊和蓝筱雅跟上姚叔，在旁边看着，村民们把梅子的尸体抬了起来，梅子的一只手从草席里滑到了外面，露了出来，蓝筱雅盯着她的手，然后瞥向了站在前面的姚叔，若有所思。

而木九则到了另一面的山坡，沿着斜坡往上走，那里同样也是村里的坟地，每一个坟包上都插着一块木板子，上面写着死者的名字，木九一个一个找过去，终于在一个空坑旁边看到了洪春的墓碑，上面只是潦草地写了他的名字，除此之外什么都没写。

坑里的尸体自然已经不见了，而周围有很多的脚印，都是昨天来这里的村民的，所以已经很难从中看到当时偷走尸体的人的脚印，不过木九来这里想找的并不是这个。

她看了一眼那个空坑后，就继续往上走，她边走边观察着每一个坟包，最后在一个坟包前停下。

这两天除了梅子之外，没有其他村民过世，而这个坟包却可以看出泥土被翻动过的痕迹，而看墓碑，明显是很久之前写的，一个去世已久的村民的坟包却被人在这两天动过，显然存在着问题。

木九昨天提出今天要来这里,就是来找洪春剩下的尸体,村民昨天找了这么久都没有找到,他们肯定找遍了村子里各种地方,尸体是不会凭空消失了的,所以木九想到了一种可能性,尸体其实还是在后山,只不过不在洪春原本埋的坟包里,而是在其他村民的坟包里藏了起来,而在旁边,木九又看到了和旅店窗外一样的一深一浅的脚印,她现在已经可以完全肯定,洪春的尸体就在这里面。

偷尸体的人很聪明,他料想到了村民们根本就不会考虑到这种可能性,这样,他既不用搬运尸体,尸体也不会被发现,而他更不会被怀疑,而昨天晚上,偷尸体的人把洪春的尸体再次挖了出来,砍下了他的头,放到了她们的门口。

既然尸体已经找到了,那么现在的问题就是,偷尸体的人究竟是谁?而他这么做的目的又是什么?

而就在这时,一声细微的声音在木九的左面响起,木九听到之后没有动,斜眼瞥向发出声音的方向,那边是一片树林,杂草丛生,看不出藏了什么。

木九就当做没有听见,转身向下又走了几步,左边接着又传来了一些声音,从这些声音中,木九可以判断出来,那里正藏着一个人,他正在靠近她。

该怎么做?短短几秒,木九已经想出了两个方案,而在下一秒,木九的身后竟也传来了声响,接着就是一声狗叫,木九回头看去,从树丛里蹿出来一只大狗,却不是冲向她,而是冲向了木九左侧,那只黑狗对着草丛汪汪叫着,草丛里响起了一阵声响,原本躲在里面的人被狗吓走了。

而大黑狗发觉人被它吓跑后,又反身跑回了木九身后的草丛里,木九漆黑的眼睛看着那只狗离开的方向,转身跟了上去。

6

木九跟着那只大黑狗走进了树丛里,没几步后,那只狗就跑到了一棵树旁,而那里蹲着一个男人,高大结实,顶着一头乱糟糟的头发,衣着破烂,看到狗过来,他伸出手摸了摸它的头,然后从怀里掏出一个馒头,掰下来一点递给狗。

木九向他走去，男人听到动静抬头看到她后，着实被吓了一跳，一脸的紧张，他想要站起来，但因为腿脚不便，慌张之下又站不稳，一下子跌坐在地上，感觉到主人情绪的大黑狗马上挡在男人面前，对着木九龇牙，发出警告的声音。

男人伸出手摸了摸它的头，大黑狗立马安静下来，但还是维持着这个姿势。

这是一只有灵性的忠犬，木九看着他缓缓开口："是你让狗把那个人赶走的？"

男人抬眼瞥了木九一眼，没有说话，良久后微微点了下头。

"谢谢。"木九说着又向他走近了一步，而男人发现后，抬起手向木九摆了摆手，似乎是想让她走的手势。

木九面无表情地开口问他："你要我离开这里？"

男人看着她，表情严肃地点了点头，然后他抿唇想了想，接着又用手指指着西北方向，一直指着，像是怕木九不明白，他又反复做了几次。

这个男人不会说话，然而木九还是明白了他的意思："你想让我们离开这个村子？"

男人点了好几下头，然后又指了指那儿，看样子他希望他们赶紧离开。

木九却没有马上走，因为有些事情她要调查清楚："洪春的尸体是不是你挖走的？"

男人听到洪春这个名字，明显有了很大的反应，他握紧了拳头，紧咬着嘴唇，眼眶微微红了，嘴里发出愤怒的低吼声。

"你知道洪春是怎么死的吗？"

男人点了下头，握紧的拳头敲击着地面，像是在发泄他的愤怒。

"他是被人害死的吗？"

和木九推测的一样，男人又点了头。

木九脑子里想到了一个人，于是她问道："是被姚叔害死的吗？"

男人点点头，然后又摇了一下头，他不能说话，又不知如何表示，急得直捶树干。

"不只是姚叔害死的？"

男人激动地看着木九，狠狠点了点头。

想到了昨天晚上梅子一副见鬼了的表情，木九继续问："还有开旅店的梅子？"

男人依旧点了头，但是表情还有些纠结。

木九从他的表情中猜出了他要表达的意思，不只是这两个人，于是她接着问："村子里有多少人参与了？"

男人低头伸出手指，一根一根地数过去，然后伸出手给木九看。

木九看着他伸出的手。"五个人。"

"那洪春被害死的事，村子里的人都知道吗？"

男人依旧点头。

这也就能解释，为什么村子里发现洪春的尸体失踪会如此紧张了，他们以为是洪春变成了厉鬼来向他们复仇："你想用这种方式来吓他们。"他不会说话，村子里的人又都是这样，所以他只能这样做，让村子里的人感到恐惧。

"那你知道洪春的父母是怎么死的吗？"

男人激动地点头。

"他们也是被村里人害死的？"

木九看着男人摸着他的狗点了头。

果然……

这个村子里发生过的事件慢慢清晰起来，三年前洪春的父母被村里的人杀害，而知父母死信后的洪春辞职赶回了村里，然而，他发现了他父母死亡的疑点，于是一直在村里住着，直到今年他挖出了真相，找到了他父母的死因，却又被村里的人害死了。

那么，村里人为什么要杀死洪春的父母呢？这个村子里到底有什么秘密？

木九问男人："村子里是不是干了什么坏事？"

男人点点头，然后用手比画了一下。

木九看出了他手势的意思："很大的坏事？"

可以让一个村子里的人都如此齐心，甚至丢了自己的良心不惜杀人，只可能因为一件事——钱。

不会说话也不会写字，男人只能用树枝在地上画，木九看着他画的东西，心里有些了然。

最后，木九问他："你叫什么名字？"

男人指了指自己的衣服，见木九不明白，他又拿着树枝在地上写了一个字。

木九看着地上的字："布，阿布？"

阿布点点头。

"我叫木九。"木九蹲了下来，用树枝在地上写下了自己的名字，她抬起头看着他，郑重地道，"阿布，我们会查清楚的。"

木九准备回去，但阿布似乎不放心让她一个人走，就让他的狗护送她。

一人一狗回到了山下，木九看到了站在不远处的秦渊和蓝筱雅，便停了下来伸手想要摸摸大黑狗的脑袋，还没碰到，大黑狗像是知道已经送到了一般，转身头也不回地往回跑了。

木九看着伸出的手，回头看着已经消失不见的大黑狗，有些郁闷地缩回手，走向了秦渊他们。

秦渊从上到下打量了一遍，查看她是否受伤："没事吧？"

木九摇摇头："我没事，我找到洪春的尸体了。"

蓝筱雅一脸震惊："找到了？！"昨天那些村民可是找了整整一天啊，木九没多久竟然就找到了！

木九点点头，然后看了一眼周围："回去说。"

秦渊三人走后，没多长时间，一对村民从山上走了下来，女村民回头看了一眼埋了梅子的地方，叹了口气道："你说梅子咋就想不开死了呢。"

男村民横了她一眼，有些凶狠地道："叹什么气！你不想想，少了一个人，我们就能多拿东西了。"

听到她丈夫这么一说，女村民的表情立马就变了，她抹了一把脸上的泪痕，悲伤的情绪在一瞬间就消失了："对哈，我怎么没想到呢，明天是不是就到日子了？"

男村民哼了几声："可不是，所以说现在她死了正好。"

女村民一下子乐开了花，嘴角一下子咧到最大："也不知道明天能分到什么好东西。"

男村民的脸上也带上了笑容:"反正少不了我们的。"

想到了明天,两人乐呵呵地离开了坟地。

他们回到旅店房间后,木九把刚才查到的还有自己推断的事情告诉了他们。

赵强听了背脊发凉:"所以说洪春的父母还有洪春都是被村民们给害死的?!根本不是什么鬼缠身啊。"他原本以为这地方可能真的闹鬼,现在才发现,鬼是没有了,但是人更可怕,不是一个两个,而是全村的人。

蓝筱雅双手环胸,继续道:"不只是他们,梅子也不是自杀。"

赵强吃惊道:"梅子不是自杀?也是村民杀死的?"

蓝筱雅点点头:"我看啊,是姚叔勒死的,我今天和队长看着梅子下葬,我无意中看到了她的手指甲,指甲里有血迹,还有一点点皮肤碎屑,而姚叔的手臂上有很明显的被指甲抓伤的痕迹,肯定是姚叔从她背后用绳子勒住她时,梅子挣扎时抓伤的。"

秦渊表情凝重地开口:"还有梅子的丈夫,他是三年前去世的。"

"三年前,啊,洪春的父母也是三年前去世的!"都是三年前,是巧合还是某种……

秦渊想到了什么,打了电话给石元斐:"石头,你查一下,三年前,这个村子里一共死了多少人?"

"三年前,我看看。"键盘的敲击声从手机里传了出来,没多久后,石元斐道,"查到了,一共有七个人,两对夫妻,两个女村民,还有一个男村民。"

秦渊接着问:"他们的年龄呢?"

石元斐查到了他们的资料。"最小的是28岁,年纪最大的是52岁。"

唐逸分析道:"这个年龄段,都是正常死亡的概率太小了。"

"难道都是被村民们杀害的?!"赵强说完,一股凉意蹿上背脊,七个人!加上之后的洪春和梅子,就是九个人了!九条人命啊!

"梅子之前说过,村子发展起来全靠姚叔。"村里的人吃喝用的都非常好,但是村子里却没什么农田,也从来看不到他们下地耕作,村民都非常奉承姚叔……将村子里那些奇怪的地方统统拼凑起来,"那么他们的生财之道肯定有问题。"

听着他们分析一直没有说话的木九突然开口:"他们是在盗卖文物。"

"盗卖文物?"

木九向他们解释:"阿布不会说话,也不会写字,但是他给我画了一些花瓶之类的瓷器,这个村子里可能有不被外人发现的古代墓穴。"

蓝筱雅吃惊地捂嘴:"天哪!"

秦渊沉声道:"我刚才已经联系了市局,他们会派最近的警队过来协助我们,现在,我们得先离开这里。"即使他们是警察,但他们也只有五个人,没有携带任何武器,一旦和村里人发生冲突,后果不堪设想。

这时,蓝筱雅突然吸了吸鼻子:"你们有没有闻到什么味道?"

唐逸看向房间的门口:"什么东西烧起来了?"

"着火了?!"

木九回头看向窗外,旅店的门口站着好几个村民,中间站的正是姚叔,他的手里拿着一个火把,阴沉沉地看着他们。

"他们想烧死我们。"

秦渊五人在旅店的三楼,他们发现不对劲赶紧拿着随身的包冲出了房间,火显然是刚刚烧起来的,还没有这么快烧到三楼。秦渊马上打了电话求救,而蓝筱雅则准备好了湿毛巾给他们,他们顺着楼梯到了二楼。再往下看,已经看到了一楼楼梯口蹿上来的火苗,楼梯上铺着稻草,火顺着就烧了上来,烟雾呛人,火势凶猛。

下到一楼已经是不太可能了:"我们从二楼窗户跳下去。"

他们冲到了走廊的窗口,打开窗往下看去,高度并不太高,而且下面还有一块泥地。

"我和赵强先下去。"

秦渊单手撑着翻身上了窗台,然后没有丝毫犹豫接着就跳了下去,安全着地,接着他退到一边,让赵强也跳了下去,紧接着木九也自己爬上了窗台,淡定而轻松地跳了下来,秦渊伸手一接,也安全落地。

而就在这时,原本守在大门外姚叔带头的村民们发现了他们从旁边跳了下来,手里拿着火把还有斧头就冲了过来。

姚叔手里拿着柴刀，狰狞的脸上已经完全没有了之前的和善，他大吼着："大伙！把男的都，都给我宰了！"

唐逸和蓝筱雅被这阵势吓了一跳，顿时不敢动了。

那些村民已经靠近，挥着斧头就往离得最近的秦渊身上砍去，不过秦渊的反应速度更快，伸手一下子抵住斧头，然后右腿快速准确地踢向那人的腹部，那人吃痛地弯腰捂着腹部，秦渊趁机夺下了他手上的斧头，而赵强自然也不是吃素的，把一个村民踢翻在地，拿下了他手上的柴刀。

秦渊、赵强和对方多人对峙着，他没有抬头，喊了一声："筱雅、唐逸，赶紧跳下来！"火势迟早是要蔓延到二楼的，而他们所站的地方已经冒出了浓烟，再不跳下去会有危险。

"筱雅姐，你赶紧跳。"

蓝筱雅心一横，抱着包跳了下去，但没站稳，差点扑到地上，幸好旁边的木九拉了她一把，之后，唐逸也接着跳了下来。

秦渊挡下了前面人的攻击，侧身把车钥匙扔给了木九："木九，接着钥匙。"

木九稳稳接过，然后叫着蓝筱雅和唐逸："我们去开车。"

木九他们想冲过去到后面开车，可几个男村民却拦着他们，但从他们的动作上，木九感觉得出，他们并不想伤到她和蓝筱雅，再加上姚叔之前说的那句"那男的都给宰了"，木九就能肯定，他们只是想制伏她们，可能这个村子还拐卖妇女。

木九轻声和蓝筱雅说了几句，蓝筱雅听后点了点头，然后从包里拿出了一瓶东西，她拔开盖子，然后对着那几个村民大吼道："不要过来！都给我让开！这是辣椒水！"

果然，这么一说，那几个男村民就不敢上前了，但他们身后的一个女村民看到后却大叫着："放屁，那是姑娘用的喷雾！喷脸的！"

"嘿，连这个都知道？"蓝筱雅说着对着发现上当的男村民脸上一喷，当然喷出的自然就是水。

"靠！真是水！"男村民气火了，上前一把抓住蓝筱雅的手，而就在这时，旁边的木九突然从身后拿出了两个喷瓶，对着前面村民的眼睛猛地喷去。

"啊啊啊！"

"我的眼睛！啊！"

毫无防备的几个村民就这么中招了，扔下斧头，拼命捂着自己的眼睛，蹲在地上嗷嗷叫着，唐逸趁机拿了斧头，木九在前把那女村民踢倒在地，然后带着他们冲了出去。

他们赶到了车前，蓝筱雅上了驾驶座，木九和唐逸也同时上了车，蓝筱雅接过木九递来的钥匙，赶紧发动车子。

车很快开回了秦渊那儿，此时秦渊和赵强基本已经控制住了场面，但是不远处依旧还有村民拿着武器赶了过来。

"队长，强哥，快上车！"

秦渊踢倒了一个要从背面攻击赵强的村民，然后拉着赵强："走！"

唐逸见他们过来，赶紧打开车门，等秦渊和赵强一上车，蓝筱雅赶紧启动车子，一个转弯，往村口的方向开去，而车后面，那帮村民依旧拿着斧头和柴刀在追赶。

"阿布。"车快要到村口时，木九看到了不远处一瘸一拐带着大黑狗走来的男人，而他的旁边是几辆警车。

在和对面警车只有几步远的距离时，蓝筱雅停了车，随后五人下了车，走到了前来支援的PC那儿。

走在最前面的男人伸出手："秦队。"

秦渊也伸出手，和他握了手："祁队。"

两人打了招呼后，秦渊简明地道："这个村子的情况电话里都已经和你说明了，现在有十几个村民拿着斧头在后面。"

"好，我明白了。"祁队指挥着身后的队员们向前迎上了那些村民，村民们一看这么多PC来了，且人数比他们多很多，顿时也不敢乱来了。

这时从警车里下来了一个娇小纤细的姑娘，蓝筱雅一看到她，激动地喊道："小学妹！"

姑娘看到蓝筱雅乖巧地喊着："学姐。"

蓝筱雅一把揽住她的肩膀，十分亲昵："言妮，好久不见了啊，没想到在这里碰上。"

"我也没想到。"言妮看着有些腼腆，抬头看她，"我是来这里做尸检的，师姐呢？"

蓝筱雅无奈地摇摇头："本来是来休假的。谁知道变成这副狼狈模样。"

言妮上下打量了她一番，感叹道："那真是不幸。"

觉得自己说的不恰当的言妮赶紧又补充了一句："啊，不过万幸的是你没事。"

蓝筱雅听了乐了："你啊，真是一点没变。"

而在旁边，木九走到阿布旁边，阿布看到她，用手指了指她的脸，一脸担心的表情，木九伸手擦了一下脸上的灰："我没事。"

阿布放下心来点点头，然后探着头，想要查看那边的情况，木九发现了便对他道："他们会把坏人都抓起来的。"

祁队把闹事的村民都控制住了，他返回来问秦渊："秦队，怎么样？一起调查吗？"

秦渊摇头拒绝了："不了，我和市局沟通过了，这个方面的案子归你们管，我们队就不插手了。"

祁队笑道："你们不也是参与进这个案子了吗？"

秦渊看了一眼在那边逗狗，但是被狗无视的木九，轻笑道："我们还在休假期。"

祁队拍了下他的肩膀："真是，行，下次有机会。"

把案件各方面细节和祁队交代清楚之后，秦渊五人离开了村子，重新上车后，赵强靠在副驾驶座上感叹道："万万没想到，不过是路过一个村子，居然查出了这么严重的一系列案子！谋杀、盗卖文物……啧啧。"

蓝筱雅吃着巧克力压惊："可不是吗？所以说啊，有鬼不可怕，这人心贪婪起来才是最可怕的。"

唐逸在一旁默默点头。

过了一会儿，赵强看向后面："那我们现在回家了？"

蓝筱雅递给他一块巧克力："当然不是，没听队长说吗，休假还没结束呢。"

赵强接过巧克力塞进嘴里，口齿不清地道："那我们去哪儿啊？"

木九嘴角沾着巧克力，缓缓说出两个字："鬼村。"

"……"他以为可以逃过这劫了呢。

姚叔等十多名村民参与盗卖文物并且谋杀九人的事实被全部查实,三年前,村民在村里的一处地方发现了一座古代墓穴,里面埋葬了几十上百的文物,而姚叔知晓后,心生一计,决定倒卖给非法的贩卖集团,以此获利,再把获得的钱财分给村里人。

同时,村里的部分村民还在外拐卖年轻的女孩,再卖给其他村子,而当时包括洪春父母在内的七人因为不同意想要举报而被杀害,梅子的丈夫更是被梅子毒死的,之后,发现自己父母死亡真相的洪春同样被杀,而姚叔之所以杀死梅子,是因为她以为洪春成了厉鬼来向她寻仇,想要去承认自己的罪行,姚叔不希望村里的事曝光,便下了狠手勒死了她。

这个案子告一段落,而SCIT几人休假结束后,安排了阿布来这里的医院治疗腿部,他让护士教他写字,给木九写了这封信。

特案队正看着阿布画的画,突然门口传来了敲门声。

他们往门口看去,敲门的是一个年轻男人,身材高挑,穿着一身深色西装,俊朗的脸上带着温文尔雅的笑容,他的视线看向秦渊,缓缓开口:"秦队,你好,我是从今天起加入特案队的丰邵。"

第 5 章　死亡预言师（1）

1

特案队的所有人都看着那个年轻男人，从今天起加入特案队是什么意思？

"风骚？"石元斐一下口误，赶紧用手拍了一下自己的嘴巴，一脸歉意地道，"不好意思，不好意思！"

丰邵轻笑着摇摇头，脸上没有一丝愠意："没事。"

秦渊的眼睛紧紧盯着丰邵，沉声问道："你刚才说你从今天开始加入我们队？"

丰邵还未开口，办公室门口又传来一个低沉的男声："这个事我来解释吧。"

赵强一看到出现在那儿的人，吃惊地叫着："龚局！"

看到龚局出现，秦渊已经有种不好的预感了。

龚局站到丰邵旁边，向特案队队员们介绍："这是丰邵，留美归来的心理学博士，gy 大学的客座教授，从今天起正式加入你们特案队。"

众人一听到心理学博士，下一秒齐刷刷地看向木九，丰邵一来，职位不就重复了吗？

龚局看着他们的表情，一脸淡然，和他们解释道："我知道你们是怎么想的，但是木九现在怀孕了，出现场不方便，所以才让丰邵来协助你们办案。"

秦渊看了一眼旁边的木九，开口："局长……"

"停。"龚局直接打断了秦渊，"有什么事去我办公室说。"

临走前，龚局不忘叮嘱洪眉："洪眉，带丰邵了解一下队里的情况。"

洪眉颔首道："好的，龚局。"

龚局点点头，走出了特案队办公室，秦渊回头对自己队员们说了声："我去趟龚局办公室。"

木九面无表情地道："我也去。"

秦渊和木九一前一后向门口走去，在经过丰邵旁边时，他偏头看着木九微笑了一下，而木九却是目不斜视、面无表情，直接擦身而过。

看到这一幕的赵强往旁边挪了几步，到了洪眉和蓝筱雅的中间，压低声音道："你们赌龚局和队长两方谁胜？"

蓝筱雅摇了摇头："结果不是显然易见的吗？"她一脸我已经预见结局的表情，向他们摆了摆手，"我回法医室了。"

她走到丰邵旁，停下后伸出手，大方地道："你好，丰教授，我叫蓝筱雅，是队里的法医。"

"你好，蓝法医。"丰邵伸出手也她握了一下，脸上始终带着浅笑。

而那边，秦渊和木九跟着龚局去了办公室，让木九进去之后，秦渊最后进去并侧身关上门，然后和木九一起走到办公桌前。

龚局见他们来了，语重心长地对木九道："木九啊，我是为你好，怀孕前三个月是危险期，最好不要去现场，最后三个月你挺着个大肚子肯定也吃不消，再说看那些血腥的现场，对孩子也不好。"

木九面无表情地反驳："他又看不到。"

龚局被噎了一下："不，不是看得到看不到的问题，怀孕要多休息，在尽量安全平和的环境下，你出外勤万一遇到危险呢？"

木九却表示："即使不去现场，也不会影响我的判断。"

"我知道你的本事。"龚局说着看向秦渊，希望他管管自己的老婆。可秦渊却开口道："局长，当时您承诺过，成立这个特案队，队长由我来当，队员也由我来选。"

龚局轻笑了一下："要不是我坚持让木九去你队里，你们能认识然后结婚吗？"

一句话愣是让秦渊哑口无言。

木九："局长……"

龚局见木九开口，立马也打断她："你也别说了，你也不想想你当初是怎么进去的。"

木九面无表情道："走进去的。"

龚局："……"

最后秦渊和木九被龚局赶了出去，回办公室的路上，秦渊偏头看着木九，柔声劝她："木九，其实我很赞同局长这个决定的，丰邵来队里，可以帮你减轻很多负担，你之后可以尽量少出外勤，毕竟如局长所说，出外勤的危险性和不确定性太大了。"

木九听后乖乖地点头道："我知道。"

"知道就好。"秦渊宠溺地摸了摸她的头发，"回队里吧。"

但是她第一眼就觉得这个男人给她的感觉并不好，只不过这后半句她没有说出口。

秦渊和木九回到办公室时，洪眉已经给丰邵介绍完了队里的情况，而办公室唯一空着的位置就是木九旁边，不过洪眉还是去请示了一下秦渊："队长，安排丰教授坐在木九旁边？"

秦渊看了眼坐在位子上喝着牛奶的木九，颔首道："嗯。"

中午赵强和洪眉出去拿外卖，结果不只拿到了食物，还带了两个许久不见的人进来。

石元斐原本被外卖的香味从电脑后面勾了出来，结果一眼看到门口的人，指着他吃惊地叫着："木九弟弟！"

言律明显对于这个称呼有些不满，斜睨了他一眼："我叫言律，不叫木九弟弟。"

石元斐别开脸，默默地念着："不是一个意思吗？"

从秦渊办公室出来吃饭的木九一眼看到言律……旁边的大白，冲他招了个手："大白。"

大白站在微微黑了脸的言律旁，害羞地向木九挥了挥手："木九姐。"

却被言律瞪了一眼："叫什么姐！"

知道外卖来了的蓝筱雅也从法医室过来了，从背影就认出了他们："木九弟弟和大白来啦，来，一起吃比萨。"

"……"

训练完的陈默也回了办公室，看到站在门口的言律，经过时，沉声开口："木九弟弟。"

从外边走进来的队员们的话成功让言律的脸色又黑了一个度。

吃比萨的时候，言律一屁股坐在木九旁边，木九神色淡淡地瞥了他一眼："你来干吗？蹭饭？"

言律默默吃着比萨不回答："那个走过来皮笑肉不笑的男人是谁？"

皮笑肉不笑？赵强抬眼看着丰邵，人家明明是如沐春风的笑容啊……

木九头也不抬，明显知道言律说的是谁："新来的心理学博士。"

言律一听，偏头看着木九，先是脸色一沉，随后立马转变了表情，幸灾乐祸道："看来这队里不需要你了啊。"

木九回头用漆黑的眼睛看着他，拍了下他的肩膀："你放心，这种事不会发生的。"

言律一下子甩开她的手，急着强调："谁担心了？！"

两人又拌了几句嘴，正吃着比萨互瞪着，走过来拿比萨的丰邵看到他们的气氛："怎么你们姐弟的关系不怎么好啊？"

木九和言律同时回头看着一脸温润微笑的丰邵，两人同时伸手勾住对方的肩膀，异口同声："要你管。"

在他们斜后方的赵强看着他们神一般默契的动作，笑的喷出了一口比萨。

丰邵似乎并不介意，笑容不改，拿着比萨走回了自己的位子上。

在他们快要吃完的时候，唐逸才赶回来，一进办公室，一脸郁闷表情。

洪眉看到他的表情，以为他觉得来晚了没午饭了，赶紧道："哎，唐逸，你放心，给你留着比萨呢。"

可唐逸却摇摇头，明显不是为了午饭的事："本来赶着去附近书城的签售会的，结果快到我时，书全卖光了。"

石元斐咽下一口比萨："全卖光了？这么畅销？"

唐逸叹了口气："是啊，都是一大清早就去排队的，我到那里的时候，排队的人流一圈又一圈，根本看不到队伍的头在哪儿。"可排了这么久的队，还是没买到书，他怎么能不难过呢？

赵强来了兴趣，走到唐逸旁边，喝了口饮料问："这么夸张，谁的签售会啊？"

唐逸还没开口，却传来丰邵温润的声音："是孙煜的新书吧。"

洪眉"咦"了一声："丰教授也知道啊？"

丰邵点点头："之前看过他的小说。"

言律听了却冷哼一声。

木九看着一脸不屑的表情，心中有些了然："他的书比你的书畅销？"

偏偏木九的话正中言律的痛处，他看着木九，咬牙切齿地道："他那是全靠炒作！"

蓝筱雅在一旁道："炒作什么？小鲜肉？绯闻？上节目了？"

唐逸摇摇头："不是，据他自己说，他可以预知别人的死亡。"

赵强一听，第一个反应："什么鬼？！"

那边石元斐已经用电脑开始搜索了："还真是啊，微博上、社交圈里这作者最近真挺火的，高颜值作家，写悬疑小说的，而且这作者之前还很神秘，从没有出席过任何公共场合的活动。"

众人一听到这个，齐刷刷看向言律，简直和他一模一样啊，言律是因为不喜欢和粉丝接触，孙煜为什么这样就不得而知了。

言律："呵呵。"

"这一次在 s 市是他办的第一场签售会，所以全国的粉丝都去了，目前他的书无论是实体店还是网上可都已经卖空了！还有最重要的一点就是唐逸说的，他能预知别人的死亡，能准确到某一个时间段，这一点可是吸引了一大票忠实粉丝。"

石元斐顿了下道："网络上，粉丝们给他起了个外号——死亡预言师。"

2

洪眉听后琢磨了一下："死亡预言师？怎么听着这么玄乎啊？"

石元斐看着电脑屏幕继续向他们介绍这个孙煜："是啊，他的本事也确实玄乎，在网上专门有一个他个人的网站，他隔一段时间就能预测出第二天其中一名死者的性别、死因，甚至是准确的死亡时间，除了不能预测出死者的名字还有地点不精确外，其他的他都能知道，然后会在他的网站上公布出来，神奇的就是，每次都是完全正确的，已经有 6 次了，准确率 100%！"石元斐说到最后，用手给他们做出了 100 的手势。

等石元斐绘声绘色地说完，赵强一拍桌子，激动地道："这叫玄乎？！这分明是有预谋的谋杀啊，前期先锁定好被害者，然后前一天在他的网站上发布，类似于发布死亡通知单，第二天在他选定的地点和时间，用选定的方式谋杀选定的被害者，当然都能对得上了，因为凶手就是他啊！"每一个选定，赵强都特别强调地说着。

"哎哟，赵强，难得啊，你这智商总算是上线了。"蓝筱雅也是难得夸了赵强一次，同时她自然也是赞同这个观点的，"我也是这么认为的，所谓的预言别人的死亡其实就是他自己做下的一桩桩有计划、有预谋的谋杀案。"

等他们说完，石元斐轻咳了两声，继续道："所以说就要说到另一件事了，这6次预言，每一次死者被发现后，因为孙煜的网站每天流量都很大，很出名，所以负责案子的警察之后都会查到他的身上。"

唐逸点头道："因此，孙煜也算是 s 市进警局次数最多的作家了。"

"咦？"洪眉有些疑惑地问，"那怎么还没被抓起来？反而每次都被放了呢？"

这时，一言不发的秦渊才开了口："因为他有完美的不在场证明。"

石元斐点点头："队长说对了，因为负责的警察调查之后，发现每一起案件都和他完全没有关系，哦，除了都是他预知的之外，每一次，他都是有充分的不在场证明的，甚至有一起案发时，孙煜根本就不在国内，根本没法作案。"

石元斐话音刚落，那边赵强又提出了另一个假设："那就是□□了！或者他有一个同伙在帮他，这也不是没有可能啊。"

陈默也道："这样他照样可以装作能预知死亡，查案也查不到他的身上。"

没想到，石元斐扬了一下头："然而，这就要说到另一个问题了。"

"石头，我说你能不能一次性说完啊！"赵强怒了，真是一次又一次被打脸啊！

石元斐嘿嘿一笑，示意他淡定听他说完："不要急，最后了最后了，就是这6名死者，不都是被杀害的，其中有两起还是自杀案。"

洪眉吃惊地道："死者是自杀的？！"

石元斐抿唇一脸沉重地点头："没错，已经确认为自杀。"

赵强想了想，发现想不通："这……我也说不清楚了。"

这时，陈默发现了一个问题："既然他能在前一天预知第二天一名死者具体的死因、死亡时间和地点，为什么每次案件都发生了呢？"

蓝筱雅也是不理解："是啊，既然预知的都是对的，那不就能阻止了吗？无论是谋杀还是自杀。"

石元斐看着孙煜网站上的内容，解释给他们听："因为据孙煜所说，他看到的是画面，在画面里，他可以看到死者，不过脸是模糊的，就像戴了一个面具一样，他只能看到身体和头发，以此来辨别死者的性别，他还可以看到他们被害时的模样，以此来推断死因，还有死亡时间，他可以看到死者周围的东西，判断出是在室内还是在外面，不过靠这些很难推断死者的准确位置，因为看到的环境不完整。"

秦渊听后问："如果是谋杀案的话，他能看到凶手的长相吗？"

石元斐摇头道："不，他只能看到一个全身黑漆漆的人形。"

"呵。"听到这个，蓝筱雅忍不住开始吐槽了，"我知道了，他只能看到凶手的两个眼睛，杀人后一脸奸笑，笑的时候还露出一口白牙，永远没有头发，好像没有穿衣服，他看到的是柯南里的黑影凶手啊！"她语速极快地一口气说完了，然后大喘了口气。

办公室一秒的沉默。

"噗。"唐逸先笑了出来。

接着是赵强，他捂着肚子大笑："噗哈哈哈，黑影凶手……姐，你想笑死我啊。"

石元斐也笑出声："你这么一说，好像还真是这么一回事。哈哈哈。"

连洪眉也忍不住笑了，毕竟她一直陪儿子看柯南的，自然也知道。

蓝筱雅拿起杯子喝了口水，一脸平静地看着他们笑。

笑了一会儿，石元斐停了下来，总结了一下："总而言之，就是现在没有人能解出为何孙煜能预知死亡的原因，之前他一直是在网上活跃，从不出席公众活动，毕竟隔着网线和电脑呢，所以一直非常神秘。说起来这一次的签售会是突然提出要办的，不过即使是这样，还是吸引了一大票的人去，我看去的人里不光是他的书迷，很多啊都是对他这种预知死亡的能力感兴趣的，说起来，我要是提前知道，我也要去现场看看。"

"我就是觉得他写的书不错，这点倒是没想这么多。"唐逸想着又哀叹起来，"也不知道下次签售会是什么时候？"

这时，大白突然用手指戳了戳言律："阿律，是不是，快到时间了？"

"不急，去那么早干什么？"言律看着大白手上空空的，就问，"你吃了几块比萨？"

大白伸出一根手指："一块。"

言律马上从盒子里拿了两块比萨塞进大白的手里，嘴上语气冷硬："吃这么点哪够啊！下午肚子饿了我可不会买给你吃。"

蓝筱雅在一旁默默看着言律和大白的互动，大白的自闭症症状显然已经比之前好了不少，而言律也不是之前那个浑身散发出阴冷的人了，虽然嘴巴还是毒点，但学会了关心人，不得不说，他们的遇见，对双方来说都是一种幸运。

看着大白吃着比萨，言律这才转回头，却感觉到了一股很明显的视线，他抬头看向不远处的正前方，就发现视线是来自那个姓丰的新来的心理学博士，他正看着大白，带着一种探究的眼神，而发现言律在看他后，那人也对上了言律的眼睛，微微点了下头，脸上依旧是那种温润的笑容。言律面色冷峻地盯着他，直到对方拿起了桌子上的杯子，首先移开了视线。

然而，言律还是目光微冷地看着他的一举一动。

就在这时，原本一直在吃比萨的木九突然开口："哦，我知道了。"

赵强一听激动地道："木九妹子，你知道是怎么回事了？！"

"就是啊？木九，你知道了？"

众人齐刷刷看向木九，心想木九就是木九啊，在这么短的时间内，就靠着这些信息，居然就解出了孙煜能预知死亡的原因了吗？

然而遗憾的是，木九要说的却和他们想的根本不是一件事，她看向言律，面无表情地开口："你对孙煜不满的另一个原因，原本你的签售会是安排在早上的，但是因为孙煜突然提出要办签售会，碰巧和你是一个时间，在一个场所，所以主办方在今天临时决定把你的签售会延后了，对不对？"

明显被说中事实的言律脸色不好地把一块比萨塞进木九嘴里，咬牙切齿地道："吃你的比萨。"

木九嘴巴咬着那块比萨,面无表情地一口一口咬着往里吞,没多久就吃完了这一块。

众人一想,也难怪言律会不高兴了。

时间也确实差不多了,言律也不想再在这儿待着了,看大白已经吃完了,就起身道:"我走了。"

木九:"哦。"低头继续吃比萨。

大白看到言律起身往前走了,也跟着站了起来,然后侧着身小幅度地向他们每个人都摆了摆手,紧紧跟在言律身后。

言律在走到丰邵旁边时,停了下来,然后从裤袋里伸出左手,用食指和中指指着自己的眼睛,再指向他的脸,一个有警告意味的手势和眼神,做完之后他放下手,这才走出了特案队办公室。

特案队队员们都有些不解地看着言律的背影,这是什么情况?

而木九嘴里咬着比萨,看着言律的动作然后垂眸继续吃。

言律刚走出办公室不久,石元斐突然瞪大眼睛看着电脑屏幕,激动地叫着:"各位各位!就在刚才,孙煜在签售会的最后,又一次预言了!"

3

"孙煜又预言了?"

石元斐抬头看了他们一眼,然后又低头看向电脑屏幕:"是啊,签售会最后有一个简短的粉丝见面会,就在快要结束的时候,孙煜突然闭上眼睛,紧拧着眉头,表情变得非常凝重,持续了一分多钟他才又睁开眼睛,然后他告诉他们,就在刚才,他又看到了画面,于是他就在现场又做了一次死亡预言,很多粉丝拍下视频放到网络上,现在最热的一条已经转发过万条了!"

赵强道:"所以有视频?"

"没错,你们来看。"石元斐选了一个拍摄角度最好、最清晰、最完整的视频放了出来,众人站在电脑前开始观看。

视频中,一个长相俊美、皮肤白皙的年轻男人坐在桌子后,隔不远处坐着或者站着的都是粉丝,明显女粉丝居多,赵强一看到孙煜的长相:"别说,这作家长的是挺帅的,难怪更受欢迎了。"唉,这个看脸的世界啊,他在心里默默感叹着。

蓝筱雅看了一眼道:"就是现在流行的小鲜肉啊。"

视频开始播放,一开始就是普通的粉丝互动环节,但过了一会儿,孙煜正要准备回答一名男粉丝的提问时,就像石元斐刚才所描述的那样,他毫无征兆地闭上了眼睛,原本轻松的表情瞬间变得凝重起来,双手紧握着,一分多钟后,孙煜才重新睁开眼睛,他开口道:"抱歉,刚才我又看到了一个画面。"

"是又要预言了吗?"

"真的吗?!"

"是要现场就预言吗?"

孙煜的这句话引起了现场粉丝的骚动,现场的气氛一下子达到了高潮。

孙煜点了点头,看向前方,表情沉重地开口道:"各位,很遗憾的是,明天凌晨2点左右,有一位长发27岁的女性会被杀害,凶手在残忍地虐杀她之后,还在她的身上作画,女人的双手被绑着悬吊在空中,那里应该是个仓库或是工厂。"

最后他还加了一句:"希望警察能根据我提供的线索在明天凌晨2点之前阻止这场谋杀案,我本人也非常乐意协助。"

之后孙煜对着粉丝们鞠了一躬,见面会也就告一段落,视频就结束了。

赵强听完后,手摸着下巴道:"他预言的真的很详细啊,年龄、死因、死亡时间都很精确,难道真有超能力不成?"

唐逸紧张地问:"怎么办?你们说他这次预言会不会还成功啊?"如果真的又一次正确了,而没有人在这个时间点前找到被害者,那就有一名女性被害了。

石元斐摇摇头,觉得以自己的智商算是搞不明白了:"说不清楚啊,你要说他真有预知死亡的超能力的话,明显超出了我正常的认知了;你要说是碰巧吧,那也不现实,毕竟他有些细节说得还是很清楚的;再说已经六次了,总不见得次次是巧合吧。"

短暂的沉默后,响起了一个低沉温和的声音:"他这次预知的是一起谋杀案,假设他的预知是正确的,就他给出的一些细节来看,连环杀人案的可能性很高。"

众人愣了一下，才反应过来，刚才的话是丰邵说的，可听完之后他们都下意识地看向木九。

但木九明显觉得还没到判断的时机，于是并未开口，只是看着视频里的孙煜。

见木九不说话，赵强看向秦渊："那，队长，只有预言的话，案子我们查不查？"

秦渊沉声道："我们目前手上没什么案子，既然孙煜说愿意配合查案，那就请他再来一次局里。"

石元斐听后感叹着："那这可就是他第七次了啊。"

下一秒赵强很顺口地接了一句："事不过七嘛。"

然后接收到了一众莫名的眼神：什么鬼？！

在石元斐查到了孙煜的联系方式后，唐逸自告奋勇要去联系孙煜，为了满足他作为粉丝的心情，特案队队员们自然没什么意见。

过了一会儿，从休息室出来的唐逸明显一扫刚才阴郁的表情，激动地对他们道："我刚打完电话，孙煜表示他愿意来，而且在我说了今天去签售会没买到书后，他表示会给我带一本来！还会给我签名！"

赵强听了拍了拍他的肩膀："不错啊，人来了，书也来了。"

唐逸笑呵呵的。

在等孙煜来的这段时间，木九便去了法医室吃蓝筱雅新做的甜品，然而在走廊上，丰邵迎面走来，就在两人快要擦身而过时，丰邵突然停下脚步叫住了木九："木警官。"

木九也停了下来，抬头，漆黑的眼睛看向他，没有说话，而是等着他开口。

丰邵的脸上始终带着温润的笑，眼角有着淡淡的细纹，他低头看着木九，用磁性的嗓音开口道："你似乎对我有些不满。"

木九眨了下眼睛，重复了一遍他的话："我对你有些不满？"

"可能是因为我加入特案队，我们又都是研究犯罪心理学这方面的，所以……"他说到这儿并未说下去。

木九说出了他想说的话："所以你觉得你抢了我的风头？"

丰邵淡笑着点点头。

木九看着他的眼睛，面无表情地道："我没这么无聊，还有，我没有对你不满，我只是不喜欢你。"

她说得很直接，丰邵听了脸上出现了一丝诧异的表情："为什么？我这么讨人厌吗？"

"嗯。"木九突然凑近他，用毫无起伏的语调道，"因为你身上有一股我很讨厌的气味。"

之后短短一天内，在局里几乎传遍了一个消息，特案队新来的心理学博士身上有一股很难闻的味道！

当赵强把这个听到的消息告诉给队里人听时（丰邵不在场），众人都在猜想这是怎么传出来的，而木九则面无表情地喝着温牛奶。

然而，最后孙煜并没有来局里，而是以身体不适为由，进了医院。

接到电话的唐逸急匆匆赶回了办公室，见到秦渊就道："队长，孙煜的编辑刚才打电话来，说孙煜身体不舒服，现在在医院里，今天不能来了。"

秦渊听后蹙眉道："进医院了？"

赵强放下杯子，一脸不相信的表情："这么巧？我们让他来局里一趟，他就去医院了？"

蓝筱雅双手环胸，挑眉道："这是心虚了？"

这时，唐逸的手机响了，他拿出来一看，然后把手机屏幕给他们看："他编辑刚把医生的诊断发来了，说是急性胃炎。"

"总觉得很可疑啊。"

接着唐逸的手机又响了一下，他点开一看："啊，又来一条，孙煜把他看到的画面画了下来，说希望能对我们找到被害者阻止谋杀案的发生有一些帮助。"

唐逸把手机给了石元斐，石元斐把孙煜画的图传到了电脑上，点开一看，上面画着一个戴着面具的长发女人，双手被绳子绑着悬挂在空中，她的身上赤裸着，但是身上却画着画，几乎画满了身体上的每一处，在画的旁边写着女人的年龄还有死亡时间，而在背景里可以看到几个箱子，还有右上角贴了一个厂字。

赵强搓了搓手臂，一脸惊恐的表情："看的我鸡皮疙瘩都起来了，这孙煜到底是什么……人啊？"他都觉得简直不像人了！

秦渊看着画面上的一些细节，沉声道："虽然一些信息很详细，但是就这两个箱子和那个厂字，只能推断出这个地方可能是个工厂。"

石元斐在电脑上一查，无力地垂下头："s市工厂这么多，即使是废弃的也要好多个。"

陈默道："况且并不能肯定就是在工厂。"

原本石元斐想去网络上看看网友对于孙煜这次预言的看法，没想到的是："天哪，各位，现在网络上有很多人在说，孙煜给出的信息都这么详细了，如果警察最后解救不了这个女人，就是无能！"

洪眉扶着额头，有些无奈："信息是详细，可只有性别和年龄，s市符合条件的人数也数不清啊。"

秦渊蹙眉道："现在只能尽力去查了，女性，长发，年龄在27岁，在失踪人口里查。"

然而符合所有条件的女性有十几人之多，最近两周也有四人，只能一个一个去查，而且还不能确定孙煜预言中的女性是否被报了失踪，现在是否正处于危险之中，对于他们来说一切都是未知的。

更重要的是，没有人知道孙煜的这一次预言是否会成真，然而，作为警察他们必须去查。

整夜，特案队的队员们都没有回家，然而，除了找回了一个赌气离家的家庭妇女外，一无所获，派出去在几个工厂巡查的警察也没有发现任何异常的情况。

但，第二天，一具尸体还是出现了。

第 6 章　死亡预言师（2）

4

这起凶杀案最后归为 SCIT 查办，SCIT 准备赶往案发现场，秦渊正在做队员安排时，木九却突然开了口，说了一句让众人意外的话。

"我不去现场了。"

众人纷纷回头，看向还坐在位子上面无表情的木九。赵强一惊："啊？！"

要知道，从木九第一次进 SCIT 开始，大大小小的案子她都是一定会去现场的，从来没有一次是待在办公室里的，所以即使现在丰邵进了队，他们还是以为木九一定会自己去的，毕竟，她只根据自己眼睛看到的线索进行判断。

所以，他们不免担心，秦渊走过去，弯腰看着她："木九，是不是身体不舒服？"

木九摇摇头："不是，我之后看现场照片就可以了。"

"好，等我们回来。"秦渊说完起身偏头看向丰邵，沉声道，"丰教授跟我们去现场吧。"

"好。"丰邵对秦渊微笑着颔首，然后看向了他身后坐着的木九，表情意味不明。

木九毫不回避地对上他的眼睛，直到他向她微微点头，跟着秦渊他们走出了办公室。

秦渊让唐逸再去联系孙煜，于是等秦渊带着其他队员去现场之后，办公室只剩下了石元斐和木九。

这是石元斐和木九第一次在办公室独处，平时要么唐逸和他在办公室，要么索性办公室就只有他一个人，反正是不会有木九的，过了一会儿，他从电脑后面探出个脑袋，往木九的位子那里一看。

咦？人怎么没了？！

"石头哥。"毫无起伏的声音在耳边响起。

石元斐背脊一凉，扭头看向旁边，根本不知她什么时候到他旁边的："吓！木九妹子，你什么时候过来的？"

"刚刚。"木九伸出手拍了一下他的肩膀，大概算是安抚一下受惊的他，她指着电脑和他道，"石头哥，帮我查一下丰邵。"

"丰邵？新来的心理学教授？"石元斐下一秒反应过来，"木九妹子，你觉得他有问题？呃……应该不会吧，毕竟他是局长安排进来的。"

下一秒，木九开口："我也是局长安排进来的。"

石元斐："……"这算是自我吐槽吗？

不过石元斐还是开始查了，他把丰邵所有的资料都找了出来，然后为了方便木九看，打印了出来。

他把资料递给木九："我能查到的就这些了。"

木九接过那几张纸："谢谢。"

石元斐也顺便看了一下，看完了丰邵从小到现在的求学经历和工作经历，唯一的感想就是："牛人啊！"

过了没一会儿，唐逸回来了，一进门就道："我刚和孙煜联系过了，他表示身体没问题了，等会儿就来局里。"

石元斐听了道："只希望他这次别又再犯胃病了。"

而木九则坐在石元斐旁边的位子上，埋头看丰邵的资料，她快速地扫了一眼他从出生开始一直到读完博士，一路顺风顺水没有任何的问题，都是名牌的学校。木九很快就把第一页放在旁边，接着便是他的工作，她很快发现了一个问题，在 2008 年到 2010 年整整两年间，没有任何的工作记录，之后他出国深造，2014 年回国。

木九偏头看向石元斐："石头哥，你查一下他 2008 年到 2010 年这两年，为什么没有任何记录？"

唐逸一听走了过去："在查谁啊？"

石元斐一边查一边道："新来的丰教授。"

唐逸"咦"了一声："他怎么了？"

石元斐回了句："木九妹子觉得他有问题。"

"啊！"信息有些惊人，唐逸张大了嘴，"真的吗？"本着相信木九不会有错的理念，第一反应就是丰邵应该真的有问题。

石元斐开玩笑道："不，油炸的。"

唐逸："石头哥，好冷啊……"

"哈哈哈。"石元斐也不开玩笑了，继续查，但依旧没有发现，"还真是没查到任何记录啊。"

唐逸推测："会不会是生病了？大病？"

木九道："查医疗记录。"

"真的查啊？"石元斐回头看向面无表情的木九，然后转回头，"好吧，查。"

结果只是一些感冒、发烧、牙疼之类，根本没有什么大病。

唐逸又推测着："也有可能他决定休息两年，出去旅游啊什么的。"

这次不用木九说，石元斐已经自动准备开始查出入境记录了，可没想到木九却开口道："不用查了。"

石元斐敲击键盘的手停了下来，吃惊地回头看着木九："不查了？他是不是没问题啊？"

唐逸抓了抓头发："不过毕竟是局长亲自请来的，应该是不会有问题的吧。"

木九默不作声，目前虽然没有查到任何问题，但她不认为丰邵就没有问题，这个查不到任何信息的两年依旧是关键，她嘴上说不用查，是因为她明白再怎么查也不会查到了。

而不久后，秦渊他们到了案发现场，的确是一个刚废弃的工厂，目击者是一名拾荒者，在清晨，他本想进去看看里面还留下什么能卖的东西，然而，在找了一些破铜烂铁之后，他看到了工厂最里面挂着的一件"艺术品"。

他原本以为那是一幅油画，画着一个美丽的没有穿衣服的女人，为什么这个废弃的工厂里会有这个？于是在好奇心的驱使下，这个拾荒者走了过去，直到只有几步之远时，他才发现，那不是油画，那是一个真正的女人，他伸出手摸上了她的身体，然而下一秒，他被吓得瘫坐在了地上，这个女人没有了温热的皮肤，没有了跳动的心脏，只是一具冰冷的尸体。

拾荒者连滚带爬地出了这个工厂，他蹲在门口失魂一般地看着周围，这个荒凉的郊区没有人，除了他之外没有人，不，还有那个已经死了的女人。

报警，报警！下一秒他终于反应过来，他的手颤抖着拿出放在口袋里的手机，却因为太过紧张掉在了地上，他赶紧拿了起来，顾不得拍上面的灰，哆嗦地拨了110。

"一个女人死了，死了。"

报了警之后，他就这么一直坐在工厂的门口，他自己也不知道为什么要坐在那里，或许是他脚软了走不动了，或许是他要等着PC来，或许，他想在最后守护一下这个可怜的女人。

到了现场后，洪眉去和这个拾荒的目击者了解情况，秦渊他们走进了这个工厂。

长发的女人，赤裸的身体，布满全身的画，混合着她身上的道道血痕，她的双手被捆绑着悬在半空中，身后有两个箱子，墙壁上方贴着这个工厂的名称。

在场的众人看着眼前的这一幕，许久没有说话。

秦渊偏头蹙眉对蓝筱雅道："筱雅，你去检查一下死者的死因和死亡时间。"

"好。"蓝筱雅回过神来，拿着箱子走了过去，戴上手套进行初步检查。

而检查了周围监控的陈默走了过来，他看了一眼尸体，也拧了眉头，随后才对秦渊汇报道："队长，周围的监控都已经坏了，不过，我在工厂的后门发现了车轮印，已经让鉴定科的人拍照采集了。"

蓝筱雅检查以后，起身对他们道："死者的身上有多处锐器伤还有鞭伤。"

听到蓝筱雅的检查结果，赵强已经一脸见鬼的表情，蒙了一般地看着女人的尸体："虐杀……"

蓝筱雅顿了一下，表情复杂地继续道："死者的死亡时间，为凌晨1点半到2点半之间。"

赵强依旧直愣愣地看着，缓缓开口："2点左右死亡……"

这时洪眉走了进来，看到尸体后也是一愣，直到秦渊叫了她一声，她才回过神："队长，我刚和目击者了解了一下情况，是一名拾荒者，他经常在这附近活动，也是他报的警，其他没什么发现。"

秦渊颔首道："让石头查一下死者的身份。"

洪眉点了点头，马上拿出了手机："好的，我马上让他查。"

"他把这个女人当作了一件展示品。"丰邵说着靠近了那具被悬挂在半空中的女人，他突然伸出戴着手套的手捏住了她的下巴，稍一用力使她的嘴张开，然后伸进去拿出了一样东西。

秦渊见状走了过去："是什么？"

丰邵手里拿着一个透明的袋子："既然是他的展示品，当然，每个作品都有它的名字。"

袋子上沾着死者口腔里的血，丰邵打开袋子，从里面拿出一张白纸，展开，纸上面写着四个字：血色绽放。

"好的，谢了，石头，我知道了。"洪眉放下手机，走到秦渊旁边，"队长，石头查到死者的身份了，余敏，她。"洪眉顿了一下，"她27岁。"

长发女性，27岁，凌晨2点左右被虐杀而死，双手被捆绑悬挂在半空，全身赤裸，身上画满了画，身处在一个废弃工厂。

所有的一切，都和孙煜昨天的预言完全一致。

5

做完现场勘查，尸体被运回警局，秦渊带队回了特案队办公室。

一进办公室，赵强一看到坐在那里翻着资料的木九，冲到她旁边，颇为激动地道："木九妹子！孙煜的预言居然完全是正确的，死者是一名长发女性，27岁，凌晨2点左右死亡，被虐杀，身上画满了画，在一个工厂里，身后有两个箱子，后面的墙壁上贴着一个厂字，一点点都没有错的！"

赵强一个人在那儿说了半天，木九听后，只说了一个字："哦。"

"……"赵强突然有种刚才都在白说的感觉，"木九妹子，你听了一点都不惊讶的吗？"

石元斐探出脑袋："赵强，你见木九妹子惊讶过？"

赵强回忆了一下，然后发现："没有……可，这太玄乎了啊，孙煜这次同样有完美的不在场证明，要说他有同伙吧，可之前有两名死者是自杀的，现在我感觉除了他真有超能力之外，其他的都讲不通啊。"他又说了一大串，然后低头看向木九，"木九妹子，你说呢？"

木九看着秦渊放在她面前的现场照片，回了他一句："如果和他预言的有偏差才更奇怪。"

"为什么？"

木九说了一句："因为他预言的就是要发生的。"

赵强一脸迷茫地看着木九，发现自己智商不够用了，这是表示孙煜真有预言死亡的能力吗？

等赵强抓着头发被秦渊叫走，木九低头继续看着现场的照片，身旁却有人走近，上方传来一个温润的声音："木警官。"

听到丰邵在叫她，木九却不急着抬头，而是看完了所有的照片，才抬头看向他，却不说话，等着他开口。

丰邵斜靠在桌子旁看着她，淡笑着道："查的怎么样？"

木九问他："你指的是什么？"

丰邵的视线从木九的脸上移开，他转头看向了一直往他们这里看的石元斐，石元斐对上丰邵的眼睛，心虚地干笑了一下，赶紧低头，又缩回了电脑后面。

"自然是我。"丰邵低头重新将视线移向木九的脸上，他看着她没有表情的脸和那双漆黑的眼睛，"从你的表情上我当然看不出任何我想要看到的，但是其他人的表情却会向我透露很多东西。"

"2008年到2010年。"木九只说了这句话。

丰邵笑了，露出眼角淡淡的细纹："什么都没查到，对吗？"

木九漆黑的眼睛一眨不眨地看着他："我会查清楚的。"

丰邵听后嘴角的弧度继续上扬："希望吧。"

这时，洪眉进了办公室："各位，孙煜来了，现在在审讯室。"

秦渊、木九和丰邵去了审讯室，在门口见到了孙煜还有自称为他经纪人的男人。

原本站在他们旁边的唐逸看到秦渊后，走了过去，低声道："队长，孙煜的经纪人说审讯的过程他必须全程陪同。"

经纪人的陪同明显是会影响到审讯的，秦渊上前和他交涉，最后孙煜的经纪人勉强同意了在审讯室旁边的房间里，监控审讯的全程。

木九和丰邵带着孙煜进了审讯室，唐逸走进去问他们需要茶水吗，木九和丰邵都表示不需要，而孙煜则道："麻烦帮我泡一杯红茶。"

没多久，唐逸端了一杯刚泡好的红茶进来，放在孙煜的面前。

孙煜对他微微一笑："谢谢。"

"没事。"唐逸也对他笑笑，然后走出了审讯室关上了门。

听着门关上后，孙煜身体向后靠在椅背上，很随意地开口道："听刚才那个小警员说……"

木九开口打断了他的话："他不是小警员，他是博士。"

一脸惊讶浮现在他的脸上，孙煜不以为意地道："哦，是吗？还真是看不出来。"

木九面无表情地看了他一会儿，然后起身，把他桌前的那杯红茶拿了过来，自己喝了一口，在对方有些恼怒的表情中，她放下杯子，开口道："你继续说。"

孙煜瞪了木九一眼，然后才恢复了那种高傲的表情，开口道："你们今天发现了一具女性尸体，是不是和我昨天在签售会上所预言的一样？"

没有直接承认，丰邵反而道："那你能再和我们说一遍昨天你的预言吗？"

这个提议，孙煜并没有拒绝，开口道："明天凌晨2点左右，有一名长发的27岁女性会被杀害，凶手在残忍地虐杀她之后，还会在她的身上画画，女人的双手被绑着悬挂在半空中，那里应该是一个仓库或是工厂。"

听完后，丰邵突然笑了，他看着孙煜的脸："孙先生，撒谎的确需要打草稿，但是不能硬背。"

孙煜先是一愣，而后表情有些尴尬地问他："你这话是什么意思？"

丰邵没有解释，而是拿出了手机，点开了昨天粉丝录制的那段视频，从孙煜开始预言时播放了出来。

"各位，很遗憾的是，明天凌晨2点左右，有一位长发的27岁女性会被杀害，凶手在残忍地虐杀她之后，还会在她的身上作画，女人的双手被绑着悬挂在半空中，那里应该是一个仓库或是工厂。"

孙煜听完之后，一脸疑惑地看着收起手机的丰邵："有什么问题吗？我可没有说错啊。"

丰邵淡笑着颔首道:"你是没有说错,你甚至几乎没有说错一个字,隔了这么长的时间,孙先生,你刚才说的居然能和昨天说的几乎一字不差,给出信息的顺序都没有任何变化。"

孙煜"哼"了一声:"那能说明什么?"

丰邵还没开口,一旁的木九突然开口,却是说了一串吃的:"提拉米苏、葡萄、巧克力、芝士蛋糕、雪糕。"

在旁边监控室听着的秦渊不免觉得有些想笑,看来是想吃东西了。

孙煜一愣,一脸迷茫地看着木九:"啊?什么?"

木九看着他道:"请重复一遍我刚才说的。"

孙煜自然是没有听清楚:"那,那你再说一遍。"

木九于是一字不差地又说了一遍。

"提拉米苏、呃,葡萄、巧克力、芝士蛋糕、雪糕。"虽然有些迟疑,但是孙煜还是正确地重复了一遍。他正奇怪木九突然让他这么做的原因,丰邵双手相握,微笑着看着他:"孙先生,你是在签售会快结束时突然看到的画面,之后马上根据画面做出的预言,照理说是没有任何提前的准备,是吗?"

孙煜点点头:"是啊,是我突然看到的画面。"

丰邵接着他的话继续说下去:"既然是突然看到的画面,所以我就很好奇,你之前没有准备过的那一段话,为什么到现在还记得这么清楚呢?"

孙煜的额头上隐隐出了些冷汗,但他还是辩解着:"那是因为我记性好啊,这有什么奇怪的吗?"

木九又开了口:"请再重复一遍我刚才说的。"

孙煜蹙眉看着她,因为紧张,一时没有听明白木九说的话"什,什么?"

木九面无表情地开口:"就是我两分钟前说的四个词。"她故意做了一下误导。

孙煜的脑子里几乎是一片空白,他拼命回想着,最后很慢地说了出来:"提、提子、葡萄、呃,冰,不,是雪糕还有巧克力蛋糕。"

木九用漆黑的眼睛盯着他,纠正道:"两分钟前我说了五个词,不是四个词,提拉米苏、葡萄、巧克力、芝士蛋糕和雪糕。"

孙煜更加紧张地握紧了拳头,抿唇看着他们。

丰邵看了木九一眼，然后将视线移向了孙煜的脸上："孙先生，看来你的记忆力并不怎么好啊。"

孙煜一下子拍了桌子，恼羞成怒地道："你，你们根本就是在耍我！"

"但在我们看来，是你在耍我们。"丰邵身体前倾看着孙煜，嗓音磁性而低沉，"孙先生，不如你如实告诉我们这一切的真相。"

孙煜看着对方深邃的眼睛，微微一愣，一时……

审讯室里在一瞬间陷入一片沉默，直到木九清冷毫无起伏的声音响起："不管你要做什么，都停下来。"

孙煜眨了下眼睛，看向木九，疑惑地道："你说什么？"

丰邵缓缓眨了一下眼睛，偏头看着木九，勾起了嘴角。

木九却没有继续刚才的话，她也没有看向丰邵，而是开口问了孙煜一个问题："你真的能预言死亡吗？"

"呵。"孙煜的表情缓了缓，冷笑了一声，语气颇为激动地道，"我早就知道，说到底你们不就是不相信我会预言吗？这个世界上存在着很多不可思议的事情，你们不相信，但并不代表它就不存在。"

木九突然提议："既然如此，我们来比一场。"

孙煜看向她："比什么？别告诉我比记忆力啊？"

木九摇了下头，她站了起来，俯视着孙煜，面无表情地开口："不，就比你擅长的，预言死亡。"

6

"你，你说什么？"孙煜看着那张面无表情的脸，一瞬间以为自己听错了，可接着就反应过来，他没有听错，对方真的是这么说的，但接着他的表情从震惊变为不屑，不过几秒的时间："你要和我比预言死亡？"

木九双手撑着桌面，维持着这个姿势看着孙煜，反问道："不能比吗？"

孙煜双手环胸，高傲地抬起下巴，脸上带着一丝嘲讽和不信："我当然是没有问题，七次预言，我可是每次都成功的。"他勾唇笑着，身体前倾，拉近了和木九之间的距离，他挑眉看着木九，"但你确定你能预言吗？别到最后闹了笑话。"

木九用毫无起伏的语调开口回问他："你为什么觉得我不能预言呢？"

"好啊，既然你都这么说了，我们就来比一场，来定一个期限，在规定期限内一定要做出一个预言，期限随你定，不过……"他语调一转，用玩味的表情看着木九，"可别为了和我比赛而特意去杀人啊。"他说着笑出了声，满是讥讽。

木九在他的笑声中开了口："十分钟。"

"嗯？"孙煜的表情还保持着刚才的笑容，他显然没听明白对面的人在说什么。

看着孙煜略带着迷茫的表情，木九又加了两个字："期限，十分钟。"

"什，什么？"孙煜原本上扬的嘴角因为这句话渐渐垮了下来，他眼中的笑意也转变为了惊讶，他不可置信地看着木九，"你说十分钟？！"

木九面无表情地看着他："不是你来让我定期限的吗？要反悔吗？"

孙煜冷笑了一声："你难道能在十分钟内给出预言？"他觉得这绝对不可能，他原本以为她会定两天或是一周，最短也是一天的时间，可现在，十分钟？在这个审讯室里给出预言？

对于他的冷笑，木九毫无反应，只是看着他，缓缓开口："我现在就能给出预言，十分钟，是给你的时间。"

那双漆黑的眼睛紧紧地盯着他，孙煜完全被她发散出的气场给压制住，身体竟不由得向后靠去，直到靠在了椅背上："那，你先来预言？"语气里已经完全没有了刚才的高傲和不屑。

"好。"木九说着离开了原本的位置，走向了桌子的侧面。

孙煜的经纪人胡一宁在一整块特殊玻璃后全程看着这次审讯，听着他们说的每一句话、每一个字，自然也目睹了局面的变化，事情已经偏离了原本的计划，不过，即使再担心，他现在也没法去扭转，只能神经高度紧张地监视着隔壁审讯室的一切。

但是，从那个女警察说了好之后，足足十多秒他没听到声音，以他的位置，他可以看到孙煜和那位坐着的男警察没有开口，然而，那个女警察却是背对着他们的，他一时无法确定对面发生的情况。

胡一宁凑到玻璃前盯着里面的人，然后回头看着秦渊，焦急地问："怎么回事？一下子没声音了？"

秦渊瞥了他一眼："因为没人在说话。"

胡一宁蹙眉看着他，还是有些怀疑："你确定？"

秦渊一脸平静地看着他："当然，不是在做预言吗？孙先生在预言之前不是也会沉默一段时间吗？"

这让胡一宁没法说不是，于是只有回头继续看着。

而事实上，在看到木九刚才的动作后，秦渊故意把监听设备给关了，这样他们这个房间听不到对面房间的声音，其实，木九的确是在说话。

"孙煜。"木九说出了孙煜的名字，却不是在叫他，"男，26岁，死亡时间为明天下午2点到3点，死亡地点在红汇书城附近，死因为，意外身亡。"

木九说的每一个字都刺激着他的神经，他本以为她会预言某一个明天执行的死刑犯，但他怎么也没想到的是，她竟然预言了他的死亡。

"你……"

"不要急着开口说话，先听我说。"木九打断了孙煜说话，然后缓缓对他道，"我知道有人控制了你，你只是照他安排的，把他给的信息作为死亡预言发到你的网站上。你当初只是为了提高你的知名度，第一次，你发现竟然真的如那个人所说的那样成功了，你的确出名了。但是几次之后，警察一次又一次地找上你，你开始慌张害怕，但是你却已经无法再摆脱了，因为你间接参与到了每一起凶杀案，你不是局外人，你是他们的同伙。"

"我，我不知道你在说什么？"

看着孙煜一张一合的嘴，胡一宁终于发现不对劲了，他又回头瞪着秦渊："孙煜明明开口说话了，为什么这里还是听不到？！"

秦渊双手环胸，不紧不慢地解释："应该是监听设备发生了故障，过会儿会好的。"

木九看了一眼还是不承认的孙煜，然后走向了门口，抬手把审讯室门从里面锁上了，然后回头看向他："你知道的，隔壁的房间可以看着这里发生的一切，你的经纪人，或者说你的监视者，可以看到我们的一举一动，也可以听到我们说的话，但是监听设备刚才已经被关了，所以说从三分钟前开始，你的监视者听不见我们说的话。"

孙煜心里一紧："你，你这么说是什么意思？"

一直坐着的丰邵微笑着开口："她的意思很明显啊，就是你的监控者现在可能以为你正在向我们透露你预言的真相，毕竟什么都听不到的他现在只能靠猜了。"

孙煜慌张地摇头："我可是什么都没说！"

丰邵摊手，有些无奈地道"我们刚才就说了,问题就在于他听不到啊。"

孙煜这时才惊觉自己被坑了，就要起身："我要马上出去。"

木九却开了口："你知道我为什么能预言你的死亡吗？"

孙煜瞪着她道："那不是你为了吓我瞎编的吗？"

"不。"木九缓缓摇了摇头，"你现在从这个房间里走出去，这5分钟足以让你的监视者对你产生怀疑，你本来就是一个不稳定的因素，你觉得他们还会留你吗？明天你下午2点到3点在红汇书城有一场签售会，他们会给你安排一场车祸或是制造一场混乱，让你死于意外，而在你死后，你的网站上会更新一条提前设置的信息，那是你自己发布的死亡信息，预言你自己的死亡。"

孙煜吞了口口水，拼命摇头，已经涨红了脸："不，不会的，不会的！"

木九看着他，不紧不慢地开口："我刚才说了，十分钟，现在还剩两分钟，你可以选择什么都不说，我打开门，然后你走出这个房间。"

房间旁边的玻璃突然传来一声敲击声，木九看了一眼，然后又将视线移回了已经满头是汗、满脸通红的孙煜脸上："从隔壁房间出来到这里只需要不到十秒。"木九的手放在开关上，"你想我打开门还是不打开呢？"

而下一秒，一串急促的脚步声后，审讯室的门外传来胡一宁的喊声："孙煜！孙煜！"

孙煜整个人一震，一脸惊悚地看向门口。

门外的胡一宁想要打开门，但因为门刚才已经被木九从里面锁上，他发现开不了后，就开始敲门，边敲边喊："孙煜！开门，审讯到此结束了，你不用回答他们任何问题。"

秦渊关上了监听室的门，门外是胡一宁的叫喊声和拍门声，但他并没有出去阻止，而是重新打开了监听设备，对面房间的声音又传了进来。

木九漆黑的眼睛看着他，用毫无起伏的语调道："孙煜，现在在你面前就两个选择，第一种，什么都不说，我打开门让你走出去，我们不会和你的监视者透露那五分钟你说过的话，警方也对你不做任何保护，你可以等到明天看看我的预言是否正确；第二种，我不开门，你把你知道的所有都告诉我们，我们保证你的安全。"

孙煜的背后已经出了汗，他听着木九说的话，心里一片挣扎，脑子里一片混乱，他什么话也说不出来，因为他已经不知道该如何选择了。

但是木九却不给他过多的时间去纠结："我给你最后五秒的时间。"她说完后马上开始了倒计时，"五。"

一门之隔是胡一宁的叫喊声，耳边是木九的倒计时声音，两种声音交替着出现在他的耳朵里，他陷入了两难的境地，他应该怎么办？到底应该怎么选择？

"四。"

"孙煜！孙煜！开门！"

孙煜蜷缩着身体，双手抱着他自己的头，他瞪大着眼睛看着地面，从来没有一次让他觉得五秒的时间可以是这么煎熬。

"三。"

如果他现在和警察坦白，那么他这一辈子算是毁了，名气财富都会离他而去，他也许再也抬不起头来……

"二。"

但是如果他走出了这个房间，到时候他们如果不相信他，就像那个女警察说的，他们会杀了他，肯定会杀了他……

"一。"

就在最后一秒，孙煜放下手猛地抬起头，他双眼发红地看着木九吼着："我说！我什么都说！"

木九放在门上的手放了下来，她重新走回到孙煜的对面，俯视着他面无表情地开口："你可以开始说了。"

7

"我，我根本就没有什么预言死亡的能力。"孙煜终于亲口承认了这一点。

木九坐了下来，拿起面前的红茶喝了一口，茶还是温热的，因为从进审讯室到现在不过十多分钟的时间。

丰邵看着面无表情喝着茶的木九，嘴角勾起一丝笑意，随后又看向已经一脸颓废的孙煜。

而站在隔壁监听室的秦渊听到孙煜承认后，走出了监听室，审讯室的门外，胡一宁还在拍门，不断叫着孙煜的名字，他涨红了脸满头是汗。

"胡先生。"秦渊走上前叫了他的名字。

胡一宁停下来喘着气回头看着他："你们到底想干什么？"

秦渊面色冷峻地道："和我去审讯室谈谈吧。"

胡一宁被秦渊带走，门外终于没有了他的叫喊声和拍门声，恢复安静后，审讯室里的孙煜也随着松了一口气，他伸手想要拿杯子喝口水，结果看到眼前空空的桌子，才想到红茶早就被木九拿走了。

丰邵声音温和地开口："孙先生，那你现在把整件事情的经过都说出来吧。"

听到丰邵说的话，孙煜抬头看了他一眼，随后还是看向了对面的木九，他心里还是很慌张，很是不安："你们真的确定能保证我的安全吗？"

木九放下杯子，回了他一句："当然。"

不知为何，孙煜看着那双漆黑仿佛能看穿你内心的眼睛，虽然她只说了这两个字，但是他竟然觉得他是能够信任她给出的承诺的，于是他做了个深呼吸，开口道："虽然我不知道你是怎么知道的，但是确实就像你刚才所说的那样，那时候我刚出版了一本书，但是同一时间，另外一位悬疑作家时隔一年发了新书，结果大家的关注点都在他的新书上，我的书销量并不好。"

虽然孙煜没有说出另外一位悬疑作家的名字，但是木九知道，他说的应该就是她弟弟言律。

孙煜叹了口气，继续道："而就在那个时候，有人联系上了我，说可以帮助我大大提高知名度，提高我书的销量，让我成为最红的作家。我有些心动，就问他要怎么做，他告诉我只要建一个网站，然后在上面发布死亡预言，而预言的内容他会给我。一开始说实话我并不相信，他告诉我给我两天的时间考虑，最后第二天，我还是给他打了电话，说我要这么做。"

最后对名誉的渴望和贪婪还是让他陷入了这场阴谋。

丰邵听完后，问道："他是通过电话和你联系的？"

孙煜颔首道："对，一开始是这样，不过通了三通电话后，第二天，胡一宁找上我了，但他不是电话里的那个神秘人，他告诉我是那个神秘人派他来的，来指导我完成所有的事。那一天，胡一宁就给了我一条死亡预言，就是那个被砍下头的男人的死亡预言，我就把它发布在了网上。两天后，警察找到了我，他们在调查一起谋杀案，我当时知道时也震惊，因为这个死者的所有信息都和那个神秘人让我发的完全吻合，我开始被网友们关注，我书的销量也开始上升。于是，我就继续了下去，虽然警察一直找上我，但是人都不是我杀的，我都有不在场证明，所以我觉得没事，可是……"

孙煜低下头，握紧了拳头，人微微颤抖起来。"随着次数越来越多，我渐渐怕了起来，而且当时我的名气已经很高了，但是当我提出要终止时，胡一宁却警告我，如果我不继续，而且告诉了别人这件事，他们就会把所有案件全部推到我一个人身上！因为这些凶手到现在都没有被抓到，我根本没有办法，所以，所以也只能继续下去。"

木九开口问他："所以说你真正接触过的人只有胡一宁？"

孙煜点点头："对，只有他一个人。"

木九又问："你知道他和那个神秘人是怎么联系的吗？"

"我只知道那个神秘人会给他发短信。"

"你见过胡一宁和谁见过面吗？"

孙煜听了苦笑着道："没有，被监视的人是我啊！"

木九知道孙煜没有隐瞒任何事，他说出了他知道的一切，但他其实就是一枚棋子，是不会知道更多、更详细的事情的，而胡一宁知道的信息肯定比他重要得多。

结束对孙煜的审讯后，木九走出了审讯室，丰邵走在她的后面，开口问她："当时为什么要阻止我？"

木九并没有回头，继续往办公室的方向走，冷声开口："你没有权利对他进行催眠。"

丰邵加快了脚步走到木九旁边，声音里带着笑意："我还以为你和我一样，只注重得到的结果，取得的方式并不重要，难道不是吗？"

木九面无表情地偏头看着他，开口道："但你的方式并不合规。"

"木九。"丰邵看着她的眼睛，突然直呼了她的名字，"我之前曾经听到过，你加入特案队的第一个案子，在面对一个挟持了一名孕妇的男嫌疑犯时，你为了救下那名孕妇，差点让男嫌疑犯自杀，那你的方式难道合规吗？"

木九当然记得他说的那个案子，她的眼睛一眨不眨地看着他，平静地开口："我只是说出了事实，然后让他自己做出选择。"

丰邵轻轻笑了，但他的笑意并未达眼底："我也只是催眠他，让他说出事实而已，你刚才的方式的确很精彩，但我觉得催眠更快捷、更可信，不是吗？"

木九毫不留情地揭穿他："然后让他任你控制吗？"

丰邵的笑容渐深，他开口问她："一个犯了错的人不应该受到惩罚吗？"

"但不是由你。"他们此时已经走到了办公室门口，木九说完后便先走了进去，让石元斐把孙煜交代的事情发短信告诉了秦渊。

审讯室里，秦渊看到短信后，他放下手机，看向对面的胡一宁："孙煜已经全部交代了。"

胡一宁听到这话，脸上闪过一丝怒意，随后装作平静地开口："哦，他都交代了什么？"

秦渊冷声道："你应该很清楚，我们已经知道了他能预言死亡的真相，有人利用他来发布这些死亡信息，而你就是监视他的人。"

胡一宁并不承认，耸了耸肩，拒不承认："我只是他的经纪人，死亡信息可都是他自己发布的，和我一点关系都没有。"

秦渊继续道："但是我们知道的却是，有人先把死亡预言发给你，然后由你告诉孙煜。"

胡一宁笑了一声，瞪大眼睛道："你们有证据吗？就凭孙煜说的那些胡话？"

秦渊也轻笑了一声："胡先生，你有必要搞清楚一件事，那几次凶杀案到现在还都没有抓到凶手，每起案子孙煜都有完美的不在场证明，但是你却没有。"

胡一宁目光冷了下来，看着秦渊道："你这是什么意思？"

秦渊身体前倾看着他："我的意思是，如果你坚持不说出你知道的事情，供出派你到孙煜旁边的那个人，你觉得最后的替罪羊会是谁？"

"我没做过的事情，怎么可能算到我身上？！"

秦渊看着他已经有些浮动的情绪："你真的觉得没有可能？他们同意让你们来警局进行调查，会不考虑到所有会发生的事情吗？"

胡一宁心里因为秦渊的话产生了不安，他双手环胸做出了防守的姿势，但他还是嘴硬着："你不用说这些话吓我，我什么都不会说的！"

而在办公室，木九在查能证实孙煜话的证据："石头哥，能查到胡一宁手机号所有收到的信息吗？"

石元斐很快就查到了。"我查到的他实名的手机号里都是工作信息啊，一条和死亡预言相关的信息都没有。"

丰邵看了他们一眼："因为他肯定用的不是他实名的手机号。"

石元斐摊手道："那没法查啊。"

木九突然从口袋里拿出一部手机放在石元斐的桌子上："胡一宁的手机。"

石元斐看着手机，回头诧异地看着她："木九妹子，他的手机怎么在你这儿啊？"

木九面无表情地回答："掉在地上，被我捡到了。"

"……"石元斐看着她的表情，竟然有一瞬间觉得是真的，当然，他知道不可能，抛开这个念头，他回头马上开始查，虽然里面的信息都已经被删掉，但他还是找到了一条唯一的信息，"在一个小时前，他收到了一条短信。"石元斐把信息内容弄了出来，可看着屏幕上显示出来的那条短信，"这写的是什么东西？看着像乱码又不像是。"

木九看了一眼，很笃定地道："信息被加密了。"

几秒后，秦渊收到了这条短信，他看后把手机屏幕转向了胡一宁，沉声道："这就是新的一条死亡预言的内容吧。"

胡一宁看了一眼，他并不紧张，反而身体向后靠在椅背上，冷笑着："呵，如果你认为是的话，你们有本事解开试试啊！"

8

显然,每次神秘人发给胡一宁死亡预言的信息都是经过加密处理的,木九拿着这条信息给孙煜看,孙煜看了之后一脸迷茫,他是第一次看到。

他们非常谨慎,为了以防万一被人拿到手机或者看到信息,所以才会进行加密,胡一宁在收到短信后将其解开再告诉孙煜,而只是一个信息发布者的孙煜自然连看都没有看过这种加密的信息,更别说破解了,但他告诉木九,胡一宁昨天和他提过,下次的预言不仅仅有性别和年龄,还会加上名字。

对于特案队来说,这无疑是个好消息,有了名字,结合各种信息,他们就能确定明天将被杀害的人是谁,可现在唯一能破解信息的胡一宁却摆明了是不会合作的,在说完那句"你们有本事解开试试啊"之后就完全闭口不谈了。

石元斐查了一下,发给胡一宁信息的那个号码也是一次性的手机号,追踪不到任何信息。

5d1028m162f5ca47h23n2j19201b4、5157l21、22

这条信息全是由英文和数字组成的,木九和唐逸先是对着这串密码尝试破解,但将它们进行各种转换和位移后,还是破解不了。

木九站在白板前看着上面写的那串信息,在脑子里运算着,而唐逸几乎写满了一张白纸的正反面,但是还是没有找到破解的方式,在又一次尝试失败后,他放下笔看了眼木九,发现她也没有破解出来,便看向秦渊,表情无奈地道:"队长,我们不知道他们的加密方式,就很难破解。"

赵强见破解信息出现了僵局,便提议:"不然再去审问一下胡一宁,给他施压。"

从审讯室回来的陈默摇头,面色冷峻地道:"没用的,他就是不开口。"

秦渊神情凝重地开口:"他笃定地认为我们破解不了这个信息,我们目前掌握的证据又没法证明他和死亡预言是有关系的,他不说,有利的就是他。"

"如果按照之前的规律,这条信息中提到的那个人明天就会死亡,我们的时间不多。"丰邵说到最后一句时看向了木九。

木九感受到了旁边的视线,但依旧看着眼前的白板,她知道丰邵想的是什么。

秦渊看了一眼时间:"到半夜0点还有十个小时的时间。"如果他们不能在半夜0点前破解出这条信息,找到那个人,明天又会有一名受害者的尸体出现。

时间紧急,唐逸抓了抓头发,只能低头继续尝试破解,而木九却突然走出了办公室,一个人走到了孙煜所在的审讯室。

她打开门,直接问他:"孙煜,胡一宁一直监视着你,那你们是住在一起吗?"

孙煜听到声音回头一看,发现是木九,他缓了缓颔首道:"对啊,他在我家有一个房间。"

木九听到回答后直接关上了门,随后又回到了特案队办公室,一进门便面无表情地看着他们道:"我们去孙煜的家里。"

在去孙煜家之前,秦渊把这个消息告诉了胡一宁,本想观察他对此的反应,他听了之后表情的确马上有了一丝变化,但转瞬间又恢复了之前的一脸轻松,似乎对此并不在意。

即使胡一宁一个字都没说,但是从他这一连串的细微反应中,木九还是得到了她想要得到的信息,孙煜的家里肯定有着破解密码的关键东西,但是胡一宁的表情中反映出来的另一个信息是,即使到了那里,他认为他们也没法破解。

离开警局,秦渊开车载着木九和唐逸,当然还有孙煜去了他的家里,孙煜用钥匙开了门让他们进屋。他的家是一个三室一厅的房子,这几个月以来他都是和胡一宁住在一起,孙煜带着他们到了胡一宁的房间,可三人进行仔细搜查之后,里面属于胡一宁的私人用品很少,他甚至没有电脑。

木九走出胡一宁的房间后看到了对面开着门的书房,她回头问孙煜:"书房胡一宁用吗?"

孙煜点点头:"会用啊。"

秦渊三人听到后互相交换了眼神,然后走进了书房。

书房的右边是一整面墙的书架,上面几乎放满了书,看起来有几百本书。

秦渊看向一旁盯着书架的木九："所以破解的关键是书？"

"书……"唐逸微微睁大眼睛，一下子就明白了，"我知道了，每一组数字代表的是一本书的第几页第几行第几个字。"

听到唐逸说的，之前看到过一眼短信的孙煜疑惑地问："可里面不是有英文字母吗？"

唐逸看着他，很详细地向他解释："英文字母可以转换为字数，把英文字母放在数字中间是为了不让数字混在一起，不然就会搞不清楚到底是14页第7行第12个字，还是147页第1行第1个字，毕竟数字组合的可能性有很多。"

"哦，原来这样啊。"孙煜看向唐逸的眼神立马有些变了，果然是挺厉害的。

想明白了这个，可马上问题又来了，唐逸看着满满的书架，表情有些纠结："是哪一本书呢？"

秦渊看向孙煜，沉声问道："孙先生，这里有没有胡一宁自己带来的书？"

这明显难住孙煜了，他摇摇头："这，我不确定，这么多书呢，有些我自己买的书都没看过，不过，胡一宁的确买过书，只不过我不知道是哪一本。"

唐逸挠了挠脸颊，有些苦恼地道："那难道要一本本翻，找出每本书中对应的字，可是这么多书，工作量太大了。"

然而下一秒，木九毫无起伏的声音在唐逸旁边响起："不对，不会这么简单。"

唐逸看向木九，眨了眨眼："不对吗？"

木九向他说出了理由："虽然书是很多，但是只要花时间，总会找到的，可如果是这样，胡一宁的表情不会这么轻松，他分明是觉得我们破解不了。"

唐逸一想："难道不是书？"

"不，是书没错。"木九说着向后退了一步，将整个书架都收入她的眼中，她微微眯起了眼睛，"但不一定就是这里面的书。"

对于木九的判断，唐逸很是惊讶："书不在这里？可他每次破解密码都需要那本书啊。"

木九的眼睛直视前方，面无表情地开口："如果每次用来破解密码的书都是不同的呢？"

秦渊和唐逸听到后看向她，都有些意外："每次都是不同的书？"

说完这句话木九便不再开口，而是走上前，随意地拿出了一本书，正反面翻看着，然后又看着胡一宁收到的那条短信。

但木九只沉默了一分钟，她就开口道："我知道了。"

时间实在太快，唐逸一脸崇拜地看着她："木九，你知道啦？"

木九缓缓开口："这条短信能获取的信息不只是这条密码，还有手机号和发送的时间。"

秦渊走到她身后低头看着那张打印下来的短信。"你觉得手机号和发送的时间是神秘人特意定的。"

木九抬头看着秦渊点头道："神秘人每次给胡一宁发短信都是用不同的手机号，不仅仅是因为怕被追踪，还有通过手机号传输信息、时间也是一样，它们都是数字。"

唐逸恍然大悟："所以手机号的数字代表了一本书，发送的时间代表了另一本书，可数字怎么和书联系在一起呢？"

木九将手里的书翻到背面给他们看："每本书后面的 ISBN 码。"

终于说到他知道的东西了，孙煜在一旁插嘴道："国家标准书号啊，一共十三位。"

唐逸马上补充："图书产品代码是 978，所以前三位是固定的，而后面的十位，每本书都是唯一的。"

"手机号码后六位加上时间的四位。"木九直接报出了那十位数字，"7229015224。"

"所以我们要找的那本书的 ISBN 码是 978-7-229-01522-4。"秦渊说着拿出手机，打给了石元斐，"我让石头查一下。"

很快，石元斐根据 ISBN 码就查到了那本书——《盲心》，因为每次胡一宁都是收到短信后才知道是哪本书，所以孙煜的家里并不一定有这本书，于是唐逸马上去附近的书店买了这本书。

拿到书后，木九一边翻书一边破解密码：

5d10：第 5 页第 4 行第 10 个字，是姜。

依此类推，第 2 个字、第 3 个字是祁和男。

ca47h23：ca 转换为数字 3 和 1，7h23，第 7 页第 8 行第 23 个字，是岁，也就是 31 岁。

n2j19：n 转换为数字 14，2j19，第 2 页第 10 行第 19 个字，点，连起来就是时间，下午 2 点。

201b4、5：第 201 页第 2 行第 4 个字和第 5 个字，两个字为割喉。

157c21、22：第 157 页第 3 行第 21 个字和第 22 个字，家中。

木九把在纸上写下的读了一遍："连起来就是，姜祁，男，31 岁，下午 2 点，割喉，家中。"

9

秦渊马上让石元斐查了 s 市所有叫姜祁的 31 岁男性的名单，他们也赶回了警局。

特案队办公室里，赵强正坐在办公桌上和石元斐吐槽："你说设这密码的人不嫌麻烦吗？先搞本书，看它的 ISBN 码，然后再根据这个去买手机号，选好时间，多费事啊，这不是闲得慌吗？"

石元斐推了推眼镜："手机号码这种根本不用买，网上有程序可以搞定的，你想用什么号码发短信都行。"

赵强心想："原来能这样啊，不过，那……也烦。"

"这不是为了不让别人破密码吗，就是可惜了，谁让他遇上了我们……聪明、可爱、牛逼、机智、活泼、大方的木九妹妹呢！"石元斐伸出手，一下子甩出一堆形容词。

前面还是正常的，等到赵强听到最后两个词，嘴角一抽："你用活泼、大方来形容木九？"

石元斐一想，确实不对，用手指挖着耳朵道："随口说的……"

秦渊他们到了局里后，孙煜还是被安排在审讯室里，接受保护，秦渊、木九和唐逸先后进了办公室，见他们进来，赵强从桌子上下来，喊了一声："队长，你们回来啦。"

秦渊点了下头走过去，问石元斐："查的怎么样？"

石元斐抬头汇报着："队长，眉姐去失踪人口那里查了，没有一个符合条件的，我这边查了一下，现在在 s 市，叫姜祁的 31 岁男性一共就三个人。"

秦渊颔首道："三个人就容易锁定目标了，他们的资料呢？"

"都查到了，我已经打印出来了。"石元斐把三份资料递给秦渊。

秦渊翻了一下这三人的资料，然后给了旁边的木九。

木九几乎只是从上到下扫了一眼，就已经看完了一整面，然后就把第一个人的资料放在一边，赵强看着木九非一般的速度，只能暗暗在心里感叹了，他要是有这种能力，在学校的时候考试前就不用次次熬夜了。

然而，在看第二个人的资料时，木九却突然放慢了速度，她在看到这张纸三分之一的位置时视线就停了下来，虽然脸上依旧没有什么表情，但是熟知她的特案队的队员们却能察觉出她肯定是发现了问题。

赵强一看，立马问她："木九妹子，你发现什么了？"

木九并没有马上回答赵强，而是抬头看向洪眉："眉姐，前一名死者的资料呢？"

洪眉听后走到她面前，低头问道："你是说那个在工厂发现的女死者余敏？"

"嗯。"

"等一下。"洪眉在文件袋里把死者的资料拿了出来，然后递给木九。

"谢谢。"木九低头看向余敏的资料，视线几乎是在同一个位置停下，随后她抬头看向石元斐，"石头哥，帮我查一下之前六起案件死者的资料。"

石元斐从电脑后面探出脑袋，推了推眼镜："之前的六起？被预言死亡的那六名死者？"

木九点点头。

"好，我马上查。"石元斐把头缩了回去，然后盯着屏幕敲击着键盘，马上就把六名死者的档案都调了出来，然后打印下来后给了木九。

每一名死者的资料木九都扫了一眼，她把手上的八份资料都摊在了桌面上，然后拿出一支笔在每一份资料的一个地方画了圈。

洪眉低头一个人一个人看过去，惊讶地发现了八个人的共同点："孤儿院……这八个人都是孤儿啊。"虽然有些是不同的孤儿院。

听到洪眉这么一说，石元斐看着屏幕上八个人的资料，瞪大了眼睛，"这么巧？"

秦渊纠正道"这可不是巧合了，是刻意挑选的，他们的目标就是孤儿。"

木九低垂着头，额前的刘海遮住了她的眼睛，她的声音冰冷，毫无起伏："他们挑选的不是普通的孤儿，这八个人都是言斐文训练出来的孩子。"

木九的语气很肯定，这让唐逸有些吃惊："这也能看得出？木九，你记得他们的名字吗？"

"不是。"木九开口向他们解释，"言斐文当年挑选的大部分都是孤儿院的孩子，从小开始一直到十几岁的年龄，他们是不去学校读书的，而言斐文会帮他们制造假的学历，挂名在三所学校里。"

赵强仔细看了以后说："真的是，他们好几个学校是相同的。"

木九："如果去这三所学校细查，就会发现问题，他们每个人都没有在那里读过书。"

陈默表情凝重地道："有人找出了言斐文当年训练过的人，然后预谋把他们都杀了。"

石元斐一脸疑惑："可中间有两起是自杀啊？"

洪眉思索了一下，提出了一个假设："会不会不是简单的自杀，而是被逼着自杀了？"

赵强点了好几下头："非常有可能！这两起自杀案就是起到迷惑的作用。"如果不是木九揭穿孙煜能预言死亡的真相，并发现死者之间的共同点，已经发生的七起案子都是作为独立案件调查的。

既然已经确定了下一名被害者的身份，秦渊沉声道："现在最主要的是找到姜祁，把他带回局里，保护他的安全。"

陈默开口道："队长，我带一队人去他家里。"

秦渊微微点了下头，然后叮嘱："陈默，看到警察，他可能会逃跑或者是做出过激行为，要小心。"

"好。"

陈默走后没多久，蓝筱雅拿着一张纸冲了进来，一进门就大叫着："各位！大发现，大发现，大发现！"

赵强听了马上道："姐姐，你干吗说三遍啊？"

蓝筱雅走过去拍了他一下头："重要的事情说三遍啊。"

秦渊偏头问她："筱雅，什么发现？"

蓝筱雅一手揽着木九，然后和他们说了她的重大发现："上一名腹部被连刺数刀的女死者彭音，后来负责这个案子的警队不是找到凶器了吗？他们在凶器上提取到了一枚指纹，现在我找到那个指纹的主人了。"

"找到了？！"

蓝筱雅打了个响指："没错，我可以百分百确定指纹是完全吻合的。"

赵强心想果然是大发现，难怪蓝筱雅这么激动："那指纹主人的嫌疑很大啊，在凶器上留下指纹，几乎可以确定是凶手了。"

唐逸赶紧问："那筱雅姐，他是谁？"

蓝筱雅没说，然后低头看着木九："小九，你猜？"

没有丝毫的考虑，木九说了一个名字："余敏。"

"bingo！"蓝筱雅一脸我们木九就是聪明的表情。

其他队员听到都震惊了，赵强整个人差点跳起来："余敏？等等，她不是最近一起案子的受害者吗？她的尸体还在法医室吧？"

蓝筱雅摊手道："就是因为她的尸体现在在法医室，我采集了她的指纹，哦，当然了，我不是特意为了和之前那枚在凶器上留下的指纹进行比对，可结果真是万万没想到，竟然是有了这样惊人的发现，凶器上留下的指纹就是余敏左手的大拇指留下的。"

石元斐从电脑后面探出脑袋，激动地道："我的天，所以余敏杀了彭音？！"

赵强眼珠子转了转，道："然后余敏又被人杀了。"

唐逸低头想了想，想到了什么突然抬起头："啊！不会是……"

洪眉在一旁赶紧问他："唐逸，不会是什么呀？"

唐逸似乎是被自己所想的惊到了，微微张着嘴巴，一下子不知道该怎么说。

木九毫无起伏的声音响起，说出了唐逸所要说的："后一名死者是杀死前一名死者的凶手，按照这个规律一直进行下去。"杀了一个人后，接着又被后一人所杀。

唐逸点点头:"没错!"

石元斐挑眉道:"这能算是报应吗?"

秦渊沉声道:"除了第一名死者暂时不确定他有没有杀人之外,其他的人既是被害者,但同时也是凶手。"

赵强一拍桌子:"如果是这样的话,姜祁很有可能是杀害余敏的凶手?"如果是这样,那这次去找姜祁的性质就变得不同了。

洪眉有些想不明白:"可为什么他们都要这么做?"

"是不是第一人被第二人杀后,被第三人发现了,为了替第一人报仇,就杀了第二人,然后第四人发现之后,就杀了第三人……依此类推下去。"以上当然是赵强的推断。

蓝筱雅听后翻了个白眼,吐槽道:"如果一共只有三个人,那你说的这种可能性很高,现在加上姜祁,一共八个人,真是这样,就太狗血了,根本不现实啊。"

赵强抓了抓头发,好吧,就当他刚才没说过吧。

唐逸眨了眨黑亮的眼睛,缓缓道:"应该是有人故意设计的吧,先后给了他们名单,让他们一个接一个地去杀人,于是后面的人杀了前面的人,又被他后面的人杀了,就造成了这样的情况。"

蓝筱雅轻轻拍拍唐逸的肩膀:"你看唐逸说的就很有道理。"

石元斐在心里琢磨了一下,然后开口问道:"是不是那个给胡一宁发短信的神秘人设计的?可他为什么要在一个人杀了人后再让他被别人杀了呢?"

"因为他们想要脱离被控制的状态。"木九漆黑的眼睛看着面前的这八个人的资料,冷声道,"这是言斐文当时设定的规则,如果你想要彻底脱离他,那就从所有人中随机抽取一个人,然后杀了他,有人照做了,也成功了,但是在走出那里之后就被杀了。"

赵强听了,头皮一麻:"这……也太……"即使照做杀了人也难逃被杀的下场啊。

蓝筱雅低头看着她,蹙眉问:"那小九,如果没有成功呢?"

木九面无表情地开口:"当然还是被杀,言斐文根本不允许背叛,只要你动了心思，结果就是死亡。"

唐逸叹了口气道："那些人是想要彻底摆脱之前的身份，所以才去杀人。"

"而且还是按照他选定的方式，一个绝对的控制者。"木九垂眸，随后又抬眼看着前方，"祁隽。"那个人的名字时隔几个月后从她的嘴中又一次说出。

从秦渊他们回来后一直不在办公室的丰邵这时走了进来，在听到那个名字后，他停在了原地，眼睛看着在他们中间的木九，垂在两侧的手握紧成拳，他的脸上没有一丝笑容。

10

"祁隽……所以虽然言斐文已经死了，但是他当年训练出来的那些孩子实际上还是在祁隽的控制之中，因为他有名单，而那八个人想要彻底摆脱，结果反被祁隽设计了，杀了人后又被杀。"

唐逸提醒道："而且还不止这八个人，别忘了，姜祁的死亡预言已经出来了，后面还有一个要杀他的人。"

众人听后点点头，是啊，不知道还有多少人呢。

"各位。"赵强突然举起手，一脸疑惑地开口，"有一个问题我没搞懂，既然祁隽这么做是为了让背叛者们都互相杀害，那为什么他要特地让孙煜在网上发布死亡预言呢？不可能是因为真想帮孙煜出名吧？我觉得他没这么好心，如果不是这样的话，我总觉得好像有点多此一举啊。"

赵强的问题像是一下子提醒了木九，就像他说的，死亡预言的形式确实是多此一举，但祁隽不可能做这样一件无意义的事情，那么这个网站的存在肯定是有原因的，木九缓缓转头，漆黑的眼睛看向石元斐前的电脑，她面无表情地开口："为了让人看到。"那么，他想要谁看到呢？

"为了让人看到？"唐逸重复了一遍木九的话，歪着脑袋想了想，似乎听明白了，又似乎没怎么明白。

木九走到石元斐旁边："石头哥，孙煜的网站。"

"哦。"因为之前就已经收藏了，所以石元斐马上就找到了那个网站，打开后对木九道:"就是这个。"

网站的页面是黑色的背景,上面放着至今为止的七个死亡预言,木九把那七个预言看了一遍,单从内容上看并没有发现什么隐藏的信息。

而就在这时,石元斐看着页面上突然跳出来的一条信息,激动地叫了起来:"孙煜网站就在刚才又更新了一条死亡预言!"

赵强想也没想,直接问:"是不是姜祁的?"

"不不不!"石元斐几乎是瞪大着眼睛把那条信息读了出来,"胡一宁,男,三十岁。死亡时间:今天下午4点30分左右。死因:自杀!"谁也没有想到,网站上出现的并不是姜祁的,替代他的却是派来监视孙煜的胡一宁。

秦渊马上低头看了一眼时间:"现在已经是4点32分了。"

"什么?!"赵强大叫着,然后和秦渊冲向了胡一宁所在的审讯室。

审讯室的门被锁着,秦渊用钥匙打开门,一进去,就看到了头趴在桌子上的胡一宁,秦渊冲到他的旁边,把他人给扶了起来。胡一宁的上半身随着秦渊的动作向后倒去,靠在了椅背上,他的头无力地向后仰去,露出了他的脖颈,一支黑色的钢笔插进了他的喉咙里,旁边有好几个血口,从血管里流出的血染红了他的衣服。他大睁着眼睛,空洞的眼神看着天花板。

晚一步走到胡一宁旁边的赵强震惊地看着眼前的这一幕,而秦渊确认了他的死亡:"他已经死了。"

如孙煜网站上那条预言一样,胡一宁在4点30分左右时死了。

赵强吃惊地道:"他身上怎么会有钢笔?"

秦渊沉声道:"不可能是他身上的,在进审讯室前,他身上所有物品都被拿走了。"

听到消息赶过来的蓝筱雅进了审讯室,看着已经死亡的胡一宁:"这是什么情况?"

赵强扭头看向蓝筱雅:"姐,他把钢笔扎进了自己的喉咙里。"

蓝筱雅听了蹙眉道:"这么狠啊。"她戴上手套走到胡一宁尸体的旁边,检查他的伤口,"这扎得够深的,而且还是好几下,不然不至于造成死亡。"

审讯室内突然出现的钢笔、网站上突然发布的死亡信息、胡一宁突然的死亡，这中间无疑充满了种种疑点。

秦渊走出审讯室，打开旁边监控室的门，看着里面紧紧拧了眉头，回头发现原本应该在监控室的一名警察正从走廊那头走了过来。

叫王元的男警察看到秦渊，原本摸着脑袋慢慢走的他赶紧跑到秦渊面前，慌慌张张地道："队长。"

秦渊看着他冷下脸，质问他道："你怎么不在监控室里？"

王元感受着秦渊散发出来的冰冷气场，咽了口口水，慢吞吞地开口："我，我去上了厕所。"

秦渊的声音又冷了几分："在审讯室里有嫌疑人的情况下，监控室里不能没有人，这点你不知道吗？"

"队长，我肚子痛，我想就，就离开了几分钟。"在秦渊的视线下，他越说声音越低，直到最后几乎听不清楚。

秦渊的脸色因为他的这句话变得更加冷峻，他的声音里克制着怒气："几分钟？"

"因为审讯室的门锁着，胡一宁的手也铐在了桌子上，我就想应该没事的。"王元抱着一种侥幸的心理，所以没有让其他警察来替他，而即使是现在，他还不知道到底发生了什么。

秦渊听了几乎要怒极反笑了，他冷声开口："没事的？可你口中没事的人已经死了。"

这时木九走了过来，看着眼前的情况，她已经明白了发生了什么，她走到秦渊旁边，扯了下他的袖口："先去看监控。"

"啊？"王元整个人一震，用手撑着墙壁才没有因为腿软倒下，他张着嘴看着审讯室的门口，"他……怎么可能？！"

"就在刚刚。"秦渊说完这四个字，不再看他一眼，转身和木九进了监控室，他把刚才的监控调了出来，然而奇怪的是，从4点22分13秒到4点26分21秒这四分钟的画面被剪掉了，画面直接从22分12秒直接跳到了26分22秒，而一分钟后，原本坐着一动不动的胡一宁的手里多了一支黑色的钢笔，他拔开笔盖，然后用力向自己喉咙扎去，扎了一下又一下，每一次都用尽了力气，直到最后他脱力倒在了桌面上。

木九来回看了两遍他拿着钢笔扎向他自己的画面，微微眯起了眼睛。

从监控中的确证实了胡一宁是自杀的，然而在他自杀前的那四分钟的监控画面却被人剪掉了。胡一宁身上根本没有钢笔，所以一定有人在这四分钟的时间进入了审讯室，给了胡一宁钢笔。

然而不只是审讯室里的监控，就连审讯室门口的监控，那几分钟的画面也同样被剪掉了，所以他们没法知道那段时间究竟是谁进入了审讯室。

木九先回到办公室后让石元斐查了那段时间走廊上的监控，在 4 点 21 分左右，王元的确去了洗手间，直到秦渊他们到了之后才回来，所以他肯定不是进入审讯室的人。

但是，这一切都太巧合了。先是在监控室的王元去了洗手间，留下空无一人的监控室；一分钟后，有人就进了审讯室把钢笔留给了胡一宁，之后离开；27 分时，在完全无人监控下，胡一宁用钢笔自杀了；短短几分钟后，孙煜的网站上就更新了完全正确的死亡信息。

听了事情的经过，石元斐推测道："是不是王元那小子和那个进了审讯室的人串通好的，都是受了祁隽的指示？"

木九没有回答石元斐，而是突然开口："你觉得呢？"

此时特案队办公室里只有三个人，石元斐一开始以为木九在问自己，随后一想，不对啊，不可能是在问他，他从电脑后面探出头，看到了斜靠在桌子旁的丰邵。

几秒之后，丰邵抬眼看着木九："觉得什么？"

木九的眼睛并没有看向丰邵："是谁进了审讯室把钢笔留给了胡一宁，而胡一宁为什么突然选择自杀？"

丰邵看着木九的背影，声音平稳而冷静："你们说的那个叫祁隽的派来的人，而胡一宁除了自杀没有其他选择。"

木九转身看向他，声音冰冷："所以你是祁隽派来的人？"

"你是在怀疑我吗？"

她慢慢靠近丰邵，在距离他几步的地方停下，她面无表情地开口："我不是怀疑你，我可以确定就是你。"

石元斐眨了眨眼睛，一脸震惊地看着他们，内心在想：这是什么情况？！

丰邵轻笑地看着她："证据呢？"

木九语气冷硬地道："胡一宁是被催眠后自杀的。"在看了监控画面后，这一点，她可以非常确定。

丰邵笑容渐深，但笑意始终未达眼底，他缓缓开口："第一，会催眠的人不止我一个，再者……"他顿了一下,问木九,"我为什么要这么做呢？"

木九看着他的眼睛，声音毫无起伏地开口："我也在想你为什么要这么做。"

丰邵和木九两人互相看着对方的眼睛，一个微笑着，一个面无表情。

"啊。"他们僵持了一分钟后，看着电脑的石元斐突然倒吸了一口冷气。刚才孙煜的网站又更新了一个东西，不是死亡预言，而是一个视频，他点开之后，才发现这竟然就是刚才审讯室消失的那四分钟的监控视频，他看着那个进入监控室的人，捂住了自己的嘴，不让自己叫出声来，在缓了缓后，赶紧叫木九："木九妹妹！你来看！"

木九走回去看着那段无声的监控视频，她面无表情地看着，然后抬起头看向了不再微笑的丰邵，她的声音冰冷没有起伏："你知道你有多可悲吗，一个心理学博士竟然轻易就被人完全控制了。"

在丰邵略显诧异的表情中，木九的声音里带着浓浓的讥讽："而且，还被耍了。"

11

审讯室里，木九和丰邵面对面坐着，孙煜的网站上更新的那个视频，正是之前审讯室里缺失的那四分钟的画面，在警察王元离开监控室后不到半分钟的时间，丰邵就出现在了审讯室的门口，他用在监控室拿到的钥匙打开了门，进入后关上了门。

随即监控画面切换到了审讯室内，丰邵在胡一宁的对面坐下，开始和他说话。起先，胡一宁没什么反应，但接着很快他突然闭上了眼睛，过了一分钟后，他又重新睁开，视线紧紧盯着丰邵握着钢笔的手，表情有些呆滞。丰邵站起身走到他旁边，把钢笔放进了他的手上，随后抬手拍了一下胡一宁的肩膀，做完这些，他走出了审讯室，而就在他关上门的下一秒，胡一宁像是得到了某种信号一样，慢慢拿起了手中的笔，然后毫不犹豫地往自己喉咙扎了进去，他像是感受不到任何的疼痛，一下又一下狠狠地扎向自己脆弱的喉咙。

记录下丰邵所作所为的四分钟被人剪掉了，然而，这么做的人不是为了掩盖丰邵的罪行，而是为了让所有人都看到，看到这个心理学博士在警局的审讯室里用自己最擅长的催眠将一个嫌疑人——一枚那个人已经舍弃的棋子，"杀害"了。

这是祁隽的固有手段，无论是之前还是现在，他都享受地在一旁看着，其他人就像是供他娱乐的玩具、牵线木偶，他操控着他们，但也放任着他们残杀，走向毁灭。

丰邵被耍了，很彻底，所以他无话可说，面对着木九，他选择了沉默。

木九看着眼前没有一丝笑容的男人，做着自己的推断。她可以肯定的是，丰邵绝对不是当初言斐文训练出来的孩子中的一员，他也不是祁隽的手下，只是被祁隽所利用，所以催眠胡一宁让他自杀，无非是被握着把柄，或者他们之前谈好了条件，但明显丰邵完全处于劣势，他始终是被戏弄的那一方。

从进来到现在，已经过去了五分钟，木九依旧什么话也没有说，最后还是丰邵先开了口："你什么都不问吗？"

木九眨了下眼睛，缓缓开口："你想说的我都已经知道了，所以我在等你说你不想说的事。"

丰邵有些无奈地开口："那你想听我说什么？"

木九道："你和祁隽谈的条件。"

到了现在这样的地步，丰邵也没什么好隐瞒的了，他知道即使不说，木九总会知道的："一条命换一个线索。"

木九看着他问："什么线索？"

丰邵的声音微冷："关于他的线索。"

"你要找到他？"这倒让木九有些意外，不过她依旧没有表情。

"没错，你之前不是问我 2008 年到 2010 年我在干什么吗？我花了两年的时间，在找他。"

木九马上就猜到了："他杀了你的什么人？"

"我的妹妹。"丰邵说出妹妹这两个字，已经红了眼眶。

木九看着他悲痛的表情，平静地开口："你妹妹不是他亲手杀的吧？"

丰邵缓缓闭上眼睛，然后睁开，他的声音里带着愤怒的颤音："的确不是，他没有碰过她一分一毫，但他帮凶手策划了一切，从跟踪绑架到……碎尸。"

"犯罪策划师。"策划一起起谋杀案，他从来不会亲手去杀一个人，所以他的手上或许从来没有沾上过一滴血，但何尝不是浑身沾满了血。木九看着丰邵，此时已经完全明白了，"所以你加入特案队，就是为了找到祁隽。"

"因为我知道他几个月前出现过，是你们办的案子，更重要的是。"丰邵顿了一下，冷冷地看着她，"你在这里，而他的目标是你。"

木九的手轻轻敲了一下桌面："你想杀了我，引他出来。"

丰邵点了下头，并没有否认。

"你觉得以你能杀死我？一个轻易就被人远程操控的你，如何杀我？"木九的语气里带着浓浓的嘲讽，即使她的语调毫无起伏。

如此直接的话隐隐有些激怒了丰邵，他看着木九的眼睛，微微眯起双眼。

木九突然站起身，手撑在桌子上，身体前倾靠近他，她漆黑的眼睛盯着他的脸，声音冰冷带着她独特的嗓音："丰邵，就像你之前说过的，不是只有你一个人会催眠。"

不知是因为木九的这句话，还是她此时的眼神，几秒的对视后，丰邵率先移开了视线，在这个瞬间，他不敢直视她的眼睛，那双漆黑的眼睛，那双能看透他一切的眼睛。

他无力地闭上了眼睛，是他输了，败给了祁隽，也败给了她。

木九直起身，没有再说任何话，便头也不回地走出了审讯室，在监控室的秦渊和赵强也走了出来。赵强一看到木九就竖起了大拇指："帅啊，木九妹子，不过，以前都不知道，你原来还会催眠啊？"

秦渊瞥了他一眼。

木九面无表情地开口："不会。"

赵强一愣："啊？"

木九走到秦渊旁边，斜睨着赵强："当然是骗他的。"

同样受骗的赵强："……"

秦渊三人回到办公室，一走进去，他们就感觉到这里的气氛有些不对。

赵强一脸疑惑地看着他们："怎么啦？"

陈默看了一眼木九，随后看向秦渊："孙煜的网站就在刚才又更新了一条死亡预言。"

木九敏感地发现他们的视线都在她的身上，她面无表情地开口："和我有关？"

石元斐艰难地点了下头："嗯。"

三人走到了石元斐旁边，看着电脑屏幕，在胡一宁的死亡预言上方出现了一条新的预言。

"木九，女，22岁，死亡时间：99天后，死因：未知。"

"还有，你们再看这个。"石元斐返回了网站的首页，黑色的页面上出现了血红色的倒计时，撑满了整个屏幕。

98天23小时58分

98天23小时57分

……

言律看着网页上出现的倒计时，如木九一样漆黑的眼睛一瞬间散发出刺骨的冰冷，他的手紧紧收紧，从嘴里缓缓吐出两个字："祁隽。"

从房间外突然传来了大白的叫声："阿律，是不是有什么东西焦了啊？"

前一秒面色冷峻的言律在听到大白的话后，一下子变了脸色，从椅子上跳了起来，冲进了厨房："我的红烧肉！"

太阳快要落山时，一家鲜花店的门被人从外面推开，挂在门上的风铃随着门的开动而晃动起来，发出清脆的声响。

"欢迎光临。"温柔甜美的女声从里面传出，在无数鲜花的包围下，一个扎着简单马尾辫的年轻女人站了起来，转身对着门口，她的手上正拿着一枝红色玫瑰花，她的脸上带着淡淡的笑容，精致而漂亮的容貌，那双清透的眼睛看着门口的方向，眼神却意外地有些无神，没有焦距。

随着又一阵清脆的风铃声，鲜花店的门关上了，脚步声渐渐靠近。

漂亮的女人突然吸了吸鼻子，她脸上的笑意渐浓："牛肉面，祁先生，您来了。"

男人清秀的左脸上有一道狰狞的疤痕，让他的脸变得有些可怕："怎么知道是我的？"祁隽开了口，磁性的嗓音里染上了一丝笑意。

女人笑着，声音轻柔："脚步声，还有你每周都这个时候来。"

祁隽慢慢走了进去，离女人越来越近，他在离她还是几步之远的地方停下，然后把手里的牛面肉放在了柜台上："等会儿记得吃。"

女人听着祁隽的声音判断着他的位置，然后偏头对着他的方向，她脸上的笑容没有改变："谢谢，您每次都这么客气。"

祁隽看着女人的笑容，也勾唇笑了："不用，你每次也都会多送我一朵花。"

女人笑了笑，然后开口问他："祁先生今天还买白玫瑰吗？"

祁隽始终看着女人那双清亮的眼睛："对，还是一束白玫瑰。"

"好的，稍等一下。"女人转身，略微迟疑了一下，她的双眼失明，但即使这样，她还是很快就找到了白玫瑰所在的位置，她蹲下身挑了十几朵白玫瑰，然后一一修剪，包成了一束花，系上了粉色的蝴蝶结后递给了祁隽。

祁隽付了钱，接过花闭上眼睛闻了闻，然后对上女人的眼睛："很漂亮，很完美，谢谢。"

女人收好钱，说了一句："祁先生喜欢就好，您女朋友真幸福。"

祁隽却道："不，不是给女朋友的，是我自己喜欢。"

女人的表情里带着一丝丝的意外："哦，是这样啊。"

祁隽轻柔地道："谢谢你的花，那我先走了。"

女人又恢复了一直的笑容："谢谢你的牛肉面，祁先生慢走。"

祁隽捧着白玫瑰走出了鲜花店，身后的风铃再一次响了起来，他低头看着手里纯白漂亮的白玫瑰，眼神是冰冷的，他喜欢这些美好的事物，那是因为他可以亲手把它们毁灭。

他轻笑着，走到路边他的车前，直接把那束玫瑰花扔在了地上，他坐上了驾驶座，系上安全带，直视着前方面无表情地启动了车子，车子向前开去，完全碾过了那束白玫瑰。

破碎的白色花瓣随着风在空中扬起，飘散，又重新落地。

第 7 章　精准的时间

1

"嘀嘀嘀……"早上 5 点 30 分，规律的闹钟声在这个固定的时间点准时响起，几乎在同时，原本睡着的男人睁开了眼睛，他看着白花花的天花板，几秒之后，他从床上坐了起来，伸出手按下了闹钟上的开关，嘀嘀嘀的声音戛然而止。

他掀开被子，翻身下了床，穿上摆在床边的浅色拖鞋，走出了房间，卧室的旁边就是卫生间。他走了进去，站在水池前，架子上放着两个漱口杯，上面放着两把牙刷。他拿了其中一个蓝色的漱口杯，打开水龙头，在漱口杯里倒满了水，他在牙刷上挤了牙膏，把牙刷放进了嘴里，刷好牙，他把漱口杯放在了原来的位置上，调整好牙刷的位置。

接着，他又打开了水龙头，低下头，伸出双手，接着水扑在自己的脸上。他抬起头，用手撑着水台，镜子里照出一张沧桑疲倦的脸，有些充血的眼睛直直地看着这样的自己。十几秒后，他拿了旁边的毛巾擦干了自己的脸。

洗漱之后，他又回到了卧室，走到床边，他拿起了放在闹钟旁边的一块手表，他把手表戴在了左手手腕上，然后保持着看表的姿势，等着秒针划过 12 的那一刻，他将视线快速移向了闹钟。

早上 5 点 36 分。

放下手，他走到衣橱，从里面拿出了一套运动服，他脱下背心，换好衣服，再次走出卧室，穿过客厅到了门口，他又一次抬起左手，看向了手表，然后抬眼看着墙壁上挂着的钟。

早上 5 点 42 分。

他换好鞋子出了家门，出了所住的小区，他沿着马路旁的人行道开始跑步，现在连 6 点都不到，天才刚刚亮起，马路上的车不多，路人也不多，但是打扫马路的清洁员早已经开始工作了。他慢跑着，循着每天跑步固定的路线，看着周围几乎固定的风景和建筑物，一圈又一圈地跑着，一个小时后，他再跑回小区时，人渐渐多了一些，门口早饭摊已经摆了出来，他跑着，经过时，看着他们忙碌的样子。

走进小区时，他放慢了步子，由跑步变成了走路，他走回了家里，拿出钥匙打开了门。他走进去关上门，在门口换好了拖鞋，他又重复了一遍出门前的动作，抬起手看向手表，然后抬眼看向了墙壁上的钟。

早上6点49分。

在浴室里简单地冲洗之后，换好了干净的衣服，他到了厨房，煮了粥，热了包子，他端着早饭到了客厅，在餐桌上摆好，他坐在了椅子上，打开了电视机。

电视上正在放新闻，他一边听着新闻一边低头吃早饭，吃好了早饭，他收拾好碗筷，整理好自己的衣服还有公文包，他拿着包从卧室里走到客厅，他看着电视右上角显示的时间。

早上7点29分51秒。

他站在那里，抬起左手，眼睛紧紧盯着电视机，等待着秒针划过12的那一刻。

早上7点30分，他看了一眼手表，早上7点30分，一秒不差，他放下手，用遥控器关了电视，这次他在门口没有再看墙壁上的钟，换好鞋后，打开门走了出去。

门砰的一声关上了。

她捂着胸口，整个人还处于慌张之中，她回头看了一眼关好的门，终于舒出一口气，刚才看到的东西让她的腿竟有些发软，她扶着门喘着气，过了一会儿才缓过来，她拍了拍胸口往家里走，到了客厅，她给自己倒了一杯水，拿起杯子仰起头，一下子就喝了一半。

水喝了下去，这让她感觉好了不少，她放下杯子闭上眼睛做了一个深呼吸，再睁开眼后，她在沙发上坐下，侧身拿起旁边的电话，拨出了一个号码。

"喂。"电话那头传出一个沉稳的男声。

听到她再熟悉不过的声音，她急急地开口："向青，是我。"

男人的声音带上了一些惊讶："怎么了，这时候打电话给我？"

她想和他诉说刚才发生的事情："向青，我……"

她还没说出口，电话那头有人在不远处喊着："向老师，校长找您。"

"好的，我知道了。"男人转头回了一声，然后又对着她道，"晓冉，我这边有事，等会儿再打给你。"

晓冉一听他有事，虽然想和他说说，但还是什么都没说："没事，你去忙吧，我没什么事情的。"

男人温柔地道："好，那挂了，晚上见。"

"嗯，等你回家。"晓冉说完放下电话，她坐在沙发上，大概是因为听到了他的声音，她突然就安下心来，竟然觉得真的没事了，"大概是搞错了吧。"她喃喃自语着，低头时发现自己竟然还穿着凉鞋，急忙到门口换了拖鞋。

晚上，等向青回家后，晓冉和他说白天发生的事，他安抚了她好久，已经好了很多的晓冉第二天便忘了那件事。

然而，几天之后，同样的事情又一次发生了，她慌忙回到家里，关上门，一整天，她都坐在沙发上，蜷缩着身体，几乎没有吃什么东西，紧接着，一连串诡异的事情接连发生，然而这段时间向青却出差在外，家里只剩下了她一个人。

因为害怕，她去宠物店买了一只狗，白色的狗，干净漂亮。晓冉很喜欢它，给它取了一个名字，叫球球。球球是只母狗，喜欢撒娇，喜欢黏着晓冉，更重要的是，一旦有人走过她家门外，球球就会对着门口叫两声。晓冉并没有因为这个原因责骂它，相反，她觉得很好，这能提醒她有人经过。

一天晚上，晓冉吃好晚饭，喂好了球球，洗好碗后在沙发上看着电视，突然门外传来了两声敲门声，球球马上冲到了门口，对着大门叫了起来。

晓冉以为是向青回来了，一下子从沙发上站起来，走到了门口，在没问门外是谁的情况下，打开了门，门外很黑，走廊里的感应灯并没有亮起，但是足以让晓冉发现门外一个人都没有。她用手拍了拍，拍了好几下，感应灯才亮了起来，她看着门外，什么都没有，也没有听到脚步声。球球在她的下面也探出脑袋，好奇地看着外面。

她紧张地咽了口口水，等了一会儿后，慢慢关上了门。

她看着紧闭的大门，伸手捂着胸口，刚才她分明是听到了有人敲门的声音，球球也肯定听到了，那为什么开门后却没有人？

是有人敲错门了吧……她只能这样安慰自己。

第二天，几乎是同一个时间，门外又传来了两声敲门声，正从卫生间走出的晓冉听得清清楚楚，球球依旧叫着冲到了门口，晓冉走到球球旁边，这次，她没有马上开门，而是先问了一声："是谁？"

回答她的又是两声敲门声。

晓冉心里一紧，声音颤抖地又问了一声："是谁啊？"

然而这一次什么声音都没有了。

她的手发着抖放在门把手上，她看了一眼球球，鼓起勇气一般地一下子打开了门，门外一片黑，她弄亮了感应灯，可门外依旧什么都没有，没有人，楼道里也听不到任何脚步声。她的心脏剧烈地跳动着。"是谁啊？！"她大叫了一声，然而依旧没有人回应。

她赶紧关上了门，人一下子瘫软在地上，球球爬到她的腿上，舔着她的脸，晓冉一把紧紧抱住球球，把脸埋在它温软的毛上，低声抽泣着。

这一夜，她一晚没睡，她把房子里所有的灯都开着，电视机也开着，然后就在沙发上坐了一夜，等到天亮了，她赶紧给向青打了电话。

"喂，晓冉。"

她听到他的声音，还没说话已经泣不成声，她捂着自己的嘴巴，不让自己哭出声来。

电话那头的向青没有听到她的哭声，温柔地开口："晓冉，生日快乐，我下午的火车，大概晚上8点的时候就能到了。"

他就要回来了！晓冉抹了一把眼泪，激动地开口："好，那我等你回家。"

向青听出她声音有些不对劲，忙问："你怎么了？"

晓冉吸了吸鼻子，轻笑道："没事，有点感冒了，你去忙吧，晚上见。"

她挂了电话，抱着球球，在沙发上身体一晃一晃，她闭上眼睛，喃喃自语着："太好了，没事了，球球，没事了。"

这么多天之后，晓冉终于出了门，她去菜市场买了好多菜和水果，一个人拎着几袋子东西回了家，下午，她开始烧菜，又恢复到了以往的样子，她甚至哼起了歌，到了快晚上6点的时候，她已经烧好了一桌子的菜。

之后，她去洗了澡，拿出了一件新买的衣服，好好地打扮了一下，她看着镜子中的自己，笑容又重新回到了她的脸上。

准备好一切，她坐在沙发上，看着墙壁上的钟，晚上7点16分，她想着，快了，向青就快回来了。

然而，向青还没回来，一个小时，她就这么一直看着墙壁上的钟，看着它的时针指向了8，她有些急了，又有些担心，她在心里想着怎么还不回来，是不是出事了？但她马上摇了头，不，不会的，应该是有事耽搁了，他很快就会来的。

她在客厅里来回走着，眼睛时不时看着钟，球球也紧紧跟在她的身后，好奇地看着她。

晚上8点44分，门外终于传来了两声敲门声。

2

周一一早，秦渊处理完公务回来，正要找陈默和赵强。他看了一圈在办公室里的队员，因为最近没什么案子，大家都比较清闲，木九在蓝筱雅的法医室，洪眉和唐逸低头在看书，石元斐不用看也知道在打游戏，陈默也在看新闻，就是没看到赵强，他自然不会在法医室，而且桌子上连包也不在。秦渊走进去问："陈默，赵强呢？"

陈默放下报纸，偏头看了一眼赵强那空着的位子，回道："他还没来。"

"还没来？"秦渊低头看了一眼手表，现在已经快要早上9点30分了，都这个时间了，怎么还没到办公室。

石元斐也看了眼电脑右下角的时间，一想到赵强的毛病说："赵强不会是又迷路了吧？"

唐逸合上书，开口道："这不大可能吧，强哥来局里都这么多年了，每天来来回回的，这可是他最熟悉的一段路了。"

洪眉也觉得不大可能："是啊，从他家到局里开车最多20分钟。"

石元斐又想起上次给他指路的过程，抬起头道："什么不大可能，他车上有导航也和没有一个样，他啊，要是住在比较大的小区，我看他说不定都找不到自己家在哪儿。"

洪眉点点头，对石元斐后面说的表示赞同："这倒是真有可能，有些小区进去都是要坐专门的车，因为实在太大了。"

唐逸有些担心："不会出什么事吧？"

真要是迷路倒也没事，秦渊怕他出什么事，拿出手机："我打电话给他。"秦渊拨出了号码，把手机放在了耳边，过了十几秒，却从外面的走廊里听到了舒服的手机铃声还有一串急促的跑步声。

秦渊看向门口的方向，然后拿下手机挂了电话，没几秒后，跑步声越来越近，一个人影就这么冲了进来。

"呼呼呼……"赵强身上背着包，手扶着门在那里喘气，随着一个深呼吸，他缓了过来，"哎哟，跑死我了。"

秦渊蹙眉看着他："赵强，你怎么回事？今天这么晚到！"

赵强赶紧走了进去，走到秦渊面前，一脸歉意地道："队长，我闹钟的时间走慢了半个小时，结果早上就晚起了。"

秦渊也没多责备他，只是叮嘱："下次遇到意外的情况记得先打个电话，不然以为你出什么事了。"说完便往自己的办公室走。

赵强对着他的背影高声叫着："是，队长！"

等秦渊走后，赵强放下包，给自己倒了一杯水，喝完之后和他们开始抱怨了："现在早高峰这路上可真堵，我本来想抄小路，结果出来就不认识路了，害我绕了一个大圈子才到了局里。我电梯都来不及等，直接跑楼梯上来的。"

陈默放下报纸，瞥了他一眼："正好让你多多锻炼。"

赵强头摇得跟拨浪鼓似的："这种锻炼算了吧，没把我急死。"

唐逸听了有些蒙了，眨着眼睛看着赵强："强哥，你居然真迷路了啊？"

陈默摇了摇头，洪眉也是一脸无语的表情。

预测正确的石元斐激动地站了起来："你们看，你们看！我就说他肯定能迷路，这种连左转和右转都搞不清楚的人。"

赵强辩解着："我就是对那条小路不熟悉啊，再说了，那导航……"

石元斐下巴一抬："导航说：怪我咯？"

"去！"赵强冲到石元斐旁边抬手拍了他一下，抬头看了一眼办公室发现没看到木九，"对了，木九妹子呢？"

唐逸看向门口："和筱雅姐在法医室吃东西吧。"

"又去吃东西了啊？"赵强走回自己的位子，坐下来打开了孙煜的那个网站，首页上那个99天的倒计时还在，正在一分一秒地减少，赵强光是看着就觉得揪心，"要我说木九心理素质实在是太强了，这种事谁碰上……唉……"他不知道说什么，只能叹了口气。

提到这个话题，办公室陷入了短暂的沉默。

陈默沉声道："我们得在倒计时结束之前找到祁隽。"

石元斐来回晃着脑袋，郁闷地道："可问题是现在一点线索都没有。"

赵强一拍桌子，瞪大眼睛叫着："我就不信了！他要是还在s市，这么一个大活人，总会找到的！"

"倒计时还有多久？"

"还有91天16小时……"赵强随口回答，然后才反应过来问的人是谁，他一扭头看向门口，"木九妹子？！"

木九拿着杯奶茶走了进来："时间还有多久？"

赵强回头看着网页，然后看着木九道："91天16小时37分，木九妹子，怎么了？"

木九吸了一口奶茶，漆黑的眼睛看着他，面无表情地开口："没事，我只是想确切地知道祁隽还有多少时间死。"

门外终于传来了两声敲门声，球球一听到敲门声立马冲到门口叫了两声，原本在客厅来回走的晓冉停下脚步，急忙转身跑向门口，刚才担心不安的表情瞬间就消失了，她打开门，一下子就露出了灿烂的笑容，她高兴地叫着："向青，你回来了啊。"

然而下一刻，她的笑容就这么僵住了，因为门外一片漆黑，什么人都没有。

怎么会这样？晓冉有些慌张起来，她探出头焦急地喊着："向青！向青！你在吗？"她希望能得到他的回应，"向青，你快出来，别和我开玩笑。"她甚至觉得是向青在和她开玩笑想吓吓她,可又觉得他不是这样的人。

但是没有任何声音回应她的呼唤,楼层的灯像是彻底坏了,她刚才叫了这么多声,灯始终没有亮,她这时才觉得不对劲了,刚才敲门的根本不是向青,她反应过来,竟然又一次发生了和前几天一样的事。

她一脸恐惧地看着门外,手紧紧握在门把手上,赶紧往里拉门,然而,拉到一半的时候,门竟然不动了,生生地卡住了,就像是外面有人在同时向外拉着门一样。

门关不上,晓冉倒吸了一口冷气,另一只手也抓着把手,用力往里面拉,但是无论她怎么用力,门丝毫没有向里移动半分。

她惊恐地发现,外面的人也在用力,不想让门关上,她不明白他到底想干什么,是要杀了她吗?!

外面的灯还没有亮起,她也看不到任何人,但是门上的力却一直没有消失,深夜里只有她的喘息声。

"啊啊!放手!放手!"她大声尖叫着拼尽了全力往里面拉,"给我放手!浑蛋!"

就要进来了,就要进来了,要是进来了,她就完了!就完了!

她松开一只手撑着墙壁,但安在墙壁上玄关的灯却被她失手给关上了,周围的光线更加暗了下来,满满的恐惧涌了上来。外面就像是有一个魔鬼,她一个人抗争不了的魔鬼,眼泪夺眶而出,她紧紧闭上眼睛,继续用力向里拉门,发了疯一般地吼叫着。

突然,不知是外面的力消失了,还是她的力气大过了外面往外拉的力,门明显一松,她赶紧往里狠狠一拉,砰的一下重重地关上了,她松开门把手,直接摔倒在地。

"嗷!"一声惨叫。

却不是她自己的叫声,她喘着气缓缓睁开眼睛,借着客厅里的光,她看到了门口一团白色的毛,那是她的球球。

"球球,球球。"她开了口叫它,嗓音已经哑了。

但是球球却没有像往常那样跑到她的身边,扑进她的怀里,和她撒娇,它就这么一动不动地在门口。

她哽咽着继续叫它:"球球,过来呀。"它还是没有动,就这么缩在了那里。

晓冉觉得有些不对劲,她脚软着爬不起来,就这么往前爬着伸手碰到了球球的身体,温热的,毛茸茸的,和以前一样,唯一不同的就是它对于她的触碰没有一丁点的反应。

她抽泣起来,伸出双手抱着球球的身体,想要把它抱回到自己的身边,她想要抱抱它,可她发现,她拉不动,球球和刚才的门一样,就像是卡住了,就像是有人在外面和她抢她的球球。

"不,不!球球!不要带走它,把球球给我!"她歇斯底里地哭叫着,然后抓着球球的身体向后拉,就像是刚才拉门一样,它不能让球球被魔鬼抓走。

"啊!啊!还给我!还给我!"她哭喊着拼命向她这里拉着,她拉了好久,终于,对面的力消失了,球球被她抢了过来,她倒在了地上,一股温热喷在她的脸上,就像是球球在舔她的脸,她的双手紧紧抓着球球,她的脸上都是眼泪,但她这时却笑了,像是取得胜利一般地笑了起来,她抱着球球,低头笑着看着它,她的球球。

她的……已经没有了头的球球。

3

中午 11 点 27 分,房间的门被人从外面猛地打开,走进来一个满脸怒气的中年女人,她看着在床上睡得正香的儿子,还有乱糟糟的昏暗的房间,忍不住发起火来:"刘嘉平,你给我起来,你看看现在都几点了?!"

中年女人的嗓音把睡梦中的刘嘉平给吵醒了,他眯着眼睛,睡眼蒙眬地看着走进来的妈妈,不满地嘟囔着:"我就多睡会儿怎么了?"

"你还说怎么了?天天就知道赖在家里睡觉,都毕业一年了也没出去好好找工作!"中年女人边说边走到床边上,直接把深色的窗帘拉了开来。外面的阳光完全照进了这个房间,房间一下子就亮了起来。

刺眼的光线照在睡在床上的刘嘉平的脸上,他不舒服地闭上眼睛,紧紧皱着眉头,他赶紧用手遮住眼睛,没好气地道:"我不是在找了吗?"

中年女人一听更来气了,一下子拍上了在桌子上的笔记本电脑,心里真恨不得把电脑给他砸了，嘴上还在说着："找什么？你好好找过吗？几个月前就这么跟我说的，现在呢？整天就在玩游戏，屁都没找到！"

终于适应了光线，他放下手，不耐烦地道："整天念来念去，烦死了，我下午就去面试行了吧！"

中年女人叉腰看着他，恶狠狠地警告他："那你赶紧给我起来啊！吃好午饭赶紧去面试，你要是再找不到工作，信不信把你赶出去。"她一看他还在床上不起来，直接掀了他身上的被子。

刘嘉平翻了个白眼，心里切了一声，心想出去就出去，大不了在网吧里住，也省得天天听老妈念叨。

知道再不起床得被骂死，他只好从床上坐了起来，打了个哈欠抓了抓睡乱的头发，眼睛下面的黑眼圈格外明显。

看着他爬了起来，中年女人想到了自己一直拿在手里的东西，直接扔在他床上："对了，这是你的信，赶紧洗漱好出来啊。"

"这年头谁这么老土还寄信！肯定是广告。"刘嘉平看也没看一眼，直接揉成一团往房间角落里放着的垃圾桶抛了过去，正好扔了进去。

"Yes！"他打了个响指，打着哈欠懒洋洋地起了床。

吃好饭后，他换上了衣服背着包准备出去，正在门口换鞋子，他妈一看到他的衣服就叫住他："你怎么穿成这样去面试？应该穿正装啊。"

刘嘉平不耐烦地对他妈道："穿什么正装，又不是什么大公司，我走了啊，不然来不及了。"

中年女人不忘叮嘱："哎！你表现好一点，面试好了赶紧回来啊，别去网吧玩！"

"好了，知道了。"刘嘉平低着头敷衍地回了句，怕他妈再念叨，赶紧出去关上了门。

他双手插在裤袋里，晃出了小区门口，就拿出手机，他看了一眼时间，13点17分，他想了想给他朋友打了电话，过了好久，对方才接了电话。刘嘉平一听到打通的声音，语速很快地说着："喂，兄弟，赶紧出来，去××网吧。"

那头的人明显刚才还在睡觉，被电话给吵醒的，完全是没睡醒的声音："卧槽，你没事吧你，现在才几点啊，我这还在睡觉呢，昨天晚上通宵，早上才睡的,要去也晚上去啊。"

刘嘉平走到车站在那儿等车,给他报了时间:"中午 1 点半,你以为我不想睡啊,还不是被我妈给硬拉起来的。她啊,天天念叨着让我去找工作,我只好出门骗她去面试了,你给我赶紧起来啊!我在那儿等你。"

"好好,真是服了你妈了,我马上起来,半小时后到啊。"

"行,快点。"刘嘉平挂了电话,过了没多久,公交车就来了,他上车刷了交通卡,坐在了靠后的位子上,戴上耳机听着音乐,坐了五站之后,他下了车,往网吧的方向走,穿过一条马路后,他沿着居民区旁边的人行道走,双手插在裤袋里,嘴里哼着歌。

"啊!花盆掉下来了!"

"小心啊!"

不远处有路人停下来叫喊,戴着耳机把音量开到很大的刘嘉平当然什么都没听到,他又往前走了一步,一样东西快速从他眼前划过,下一秒掉落在地上发出一声巨响。

刘嘉平被足足吓了一大跳,他整个人一抖,瞪大了眼睛看着眼前已经碎裂的花盆。泥撒了一地,溅到了他的鞋子上,突然的惊吓让他都忘记了呼吸,他不免后怕起来,只差一点点,就一点点,如果他再往前走一步,这个花盆就会直接砸在他的脑袋上!到时候砸碎的可不止这个花盆了,还有他的脑袋啊!

周围的路人也目睹了这惊险的一幕,有些走过去围观,有些抬头看着楼上,议论纷纷。

刘嘉平大喘着气,已经出了一身冷汗,人缓了好几秒,接着反应过来,抬头往这幢楼的窗台上看,直接爆了粗口:"卧槽&%……哪个不长眼的把这花盆扔下来的!差一点就砸到老子了!"

楼上的居民有些听到外面的喧闹声,探出头往外看,结果发现是谁家花盆掉下去差点砸到人了,赶紧又缩回了头,生怕别人以为是他们家掉下去的。

刘嘉平在下面骂了半天,也没有人承认是他家落下的,因为事发突然,周围的路人也都没注意到是哪层楼下来的,这幢楼楼层又多住户又多,又等了一会儿,刘嘉平看了一眼时间,最后也只好自认倒霉,踢了一脚那花盆，骂骂咧咧地走了。

"真他妈倒霉！"

....

下午 3 点 18 分，因为还没到下班的高峰时间，地铁 11 号线在站台等车的人并不多，只有零零散散的几个人。

一对母子坐在椅子上等着下一辆地铁进站，看上去只有四五岁的小男孩歪着头对身旁年轻的妈妈道："妈妈，我想小便。"

男孩的妈妈看了一眼显示屏，下一辆列车马上就要进站了，而再下辆列车又不到他们家的站，因为不是高峰期，再等下下辆还要好长一段时间，于是便皱了眉头："刚才在奶奶家不是上过了吗？你怎么又想小便了啊？等会儿车就来了，回家了再去上好不好？反正很快的，你先忍一忍。"

小男孩皱着脸，嘟起嘴，晃着脚在那儿叫着："不要，妈妈，我急，我急啊。"

男孩妈妈也拿他没办法，把他一把抱起来，往厕所的方向走："好了好了，我带你去，真是烦死了。"

几分钟后，年轻的妈妈带着儿子从厕所出来，她又看了一眼显示屏，下一辆车就要进站了，而他们能坐的那辆列车还要等七分钟，于是她抱着孩子到了最近的椅子上坐了下来。

在他们母子正前方的站台上站着一个高瘦的男人，头发染成了红色，戴着耳机，背对着他们，男孩的妈妈不免多看了几眼他亮红色的头发，没多久后，黑漆漆的隧道口传来了列车驶来的轰鸣声。

同时，地铁站台里的广播响了起来："欢迎您乘坐轨道交通 11 号线，本次列车终点站×××站，下一站×××站，请乘客们先下后上，谢谢配合。"

男孩一听到车来了，晃着脚就要下去，开心地叫着："妈妈，车来了！我们上车！"

男孩的妈妈一把抱住他："不要急，这趟车我们不到的，要等下一辆，都是因为你要去厕所，不然上一辆我们就上去了。"

这时列车从隧道里驶出，男孩的妈妈转头看向了前方，发现原本站在那里的那个染着红色头发的男子不见了。

"啊!"男孩的妈妈隐隐听到前方传来什么声音,她还没想明白是怎么回事,然而下一秒,列车就从她眼前飞速驶过,随后她发现车身突然停顿了一下,紧接着发出了急刹车的尖锐声音,但是列车还是因为惯性又向前开了一小段,随即列车驶过的地方发出了一阵古怪的声响,就像是碾过了什么异物一样。

年轻的妈妈一下子站了起来,看着地铁驾驶员从列车上下来,往车前看了一眼,表情紧张地冲回了列车上,她不明白发生了什么,猜测着是不是列车压过什么东西了,一回神,就发现自己的儿子不知什么时候从椅子上跳了下来往那里走去。

"田田!"年轻的妈妈一下子冲过去一把抱起自己乱跑的儿子,然后抑制不住自己的好奇心,往前又走了两步,探出头往下看。

"女士,请你带着孩子退后!"匆忙赶来的地铁工作人员发现了她的举动,在她的身后喊着,然而她还是一眼看到了列车碾过的东西。

车前的灯照亮了原本漆黑的铁轨,红色的头发在灯光下显得格外鲜红。

那是一个人头。

4

特案队办公室。

石元斐在那儿刷微博,然后就看到了s市一则刚发生的新闻,一看位置立马想到了唐逸,探出脑袋喊他:"唐逸,你们家那边地铁11号线出事了啊。"

唐逸立马回头,表情紧张地问:"石头哥,出什么事了?"

石元斐把新闻总结了一下告诉唐逸:"有一个男的跳轨自杀了,就在列车快要进站的时候,跳下去了,地铁司机根本来不及反应,虽然马上启动了刹车,但距离太近了,还是碾过去了,血肉模糊啊。"

血肉模糊,唐逸虽然没出过几次外勤,但是他还是见过这种情况的尸体的,脑子里立马就想象出了那个画面:"这么可怜啊。"

赵强听了之后道:"我看可怜的是地铁司机,列车运行得好好的,突然跳下去一个人，而且人还死了，这得造成多大的心理阴影啊！"

石元斐转着笔道："可不是吗，肯定得接受心理辅导了。"

赵强掰着手指头算了一下："今年地铁自杀这都发生第三起了吧。"

唐逸下意识地纠正："是第四起了，3月一个年轻女子在1号线，4月一个中年男人在7号线，6月一个学生在4号线，如果加上这次的，一共四起。"

赵强实在佩服他："唐逸，你记得这么清楚啊。"

石元斐在一旁冷哼："你觉得唐逸用得着特地去记？他那是过目不忘，又不是跟你脑子一样。"

赵强站起身叉腰瞪着他："你还说我？论智商，我们俩彼此彼此好吗？"

"哎，别拉低我的智商啊，起码我不会在有导航的情况下迷路，唐逸，你说是不是？"石元斐说着冲着唐逸扬了下下巴，然后转头还不忘对赵强做了个鬼脸。

"嘿！你！"赵强冲过去，佯装要去打他，石元斐虽然不出外勤，但动作还是很灵活，一下子躲到唐逸身后，抓着他的椅子，俨然把唐逸小朋友当挡箭牌了。

秦渊和木九走进去就看到办公室里这副景象，赵强和石元斐一个抓一个躲，在那里跳来跳去，中间坐在椅子上的唐逸简直要被他们给晃晕了，拦又拦不住他们。

"赵强、石头。"秦渊拧着眉头在门口喊了他们一声，见两人停了下来，他严肃地道："你们是不是想去法医室打扫啊？"

"不想！"

"不想！"

两人异口同声地喊了出来，然后立马回到自己的位子上坐好，简直就像被老师教育的小学生一样。

这时洪眉也出现在办公室门外，认出了秦渊的背影后喊了他一声："队长。"

秦渊回头看着她："怎么了？"

洪眉指了指旁边："我想和你说件事。"

"嗯。"秦渊淡淡颔首,跟着她走到了走廊的一边。

木九吃着蛋糕往里走,在自己的位子上坐下,抬眼问他们:"你们刚才在说什么?"

赵强把椅子转向木九的方向,开口道:"木九妹子,一个小时前,有个男人在11号线地铁跳轨自杀了,当场死亡。"他说着把网页打开给她看,文字报道的下面还放了尸体的照片,虽然是经过马赛克处理的,但还是能看出那种血肉模糊的惨状,铁轨里也是一片血迹,触目惊心。

木九吃下一口蛋糕,无比镇定地看着那张照片,赵强偏头一看,见她如此淡定,默默咽了口口水。

木九看了他一眼,递给他另一块还没吃的小蛋糕:"强哥,吃蛋糕吗?"

赵强连忙摆手:"不吃不吃。"蛋糕他本身也喜欢,但他可还没练到边看这种画面边吃东西的境界。

过了一会儿,秦渊和洪眉前后走了进来,秦渊侧身对洪眉道:"眉姐,你和他们说一下。"

洪眉站在办公室的中间,表情严肃地和他们道:"各位,是这样的,你们看到新闻了吗?今天下午3点多在地铁11号线有一名男子在列车进站时落入轨道,被碾压身亡。"

赵强点点头:"看到了,我们刚才还在讨论呢。"

唐逸察觉出她话里隐隐透露出的意思:"眉姐,这个事件有问题吗?"

洪眉颔首道:"对,死者叫江海,是我一个同学亲戚的儿子,今年二十三岁,死者的母亲在得知他死亡的消息后,坚持说她儿子不可能是自杀,然后通过我同学联系到了我,希望我能帮她查这个案子。"

的确存在不是自杀的可能性,唐逸道:"那可能是意外?也许是因为不小心坠入轨道的,或者死者当时喝醉了酒?"

洪眉摇摇头,"不是,她的意思是她儿子是被人谋杀的。"

唐逸诧异地道:"谋杀?"

赵强也是一脸见鬼的表情:"谋杀?!怎么可能,死者母亲的意思难道死者是被人推下站台的?"

石元斐推了推眼镜,很确定地道:"这完全不可能,监控画面上看得清清楚楚，当时别说他身后了，就是身旁两米都是没有人的，而且我看过，监控没有伪造的痕迹，再说现场还有目击者，看着他自己摔下去的，除了自杀和意外没有其他可能性了吧。"

"除非是鬼！"赵强在一旁加了一句。

石元斐听了没忍住白了他一眼："鬼你个大头鬼，这大白天的。"

赵强回头瞪了他一眼，解释道："我这是把所有可能性都说出来。"

"江海的母亲之所以怀疑是谋杀，是因为她说她在他的房间里曾经找到了一封信，信上写着十天后他就会死。"洪眉顿了一下，"不过似乎之后就被江海给扔了，她这次去找并没有找到。"

木九漆黑的眼睛看着洪眉："就是今天？"

洪眉颔首道："对，巧合的是，就是今天。"

"撕……"赵强抓了抓头发，一脸纠结，"我怎么突然想到了上一个案子啊，难不成写信的人也会预言死亡？"

唐逸思索了一下："我觉得这倒是更像是一种恐吓。"

洪眉赞同地点了下头，然后继续道："江海母亲当时吓坏了，然后就问了他，但江海说这是恶作剧，让他母亲别管。但是之后她母亲发现他的精神和身体情况有了很大的变化，他开始失眠，不得不服用安眠药，精神过度紧张焦虑。"

赵强觉得很奇怪："那他没报警吗？"

洪眉摇头道："没有，江海只是说他最近压力太大了。"

听了洪眉所说的，石元斐还是觉得自杀和意外的可能性大："我觉得吧情况是这样的，他收到了恐吓信件，然后压力过大，几天失眠之后精神很不好，就导致了今天下午意外坠入轨道。"

听了石元斐说的，洪眉还想说什么，门外的走廊里传来一阵脚步声，接着蓝筱雅就出现在门口，手里拿着一沓纸："尸检报告出来了。"

秦渊回头看她："江海的？"

"没错。"蓝筱雅走进来，把报告递给秦渊。

赵强很是意外："姐，江海是你做尸检的？这案子不是归我们管的吧？"

"对啊，本来是不归我们管的，但问题是局里人手不够，原本负责的法医生病了，我就顶上去了，好了，这个问题不是关键。"蓝筱雅顿了一下,双手环胸向他们说明了尸检报告,"我在死者的体内发现了安眠药的成分,他服用了安眠药,而且就残留的情况来看,是在死亡前半小时内服用的。"

听到这里,石元斐更加确定了:"那这肯定是自杀了啊,服用安眠药来减少痛苦,这样他就在基本处于昏睡的状态下被列车碾过了。"

蓝筱雅晃了晃手指,一脸神秘地道:"但还有一个奇怪的地方,死者随身背着的包,你们猜里面有什么?"

赵强举起手,喊了一句:"有手机和钱包!"

"这种我用得着让你们猜吗?"蓝筱雅白了他一眼,然后压低声音道,"里面啊,装着叠成元宝状的锡箔,整整一袋。"

晚上9点20分,留着一头栗色卷发的女人走到五楼,站在自己家门口,用钥匙打开门后,她换了拖鞋走了进去,房子里一片漆黑,她熟悉地找到了客厅的开关,按了下去,下一秒,客厅一下子亮了起来。

她看上去满脸的疲倦,伸手撩了一把头发,把包扔在了沙发上,喝了一口放在茶几上的水,随后走进卧室打开了灯,打开衣橱拿了些换洗的衣物后,就走进旁边一片漆黑的卫生间。她伸手按下了旁边的按钮,但是里面的灯却没有亮。

女人看着头顶上的灯:"真是的,怎么这灯又坏了!"

等了一会儿,灯还是不亮,她无奈叹了口气,把衣物放在一边的篮子里,脱下了身上的衣服,扔在了洗衣机里。

换了一双拖鞋后,她打开淋浴间透明的门走了进去,伸手开了水,水从喷头里一下子涌了出来,温热的水淋在她的头发上和身上,她舒服地叹了口气,仰起头让水洒在她的脸上,冲了一会儿后,她用手抹了一把脸,正准备去挤洗发露,突然发现淋浴喷头的旁边挂着一个什么东西,因为卫生间里是暗的,她只能依稀看到一个圆形的轮廓,但看不清是什么,她便伸出手去碰。

"什么啊?"她皱着眉头,还是想不到是什么东西。

这时,卫生间的灯突然闪烁起来,发出极不明显的光,灯管发出嗞嗞的声音，几秒后，灯啪的一下亮了。

突然亮起的灯让女人不舒服地眯了下眼睛，再睁开后，她的视线正好对着那个挂着的东西。

这一刻，她终于知道了她刚才摸到的毛茸茸的东西是什么。

那是一个狗头，血淋淋的狗头。

此刻，那双圆滚滚的漆黑眼睛，正死死地盯着她。

5

早上 5 点 29 分 58 秒。

几乎在闹钟响起前一秒，他睁开了眼睛，那双没有了年轻时清亮干净的眼睛，他抬起手，在闹钟响起的那一秒，按了下去，闹钟发出嘀的一声，便戛然而止。

他翻身下了床，穿着拖鞋走出了卧室，他的一天开始了，洗漱、出门跑步、回家吃早饭、出去上班、校准时间，不知道从哪一天开始，他每天几乎就这样重复着刻板而规律的早晨，日复一日，年复一年。

然而，他今天却打破了这种刻板的规律，洗漱后，他没有出去跑步，而是走到客厅的沙发上坐了下来，拿过遥控器打开了电视机，看着电视上出现整点报时，他抬起手看向手表，这个习惯早已融入了他的骨血之中，就像是条件反射一般。

早上 6 点整。

每一天最早的一档新闻节目开始，年轻的女主持人说着问候语，他却移开了视线，弯下腰打开沙发旁矮柜最下面的一个抽屉，从里面摸出了一包香烟。他用手摩挲着烟盒，好久之后才用两根手指从里面抽出一根，他的动作有着明显的迟疑，似乎是在犹豫要不要抽烟。

他用右手的食指和中指夹住那根烟，慢慢凑近他的脸，等烟碰到他的嘴唇，他张开嘴轻轻叼着，却没有松开手。

女主持人说着今天的新闻提要，他才发现自己还没有点烟。

再度弯腰，他从刚才的抽屉里拿出了一个打火机，他用手摇了摇，按下了打火机，火苗噌地一下蹿了出来，黄色的火焰包裹着下面蓝色的火焰，他将烟凑到火焰上方，点燃了烟。

他吸了一口烟，或许是那一口吸得太急，或许是很久没有抽烟了，他被狠狠地呛到了，把烟从嘴里抽出，他低着头不住地咳嗽，咳了好几声才缓了过来。

但他还是把烟又放回了嘴里，吸了一口，拿出烟后，再缓缓吐出烟雾，烟的味道并不好，他以前不喜欢，现在再尝试，依旧不喜欢，但他还是把烟塞回了嘴里，闭上眼睛又狠狠吸了好几口。

烟雾从他的鼻孔里喷出，他睁开眼，怔怔地看着手里的烟，红了眼眶。

......

听了蓝筱雅所说的，他们不禁都露出了疑惑的表情。

石元斐用手指挠了挠下巴："他随身背着的包里装了一袋子叠成元宝状的锡箔？确实，是有些奇怪啊。"

唐逸低头略一思索，突然想到了什么，随后抬头问石元斐："石头哥，他坐11号线的话，是去××××站的方向吗？"

石元斐点点头："对，就是那个方向。"

对那块地区比较熟的唐逸道："如果是这样的话，在倒数第二站下车，再转一辆公交车，就可以到长林墓园了。"

"那他原本是打算去扫墓的啊。"去扫墓的人，结果自己在路上却……

秦渊翻看着尸检报告："按照筱雅的尸检报告，他是在死亡前半小时内服下了安眠药。"他偏头看向洪眉，"眉姐，江海今天是什么时候离开家的？"

洪眉回想了一下："大约是下午2点15分的时候，他当时没和他母亲说去哪儿。"

秦渊推算了一下时间："他是下午3点30分左右的时候坠入铁轨死亡的，也就是说服下安眠药是在下午3点左右。"

唐逸道："那时候他在路上吧。"

洪眉显然已经查清楚了路线，开口道："江海从家里出门，要换乘11号线的话，必须先坐1号线，再转3号线，在×××路转11号线，往前推算，下午3点的时候他应该在3号线上，或是1号线转3号线的路上。"

赵强用手撑着下巴，转了转眼珠子："一个要去墓地的人，在路上吃下安眠药，确实讲不通啊，委实诡异了点。"即使江海最近失眠，也不可能有人会在大白天路上吃安眠药的。

秦渊此时心里已经有了决断，他沉声道："眉姐，你去问一下江海的母亲还有其他身边的人，在长林墓园是否葬有和江海有关系的人。"他顿了一下，回头看向石元斐，"石头，你查一下地铁里的监控，特别是下午3点左右，看能不能找到江海的画面。"

石元斐"哦"了一声，随后推了推眼镜，问道："队长，所以说我们要查这个案子了？"

秦渊颔首道："既然有了疑点，那就查吧。"

秦渊肯查这个案子，洪眉对他非常感激："谢谢队长，我马上去查墓地的事。"

洪眉刚走出办公室，蓝筱雅突然一拍手："对了，差点忘了，江海的包里，除了那一袋叠好的锡箔，还有一枝玫瑰花，另外还有一块陶瓷的碎片，应该是一个杯子的一部分。"

赵强听了皱着眉头抿了抿嘴，随后开口："花倒是正常，随身带着杯子的碎片？这人身上古怪的地方怎么这么多！收到死亡威胁后不报警，在去墓地的路上吃安眠药，包里又装着些奇怪的东西。"

"因为他心里有鬼。"

听到木九的声音，下一秒，大家都齐刷刷地看向她，赵强托腮眨巴着眼睛看她："他是不是干什么亏心事了？"

木九放下蛋糕，面无表情地开口："收到死亡威胁而不去报警，但是人却日益焦虑，唯一的解释就是，他不希望警方介入。"

唐逸马上反应过来："是不是因为怕警方查到他会收到这个信件的原因？"

木九点了下头："信上说他会在十天后死亡，而今天就是第十天，在这一天冒险外出，那么他一定要外出的目的就可以和收到威胁信的原因联系起来。"

赵强眼睛看着上方，自言自语着："他外出是为了去扫墓，扫墓是为了……"

石元斐也是听得云里雾里的："扫墓……收到威胁信……这两个联系起来？"

木九继续说了下去："因为他认为他会收到威胁信和墓地里埋葬的女人的死是有关系的。"

唐逸诧异地看着木九："女人？"

木九不紧不慢地向他们解释："他的包里有玫瑰花，去墓地带玫瑰花，说明那是个女人，而且是和他关系不一般的女人。"

赵强歪头看她："难道是情人？"

木九没有答是也没有答不是，而是突然道："那么就很清楚了。"

赵强和石元斐一脸他们什么都不清楚的表情。

木九面无表情地开口，语调毫无起伏："他杀了人。"

晚上8点的钟声敲响，留着栗色卷发的女人一脸焦虑，紧张地盯着墙壁上的钟，她的身上穿着睡衣，整个人蜷缩在沙发上，紧紧咬着嘴唇，时不时望向大门的方向。

"叮咚，叮咚！"门铃突然响了两声，女人先是被吓了一跳，随后一下子跳下了沙发，甚至顾不得穿鞋就往门口走，可在离门还有几步远的时候，她停了下来，然后转身拿起了放在茶几上的水果刀，握在手里后又走到了门口。

"是谁？"她咽了口口水，紧张地问。

门外传来声音："是我。"

虽然是熟悉的声音，但是女人还是不放心，又确认了一次："明伟？"

"是我，赶紧开门。"

原本悬着的心一下子放了下来，她松了口气，取下链子，开了门，看到门外穿着西装的中年男人，她嘟着嘴娇嗔着道："你怎么才来啊。"

"我来已经很不容易了。"男人走进屋里，换好拖鞋，抬头就看到了女人手里的刀，蹙眉道，"你拿着刀干什么？！"

女人这才想起还拿着刀，赶紧扔到茶几上："我这不是害怕吗，一个人在这里住着,你又不来。"她的表情很是委屈,一副要哭出来的模样。

男人心一下子软了,捏了捏她的脸:"我这不是来了,到底出了什么事,这么紧张?"

女人的眼神闪烁了一下,然后挽着男人的手臂,捂着自己的胸口:"有人跟踪我。"

"跟踪你?"男人低头看她,语气也严肃起来,"要不要报警?"

听到报警,女人急忙摇头:"不用,你多来陪陪我就好了。"

"好,我尽量。"中年男人看着女人漂亮的侧脸,忍不住亲了她一下。

两人坐在沙发上看了一会儿电视,女人便先去浴室洗澡,拉开淋浴间的门,她心有余悸地看着里面,确定没有任何东西后才走了进去,因为卫生间的门开着,即使开着水,她还是能听到客厅里的电视机声,她知道男人就在外面,这让她觉得很安心。

洗到一半,男人的声音出现在卫生间的门外:"我出去一趟啊,冰箱里酒都没了。"

女人关了水,偏头看着门口,淋浴间里满是热气,她只能隐约看到男人的身影:"这么晚别出去了吧。"

男人的声音远了一些:"就在小区对面的店里买,一会儿就回来。"

女人"哦"了一声,随后就听到门打开又关上的声音。

她转回头,挤了一些沐浴露。

五分多钟后,外面传来了开门的声音,紧接着门关上了。

女人一听发现男人回来了,放下心来,打开水,冲洗着身体上的泡沫。

还没冲干净,她听到了脚步声的靠近,随后淋浴间的门缓缓打开。

"干什么呀,我还在洗呢。"女人刚想回头,一条毛巾盖在了她的头上,遮住了她的视线,她轻笑着转回了头,"你就这么等不及呀。"

她感觉着男人走了进来,站在了她的身后,他的手抚上她的身体,牢牢搂住她的腰,她低头从毛巾下看着男人的手,却意外看到了一把横在自己脖子前的小刀。

她倒吸了一口冷气,然而在她尖叫出声的前一秒,那把刀狠狠划过她的脖颈,她瞪大着眼睛,感受着自己的血喷涌出来:"啊……啊……"

下一秒,脸上的毛巾被人拿下,在最后一刻,她看到了一张魔鬼的脸。

6

木九的那句"他杀了人"让在场的队员们都有些惊讶，不过惊讶的不是江海杀过人，而是木九靠这些线索就能推断出来，而且他们相信，木九推断的肯定是正确的。

赵强舔了下嘴唇，开口道："木九妹子，你的意思是江海之前杀了人，而他杀的那个女人就葬在长林墓园里？"

木九面无表情地点了下头："今天恐怕还是那名女死者的忌日。"

石元斐敲击了几下键盘，很快就调出了江海的资料，他看了一下对他们道："我查了江海的档案，没有任何案底，如果他真的像木九妹妹所推断的曾经杀了人，那他身上可是背负着命案啊。"

蓝筱雅靠在木九的桌子上，摸了摸下巴："难怪这江海不肯报警了，就是怕警察顺着威胁信查到他之前犯下的事情。"

唐逸想了想道："看来江海的母亲应该是不清楚这件事的。"

秦渊和木九交换了一个眼神，随后他沉声道："但至少有一个人清楚。"

石元斐和赵强同时问："谁啊？"

木九接口道："给江海寄威胁信的人。"

过了没多久，洪眉从外面走了进来，从她的表情中可以看出她肯定已经查到了一些线索。

洪眉走到秦渊面前，缓缓开口："队长，我去问了江海的母亲，她说并不知道江海去长林墓园见谁。但是我又联系了江海的一个朋友，他说江海之前的一个女朋友在几年前死了，确切地说是前女友，分手之后，女孩就被一个老板包养了，不过他记不得那个女孩的名字了，只记得大概是三四年前的时候，重要的是女孩是被人杀害的，而且是被包养她的老板所杀。"

唐逸"咦"了一声，越听越觉得这个案子熟悉，仔细一回想，果然，他很快就想了起来……他抬头开口道："我记得这个案子！"

"呵！"赵强倒吸了一口冷气，回头看向他，无比震惊，"唐逸！你这都记得？！"如果是他们经手的案子记得是正常的，可三四年前的案子？

那时候唐逸还在读书呢。

唐逸抓了抓头发，轻声道："只是因为我之前看过一次这个案子的档案。"

看过一次……现在还记得……赵强不由得感叹，这人与人之间的差距怎么能这么大呢！唐逸是这样，木九也是这样，他怎么就没这么牛的记忆能力啊！

石元斐和赵强对视了一眼，此刻显然是同一个想法。

秦渊抬了下下巴。"唐逸，你继续。"

唐逸点了点头，开始向他们说明这个案子，即使过了很久，案子的所有细节他依旧都记得很清楚。"我可以确定是在3年前发生的，我记得死者只有20岁，她晚上在浴室里被割喉，当时查到包养她的那个老板当晚就在她家里，而那个老板是有家室的，结果当警察找到他时，他跳楼自杀了。"

赵强一惊："这是畏罪自杀了啊。"

唐逸继续说了下去："死者家的大门没有撬锁或是强行闯入的痕迹，死者死前也没有任何挣扎的痕迹，因此判定为熟人作案，当晚在案发现场的那个老板自然成了重大的嫌疑人，更不用说他之后还自杀了。虽然凶器上没有找到他的指纹，但也没有找到其他嫌疑人，因此就这么结案了，死者叫……"唐逸很努力地去想了，但是显然当时看档案时，这一点他并没有去关注，"死者的名字我记不清了。"

秦渊对石元斐道："石头，你查一下这个案子。"

"我查到了，是三年前没错，案件的细节和唐逸说的完全一样。"石元斐偏头对唐逸竖起了大拇指，"死者叫汪露，20岁，她的确是葬在长林墓园，而且，今天的确是她的忌日！"石元斐又看向木九，又竖起了大拇指，真是一个记忆力超群，一个神算子。

"那么照现在的情况来看，那个老板很有可能不是真正的凶手？"

当时看这个案子的档案时，唐逸并没觉得有什么问题，不过现在，的确证据不是很充分。将那个老板判定为杀死汪露的凶手的确合理，但问题就在于还是缺乏一定的证据，比如凶器上的指纹，还有老板的自杀是不是畏罪自杀，而这些缺乏的证据往往可能会改变案件的真相。

赵强挠了挠下巴："真是江海杀的？江海和汪露是同岁，当年都是20岁啊。"

秦渊思索了一下，开口道："如果是前任男女朋友，那么江海有汪露家的钥匙并不奇怪。"主要的问题就在于汪露的小区当年没有安装摄像头，所以查不到当晚除了她的情夫之外，还有谁去过。

石元斐推测了一下："这么看来是情杀啊，汪露被有妇之夫包养了，就甩了江海，江海气不过，就上门杀了她，割喉也是够狠的！"

洪眉蹙眉道："那给江海寄威胁信的人是想替汪露报仇？"

石元斐调出汪露的资料，扫了一眼道："汪露是独生子女，父母在她十四岁的时候相继病故，没有其他走得近的亲戚。难道是朋友或者暗恋她的人，查出了当年杀死她的真凶，就想给她报仇？问题是，江海的死真的有可能是他杀吗？"

蓝筱雅耸耸肩："有可能啊，江海被下了药，安眠药的剂量是可以调控的，不过很有难度，不仅仅得算好剂量和时间，这还得看运气啊。"不过她说完，也觉得这种可能性实在很低。

现在一直坐地铁的唐逸表示："地铁不是早晚高峰的时候，间隔的时间基本是固定的，但还是需要精准的计算。"如果江海的死真的不是意外或者自杀，而是有预谋和计划的他杀，这简直到了令人恐怖的地步了。

石元斐听他们说完也是一片迷糊，摆摆手道："算了，想不通，我还是继续看监控吧。"

木九此时还在想汪露的案子，随后她想到了一个问题，偏头看向石元斐，开口道："石头哥，汪露和江海之前是恋人关系，你查一下，当年的警察有调查过江海吗？"

"我看看。"石元斐仔细看了看资料，突然看到两行字，眼睛微微睁大，打了个响指，"还真的调查过，不过他有不在场证明，后来就排除了他的嫌疑。"

木九问："什么不在场证明？"

石元斐道："江海说当晚在一个朋友的家里，他们打了一晚上的游戏，他早上才离开的，他的朋友证实了他的说法。"

木九听后，微微眯了下眼睛："那个朋友叫什么？"

"刘嘉平。"

打了几个小时的游戏,刘嘉平从网吧里出来,他妈刚才已经给他打了几个电话,生怕他面试完后又去网吧,催着他回去,他没办法,只好和朋友打了招呼,赶紧回家。

他沿着刚才的那条路往回走,便走到了原本差点被花盆砸到的地方,地上的花盆碎片已经被弄掉了,只剩下一点点泥土,他抬头看着那幢楼,忍不住又骂了几声。

坐上了回家的公交车,没有位子,他一手拉着扶手,一手拿出手机刷着微博,没多久,他就看到了一条没多久前发生的事故,一名染了红发的年轻男子在地铁站台坠入铁轨,被进站列车碾压致死。

他看了一眼打了马赛克的现场照片,就关了这个页面,对这则新闻没有过多的关注,继续去刷其他的新闻了。

到了家,一进家门,他妈一看到他:"今天面试怎么样啊?成功了没?"

刘嘉平换好了拖鞋就往房间里走,随口回了一句:"当然是等通知了,我回房间了,累死了。"

他妈跟在他的身后,念叨着:"睡到中午起来,你还累?就去面个试而已,你以后要是上班呢,天天不得早上7点起床啊!"

刘嘉平一摆手,听着心烦:"到时候再说。"

刘嘉平开了门正准备进屋,他妈妈突然问:"对了,江海你还记得吗?"

听到这个名字,刘嘉平一愣,回头看向他妈,表情有些复杂:"江海?"

他妈以为他忘了,提醒道:"之前不是你的朋友吗?还经常来家里玩的。"

刘嘉平低着头,有些苦涩地道:"嗯,我记得啊,你突然提他干吗?"

"我听文文她妈说的,他啊,今天下午,在11号线,掉下站台,被列车碾过去了,人当场就死了!"

他这时想到了在公交车上看到的那条新闻,一脸震惊地道:"竟然是他?!"

"你是不是也看到新闻了?唉,年纪轻轻的,也不知道是自杀还是意外。"他妈感叹着去了厨房。

刘嘉平有些魂不守舍地进了房间,关上门后,他坐在床上,人一下子有些蒙了,他怎么也没想到,时隔几年没有联系,再听到江海的消息,竟然是他的死信。

他没了睡意,更加没有了打游戏的心情,他就这么坐在床上,脑子里几乎是一片空白,突然,口袋里的手机响了,他整个人吓得一抖,过了一会儿才迟钝地从口袋里拿出手机,他一看屏幕,是陌生的号码。

他没有心情接,就直接挂了,但是十几秒后,手机又响了,还是同一个号码打来的。

刘嘉平最后还是接了起来:"喂。"

对方报了名字,他听到微微瞪大了眼睛:"是你?"

7

三年前。

夜里,时钟上的时间已经过了晚上 10 点,昏暗的房间里,只有电脑屏幕前透出光亮,房间里只有敲击键盘的声音,刘嘉平坐在电脑前,耳朵上戴着耳机,蒙头打着游戏。突然放在手边的手机亮了起来,他耳机里的音乐盖过了手机的铃声,不过震动声却让他注意到来了电话。

刘嘉平敲击键盘的手停了下来,看了一眼屏幕上的号码,没有存过,看着有些熟悉却又想不起是谁的,他迟疑了几秒,正在玩的游戏就结束了。他爆了句粗口拍了下键盘,放下耳机,索性接了电话,但是没好气地开口:"喂,谁啊?"

手机里传出对方的声音:"是我,江海。"

听到这熟悉的名字,刘嘉平先是一愣,即使家里现在只有他一个人,他还是下意识地压低了声音,但能听出他语气里的一丝慌张:"你,你打电话来干什么!不是说好不再联系了吗?"

江海的语气有些急:"不是要紧事我会打电话给你吗?你听我说,你现在在家吗?"

"在啊。"刘嘉平应了一声,但立马警觉起来,"你打电话来干什么?"

江海没有回答,而是继续问:"那你妈呢?"

"在外面搓麻将。"江海的问题太奇怪,刘嘉平狐疑地道,"你问这个干吗?"

听到回答,江海马上道:"我现在去你家,行吗?"

刘嘉平一下子抬高了声音,觉得有些不对劲:"你来我家干什么?出什么事了?"

"电话里讲不清楚,见了面再说。"江海发现刘嘉平还没有表态,不免更加急了,"我们好歹认识这么多年了,到底行不行?"

这句话还是说动了刘嘉平,他还是答应了:"行,那你过来吧。"

挂了电话,刘嘉平拿着手机,有些心神不宁,顿时没了打游戏的心思。他从椅子上站了起来,在房间里来回走着,走了好几圈后他突然想到了一个人,他赶紧按亮了手机屏幕,点开了通讯录,可下一秒他就想起,号码早就删了,而他根本就背不出号码,他懊恼地抓了抓头发,垂下手,只能在这种焦虑忐忑的情绪中继续等待。

半个多小时之后,外面传来了敲门声,心里乱糟糟的刘嘉平起初没有听到,敲门声越来越响也越来越急促,回过神的刘嘉平赶紧走出房间,到了门口,他没有马上开门:"谁?"

"我,江海。"

确认了外面是江海,刘嘉平才打开门,江海看到门开了,就急着往里面进。

刘嘉平往后退了两步让他进来,甚至没有在意他没换拖鞋,刘嘉平马上关上了门,回头就问他:"到底发生了什么事?"

江海喘着气,看起来像是跑了一段路,他抬头看着刘嘉平,嘴唇有些发干:"让我先喝口水。"

刘嘉平走到客厅给他倒了一杯水,回身递给他。

江海接过杯子,仰头拼命地给自己灌水,刘嘉平在一旁焦急地等着,他发现江海的手竟然在发抖。

江海几乎是一口就把一杯子的水给灌了下去,喝完之后,他拿着杯子走到沙发前坐了下来,低着头,大拇指的指甲深深掐进自己的肉里。刘嘉平在一旁看着他的侧脸,在灯光下显得有些发白,他感觉肯定是出了大事。

江海一言不发，让刘嘉平更加紧张起来，他在他对面的沙发上坐下，再次催促他："江海，到底发生什么事了？"

江海闭上眼睛，手抖得不行，连声音里都带上了颤音："我杀了人。"

刘嘉平瞪大了双眼，控制不住地抬高了声音："你，你说什么？！"

江海转过头看着他，眼眶发红地重复了一遍那四个字。

"你……"刘嘉平说不出任何话来，只能直愣愣地看着江海，过了很久，他才找出自己的声音，"你杀了谁？"

江海缓缓从嘴里吐出了一个人的名字："汪露。"

"你，你真的杀了她？"嘴上虽然是这样的语气，但实际上，刘嘉平听后反而没有太多的惊讶。

江海突然面露狠色，苍白的脸上表情有些狰狞，他咬牙切齿地道："我只能杀了她，毕竟所有的事情都因她而起。"

江海的话让刘嘉平紧张起来，一瞬间，他竟然忘记了呼吸，好一会儿，他才开口问："那，她已经，死了？"

江海点点头："死了，我确认过了。"

"那你怎么办？警察查到什么……"

江海很清楚刘嘉平担心的是什么，他喘了口气，已经恢复了些平静，"现场我都清理干净了，应该没有留下我什么指纹，那个包养她的老板正好去她那儿，我估计警察会怀疑到他身上。"

这并不能减少刘嘉平的担心："他没看到你？"

"没，他正好出门买东西了。"他是看着那个男人出门之后才进去杀了汪露，而幸好那个男人过了很久才回来，给了他充分的时间处理，直到他走出小区，那个男人才拎着东西进来。

"那你来我这里干什么？"刘嘉平觉得有些奇怪。

江海的眼睛直勾勾地看着他，沉声道："刘嘉平，你得帮我一个忙。"

这句话让刘嘉平再度警惕起来，他的心脏怦怦怦直跳，感觉很不好："你要我帮什么忙？"

江海冷静地和他说："我和她是前男女朋友关系，警察之后肯定会查到我身上，如果他们问起我今晚的行踪，到时候我就说我一直在你家打游戏，直到明天早上才走的。"杀了人之后，在起初的慌张之后，他马上就考虑到了这个问题,他得找人帮他做不在场证明,而他第一个想到的人就是刘嘉平。

刘嘉平吓的身体往后靠去,紧紧贴着沙发靠背,他皱着眉头:"你想让我帮你作伪证?"他此时突然有些后悔接了那个电话,同意江海来他的家里,江海明显就是想把他也扯进来。

刘嘉平的迟疑和不愿意江海都看在眼里,他身体前倾看着刘嘉平,压低了声音,眼神里有一些狠意:"你要明白,我杀了汪露可对我们都好!你帮我就是在帮你自己。"

江海的话很直接,甚至一下子就戳到了刘嘉平的软肋,他低头避开了对方的视线,暗自在心里想了一分多钟的时间,最终下了决定:"好,我帮你。"

赵强摸了摸下巴,得出了结论:"这么说,如果江海真的是杀害汪露的凶手,刘嘉平很有可能在当时帮江海做了伪证。"

秦渊微微颔首道:"那我们就有必要去找刘嘉平再核实一下。"

秦渊和赵强准备去刘嘉平的家里,在看监控的石元斐突然站起来叫住了他们:"队长,你们等会儿走,我在地铁的监控里找到江海了。"

等秦渊他们走到他身后,石元斐播放了那段监控视频:"我看了下午3点左右的监控,全程都被摄像头拍到了,可是在那段时间我没看到他吃任何东西,也没吃药,他都在看手机啊。"

木九看着监控画面中的江海,开口道:"但他喝了饮料。"

在等列车的时候,江海从背包的侧边口袋里拿出了一瓶饮料,然后一下子喝了半瓶,因为石元斐没有看到他吞药片的动作,就没在意,此时木九提了出来,他有些意外:"饮料?饮料里放了安眠药?"

蓝筱雅听后点点头:"的确可以。"

旁边的唐逸像是发现了什么,指着电脑屏幕:"石头哥,你把监控往前倒一点。"

"哦,好。"石元斐赶紧倒回去了一些,此时的监控画面中,江海正好在画面的角落里,为了方便查看,石元斐还把有江海的那块画面放大,处理了一下，使画面更加清晰。

又回看了一遍，唐逸非常肯定地道："他喝的饮料就在这个时候被调包了。"

同样也看了一遍的赵强有些震惊了："啊？我怎么没看出来。"

唐逸抬头看着赵强，和他解释道："因为江海站的位置的问题，有一段时间并没有拍到他的包，但还是可以看到他的动作，江海的手一直拿着手机，并没有碰他包里的饮料。"

石元斐点点头："嗯，对啊，他的两只手一直拿着手机。"

唐逸继续道："但是你们看他包里的饮料，16分时拍到的和18分时拍到的对比一下，饮料瓶的角度有了变化。"

石元斐照着唐逸所说的时间段，把前后两个拍到那瓶饮料的画面都暂停好截了图，把两个画面进行了对比，结果，果然唐逸说的是对的。"还真的是啊，仔细看饮料瓶上的商标纸，就会发现角度有了很大的变化。"

赵强简直对他佩服得五体投地了："唐逸，你这都能发现！"这神一般的观察力啊！

面对赵强的反应，唐逸摸着头有些腼腆地笑了笑。

这无疑是一个重要的发现，秦渊表情严肃地开口道："所以说安眠药被加在了饮料里，被人调换了，江海就喝下了掺有安眠药的饮料。石头，你能从其他的摄像头看到那个时段出现在江海身后的人吗？"

"我试试。"石元斐看了其他的摄像头，最后摇了摇头，"不行，那个地方正好是监控的死角。"

赵强撇撇嘴："看来那个人肯定事先去勘查过地铁的摄像头，简直完美避开啊。"

蓝筱雅听着他们说的，忍不住感叹："我的天，如果是这样的话，江海的死亡不是意外也不是自杀，真的是一场谋杀案啊！"

唐逸细想之后只觉得恐怖："他做的可不只是避开了摄像头，这得依靠相当精准的计算，下药的时间、剂量还有列车的进站时间，而且还远不止这些。"

他们无疑遇到了一个高智商的罪犯，但这条线目前又陷入了僵局，秦渊还是打算先去找到刘嘉平，从他那里入手。木九没有跟去，而是让石元斐把刘嘉平和江海的资料调出来后给她。

秦渊和赵强在半个小时后到了刘嘉平的家里，然而家里只有他的母亲，而刘嘉平在一个小时前出去了，并没有说什么事。

秦渊让他母亲给他打了电话，手机却是关机的，从刘嘉平的家离开后，他们又到了他经常去的网吧，却依旧没有找到他。

正当秦渊和赵强走出网吧时，却接到了洪眉的电话。

秦渊接起电话，把手机放在耳边："喂，眉姐，什么事？"

"队长，找到刘嘉平了。"电话那头洪眉的声音顿了一下，"可他已经死了。"

8

刘嘉平死了，就在江海死后不到两个小时的时间，他一个人走到路上，在经过一个在建大楼时，楼上突然落下一整块玻璃窗，不偏不倚，正好砸中了他，玻璃碎了一地，而刘嘉平倒地后当场死亡。

在汪露三周年忌日的当天，江海死了，紧接着三年前帮江海作证的刘嘉平也死了，特案队已经发现了江海在地铁的死亡并不是自杀或是意外，而是一场精准计算的他杀案，那么刘嘉平呢？

赶去现场的陈默几乎是和秦渊、赵强差不多的时间回到了局里，陈默把现场的照片给了他们，然后介绍了他在那里的调查结果："队长，刘嘉平死亡的那片区域的摄像头虽然已经安装了，但并没有开始启用，我查看了现场，是五楼的一面玻璃窗砸下来的，正好砸中了他，那时只有他一人走过那里，所以只造成了他一个人身亡，没有找到其他目击者，尸体现在在筱雅的法医室里。"

秦渊翻看着现场的照片，那块地上血迹斑斑，残留着一地的玻璃碎片，他的视线还在照片上，开口问陈默："可能是意外事故吗？"

陈默在那里已经问过专家："的确存在意外的可能性，但是……"

秦渊替他说了下去："太巧了。"

陈默颔首道："对。"

刘嘉平平时的活动范围根本就不在那个区域，他会在那个时间点恰巧出现在那里,无疑是有人刻意安排的,精准的时间和测量,让那块玻璃窗落地砸中"正好"路过的刘嘉平,造成了他意外死亡的假象,和杀死江海是相同的手法。

秦渊放下照片,转头问石元斐:"石头,查到刘嘉平接到的最后一通电话了吗?"

键盘的敲击声停止,石元斐郁闷地摇摇头:"查到了,但是一个一次性的手机号,追查不到。"

意料之中,高智商的凶手不会因为这种问题暴露自己,秦渊想了想又问:"那江海最近和刘嘉平有联系吗?"

查过的石元斐还是摇头:"没有,刘嘉平的手机里甚至没有存江海的号码。"

这个发现让秦渊拧了眉头,两人是从初中开始的朋友,三年前刘嘉平甚至帮江海做了伪证,这样的关系,却不存对方的号码,是之后朋友关系破裂还是其他什么原因?

赵强手里拿着现场的照片:"让玻璃窗正好砸中正在走路的一个人,这难度也忒高了。"如果不是因为接连死亡的两人有这样的关系,他肯定觉得两人都是死于意外,压根儿不会往谋杀那方面想。

听了赵强说的,唐逸开口分析道:"其实相比于造成江海的死亡,这个难度要低很多,因为玻璃窗的面积大,只要运算得当,掐准时间,就能做到。"

"反正这次的凶手理科肯定很好。"理科并不出色的赵强忍不住感慨着。

木九和唐逸坐在石元斐的旁边一起查看地铁的监控,秦渊拍了下赵强的肩膀:"我们再去一次刘嘉平的家里。"

"好的,队长。"

刘嘉平的母亲因为接受不了自己儿子的死亡,突发心脏病进了医院,帮秦渊他们开门的是刘嘉平的姨妈。

赵强向他的姨妈询问刘嘉平的一些情况,而秦渊则直接进了刘嘉平的卧室。

房间的窗帘紧紧拉着,几乎透不进一丝的阳光,秦渊走到窗前,拉开了窗帘，外面的阳光一下子照亮了整个房间。

书桌上放着一台电脑，书架上放着的都是小说、漫画书还有游戏杂志，光看着这个有些杂乱的房间，就可以看出刘嘉平是一个不务正业、整天沉迷于游戏的年轻人。

秦渊翻了一下他的东西，为的是找到一封信，既然江海之前收到了威胁信，那刘嘉平也有可能会收到，但是他并没有找到。

是像江海那样扔了吗？秦渊环视着整个房间，最后视线落在房间角落里那个垃圾桶上。

"石头哥，停一下。"

听到木九的声音，石元斐赶紧按了暂停，监控视频一下子就定格在一个画面中，而这个画面中有江海。

木九伸出手指着站在江海旁边的一个男人："这个人，能查到他的身份吗？"

石元斐把局部画面放大，但不明白木九为什么要查他："这个男人怎么了？"

木九面无表情地解释："他刚才撞了江海。"

石元斐还是一脸迷糊，他抓了抓头发："在路上撞了，也很正常吧？"

唐逸又看了一遍那个人撞上江海的整个过程："木九，是不是因为他撞得太刻意了？"

木九点点头，喝了口蓝筱雅给她调制的健康奶茶："嗯，而且我已经在江海的身边第二次看到他了。"

石元斐："……"

唐逸仔细看着那个男人的特征，在脑子里快速回忆着："还有一次是不是在1号线的时候，当时他和江海是在一个地方等车。"

石元斐倒吸了一口冷气，一脸惊恐地看向木九，然后转头用同样的表情看向唐逸，他觉得自己受到了惊吓："你们……简直不是人！"

唐逸催促他："石头哥，快查吧。"

石元斐撸起袖子，一脸认真地敲击着键盘："行，等着，这点我还是办得到的。"

过了几分钟的时间,石元斐一拍桌子:"查到了!"

长林墓园。

此时太阳已经快要落山,墓园里几乎没有了人,远处,一个男人沿着台阶走了上来,他的步伐不快,一步一步走到了一块墓碑前。

他停了下来,低着头看着墓碑上的照片,他抬起左手看了眼手表上显示的时间,随后放下手,视线又回到那张照片上,他张了张嘴,迟疑了很久,最后说了七个字:"对不起,我又来晚了。"那个又字,他说得格外重,带着抑制不住的自责。

照片中笑容满面的女人自然不会责怪他,他缓缓蹲下身,把怀里的那束鲜艳的红玫瑰放在墓碑前。这是她生前最爱的花,可他并没有给她买过几次,即使买了,也只是一两枝,但她还是很满足,笑得比花更漂亮。

她就是这样,容易满足,没有怨言,似乎从谈恋爱开始,她就总是等待的那一方。他工作忙,经常开会,又总是忘了时间,但每次她都是笑着,生日时送了他一块手表,温柔地告诉他下次别再迟到了。

后来他们结婚了,她就变成了在家里等待,打扫好房间,洗好衣服,做好晚饭,然后等着他晚上回家,每天几乎就重复着这样规律而单调的生活。

那几天,在她最恐惧最需要他的时候,他在外面出差,他以为她只是太过于敏感,毕竟一个人在家,难免会有些胡思乱想,所以他没有在意,没有在意……

8月29日,是她的生日,他也正好在这一天回家,那一天早上,他接到了她的电话,他告诉她他晚上就会到家了,可接着听出了她声音里带着的哭腔,他怕她出了什么事,但她告诉他,只是感冒了,他自然信了,就没有再多问。

他买好了火车票,也订好了蛋糕,他算好了时间,下了火车后去蛋糕店拿好蛋糕,就能在晚上8点之前赶回家,陪她过生日。

他算好了一切,但是手表慢了,慢了整整一个小时……

他赶到了火车站，但他买好票的那一列车早就已经开走了，下一班列车的票已经售完了，他只好买了再下一班的票。晚上 8 点之前肯定是赶不回家了，但是，他一定要在半夜 12 点前到家，一定要陪她过这个生日。

坐着火车到了 s 市，他赶去蛋糕店，在关门前拿了蛋糕，然后坐上了回家的公交车，此时已经超过了晚上 10 点，他算着时间，应该能在晚上 11 点前到家。打开门，她还是会向他露出笑容，她不会责怪他，就像往常一样。

晚上 10 点 40 分，他的确在晚上 11 点前到了家，不想吵醒邻居，他尽量压低了脚步声走上了五楼，因此走廊里的灯都没有亮起，站在家门口，不知道她有没有先去睡呢？还是像以前一样，在沙发上等着他睡着了？他开门的时候这样想着，脸上也带上了笑意。

他打开了门，想象着见到她的画面，下一秒，笑容却僵在了他的脸上。

他看到了门口的一个头，她养的那只叫球球的狗的头，地上是一摊血，从门外一直到屋里，长长的一道血迹。

"晓冉！"他扔下蛋糕，冲进了屋子，客厅里的灯亮着，却没有人，他跑进他们的卧室，闻到的是一股血腥味，借着客厅里的光，他看到了在地上躺着一个人。

他马上打开了墙壁上的灯，灯一下子照亮了整个卧室，照亮了在地上的，他的她。

9

宋向青伸出手抚摸着墓碑上的照片，他的她总是很爱笑，但是在那一天，他最后看到的她，脸上却没有笑容，只有惊恐和痛苦。

她的身上全是一道道的口子，手臂上、脖子上、大腿上，几乎布满了她的全身，而她的手上拿着一个碎片——杯子的碎片。他记得，那是她不久前买的两个杯子中的一个，粉色的是她的，蓝色的是他的。

但是现在，粉色的杯子碎了，蓝色的杯子摆在桌子上完好无损。

赶来的医生宣告了她的死亡，然后告诉他，她的死亡时间在晚上 9 点半到晚上 10 点半之间。

晚上9点半到晚上10点半……

他痛苦地捂着自己的眼睛，如果不是因为手表慢了，如果他去核对一下时间，如果他赶上了那班列车，他会在晚上8点，至少是晚上9点半就到了家，那时候，他拿着蛋糕打开家门，看到的就会是满脸笑容在门口迎接他的她，他们会一起吃完饭，之后再吃蛋糕，她最爱的巧克力蛋糕，但没有如果，他就是晚了，一切都晚了……

几天后，警察告诉他调查结果，判断她是自杀，他们在家门口发现了一块砖头，推断是因为砖头卡住了门，导致她向里拉门关不上，用力关上后，却意外夹死了探出脑袋的狗，导致她精神错乱，然后用杯子碎片不断地割伤自己，而且割开了自己脖子上的动脉血管，导致了最终的死亡。

他不信，这怎么可能？她是多么怕痛的一个人，身上有这么多的伤口，她怎么会自己去割伤自己？

邻居都说她之前就疯了，晚上会突然开门，对着门外乱叫，他们说她肯定撞见鬼了，他们说……他们说……

他什么都不知道，在那几天她发生了什么，身为她的丈夫，他竟然什么都不知道。

冷静之后，他突然想起之前她和他说过的可怕的事情——她收到的诡异信件、在信箱里放着的虫子，还有那天晚上突然在家门口的砖头，他坚信，她不是单纯的自杀，她的死肯定是因为别人的恶意惊吓。

于是他开始自己调查，他索性辞了工作，一天又一天，每天重复着一样的生活，他定了时间，严格地遵守，每天要校对几十遍时间，就像是一种对自己的惩罚，然而，已经没有用的惩罚。

他现在每天都在家，一直都在家，然而，现在却变成了他一个人在家，她已经不在了，不会再出现在他的身边。

一年过去了，两年过去，三年过去了……一年又一年地就这么过去了，但他还是没有查到当年是谁干的这些事，几年前，他虽然又开始了工作，但还是一直在查，直到几个月前，在她去世的第七年，快要到第八年的时候，他收到了一封信，匿名的信。

身后传来了脚步声，好几个人的，宋向青正在用手帕擦拭着墓碑上的灰尘，他似乎已经知道了来的人是谁，是来干什么的，但是他手上的动作没有停，身后的人在不远处停了下来。

不久后，他擦完了最后一块地方，把手帕收了起来，仔细地把那束玫瑰花摆好，那双布满了红血丝的眼睛最后深深地看了一眼照片上的她。

他慢慢地扯出了一个笑容，八年后，他的第一个笑容。

"再见了，晓冉。"

....

宋向青从长林墓园被带回了局里，抓捕的时候，他没有任何的反抗，他似乎已经预料到了他们会找到他，相当平静地让秦渊戴上了手铐。

秦渊和木九走进审讯室，关上门后，两人在宋向青的对面坐下。

秦渊看着他，首先开了口："姓名。"

听到声音，宋向青缓缓抬起头看着他们，表情麻木地开口说了名字："宋向青。"

秦渊继续问他："你知道我们为什么抓你吗？"

宋向青的脸上依旧没有什么表情："因为我杀了人。"他的语气平静的让人意外。

秦渊问道："那你为什么要杀人？"

"因为他们害死了我的妻子。"他的目光渐渐尖锐起来，他看着秦渊，开了口，"你们既然查到了我，应该就查到了我妻子当年的案子。在八年前，她用杯子的碎片自杀了，但是我不相信她会无缘无故地自杀，于是我就开始了调查。"他的声音里带着浓浓的悲伤。

那块杯子的碎片，是宋向青在江海不注意的时候放进他包里的，当年他的妻子用杯子的碎片自杀，现在，他要江海带着碎片，去死，几个月的精心策划，算好了一切，他希望别人都以为江海是自杀的，单纯的自杀，就像当年人们这么认为他妻子那样。

秦渊沉声问他："你查到了江海和刘嘉平？"

宋向青摇了摇头："不，我没查到他们，但是几个月前，有人寄了一封信给我，告诉了我当年所有的真相。"

木九面无表情地开口："匿名的信？"

宋向青点了点头："对，匿名的信，她说她是汪露的朋友，从汪露那里知道了当年的事，然后我从信里知道了一切。"宋向青垂眸看着桌面，向他们诉说着他了解到的当年所发生的事，"八年前，我的妻子在路上撞了一个女孩，她就是汪露。我妻子手里的东西弄脏了她的衣服和鞋子，于是汪露告诉了江海，要他帮她出气，接着，江海和他的朋友刘嘉平就找上了我的妻子，给她寄恐吓信，在信箱里放虫子，半夜里敲门。"他说着当年那两个只有十五岁的男孩做的荒唐的恶作剧，他恨他们，也恨自己，"只是因为我妻子撞了她！"

"八年前的那天晚上，他们在我家门口放了一块砖块，敲了门后躲了起来，我妻子开了门，门却被卡住了，关不上，怎么都关不上，好不容易关上了门，她却失手夹死了养的狗，然后她，她……就自杀了。"说到他妻子死亡的那一夜，他红了眼眶，手颤抖着，抬起头时，眼神变了，他含着眼泪，满脸的怒气，"都是因为他们！"

两个十五岁的男孩为了帮一个女孩出气，也许他们起初的目的只是为了吓吓宋向青的妻子，但最终酿成了这个无法逆转的悲剧。

秦渊把从刘嘉平卧室的垃圾桶里捡的那封信给宋向青看："这个威胁信是你寄的？"

宋向青承认了："是我，我寄给了他们两个人，我本来打算今天晚上去杀了刘嘉平，可惜……他先死了。"

秦渊和木九交换了一个眼神，秦渊回头看着宋向青，蹙眉道："他不是你杀的吗？"

"不是，我只杀了江海，之后就去了我妻子的墓地。"宋向青的神情有些复杂，"你们什么意思？谁杀了刘……"

木九打断了他的话，声音毫无起伏："几个月前，你收到的那封信，还在吗？"

秦渊和木九回了办公室，队里的人听了审讯内容后，赵强一下子从椅子上站了起来："什么情况？他不承认杀了刘嘉平？"

陈默淡淡开口："如果是他杀的，他没有不承认的必要。"

"的确。"秦渊颔首道，"如果刘嘉平没有死，宋向青晚上已经计划好了去杀他。"

洪眉觉得非常有道理。"是啊,他已经承认杀了江海,没理由不认罪。"

唐逸在地图上圈画了一下,回身对他们道:"我算了一下时间和距离,刘嘉平遇害的地点和江海死亡的地铁站相距很远,车程在一个半小时左右,宋向青要在不到两个小时的时间从11号线到达刘嘉平遇害的地点,再到长林墓园,根本不可能。"

既然宋向青没有了嫌疑,那就有了新的问题:"刘嘉平不是宋向青杀的,又会是谁杀的?"

秦渊细想了一下,突然想到了一个线索,他偏头看向赵强:"你记得我们去网吧里碰到的刘嘉平的朋友吗?"

"记得啊。"赵强想起了那个人,然后警觉道,"怎么,队长,他有嫌疑?"

秦渊摇了摇头:"不,他说过他们前一天见过面,在来的路上,刘嘉平差点被一个从高空坠落的花盆砸到。"

赵强马上想了起来:"嗯,是有这个事。"

高空坠落、花盆、玻璃窗……

"难不成……"唐逸倒吸了一口气,瞪大了眼睛,"那次也不是意外,而是试验?"

秦渊表情严肃地点头:"没错,杀害刘嘉平的凶手前一天先用了花盆做试验。"

石元斐一听这事,这不是到了该他上场的时候了吗?于是立马问:"哪条路?我去查那里的监控。"

"叫……"赵强抓了抓头发没想起路名,最后还是秦渊报了路名。

石元斐看着赵强,一脸看路痴的表情。

赵强瞪了他一眼,然后想了一个大问题:"可是那里是居民区,来来往往的人很多,很难锁定是谁啊。"

这时,木九突然开了口,语气里带着一种肯定:"凶手就是给宋向青寄信的人。"

赵强偏头看她:"那个知情人?"

听到这个说法,木九漆黑的眼睛对上赵强的视线,有些玩味地重复了那三个字:"知情人。"

10

赵强没听出木九语气里的意思,摸了摸下巴,就开始推断整个案子:"我觉得是这样的,那个知情人是汪露的朋友,可能一开始就从汪露那儿知道了八年前的事情,然后又查到了汪露是因为当年的事而被江海杀害的,于是就给宋向青写了信,把他妻子自杀的真相告诉了他。他料定他肯定会去复仇,他自己也做好了计划,在发现江海死亡后,就把给江海作伪证的刘嘉平约了出来,把他砸死了,这样的话,警察肯定会认为刘嘉平也是宋向青杀害的,他既可以报仇又可以逃脱嫌疑,简直是一举两得啊!"

石元斐靠在椅背上,推了推眼镜:"嗯,是啊,这招是不错,他既复了仇,还不用自己动手。"

赵强点点头,看向木九,希望这次木九能说他推断得完全正确。

下一秒,木九面无表情地看着他,开口道:"这个推断很合理,但是有一个问题。"

赵强一拍脑袋,睁大了眼睛:"什么问题啊?!"

木九缓缓道:"不是一举两得,而是多此一举。"

石元斐眨了眨眼睛,有些不懂:"多此一举?!"

木九开口解释:"既然知情人给宋向青写信是为了让他复仇杀了他们两个人,那么他为什么还要亲自去杀了刘嘉平?"

赵强心想也是啊,但转念一想,就想到了一种可能,他立马说道:"难道是因为他和宋向青商量好,一人杀一个?"

木九轻轻摇了头,否定了他说的可能:"这就更不可能,宋向青查了整整八年,为的不仅仅是让当年害死他妻子的人死,而是亲手造成他们的死亡。"所以他绝对不会让别人参与进来。

赵强这下想不明白了,抓了抓头发看着木九:"那……是怎么回事?"

他希望从木九那里得到答案,然而木九却问了他另一个问题:"强哥,你觉得江海三年前为什么要杀死汪露?"

"呃……"突然转变了问题,赵强一愣,然后开口道,"因为她甩了他，跟了一个老板，愤怒之下江海就杀了她。"

赵强话音刚落，木九就反驳道："他们八年前就已经分手，江海如果是为了这一点，为什么要等到三年前？"

赵强又糊涂了："难道不是因为感情的事？"

木九声音毫无起伏地道："江海和汪露在宋向青妻子自杀几个月之后就分手了，而据刘嘉平的母亲和朋友所说，江海和刘嘉平也几乎在那个时间开始疏远，这是巧合吗？"

赵强不确定地开口："应该不是吧……"

"啊，我明白了！"还是唐逸反应了过来，"他们是因为那件事才不联系的？因为他们没想到他们的恶作剧会闹出人命，然后发现宋向青还在查，为了怕查到他们身上，所以就说好不再联系了。"

木九点了下头，继续道："那么，一直不联系的三个人，为什么在三年前，一个人突然杀了另一个人，然后又去找了第三个人让他作伪证呢？"

洪眉在一旁推测："是不是还是和八年前的事有关？"

木九看着洪眉又点了下头，然后面无表情地开口："只有一种解释：汪露拿当年的事威胁了江海，于是江海杀了她。杀人后他第一个想到的就是刘嘉平，因为江海知道他肯定会帮自己。"

石元斐点了好几次头，打了个响指道："对啊！因为杀了汪露，对刘嘉平也有好处，不然汪露真的去揭发，事情可都是他们两个做的。"

"汪露死了，对江海和刘嘉平都有好处，因为除去了一个潜在的威胁，那么江海和刘嘉平死了，又对谁有好处？"木九继续引导他们接近这个案子所隐藏着的真相。

秦渊看着木九，明白了，他沉声道："八年前参与的不止这三个人。"

"还有第四个人。"木九指着手里的那封信，"而给宋向青写信的所谓知情人就是第四个人。"

赵强震惊了："天哪！居然还有一个人！"这点他真是万万没想到。

木九伸出四根手指："参与那件事的一共有四个人，汪露被江海杀了，就剩下了三个人。"她说着放下了食指，"那么就意味着，除了他本人之外，还有两个人清楚他当年犯下的罪行。"木九又放下了中指，然后发现不对，一握拳，放下了手。

秦渊注意到她的动作，嘴角含着一丝笑，然后控制住表情，开口道："他没法抹去过去发生的事，只能让那两个人都死了。"

木九分析着："他可能之前并不想这么做，但是最近他们两个中的一个人拿当年的事威胁了他，就像当年汪露威胁了江海。"

石元斐恍然大悟："所以他想到了索性就杀人灭口。"

木九补充道："而且是借刀杀人，他知道宋向青一直在查，于是写信给他，告诉了他当年的事，事情都是真实的，只不过，他把自己给从中去掉了。"

唐逸叹了口气："这让他从参与者变成了单纯的知情者。"

"他知道宋向青肯定会在他妻子八周年祭日那天杀了他们，但是一个人在一天杀两个人并不简单，于是在信中，他把江海定为主谋，刘嘉平作为同伙，这样就可以确保宋向青先杀江海。"

听木九这么一说，赵强明白了过来："啊，所以宋向青先给江海寄了威胁信，而刘嘉平的是昨天才寄的。"原来是因为这个原因，他就想为什么寄威胁信不一起寄呢？因为宋向青认定了江海是主谋，所以给他制造了更多的恐惧。

赵强还是有点没搞明白："那为什么他非要自己杀了刘嘉平呢？"

木九漆黑的眼睛看着手里的那封信，随后抬头看着他道："为了不让自己暴露，那个人要确保刘嘉平在江海死后尽快死亡，而刘嘉平在知道江海死亡后肯定会紧张，再联系他，就能方便地把他约出去再按照计划杀了他，这样这世上知道当初那件事的人就只剩他一个了。"

"原来是这样，他怕刘嘉平万一在死之前和宋向青提到了他。"赵强现在算是完全理清楚了，然后新的问题就来了，"那我们现在怎么锁定他呢？"

在一旁的陈默开口道："查八年前刘嘉平、江海共同的朋友，然后之后又不联系的，再对比在昨天下午进出过那幢楼的人。"

唐逸赞同地点头："这样就可以找到是谁扔下了花盆，而那个人就是那第四个人，在今天杀死刘嘉平的凶手。"

石元斐查着资料："两个人在初中里都是问题少年啊，还经常和外面的小混混一起打游戏。"

赵强道："那、那个人肯定就是其中的一个小混混吧。"

秦渊开口对石元斐道："江海、刘嘉平和汪露都是一个班的，石头，你先查他们班里的。"

赵强想也没想就开口："肯定也是班里的问题学生。"

"行。"石元斐马上调出了当时班里所有人的身份证照片，然后用系统自动和在那天下午进出那幢楼的人进行比对，很快，就有了结果。

"找到了！"

赵强立马问："是谁？"

石元斐抬头嘿嘿一笑："赵强，你又猜错了，他可不是问题学生，他是他们班里的学习委员。"

特案队在陆一凡的家里找到了他。

陆一凡开的门，看到秦渊他们出现在门口，脸上很平静，他戴着一副眼镜，一脸的书生气："请问，有什么事吗？"

秦渊开口确定他的身份："陆一凡是吗？"

陆一凡点点头："我是。"

"麻烦和我们去局里一趟，配合调查。"

屋子里传出一个有些苍老的声音："一凡，是谁啊？"

一凡看了秦渊他们一眼，然后回头冲里面喊："爸，没事，是我的朋友，我出去一趟，你先吃饭，我马上回来。"

本想推着轮椅出去的陆父听后便叮嘱了他一声："好，那你当心点。"

"嗯，我知道了。"陆一凡最后看了一眼他父亲所在的地方，然后转回头对秦渊道，"走吧。"

陆一凡被带到了审讯室里，洪眉给他倒了一杯水，他接过水，有礼貌地道了一声谢。

木九站在审讯室旁的监控室里，看着陆一凡拿起杯子喝了一口水，然后走向了审讯室，她并没有关上门，在走到陆一凡旁边时，看了一眼在他面前的杯子，回身对站在外面的警察道："把这杯水给我拿走。"

陆一凡有些莫名地看向了木九，而木九看着警察拿走了杯子后，才坐到了他的对面。

木九漆黑的眼睛盯着他的脸，面无表情地开口，声音冰冷："陆先生，你以为你是来这里喝茶的吗？"

陆一凡双手合十对上她的眼睛，表情显得很轻松："当然不是，但我也不知道你们让我来配合什么调查。"

"刘嘉平你认识吗？"木九拿出他的照片放在陆一凡的面前。

陆一凡看了很久，似乎才想起来他是谁："是我多年之前的朋友，但是很久没联系了。"

"他今天下午死了。"

"什么？"陆一凡很是意外地看着木九，表情甚至有些悲伤，"他死了？！"

木九看着他的表情，缓缓开口："被一面从高空坠落的玻璃窗给砸死了。"

陆一凡的眼神闪烁了一下，然后身体向后靠去，双手环胸："你们让我配合调查的就是这个事吗？"

木九用毫无起伏的声音道："我们认为是你杀了他。"

陆一凡露出惊讶的表情："我？他不是意外死的吗？"

木九并没有回答他，而是拿出了石元斐准备好的监控画面给陆一凡看，"这是你吧，昨天去过中飞路上的37号楼，而不久后，刘嘉平路过了那里，差点被一个从那幢楼上掉下来的花盆砸到。"

陆一凡拧着眉头看着那个监控画面，然后又看向木九："你难道想说是我砸的吗？"

木九反问道："不是吗？那你怎么解释你会出现在那里？"

"我准备在那里租房子，所以去看看。"陆一凡轻笑，身体前倾看着木九，"法律没有规定我不可以在昨天下午进出那栋楼吧？"

木九平静地开口："的确没有，但你今天下午5点左右出现在×××路上那栋正在建造的大楼就很有问题了。"

陆一凡摇了摇头："×××路？我可从来没去过……"

木九打断了他的谎言："不，你到了那里，然后在五楼用一面玻璃窗砸死了刘嘉平。"

"你们有证据吗？"陆一凡垂眸指着之前的监控画面，嘴角露出一丝笑，"难不成又有监控？"

木九的眼睛一眨不眨地看着他："你刚才给我们提供了证据。"

陆一凡蹙眉看着她："什么？"

木九指着他的手："你刚才用手拿过了那个杯子，上面留下了你的指纹，而在那块玻璃窗上，恰好还留有一枚你的指纹。"

陆一凡瞪大了眼睛，这时才明白为什么会倒水给他喝，却又马上拿走，原来竟然是？！他竟然中计了⋯⋯

他脸上露出的慌张震惊的表情完全落入木九的眼里，她缓缓开口："江海和刘嘉平之中，是谁威胁了你？"

陆一凡此时已经没有了之前的淡定从容，他紧紧咬着牙，面色惨白，他狠狠用指甲掐着自己的手指，不知是为了在现场留下了指纹还是为了刚才喝了那杯水。

许久之后，他重重地吐出一口气，眼神已经完全变了，他开口，说了出来："江海，他威胁我的时候就应该知道他的下场，他当年杀了汪露，我就能杀了他！"

"他威胁你什么了？"

陆一凡的眼神里露出一股阴狠，他咬牙切齿地道："他要我在我工作的公司帮他找一份工作，呵，多么可笑，一个没有文凭的人想进外企？可他却告诉我，如果不帮他办到就要去揭发当年的事情，我怎么会让他得逞，我还要照顾我的父亲，我不能让他毁了我的一切！"

木九眨了下眼睛，心里已经了然："当年，那些恐吓恶作剧的手段都是你策划的。"

陆一凡轻哼了一声，语气里满是鄙视："当然，他们可没这个脑子。"

"不过，你的脑子也不怎么样。"

在陆一凡疑惑的表情中，木九站了起来，以一种居高临下的姿态看着他，冷冷地开口，语气里带着嘲讽："除了在中飞路上的37号楼被监控拍下之外，你其实掩盖得都很好，当然，包括指纹。"

第 8 章　遗失的娃娃

1

"啊啊啊！"

周四一早，法医室的门外传来一阵杀猪般的叫声。

特案队办公室里听到这叫声仿佛已经习以为常了，甚至开始听叫声判断是男是女是谁了："哟，这次是个男的啊，你们猜是谁？"

这么熟悉的叫声，陈默一听便知，看着手里的报纸头也没抬地开口："赵强。"

"嘿嘿嘿嘿。"一阵有些让人发毛的笑声从电脑后面传出，同时还有一只手，晃动着手指，"唐逸小——盆——友——"

唐逸看了一眼门外，又瞥向在那里得意笑着的石元斐，认命地点头："石头哥，我知道了。"他转回头，看着电脑叹了口气，然后苦着脸开始敲打着键盘。

在一旁目睹了这一切的洪眉，隐约猜到了什么："怎么了？你们是不是在打赌啊？"

"被你看出来啦，眉姐。"石元斐一脸笑意地站了起来，如实向她说了，"前两天赵强不是请假没来局里吗？我和唐逸就在赌，今天赵强来了会不会被吓到，唐逸觉得不会，我觉得肯定会，你看，赵强这人我还不了解？他没摔在地上已经算表现很好了。"

"这都能拿来打赌啊！"洪眉轻笑着摇摇头，但同时也很好奇，"那输的人有什么惩罚？"

石元斐得意地晃了晃脑袋："输的人帮赢的人写报告啊，这下我的报告就交给唐逸了！"石元斐转头对着在那儿写报告的唐逸喊道，"唐逸辛苦啦！"

洪眉一听，伸出手指了指他："你小子，小心被队长知道，到时候啊可不只要重写报告了。"

一听到队长，石元斐马上变了脸色，慌张地摆手："眉姐，你可别吓我，这事千万不能让队长知道啊！"他这小身板可不想被罚去操场跑圈啊，那简直要他命了。

而此时在法医室，听到这熟悉的叫声，蓝筱雅走到门口，打开了法医室的门，果然看到了在外面还背着包一脸惊吓的赵强。

蓝筱雅挑眉看他："哎哟，赵强，你来上班啦。"

赵强用手拍着胸脯，一脸惊魂未定："姐，你在法医室门后面吊个娃娃干什么？你说可爱的娃娃也就算了，这表情阴森森的，我从门口走过去，就感觉一股诡异的视线盯着我，回头一看，差点没吓死我！"

蓝筱雅一脸看着胆小鬼的表情，然后把门上的娃娃拿下来，在赵强的眼前晃了晃："有吗？明明很可爱啊。"她回头看着木九，"小九，你说对不对？"

木九面无表情地点点头，手里也拿着一个娃娃。

赵强发现了桌子上的针线和布料，跟着蓝筱雅进了法医室："你们在干什么啊？"

蓝筱雅走到桌前，往娃娃里面塞棉花："看不出来吗？做娃娃啊。"

"你们做娃娃干什么？！用来辟邪的吗？"赵强突然有种不怎么好的预感，他大声说着，"姐，你不会是想在局里每个办公室门后都吊个娃娃吧？那局长办公室呢？"

蓝筱雅听了朝他翻了个白眼："你想太多了，我们做着放家里的好吗？"

赵强吞了口口水，眼睛盯着这诡异的娃娃："木九妹子，你做了这个带回家啊？"

木九低着头正在缝娃娃的一只眼睛，听了赵强的问题，头也没抬，回道："对。"

放在队长的家里，说不定还是床头……赵强在心里暗想着，不知道队长看到后会不会也被吓一跳。

下一秒，直接看穿赵强心思的木九缓缓开口："秦渊胆子没你这么小。"

赵强觉得很委屈，怎么现在都认为他胆子小了？！他赶紧替自己辩解："我不是胆子小，我胆子小能当警察吗？我嘛，主要是怕这种诡异的东西，看着瘆人啊。"

蓝筱雅"切"了一声，拿着娃娃看着他道："那还不是胆小！被一个娃娃都能吓的叫起来。"

赵强还在努力为自己刚才的叫声辩解："那是因为太突然，谁看到都会叫的好不好，我是那种会怕一个娃娃的人吗？"

蓝筱雅和木九异口同声地道："是。"

"……"是时候改变他在她们心目中的形象了！赵强咬咬牙，从桌子上拿起了一个娃娃，把正面对着他，他睁大眼睛，一眨不眨地紧紧看着娃娃的眼睛，开口对她们道，"你们看，我都敢和它对视，一点事都没有。"

而内心则是：妈呀，这娃娃真是越看越诡异！

蓝筱雅看着他奇怪的模样，忍不住又翻了个白眼，这世上估计也就只有赵强，是用这种方式来证明自己不胆小的了。

木九偏头用漆黑的眼睛看着赵强，突然问他："强哥，你知道手上的娃娃叫什么名字吗？"

赵强的视线还在娃娃的身上，奇怪地道："这，这娃娃还有名字？"

木九面无表情地道："这种娃娃叫寄生娃娃。"

"寄生娃娃，名字怎么这么古怪啊？"听了这个名字，赵强看着那个娃娃，莫名觉得背后一凉，他僵着脖子转向木九的方向，发现木九也看着他，他突然有种不好的预感。

果然，下一秒，木九压低了声音，毫无起伏的声音里带着一股阴冷："寄生娃娃，这种娃娃就像它的名字一样，谁和它对视超过了十秒，娃娃就会认定他，然后寄生在他身上，甩也甩不掉。"木九把缝好眼睛的娃娃摆在她的头上，对着赵强。

十秒……他当然已经超过了。

"……"赵强赶紧别开脸，却再度对上了手里那只娃娃的眼睛，他表情僵着，放下手，为了保持他不胆小的形象，他硬是忍住没叫，想把手里的娃娃放回桌上，谁想这娃娃简直像粘在他手心里一样，竟然不掉下来。

赵强艰难地吞了口口水，一脸惊恐地看着那个娃娃："不，是，吧……"这难道不是木九编的吗？！

蓝筱雅心想居然这么巧？！她控制住表情，忍着没笑出来，伸手拍了拍他的肩膀，叹气道："赵强，认命吧，这寄生娃娃看来是要跟着你了。"

"啊啊啊啊！"

那一天，被秦渊发现让唐逸代写报告的石元斐以及在法医室里乱叫乱跳的赵强，两个人被罚去操场跑了三圈。

秦渊站在窗口看着在前面跑步的赵强和在后面完全在快走的石元斐，肩膀突然被拍了一下，他刚一回头，就对上了一双漆黑的眼睛，他愣了一下，才发现肩膀上放了一只娃娃。

秦渊伸手拿过娃娃，转身便看到了在他身后的木九。

木九抬起头看着他，漆黑的眼睛亮亮的，满是期待的眼神："可爱吗？"

秦渊看了一眼手里的娃娃，然后转而又看着木九，伸手捏了捏她的脸，冷峻的脸上浮现出一丝笑容："没你可爱。"

夜晚，外面下起了雨，越下越大，一对三十多岁的男女撑着一把伞相拥着回了家，男人用钥匙打开门，他们换了拖鞋进了客厅。

男人打开了客厅的灯，女人往里面看了一眼："你家里没人啊？"

男人放下包和伞，回头亲了一下女人的脸："这还用问，当然是没人才敢带你回来啊。"

女人脱下外套扔在沙发上，挑眉道："这么说你们家那位不在啊？"

男人伸手揽着女人的肩膀，把她带到卫生间："不在，这个时候提她干什么？多扫兴啊！宝贝，快去洗澡，刚才淋到雨了，你可别着凉了啊。"

女人回头对他娇笑着："那你帮我把包里的衣服拿进来啊。"

男人把她轻轻推了进去："知道了，我一会儿就进来。"

女人脱了衣服后，男人拿着衣物也走了进去，两人在浴室里磨蹭了半天才洗好了澡，换上睡衣后，便走进了卧室，男人走进去打开了床头的灯，然后关上了卧室的灯，卧室里亮起了淡淡的黄色灯光，打在那张双人床上。

男人和女人躺在床上，诉说着情话，相拥着，亲吻着，身体纠缠在一起……

没多久后，男人伸手关了床头的灯，卧室一下子就暗了下来，掩盖了这一室的春光。

而此时，在窗外，风雨变得越来越大。

一道闪电划过天空，在一瞬间，闪电带来的光照亮了他们的房间，照亮了床上那两具拥抱着的身体，也照亮了他们床旁边的地上，那里放着一个棕黄色的大玩具熊，圆滚滚的脑袋，长长的身体，脖子上还系着一个红色的蝴蝶结，正靠在一边的墙壁上，闪电过后，房间里又恢复了一片漆黑。

轰隆隆的雷声过后，女人害怕地道："好吓人啊。"

男人抱紧了怀里的女人，轻声安慰着："不怕不怕，有我在呢。"

几秒后，又是一道闪电，那道光又在一瞬间照亮了这个卧室，玩具熊正对着那张床，在亮起的那一瞬间，玩具熊那对漆黑的眼睛，眼珠转动了一下。

2

周五，刘莉莉起了个大早，早上8点多就到了宋会路上的宋辉小商品城，她在一楼开了一家卖娃娃的小店，因为附近就有两所学校，店里的娃娃品种多又受女孩子喜欢，所以生意向来不错。

小商品城一般早上9点开始营业，加上今天不是周末，所以她到的时候其他店都还关着门，里面几乎没人。她今天来得早，是为了在营业之前把仓库里新进的货替换下那些销量不好的，把货架整理好。

606号，她熟悉地走到了自己的店门口，然后从包里拿出钥匙开了门锁，放好钥匙后，她推开玻璃门走进了店里。

放下包，她从后面的仓库里把装着新娃娃的箱子给推了出来，然后开始拆包装，接着把货架上的一些娃娃拿了下来，用布把架子擦干净后再摆上新的娃娃，都布置好后，她把之前的娃娃都放进一个货篮里，然后拿了一块纸板，在上面写了"特价10元"，用夹子夹好，放在了一进门的地方。

刚放好，她却透过玻璃窗看到有一袋东西放在她店的外面，靠在玻璃上，她之前只顾着开门并没有看到。

刘莉莉皱着眉头走了出去，看到了一个很厚实的黑色大袋子，里面应该装着什么大东西，撑得满满的，袋子还用一个红色的丝带扎了起来，打了一个漂亮的蝴蝶结。

她第一反应就是垃圾，心想哪个缺德的把这么大一袋垃圾扔在她店门口，可这个小商品城又没有监控，想知道是谁干的都不行。她叹了口气，上前想提起袋子扔去垃圾箱那儿，却发现这一袋东西竟然意外很很重，她一个人根本提不起来。

　　拎不动，这下，她倒有些想看看这里面放着的是什么了，她想，看了里面的东西，说不定就能知道是哪家店放在她门口的了。

　　于是，她打开了蝴蝶结，丝带掉在了地上，袋子口也就开了，她拉开袋子，探着脑袋，就看到了里面的东西。

　　她发现里面装着的竟然是一个女娃娃，从上往下看，只能看到头顶，用金黄色麻绳做的头发，还用粉色的丝带扎了两条辫子，看上去还算新。

　　难道是有人不要这个娃娃，才放在她店门口的？还是娃娃什么地方坏了？

　　带着疑惑，她蹲下来，把黑色的袋子往下拉，下一刻，她便看到了那个娃娃的脸。

　　一张人的脸。

　　被罚跑后的第二天一早，一直训练的赵强自然什么事都没有，整天待在办公室不出外勤平时又不锻炼的石元斐两条腿都是酸的，下楼梯时那叫一个酸爽。

　　陈默听着石元斐在那里叫酸，合上文件抬头看他："不就跑了三圈，你怎么就这副模样？"

　　石元斐整个人靠在椅背上，激动地嗷嗷叫着："足足三圈啊！你们这些经常训练的人当然不会懂我的苦！我上次跑这么多还是在上大学的时候啊啊啊啊！"

　　陈默面无表情地低下头，继续看文件。

　　走进办公室的蓝筱雅先把一杯酸奶递给木九，然后走到石元斐旁，把另一杯酸奶放在他桌子上，算是慰问品了，不过嘴上却道："谁叫你让唐逸给你写报告的？自己偷懒，现在好了吧，又跑步又得写报告，就两个字？活该。"

唐逸在蓝筱雅身后微笑，对着石元斐吐了吐舌头。

石元斐叹了口气，转回身一边喝着酸奶一边苦着脸在电脑上重新写报告。

没多久，赵强背着包嘴里叼着豆浆拿着早饭晃进了办公室，一眼就看到了挂在电脑上的娃娃，那个被木九取名为寄生的娃娃，嘴里的豆浆差点掉下来。他抓着豆浆走到桌子前，放下早饭，抬头看着蓝筱雅："妈呀，这玩意儿怎么到我桌子上来了！"

蓝筱雅走了过来，拍拍他的肩膀："我看它跟你有缘，就送给你了。"

赵强苦着脸看着娃娃："我可以不要吗？"

木九喝完了酸奶，面无表情地开口："可以啊。"

"……"赵强扭头看她，看着她的眼睛，他总有种不好的预感，于是他把娃娃放在手里，苦笑着道，"我还是拿着吧，最起码辟邪……"

过了没多久，洪眉匆匆走进了办公室，秦渊正好从自己的办公室走了出来，洪眉一看到他，表情严肃地道："队长，刚接到的报警，我们有案子了。"

石元斐探出脑袋，问洪眉："又有案子了？"

洪眉点点头，把地址告诉了他们："队长，我先去现场。"

不知道是不是错觉，赵强总觉得眉姐在离开前看了一眼他手上的娃娃。

赵强想：嗯，眉姐肯定也是被娃娃吓到了。

离早上9点营业还有十多分钟的时间，因为发现了尸体，宋辉小商品城不得不暂时封锁，警察疏散了原本在里面的所有人，在门口围起了警戒线。

秦渊对门口的警察出示了自己的证件后，带着队员们进入了现场。洪眉先到一步去找目击者询问具体的情况，在鉴定科的队员拍照采集之后，秦渊他们才走到了发现尸体的地方，也就是一家娃娃店的门口。

玻璃窗前放着一个黑色的袋子，袋子已经打开，里面放着一具女性的尸体，此时只露出了死者的头部。死者像是戴了一顶假发套，假发是用黄色的麻绳做的，编了两条辫子，系着两个粉色蝴蝶结，视线向下，便是她的眼睛，然而，他们却没有看到眼睛，取而代之的是两颗黑色的纽扣，缝在了眼睛的位置，纽扣上有四个小孔，从里面渗出了血。

在鼻子的下面，她的上下两片嘴唇用针线缝了起来，黑色的线，一直缝到嘴角，让她的嘴唇扬起了一个微笑的弧度，两块红色的圆形布头缝在了她苍白的脸颊上，就像是腮红一般，脖子上有一个粉色的大蝴蝶结。她看上去就像是一个手工制作的布娃娃，被放在这个娃娃店前，身后是满屋子漂亮可爱的娃娃，而她则如同是一个被遗弃了的破碎娃娃。

赵强看了尸体之后直接傻眼了，愣了好久才找回自己的声音："这是……什么情况？！"看着眼睛位置那两颗纽扣，一股凉意蹿上了他的背脊，人的一双眼睛被纽扣替代，这种感觉实在是太过诡异了。

赵强现在总算是明白为什么之前在办公室的时候，眉姐要看向他手里的娃娃了，他觉得这个案子之后自己看到任何的娃娃都会有阴影了，特别是布娃娃。

他不是没见过凶手在杀死被害者后，把她精心装扮成娃娃的模样，放在家里收藏或是放在外面当做是他的作品展示给世人看，但他第一次见到凶手把死者弄成这样，完全是在做一个粗糙的布娃娃。他像是把尸体当作了一个娃娃的模子，然后在上面缝上五官，弄上了头发，没有了丝毫的美感，更多的却是一种诡异。

赵强并不理解凶手想要表达什么，于是他下意识地看向了旁边的木九，发现她只是看着那具尸体，面无表情。

蓝筱雅戴上手套走到尸体旁边，她检查了一下，转头对他们道："看尸体的情况，死亡时间至少一天了，这些麻绳都是直接缝在头皮上的，蝴蝶结也是，可以看到针线，连在皮肤上。"

赵强听后觉得头发一阵发麻，脖子也不舒服："这凶手变态啊。"

"把人做成娃娃，的确是够变态的。"蓝筱雅倒是难得用变态这个词，她把黑色的袋子往下拉，露出了身体的部分，然而在看到之后，一向看到无论破坏多严重即使是腐烂的尸体都不会皱一下眉头的蓝筱雅，却突然瞪圆了眼睛倒吸了一口冷气，直接叫出声来，她忍住了才没直接爆粗口。

队里的人都知道，蓝筱雅在这世上，几乎没什么怕的，而让她最恶心最讨厌的东西就是纽扣。你不会在她的衣服上看到一颗纽扣，她也不会买任何有纽扣的衣服或是物品,如果今天你穿了有纽扣的衣服,即使是一颗,她绝对不会碰你,肯定会和你保持一定的距离。

而现在,蓝筱雅做出如此大的反应,就是因为纽扣。

因为她发现,不只是死者的两个眼睛,她的身体上同样也被缝上了纽扣。

然而不是一两颗、三四颗,而是无数颗数也数不清的纽扣,它们密密麻麻地被缝在死者的身上,从肩膀的位置一直蔓延到腹部,还有她的手臂,直到小臂。

这些五颜六色的纽扣,有大有小,有圆的有方的,有光滑的有粗糙的,它们紧凑地混合在一起,几乎没有露出死者的一点点皮肤,就像是一件完全用纽扣制作而成的衣服,贴身地穿在了死者的身上。

3

"筱雅姐。"站在蓝筱雅身后的木九上前扶了她一下才没让她直接向后坐在地上,这还是第一次,蓝筱雅实在没法看向那具尸体,她闭上眼睛做了个深呼吸,手臂上已经起了鸡皮疙瘩,双手蜷缩着,整个人感到说不出的难受。

"这凶手……"画面太有冲击感,以至于赵强一下子不知该用什么词。

对于赵强来说,纽扣只是衣服上的一部分,是一种装饰品,他自然不会像蓝筱雅这样反感纽扣,甚至他觉得很奇怪,蓝筱雅这种天不怕地不怕的人,看到尸体眉头都不皱一下的人,居然能怕这么小的一个玩意儿。不过,这并不代表,当他看到数不清的纽扣集中出现时不觉得恶心,特别是这些纽扣不是放在盒子里,不是缝在衣服上,而是布满了人的皮肤。

这时,去勘查的陈默走了回来,看了一眼尸体,拧了眉头马上移开了视线,他走到秦渊旁边,说了调查结果:"队长,我看了一下,这个小商品城一共有两个门,前门和后门在晚上10点之后都由专人锁上门。我问了负责的人,今天早上来开门时,门锁完好,我也看了,没有被撬开的痕迹,但是他说还有一种方式可以进入这里,有一个地下通道。"

秦渊沉声问:"地下通道?"

陈默道:"嗯,位置比较隐蔽,现在几乎没什么人从那里走,我走了一遍,的确可以进来,不过那里同样没有安装摄像头。"

"我知道了。"秦渊点了下头,然后四处看着周围的店,突然他看到了一两家店的门口是装有摄像头的,"陈默,你带几个人查一下这条街上哪些店的门口装有摄像头,特别是这周围的几家还有地下通道那里的,联系一下店主,我们需要昨天晚上到今天早上运行着的摄像头,可能会拍下凶手。"可惜的是这家娃娃店的门口并没有安装摄像头,不然应该可以直接拍到凶手。

"好的,队长。"陈默带了几名警察开始查周围店的监控。

等洪眉对目击者做好笔录,秦渊道:"回局里吧。"

特案队带着尸体回了局里,法医室里,蓝筱雅看着面前的黑色装尸袋,手伸出去,刚碰到那个拉链又缩了回去,接着,她咬咬牙,又一次伸出手,心一横,一下子就拉开了拉链。

密密麻麻的纽扣又出现在她面前,她只好把视线放在死者的头部,如果要进行验尸,她就必须把尸体上所有的纽扣全部都弄下来,这就意味着在很长一段时间,她要一直看着那些纽扣,这还是第一次,她有些下不去手,本来木九说要帮忙,被她赶回办公室去了。

过了一会儿,赵强进了法医室,穿过办公室,在门口探出脑袋,看着迟迟没有开始动手的蓝筱雅,道:"姐,不然让我来吧。"

蓝筱雅回头看着赵强,摇摇头,"不用,你回办公室查案吧。"

赵强坚持着。"就是剪纽扣,我剪完了你再验尸呗。"

赵强刚说完,他脑袋下面又探出了一个脑袋,是唐逸:"是啊,筱雅姐,我也可以帮忙。"

因为他们的举动,蓝筱雅心里暖暖的,不过还是没让他们帮忙:"到时候你们把尸体给破坏了呢,我没事,赶紧出去关上门。"

催促着他们离开后,蓝筱雅做了个深呼吸,然后戴上了两层手套,开始剪死者身上的纽扣,一个人的工作量实在太大,秦渊让一个法医助理去帮蓝筱雅一起处理尸体。

这次的验尸工作要比平时更加费力费时间,在等待验尸报告出来的时间,特案队也同步开始进行调查。

首先要确定的是死者的身份，因为死者的面部在一定程度上被毁，而她的身上并没有任何可以提供她身份的信息，洪眉只能从失踪人口开始查找，然后等待蓝筱雅把死者面部进行拆线，尽量还原死者生前的脸。

过了一会儿，挂了电话的石元斐头一歪，从电脑后面露出了脑袋："队长，陈默说小商品城上的确有些店装有摄像头，但大多数都是摆设，根本就不运行的。有几家昨天晚上运行的摄像头我正在查监控，要是有发现了我再和你汇报。"

秦渊听后颔首道："好，辛苦了。"

赵强坐在椅子上转着笔，看着白板上的现场照片，即使看着照片，都觉得瘆人："我实在不明白，这凶手干吗把尸体弄成那样，还有，这次的凶手是不是女性？"

秦渊摇摇头："现在还不能断定凶手的性别。"过早地定结论，往往会影响之后的查案。

唐逸在电脑上查着有关的数据，也得出了结论："根据之前的数据，类似于把死者装扮成娃娃的所有案件中，凶手是男性的比例反而比女性高。"

发现自己的判断有问题，赵强叹了口气："好吧。"

这时，原本看着现场照片沉默的木九突然开了口："石头哥，帮我查一个案子。"

原本在查监控的石元斐停了下来，抬头道："木九妹妹，你说。"

木九把案件的信息说了出来："今年7月26日发生的凶杀案，死者是一名女性，凶手叫钱魏文。"

"你记得这么清楚啊。"转念一想又觉得正常，因为木九提供的信息很清楚，所以石元斐一查就查到了，"我找到了，是不是这个案子？凶手将一名年轻女性奸杀后弃尸在垃圾桶里，死者的眼睛被挖掉，反而……"石元斐看到了验尸报告，倒吸了一口冷气。

赵强赶紧问："死者眼睛怎么了？不会是和这名女死者一样吧？"

石元斐睁大着眼睛在那儿点头："没错，眼睛的位置缝上了纽扣，嘴唇也被缝了起来，除了身上没有被缝上一堆纽扣，其他的都基本一样。"

唐逸突然想到了一个问题："案子的凶手既然已经抓到了，那这次难道是模仿作案？"

"不。"木九显然对这个案子了解得非常清楚，"钱魏文只是奸杀了死者，并不承认做过其他的事情，而且他那时的抛尸地不是垃圾桶，而是距离那里几公里远的一条小河边。"

赵强蹙眉看着面无表情的木九："所以说把死者眼睛挖掉缝上纽扣，还把嘴唇缝上的人并不是钱魏文？"

唐逸"啊"了一声，说出了自己的判断："是有人在发现尸体后，没有报警，反而带回去，做了那些后再把尸体放进了垃圾桶里。"

木九缓缓开口，黑色的刘海下一双漆黑的眼睛看着他们："这就是他之前的作品，但是失败了，所以被他扔进了垃圾箱里。"一个是垃圾箱，尸体没有用任何东西包着，而这具尸体他用袋子包好之后放在了娃娃店的门口，这样的反差足以看出他的态度。

"等等！"赵强突然发现有个地方不对劲了，他一下子从椅子上站了起来，"如果是这样的话，岂不是我们要找的不是一个人，而是两个人了？！"

唐逸在一旁点头道："没错，一个是凶手，另一个是把尸体弄成娃娃的人。"

没过多久，门外传来一阵急促的脚步声，接着，手里拿着资料的洪眉就走了进来。她走到秦渊旁边，把资料递给他，而后面对着他们，开口道："各位，我查到死者的身份了，死者叫于秀敏，27岁，她的家人在三天前报了失踪，从失踪后到今天他们没有接到任何的勒索电话。我问了她的母亲，她说最后一次见到她是在五天前的早上，也就是6日，之后死者去上班，晚上没有回家。"

赵强听完马上推测："这么说是回家路上失踪的？"

洪眉摇了头，否定了他的推测："不是，死者原本当天就没打算回家，她母亲说是去朋友家里过夜了，第二天早上还打了电话和她母亲说晚上会回来吃饭的，可结果等到晚上还没有回家，手机一直处于关机状态，于是第二天早上她母亲就报警了。"

秦渊沉声问："那查到她那晚在哪个朋友家过夜的吗？"

洪眉又摇了头："还没有，她母亲也不清楚具体是哪个朋友，我问了她的一些朋友，那天都没有见过她，她的同事说那天她是一个人离开公司的，然后在门口上了一辆出租车。不过她的朋友说于秀敏最近交了一个男朋友，但是她只是提了几次，说是姓黄，30多岁，在银行工作，连照片她们都没见过，反正很少提到他。"

唐逸问："她母亲也不知道吗？"

洪眉："她不知道。"

赵强摸了摸下巴："看来很有可能死者那一晚是在她男朋友那儿过夜的啊。"

秦渊偏头看向石元斐："石头，查一下死者的通话记录。"

"没问题。"过了几分钟，石元斐就查清楚了，他露出一脸我懂了的表情，"查到了，啊，原来是这样，我想我大概知道了，为什么于秀敏要藏着掖着，不怎么介绍她的这位男朋友了。"

木九淡淡开口，语气肯定："因为她的男朋友有家室。"

石元斐打了个响指："木九妹妹猜得没错，她的男朋友叫黄志，32岁，的确是银行职员，和妻子已经结婚七年了，有一个5岁大的儿子。"

赵强一脸愤怒："这是七年之痒了？这人是渣男啊，家里有老婆有孩子，还出轨！"

石元斐继续道："他们之间最早的一次通话是在三个月前。队长，我已经把黄志家的地址还有公司地址发到你手机上了。"

"好的。"秦渊打电话给陈默让他直接去黄志的家里，而他和赵强则准备去黄志的公司，刚走到门口，就碰到了正准备进来的蓝筱雅。

蓝筱雅现在整个人都散发着一种浓浓的怨气，散发出好几米远，看到秦渊和赵强，第一句话就是："我以后再也不要碰一颗纽扣了！看也不想看到！不，我连这个词都不想听到！"

赵强一听，低头看了一眼自己身上的纽扣，默默转了身背对着蓝筱雅。

"筱雅，这次你辛苦了。"秦渊接着问，"尸检报告出来了？"

蓝筱雅摇了摇头："还没有，还要一点时间，不过有一点发现我想先告诉你们。"

赵强还背对着，开口问："什么啊？"

"在把……那什么弄掉后，我在死者的背后看到了一道很长的针线缝合的痕迹，我剪开线后，发现死者的后背被剖开过。"蓝筱雅说着，眼睛看向在里面坐着的木九，"你们猜，我在死者的体内发现了什么？"

4

赵强表情纠结，第一反应就是："姐，尸体里面不会是一大堆纽扣吧？"这话还没过脑子，就直接说了出来，说完他还自己想象了一下那个画面，蓝筱雅把线剪开，一堆纽扣涌了出来，噢，这画面实在太美……

身后顿时没了声音，但是赵强觉得背后一股凉意，接着一双冰凉凉的手就从后面碰到他的脖颈，虽然没有用力但还是让他浑身一个激灵，下一秒，蓝筱雅咬牙切齿地道："赵强，你是不是找死？！"

"姐，我错了……"接着，他反应过来，"那不是咯？"

蓝筱雅强行忍住不让自己脑补那个画面，甩了甩头，恶狠狠地道："当然不是！"

赵强缩了缩脖子，就听到了木九的声音，她只说了两个字："棉花。"

蓝筱雅的脸上终于露出了一丝笑容："我就知道木九能猜对，就是棉花。"

石元斐忍不住翻了个白眼："棉花？娃娃里面塞棉花……妈呀，他真的是把尸体做成娃娃了啊。"

蓝筱雅颔首道："是啊，凶手不是在死者的头上缝了麻绳作为头发吗？我仔细看了一下，他是先把死者的头发都剃光了，然后把黄色的麻绳用针一根根地穿进死者的头皮里的，密密麻麻，没有露出一点头皮。死者的每只手除了大拇指外的四根手指也都被缝起来了。"

赵强和唐逸听了顿时觉得头皮发麻，整个人感觉都不好了。

"反正就这个发现，我想先告诉你们，那些……那什么都送到物证科去分类了，之后会出具一份详细的报告，完整的尸检报告出来了我再拿给你们。我回法医室了。"

秦渊看着蓝筱雅点点头："好。"

等确定蓝筱雅冲进法医室后，赵强才转过身，和秦渊开车去黄志所在的银行。

他们到了银行，向银行的经理出示了证件，经理表示黄志今天的确来上班后，便安排他们到了会客室。没多久后，在经理身后，一个戴着无框眼镜长相普通的男人神色紧张地走了进来。

银行经理往旁边让了一步，对着秦渊他们介绍道："警察同志，这就是黄志，那你们谈。"

"谢谢。"

等银行经理走出了会客室并关上了门，秦渊对黄志指了指对面的沙发，开口道："黄先生，请坐。"

"哦，好的。"黄志有些紧张，推了推眼镜，慢慢走到沙发前，然后坐了下来，双手相握。

秦渊直接问他："于秀敏你认识吗？"

"呃……"听到这个名字，黄志显得比刚才更加紧张了，他的眼神闪烁了一下，不过他倒是没有否认，"认识的。"

秦渊看着他的表情，继续问道："那两位是什么关系呢？"

黄志的表情一下子变得有些尴尬，他干笑着："朋友，普通朋友。"

赵强在心里哼了一声，直接问他："难道不是男女朋友吗？"

"当，当然不是，我，我是有老婆孩子的。"黄志明显心虚了，说起话来都有些结巴，他吞了一口口水，并不敢直视他们。

秦渊压低了嗓音，眼睛看着他道："黄先生，你最好如实回答我们的问题，今天早上，我们找到了于秀敏的尸体。"

黄志猛地抬起头，瞪大了眼睛，非常震惊："什么？！她，她死了？"

赵强补充道："她被人杀害了。"

"我们有证据表明，她四天前晚上是在你家里过夜的。"到了黄志小区的陈默已经调出了那天的监控，看到了在晚上8点他们一起进入小区的画面，秦渊身体前倾看着已经快要出汗的黄志。"现在，我再问一遍，两位是什么关系？"

赵强在一旁同样在给他施加压力："黄先生，如果你不说实话的话，我们有理由怀疑是你杀了她。"

果然，黄志一听说他们怀疑他杀人，立马什么都说了："她，她是我的情人，但，但是，我绝对没有杀她，她的确是在我家过夜了，第二天早上我和她一起出门的,之后就分开了,然后再也没有见过面了。我也奇怪为什么就联系不上她了。"黄志想要向秦渊他们表示他的清白,瞪大着眼睛,倒是满脸的诚恳,"警察同志,我说的都是实话啊。"

秦渊继续问他:"那她最后一次和你通电话是什么时候?"

黄志回忆了一下,然后道:"就是那天的中午,吃饭的时候她给我打过电话。"

和石元斐查到的一样,说明他没有撒谎,秦渊接着问:"都说了些什么?"

黄志推了推眼镜:"就是聊了中午吃什么,我本来想约她晚上一起吃饭,不过她说她没空。"

赵强赶紧细问:"那她说了是什么事吗?"

黄志道:"就是约了朋友吃饭吧,不过我不知道是哪个朋友。"

秦渊隐约觉得发现了一个问题,于秀敏早上的时候打电话给她的母亲,说好那天晚上回家吃饭,但是中午又和黄志说晚上要和朋友出去吃饭,那个朋友又会是谁呢?

他想了一下便先略过了这个问题,然后继续问黄志:"三天前的晚上下班之后你去了哪里?"

黄志听到这个问题,发现秦渊他们好像还是觉得他有嫌疑,激动地替自己辩解:"她真的不是我杀的啊,我是爱她的啊,怎么会杀了她呢?"

赵强听着这种话,只觉得异常恶心,还在婚姻中,还理直气壮地说爱别的女人,他语气不怎么好地道:"你只要回答,那天晚上你去了哪里?有人证明吗?"

黄志点点头,回想了一下,如实说了:"晚上和同事去吃了饭,然后我去机场接了我妻子,就一起回了家,我就没出去过。"

秦渊点点头,准备起身,打算结束这次对他的审问:"那看来我们要和你妻子核实一下了。"

黄志一听立马急了,他站起来,语气里满是恳求:"那你们别把于秀敏的事告诉给她听,我妻子不知道我和她的关系的,如果让她知道了,肯定会闹,我不想离婚的。"

赵强有些搞不懂:"你不想离婚,于秀敏也不要求你离婚给她个名分吗？"

黄志语气很轻松，似乎从不认为会有这种问题："她知道我不会离婚的，因为还有孩子，她以后要是找到了更好的男人，我同样也会放手，所以拜托你们千万别让我妻子知道，我不想我的婚姻因此被毁。"

赵强一脸鄙视地看着黄志，心想既然不想婚姻破裂还要去外面找小三？这都是什么鬼逻辑？

陈默查了小区的监控，石元斐查了黄志所在银行和机场的监控，最后都证实了黄志的说法，案发的时段，他的确都有不在场的证明，已经可以排除嫌疑。而同时，他妻子的嫌疑也同样排除了，因为之前还考虑到如果黄志的妻子查到了于秀敏而杀了她的可能性。

秦渊他们回了局里，蓝筱雅也结束了验尸，拿着尸检报告进了办公室。

蓝筱雅把报告递给了秦渊，然后把重要的信息告诉了他们："死者的脖颈上有淤青，死因系遭扼颈致机械性窒息死亡。"

赵强有些意外。"这么说于秀敏是被掐死的？"

蓝筱雅点点头，双手环胸道："没错，缝头发、挖眼睛、缝嘴唇还有缝那什么……"她说着一想到那堆纽扣就忍不住皱了眉头，"总而言之，其他所有的伤都是死后伤，还有一点，死者死前发生过性行为。"

赵强马上反应过来："发生过性行为？是不是黄志啊？"这是他觉得唯一可能的人。

蓝筱雅看向他，问："死者死前和一个叫黄志的见过面？"

秦渊开口道："那是前一天的晚上。"

蓝筱雅听到直接摇头，很肯定地道："那不是他。"

陈默微微蹙眉开口道："可黄志和于秀敏之后没有再见过面。"而且监控已经证实了黄志的说法。

秦渊此时想到了之前黄志提到过的："还有一个朋友，于秀敏那天中午打电话给黄志，说晚上会和一个朋友出去吃饭。"

坐在椅子上的唐逸抬着头看着秦渊："所以说，于秀敏晚上可能去见了一个男人？"

"还不能确定，只是一种猜测。"秦渊说着转头看向石元斐，"石头，你再查一下于秀敏最近的通话记录，特别是她遇害那天的，看她都和谁通过电话。"

石元斐马上就查到了："于秀敏那天打给过三个人，一个是她母亲，一个是黄志，还有一个是固定电话，这个固定电话之前也和于秀敏打过电话。"

秦渊直觉地认为这个号码可能就是他们要找的人："能查到是哪里的吗？"

石元斐快速地敲击着键盘，然后手一拍："查到了。"

赵强急着问："哪里啊？"

石元斐皱着眉头："银行，黄志工作的银行。"

赵强嘴角抽了抽："那不就是黄志吗？"

石元斐冲他摇了摇手，一脸有些看不懂的表情："问题是我之前查过银行的监控，打电话的那个时间段，黄志根本不在银行。"

5

石元斐话音刚落，队员们都觉得这事确实是挺怪的。

于是陈默又向石元斐确认了一遍："那个固定电话打给于秀敏时，黄志不在公司？"

石元斐点点头，语气非常肯定："对啊，那段时间他出去吃饭了，监控拍得很清楚，他是在一小时后才回到公司的。"

唐逸单手托腮道："所以说是公司里的其他人用这个固定电话打给了于秀敏？"

石元斐还是点头："嗯，只有这种可能性了。"

秦渊略一思索，沉声问他："石头，他们通话持续了多久？"

石元斐看了一眼电脑屏幕上的显示，抬头看向秦渊："队长，他们打了十多分钟。"

"这么长时间，所以不可能是打错了。"这就说明打电话的那个人肯定是认识于秀敏的，秦渊又想到了那个约于秀敏晚上吃饭的朋友，他便又问石元斐，"这个固定电话是不是在黄志打电话给于秀敏之前打的？"

石元斐回道："对，三十分钟前。"

这时，木九才缓缓开了口："看来我们有了新的嫌疑人。"

赵强抓了抓头发，看向秦渊，指了指外面："队长，我们是不是又得去一趟黄志的公司？"

于是，秦渊和赵强又一次去了黄志的公司。黄志一见到他们，又紧张起来，他擦着额头上的汗，急着和他们道："警察同志，我真的是无辜的，不是都调查清楚，排除我的嫌疑了吗？"公司的人刚才看到警察来找了他，已经开始议论纷纷了，有些人来问他发生了什么事，他又不能实话实说，只能随便说了一个理由搪塞过去，现在又来找他，还不知道公司的人会怎么传呢！

赵强实在是看不惯他这种人："你紧张什么，只是关于于秀敏的一些事情想再询问你一下。"

"哦，好吧。"黄志稍微放松了一些，但还是有些警惕地看着他们，"什么事啊？"

秦渊开了口："据你所知，你们公司的人还有谁认识于秀敏吗？"

黄志倒是没想到他们会问这样的问题，有些疑惑地看着他们，还是回答了："不会吧，我觉得应该没有。"

赵强接着问："你也没听于秀敏提起过你们公司的其他人？"

黄志摇摇头："当然没有，她根本从没有到过我的公司，不然要是被我领导或是同事发现了就麻烦了。"

赵强心想这倒也是，黄志做的本来就是不能见光的事，当然生怕别人知道了。

"那你之前用过办公室的电话打给于秀敏吗？"秦渊问得很详细，应该要考虑到各种可能性，可能黄志用办公室的电话打给于秀敏，然后被他的同事听到后，按了重拨记下了号码。

可黄志还是摇摇头，否定了这种可能性："没有，我从来都不用公司的电话给她打，都是用自己的手机。"

秦渊微微颔首，从沙发上站起身对黄志道："黄先生，麻烦带我们去你的办公室看一下。"

黄志虽然不知道他们想干什么，但他又没法拒绝，点头的同时也站了起来："好的。"

从会客室走回来，在走廊里走了一段路后就到了黄志的办公室，办公室并不是封闭式的，而是完全开放式的，黄志所在的这个部门有十多个人，有男有女，但以男性居多。

秦渊和赵强的出现自然引起了里面员工的注意，他们都停下了工作或是聊天，抬头看着他们，又看着旁边的黄志，猜测着警察今天来了两次，究竟发生了什么事情。

秦渊扫了一眼办公室，发现有几个空位，便偏头问黄志："这两天你有同事请假没来上班吗？"

"啊？"原本观察自己同事反应的黄志愣了一下，而后道，"我想想。"他推了下眼镜，接着看着秦渊他们道，"有一个生病了，这两天都没来，还有一个有事回老家了，昨天请假的，应该就这两个人。"

秦渊直接道："姓名。"

在得到那两个人的姓名后，秦渊和赵强走出他们的办公室，拿出手机打了电话给石元斐，接通之后，他就道："石头，帮我查两个人。"

听到名字后石元斐马上开始查，结合着公司很快就查到了那两个人，他边查两人这两天的行踪边和秦渊汇报："队长，那个叫周葛的应该确实是生病了，我查了他这两天的医疗记录，他脚骨折了，还有一个叫邹昌奇的，老家在 y 市。"

秦渊听后问："有这两天出 s 市的记录吗？"

"有。"石元斐看着查到的信息"咦"了一声，接着道，"但是我查到的信息是，他买的是去 d 市的机票啊，y 市和 d 市一个在南一个在北啊。"

秦渊沉声问道："是几号的飞机？"

石元斐道："就是昨天下午的。"

除了黄志之外的人用他办公桌上的电话打给了于秀敏，接着原本晚上回家吃饭的于秀敏就说晚上约了朋友，那天夜里于秀敏被害，而邹昌奇在第二天就请假买了机票离开了 s 市，说是回了老家，却飞去了 d 市，把这些信息结合在一起，他无疑有着一定的嫌疑。

秦渊把这些信息在脑子里过了一遍："石头，查一下他和于秀敏是否有关系？"

"好的，队长。"石元斐很快就查到了关键的线索，"查到了，他们居然是认识的！是高中同学而且还是老乡啊！"

秦渊："我知道了，你让眉姐联系一下他还有他的家人，确定他现在的位置。"

"好！"

秦渊挂了电话，走过去问黄志："邹昌奇和于秀敏是高中同学这件事你知道吗？"

黄志满脸的惊讶："什么？！我不知道啊。"

获得了能在黄志身上查到的所有信息，秦渊也不再问了，对一旁的赵强道："我们回去。"

可等他们刚上了车，石元斐又打来了电话，秦渊接了起来："喂，石头。"

石元斐急着想要告诉秦渊，所以语速有些快："队长，在天河路上又发现了一具尸体，陈默他们已经先去现场了，具体地址我刚才已经发到你手机上了。"

停顿了一秒，秦渊回道："好，我知道了。"

看到秦渊的表情不对，赵强忙问："队长，怎么了？出什么事了？"

秦渊皱着眉头发动了车子，沉声道："又找到一具尸体。"

洪眉先一步出发，之后陈默开车带着木九和蓝筱雅也接着到了现场，陈默出示了证件后，他们进入了现场。

和于秀敏的尸体一样，这一次死者的尸体也同样被装在黑色的大袋子里，用红色的丝带封口，放在了一家娃娃店的门口。早上，环卫工人打扫的时候把它当作了垃圾，打开后，才发现里面装的是一具尸体。

一具男性的尸体出现在木九他们的面前，头上是用黑色的麻绳做的假发，他的眼睛被挖去，没有缝上纽扣，而是将他的上下眼皮缝了起来，缝成了弯弯的弧度，让人觉得他隐约是在笑，眼睛的周围缝上了黑色的粗线，两个黑色的圆形，还有两根黑线沿着太阳穴的位置直到耳边，可以看得出来，那是一副眼镜。

他的确是在笑，甚至大幅度地咧着嘴，露出一颗颗整齐的牙齿，像是特意擦拭过，干净的没有一丝血迹。

他的身上没有像于秀敏那样缝满了密密麻麻的纽扣，但是他的脖子上被缝上了一圈黄色的纽扣，远远看着就像是脖子上戴了一条链子一样。

　　蓝筱雅戴上手套，皱着眉头走到了尸体旁边蹲下，迟疑了一下才伸出手开始做检查，之后她停下来，站起身看着陈默和木九，做了初步的判断："死亡时间是昨天晚上10点到11点间，缝麻绳还有纽扣的针法和于秀敏尸体上的是相同的，他身上是完全赤裸的，背后同样有被剖开的痕迹，并且他的男性生殖器被切除了。"

　　陈默双手环胸站在一边："这么看来又是他做的。"

　　"于秀敏是前天死的，这个男性是昨天死的，只差了一天。"

　　蓝筱雅说完看向木九，发现她只是用漆黑的眼睛盯着这具男性的尸体，面无表情，一言不发。

　　就在这时，蓝筱雅看到了向他们走来的秦渊和赵强，向他们招了一下手："队长，你们来了。"

　　秦渊点了下头，然后便问："筱雅，情况怎么样？"

　　蓝筱雅把刚才做的初步判断又重复了一遍："死因我还要回去进行尸检才能得出结论。"

　　赵强走到尸体旁，微微蹲下身体看着死者脸上露出的笑容，然而这种笑容只能让人觉得格外瘆人："这是他做的第三个娃娃了啊。"

　　木九独特的声音在他身后响起："第二个。"

　　赵强惊讶地回头看着木九："不是之前还有一具尸体吗？"

　　木九眨了一下眼睛，视线还停留在尸体上："对他来说，现在他只完成了两个娃娃。"

　　因为之前的是失败品吗？赵强并未细想，回头继续看着尸体："怎么又是纽扣啊，在脖子上缝了一圈简直像项链啊，不过这人还真是执著于纽扣啊。"

　　木九看着尸体脖子的部位，低声缓缓说出了两个字："纽扣。"

　　站在她旁边的秦渊自然听到了她说的话，他偏头看着她的侧脸，知道她肯定发现了什么。

　　下一秒，木九用毫无起伏的语调开了口："如果他用纽扣表达的并不是纽扣。"

6

"用纽扣表达的不是纽扣?"赵强反反复复地琢磨着木九刚才说的那句话,虽然说这句话拆开来每个词他都明白是什么意思,但是怎么连起来他就听不懂了呢?

蓝筱雅也一脸疑惑地看着木九:"木九,什么意思啊?"

赵强紧接着发现在场的秦渊和陈默也都默默地看着木九,明显也没理解,他的心里终于平衡了点,还好还好,看来听不懂的不只是他一个人。

木九面无表情地开口,向他们解释她话中的意思:"他是在用针线和纽扣塑造记忆中的某些人,那些对他来说无法抹去的记忆。"

陈默蹙眉道:"塑造记忆中的人?"

木九微微点了下头,看着他们缓缓开口:"于秀敏的尸体所做成的娃娃,表明他记忆中有一个女人,一头金黄色的长发,大眼睛,喜欢微笑,她身上所缝着的纽扣,并不代表着她之前穿着浑身是纽扣的衣服,而是在他的记忆中,女人穿过一件有很多圆圈图案的衣服,纽扣只是一种表现形式。"

她顿了一下,视线转向地上的那具尸体:"而这具男性尸体,则意味着他的记忆中有一个男人,一头黑色的短发,戴着眼镜,喜欢大笑,他脖子上的纽扣就像强哥说的,代表了项链,而他的男性生殖器被割掉,如果也是他割掉的,那么他厌恶那个男人的原因源自性。"

木九说了一句强哥,赵强立马睁大了眼睛,背脊也立马直了,他心想自己随口说的居然还对了啊!

蓝筱雅有些听明白了,但是用纽扣来表达衣服上的圆圈实在是……受不了。

赵强撇着嘴问木九:"他厌恶那个男人,那那个女人呢?"

木九用漆黑的眼睛看着道:"不只是那个男人,当然还有那个金黄色长发的女人,他厌恶他们两个人,所以用这种方式假想着去剥夺他们的生命,把他们变成了完全无生命的娃娃。"

赵强一下子就糊涂了:"可不是说凶手和用尸体做娃娃的人是两个人吗?难不成他□□吗?"

蓝筱雅听了忍不住白了他一眼，手上还戴着手套就指着他："你这是什么理解能力？他厌恶想杀的又不是于秀敏和这个男性死者，他只是用这种方式塑造了他记忆中的人，想象着把他厌恶的人都变成了娃娃。"

木九用毫无起伏的语调开口："因为他记忆中的人已经死亡，于是他只能用其他尸体作为替代品，用他记忆中的那些特点塑造成他们的模样。"

陈默这时问："那这一男一女和他是什么关系呢？"

木九还没开口，倒是赵强抢先了一步，他一拍手，说出了自己的推测："我知道了，这次我们要找的肯定是个女性，木九妹子说她恨那个男的是因为性的问题，是不是就意味着男人是她的丈夫或者是男朋友，男人抛弃背叛了她，出轨了，而那个女人就是小三！"赵强说完觉得有理有据，一脸自信地看向木九，"木九妹子，我这次推理的对不对？"

木九面无表情地看着他："一半一半。"

"难不成不是女的？"为什么会这么想，是因为赵强觉得后面的推断应该不会错，于是他想大概是性别判断错了。

可没想到他还是判断错了，木九摇了一下头："把尸体制作成娃娃的的确是一个女人，但男人不是她的丈夫，而是她的父亲。"

"父亲？为什么是父亲？"赵强想不明白。

"娃娃。"木九不紧不慢地说出了那两个字，而后解释道，"那是在她孩童时期发生的事，而对于女孩来说，那个时候身边最多的玩具就是娃娃，那也应该是她最喜欢的。"

秦渊表情严肃地颔首道："所以她用娃娃来塑造那段记忆中的人。"

赵强看着木九道："男人是她的父亲，那女人就是他出轨的情人？"他说完心想这下总没错了吧。

木九点头道："对。"

赵强比了一个OK的手势，转了转眼珠，然后开口道："那我们来理一下目前的思路，杀害于秀敏和这名还没确定身份的男性的凶手一开始的抛尸地并不是这里，当然，现在还不能确定是否是同一名凶手。于秀敏的情夫黄志的同事邹昌奇目前有重大犯罪嫌疑，但同时还有一名女性，在抛尸地拿走了尸体，带回去，挖了眼睛、缝了纽扣、在身体内塞了棉花，做成了娃娃，然后把尸体装进了黑色的袋子里，放在了娃娃店的门口。"

等赵强说完,蓝筱雅接着补充道:"于秀敏是前天晚上遇害,尸体在昨天晚上 10 点后到今天凌晨被放在娃娃店的门口,这名男性是在昨天晚上 10 点至 11 点遇害,现在是下午 4 点。"

秦渊分析着:"间隔的时间很短,挖眼、缝上麻绳和纽扣,完成这些都需要很久的时间。"

蓝筱雅在那边点头:"特别是于秀敏的尸体,绝对需要好几个小时。"想想她剪下那些纽扣还有麻绳都费了她这么长的时间!

赵强低着头思索了一下,然后打了个响指:"我觉得最关键的问题是,她是通过什么方式找到尸体的?"

陈默提出:"我们是不是应该考虑这个女人和凶手有某种关系?"一个人在短短两天内在 s 市这么大的地方只靠自己发现了两具尸体,这绝对是不现实的,他觉得这个女人和杀害于秀敏和这名男性的凶手肯定认识或者有某种交易,杀人后告诉了女人抛尸的地点或者把尸体送到了她那里。

木九却很肯定地道:"不是她找的。"

赵强有些吃惊:"不是她找的?难不成是凶手告诉她的?"

木九否定了:"不,是有人把尸体带给了她。"

陈默道:"是不是凶手?"

木九摇摇头,开口后说出了一句让他们倍感意外的话。

"不是凶手,除了他们之外,还有一个人。"

赵强听了睁大了眼睛:"还有一个人?!"

陈默蹙眉问:"女人的同伙?"

"不是同伙。"木九面无表情地缓缓开口,"因为我们要找的这个女人,她的心智可能还停留在孩童阶段。"

....

在昏暗的地下室里,只有中间的天花板上吊着一个灯泡,灯泡亮着,发出淡淡的黄色光线,微微给这个封闭的地方带来了一丝光亮,地下室里没有窗户,只有一扇门,一扇关着的门。

"娃娃。"地下室的一角有一张单人床,床上的被子有些破了,看上去甚至有些脏兮兮的,被子上坐着一个有些发胖的女人,披散着黑色的头发，低着头，头一晃一晃的，头发遮挡住了她的脸，看不清她此时的表情，但可以听到她在说话，地下室里只有她一个人，所以她在自言自语。

"娃娃。"她重复着这个词，因为她的手里正拿着一个娃娃，娃娃看上去已经用了好多年，有些旧，原本白色的布已经变得灰暗，但即使是这样，女人还是用她有些粗糙的手不断抚摸着娃娃的头发，充满着满满的爱惜，她甚至拿起一把梳子，轻柔地梳着娃娃的头发，一遍又一遍，直到每一根都梳过，她才满意地放下梳子，然后举起了娃娃，透过灯泡散发出来的灯光看着她精心打扮好的娃娃，她咧开了嘴，开心地笑了，看了一会儿，她缩回手，把娃娃贴在了她的脸颊上，亲昵地蹭了蹭。

外面传来一阵脚步声还有物体在地上拖行发出的声响，接着是一阵开锁的声音，然后紧闭的门被人从外面打开。

门开的声音有些惊到了原本玩着娃娃的女人，她轻轻叫了一声，然后像保护一个孩子一样紧紧抱着怀里的娃娃，警惕地看向了门口，在看到来的人是谁后，她微微咧开嘴，整个人又放松下来。

男人走了进来，柔声对女人说："千千，你猜我给你带了什么？"他的语气就像是在哄一个孩子。

叫千千的女人歪着脑袋看着他，一脸期待的表情："是不是，那个？"

男人听后点点头，微笑道："对，就是你最喜欢的，来把她做成娃娃好不好？"

千千手里还拿着娃娃，她拍着手，一脸开心的模样："好好，做成娃娃。"

男人把一个黑色的袋子拖到了里面，然后一把抱起放在了床对面的桌子上，然后拉开了袋子的拉链，回头问她："那你这次想做成什么样的娃娃呢？"

千千从床上跳了下来，没有穿鞋子就跑到了男人身边，她看着袋子里露出的女人的脸，歪着脑袋咧开嘴笑了。"妈妈，做成妈妈，妈妈，做成妈妈……"

她不断地重复着。

7

虽然这家娃娃店的门口并没有安装摄像头，但斜对面的一家店门口却装了，陈默联系了店老板，让他调取了监控，正好可以拍到娃娃店门口的一部分，在下午3点10分之前，娃娃店的门口没有放任何的东西，然而几秒后，一个人出现在了监控画面中，看身形应该是一名男性，穿着深蓝色的衣服和牛仔裤，戴着一顶鸭舌帽，他把一个袋子放在娃娃店门口，接着向右转身后离开了监控画面。

那个正是装有男性死者尸体的袋子，他很大胆，因为选择了在白天抛尸，但同时他也很谨慎，似乎是知道斜对面的摄像头可能会拍到他，他刻意压低了帽檐，低着头离开，没有让摄像头拍到他的脸，甚至是侧脸。

天河路很偏僻，除这家店门口安装了摄像头之外没有其他的摄像头，背着一具尸体在大白天走到马路上自然是不可能，他肯定开了一辆车，但是没有摄像头，就看不到他车的车牌。

勘查完现场之后，特案队回了局里，蓝筱雅回法医室进行尸检，而洪眉则开始查死者的身份，一直在办公室对着电脑的石元斐倒是有了一个很大的发现。

石元斐一看到秦渊他们，赶紧从电脑后面探出脑袋汇报："队长，你之前让我查于秀敏遇害那晚邹昌奇小区里的监控，有了重大的发现。"

秦渊一听便有了判断："于秀敏去过那里？"

石元斐颔首道："没错，于秀敏下班后，出了公司，在路边上了一辆出租车，然后就直接到了邹昌奇的小区门口，在那里下了车，时间是晚上7点不到。"

秦渊看着石元斐调出的画面，的确可以看到于秀敏走进了小区，他接着问："有拍到她走进邹昌奇所住的那幢楼的画面吗？"

石元斐又切换到了另外一个摄像头拍摄的监控画面："有，那幢楼的门口正好有一个摄像头对着，而且我还查了电梯里的监控，很清楚地可以看到于秀敏坐着电梯到了十楼，而邹昌奇就住在十楼，虽然走廊里没有摄像头，没法看到于秀敏走进邹昌奇家里的画面，但是基本可以确定了，她到了他家。"

秦渊点点头:"你继续说。"

石元斐快进了监控:"你们看,邹昌奇是晚上6点25分左右到的家,之后一段时间都没有离开家,所以于秀敏到那里时,邹昌奇是在家的,而到了晚上11点多时,邹昌奇到了电梯前,没有看到于秀敏,但是……"

秦渊观察着他把拉杆箱拉去电梯的整个过程,很肯定地道:"他拉了一个拉杆箱,而且里面一定放了重物。"

"下楼后,他一个人拖着拉杆箱到了门口,在门口等了一会儿,上了一辆出租车。"石元斐又切换到小区门口的监控画面,"他把拉杆箱放到了出租车上。"

赵强看着画面中邹昌奇上了车走了,他连忙问石元斐:"那能查到他去了哪里吗?"

石元斐显然已经查过了,仿佛就等着有人问他这个问题,他嘿嘿一笑:"本来是挺困难的,可谁叫他犯了一个错误呢?"

赵强一脸疑惑地看向他的笑脸:"什么错误啊?"

石元斐抬起手推了推眼镜,缓缓道:"他是用打车软件叫的出租车,所以啊,我就可以轻松追踪到他的目的地了,哈哈哈。"说完他还笑了几声。

"干得好。"秦渊开口打断了他的笑声,"在哪里?"

石元斐表情立马变得严肃了:"在风和公园附近,邹昌奇是在那里下的车,时间是晚上11点45分左右。我查了那里的监控。"他切换到了那里的监控,指着屏幕上出现的人道,"你们看,他下了车后进了一条小路,那里没有监控,但是他在几分钟后就走了出来,还是拖着箱子。"

借着路灯,可以从监控画面看出,这一次,邹昌奇拉动拉杆箱明显就很轻松。

木九看着画面中邹昌奇的动作,开口道:"箱子空了。"

秦渊颔首道:"嗯,他把尸体抛在了那条小路上。"

既然已经确定了一开始的抛尸地点,陈默马上对秦渊道:"队长,那我马上带人去那条路上。"

"好。"秦渊向陈默点了下头,而后问石元斐,"石头,之后有其他人到那里吗?"

"我还在看邹昌奇走后的监控画面。"石元斐快进着监控视频,因为已经是凌晨,路上根本没有人,邹昌奇离开后一个小时,一个人才出现在了画面中,石元斐激动地道,"有人出现了。"

可惜还是只有背影,男人进入小路后并没有原路返回,而是走了其他的路离开,石元斐将画面中男人的背影和之前在天河路上拍到的男人背影对比了一下。

秦渊看后很肯定地道:"是同一个人。"

赵强吃惊地开口:"这么说两具尸体全是他拿走的,可是,他是怎么知道那里有尸体的啊?"这一点实在是太过诡异了。

唐逸在一旁点头:"是啊,这也太奇怪了。"

这是他们必须要查清楚的。"石头,你再查一下附近的监控。"秦渊顿了一下,看向木九和赵强,"我们去邹昌奇的家。"

秦渊他们到邹昌奇家的时候,在门口遇到了一个年轻女人,在按门铃,看上去非常焦急,等了一会儿后,她发现没有人出来开门,便从包里拿出了钥匙。

门还没开,她听到身后的脚步声,女人立马回了头,但看到秦渊他们三人后先是露出了失望的表情,接着又紧张起来。

"你好。"秦渊向她出示了证件,"小姐,你住在这个房子里吗?"

女人摇摇头:"不是,这是我哥的房子。"

赵强忙问:"你哥是不是叫邹昌奇?"

女人点点头,又更加担忧起来:"你们是来找他的?"

秦渊颔首道:"是的,那你知道他现在在哪里吗?"

女人急得直跺脚:"我也不知道,我一直联系不上他,所以就来这里找他,可是他好像不在家。"她喘了口气,继续和他们说,"我刚才还去了他的公司,说他请假回了老家,可我又打电话回老家,发现他根本就没回去,我就担心他出事了。"

"嗯,我们也在找他。"

有警察找上门,女人觉得自己的哥哥肯定出事了,焦急地问:"他是有什么麻烦了吗？"

赵强本想说，有一个案子需要他配合调查，虽然现在基本可以确定邹昌奇杀害了于秀敏，但是在没有找到他之前，对于他的妹妹，自然是不能说实话的，可还没等他开口，身边就传来了木九独特的声音。

"他可能有危险。"

这句话让女人一下子红了眼眶，双手紧紧握着："真的吗？怎么会这样？！"她一下子不知所措起来。

秦渊听到木九的话后，偏头和她对视了一眼，而后对邹昌奇的妹妹道："所以我们想进他的家里看看，尽快找到他。"

听到这句话，邹昌奇的妹妹邹紫赶紧道："好好，我开门。"

她打开了门后，带着秦渊他们进了邹昌奇的家。

家里当然是没有人在的，他们走到客厅，秦渊和木九交换了一个眼神，木九点了下头，然后拉了一下赵强的袖子，往卧室的方向走去。

秦渊叫住了想要往里走的邹紫："邹小姐，我想了解一下，你最后一次和他见面或者通话是什么时候？"

邹紫想了一下："见面是，大概是两周前，我们那天吃了一顿晚饭。"

秦渊问："当时你感觉他的状态怎么样？"

邹紫记得很清楚："压力很大，好像是感情上还有工作上的，他有些烦躁，而且吃饭的时候还骂了服务生。他以前不会这样的。"

"感情上……他说过他女朋友是谁吗？"秦渊觉得感情上的问题可能与于秀敏有关。

邹紫摇摇头："没有，我只是知道他有个女朋友，好像最近感情不大顺利，我觉得他精神挺不好的。"

秦渊继续问："那之后呢？有没有电话联系？"

邹紫点点头："有，过了两天，我不放心，就给他打了电话，问了他的情况，他说他去了心理咨询室，似乎感觉不错。"

秦渊在心里思考了一下，同时问她："你知道是哪个心理咨询室吗？"

邹紫表示自己并不清楚："不知道，他没说，我也没问，我感觉他确实好了很多，就放心了，谁知道……你们一定要找到他啊！"

秦渊看着木九和赵强走了出来，对邹紫点了点头："嗯，我们会的。"

之后，秦渊以在这个房子里不安全为由，让邹紫离开了这里，然后让鉴定科的人进入房子采集线索。

门外，秦渊看向木九："怎么样？发现了什么？"

木九抬起手，手上拿着的是一个微型摄像头，面无表情地开口："他被监视了。"

8

找到了线索之后，秦渊三人便马上回了局里，把木九从邹昌奇家里找到微型摄像头给了石元斐。

石元斐把微型摄像头连接上电脑，找到了那一天晚上拍摄下的画面，他们看到邹昌奇和于秀敏在晚上8点多时进入卧室，然后不知道因为什么原因，两人争执起来，邹昌奇一下把秀敏推倒在床上，扒开了她的衣服，于秀敏反抗着，邹昌奇接着就用手狠狠掐住她的脖子，过了一段时间之后，于秀敏停止了挣扎，身体没有了任何反应。

然而邹昌奇没有去查看她是否有事，或者采取什么救治措施，他甚至又掐了一段时间才松开了手，然后强行和她发生了关系，于秀敏依旧没有任何的动静，他这时才发现于秀敏其实早就已经死亡了。

邹昌奇这时似乎才被自己之前的行为吓到了，他把脸埋在手心里，在床边坐了很久，他似乎在思考自己应该怎么办。半个多小时后，他回头看了一眼于秀敏的尸体，从床上站了起来，然后从卧室的柜子里拿出了一个大拉杆箱，正是他们在监控里看到的那个箱子，然后他用床单包住了丁秀敏，抱起后放进箱子里，于秀敏身材娇小，完全被塞了进去。邹昌奇拉好拉链后，他看了一眼墙壁上的钟，时间是晚上9点15分，发现时间还早，他没有马上离开家，而是就这么一直坐在床边上，等到了晚上11点的时候，他才下了床，拉着装有于秀敏尸体的箱子走出了卧室，离开了家。之后发生的就是石元斐通过监控查到的了。

快到凌晨1点的时候，邹昌奇回到了家，他再次走进了卧室，没有睡觉，而是开始整理行李，然后就坐在地上，靠着床这么坐了一个晚上，第二天他早上便离开了家，而这个摄像头最后拍到的画面就是木九和赵强。

根据这段监控画面，完全证实了于秀敏是被邹昌奇在家中卧室所杀害的事实。

石元斐看完后问："这么看来邹昌奇是不是被人监视了？"

木九点点头："嗯。"

赵强觉得很奇怪："木九妹子，你为什么这么肯定邹昌奇是被监视，而不是他自己在卧室里安装了摄像头呢？"虽然不能确定他安装的目的到底是什么，可他觉得也是存在这种可能性啊。

木九听完他说的话，回头看向他，没有解答他的问题，而是反问他："强哥，摄像头是在哪里找到的？"

赵强眨了眨眼，回道："邹昌奇家的卧室里啊。"

木九继续问他："那你刚才都看到了什么？"

赵强虽然不知道木九为什么会这么问，但他还是回答："看到邹昌奇杀害了于秀敏，然后他把于秀敏的尸体塞进了拉杆箱里。"

之后木九便不再说话了，只是面无表情地看着他。

赵强又眨了眨眼睛，这不是还没回答他的问题吗？

唐逸发现赵强还是一脸迷茫的表情，只好和他详细地解释："强哥，这个摄像头还在就说明了问题，如果这是他自己放在卧室里的，那么在杀害了于秀敏之后，在他逃跑之前，他会不拿走那个摄像头吗？所以他肯定是不知道卧室里放有摄像头的。"

石元斐在一旁补充道："就是啊，都已经拍下他杀人的全过程了，难不成他还自己在家里特意给我们留了这么重要的证据啊？"

听他们这么一说，赵强这才反应过来，用手一拍脑袋："哦，对啊，我怎么没想到这点呢？！"

石元斐斜睨着他道："当然是因为你傻啊。"

赵强拍了石元斐的肩膀一下："去你的，我只是一下子没反应过来。"搞清楚了这个问题后，他又问，"那是谁监视了邹昌奇啊？"

唐逸想了一下，马上就把现在的线索联系起来，一脸严肃地推断道："应该就是我们在监控里看到的戴着鸭舌帽的男人，所以他才会知道邹昌奇杀了人，他肯定像石头哥那样查了小区的监控，然后追踪到了他在哪里下的出租车，知道了他具体的抛尸地点，然后就去那里带走了于秀敏的尸体。"

秦渊点点头，然后道："我刚才和邹昌奇的妹妹谈了一下。两周前他们最后一次见面时，她能明显地感觉到邹昌奇很烦躁焦虑，说是因为感情和工作上的事，而几天后她和他通了一次电话，他的情况有所好转，因为他去了一家心理咨询室，但是名字和地址她并不清楚。现在我们有必要查一下他去过的心理咨询室。"

唐逸听到看着他道："队长，你怀疑邹昌奇见的心理医生就是带走尸体的那个鸭舌帽男人？"

"以目前掌握的线索来看，有这种可能。"秦渊顿了一下，对石元斐道，"石头，你能追踪到这个摄像头拍到的画面传送到什么地方吗？"

石元斐已经在查了，他抬头回道："我在试，但是需要一点时间。"

就在石元斐追踪位置的时候，蓝筱雅快步走进办公室，手里拿着的自然就是尸检报告了："各位，尸检报告出来了。"她走到他们旁边，把报告递给了秦渊，然后把重要信息告知他们："这名男性死者是死于药物中毒，我在他体内发现了□□的残留，死亡时间是在昨天晚上 10 点到 11 点之间，他的男性生殖器是在死了很长时间之后才被人割下的。"

秦渊翻看了一下尸检报告，颔首道："好，现在就等眉姐确定死者的身份了。"

没多久后，洪眉根据蓝筱雅还原死者面貌后的照片也确定了死者的身份，这名男性死者叫汪天成，今年 39 岁，是一家公司的副总，已婚，没有孩子。

秦渊问："他的家人呢？"

洪眉摇了摇头："我联系不上他的妻子，陈默已经去了他的家里，家里也没有人。邻居说看到她在今天早上拿着行李匆忙离开了。"

秦渊马上道："让陈默检查一下汪天成的家里有没有摄像头。"既然在邹昌奇的家里找到了摄像头，那么汪天成的家里很有可能也有，而凶手有极大的可能就是突然离开家的汪天成妻子。

"好的。"洪眉马上去联系了陈默，不久后，就如秦渊预料的那样，陈默找到了一个微型摄像头，同样是被放在卧室里。

秦渊听到从陈默那里得到的信息后，开口道："眉姐、唐逸，你们去和汪天成其他的亲人还有朋友同事了解一下，汪天成最近有没有去过心理咨询室,见过什么心理医生?"如果汪天成最近和邹昌奇一样去过心理咨询室,那么多次出现的那名戴着鸭舌帽的男人极有可能就是他们见到的心理医生。

洪眉和唐逸异口同声地道:"好的,队长。"

就在这时,从刚才开始就一直在电脑前奋战的石元斐突然一拍键盘,激动地大声叫道:"队长,我查到了!我查到接收的位置了。"

石元斐追踪到的是一个地下室,秦渊带队很快赶到了那里,他们沿着楼梯走了下去,没多久后就看到了下面唯一的一扇门,一扇紧闭的门。秦渊、赵强还有其他的警察压低脚步声,快速地到了门边上。秦渊把耳朵贴在门上,仔细听着里面的声音,只能隐约听到从里面传出的女人的声音,却听不清楚她在说什么,除此之外没有听到其他的人声。

基本判断了里面的情况,秦渊指了指门的锁孔,赵强看到后点点头,然后拿出工具,开始开门锁,没多久后,传来咔嗒一声,门打开了。

秦渊等赵强拿好了枪,然后快速地打开了门,两个人一前一后冲了进去,下一秒,这个地下室里此时此刻所有的景象就完全展现在他们面前。

狭小的房间里只有一个吊在天花板上的灯泡,发出暗黄色的光,在房间的一角有一张单人床。床上坐着一个女人,靠在身后的墙壁上,她眼睛被挖去了,取而代之的是两颗黑色的纽扣;她的头上是用黑色麻绳做成的假发,很长,一直到她的胸前;她的上下嘴唇被缝了起来,微微上扬的弧度,就像是在浅浅地微笑着;她浑身赤裸着,身上没有任何的东西遮挡。

床上还躺着一个女人,她的身上穿着有些破旧的衣服,脚弯曲着,怀里紧紧地抱着一个娃娃,而她的嘴巴,一张一合,只重复着一个词:"妈妈,妈妈……"秦渊刚才听到的声音显然就是她嘴里发出的。

他们只能看到她的嘴,因为那个坐着的女人的腹部被整个剖开了,而她,几乎把整个脑袋都塞了进去。

"妈妈,妈妈……"地下室里回荡着她的声音。

9

地下室里只有两个人,一个已经死亡的人,一个看上去痴傻的人。

赵强被他看到的这一幕震撼到了,一个活人把自己的脑袋就这么塞进了一具尸体的肚子里,这绝对是他活了快30年第一次见到的画面,一瞬间,所有的人都没有动,也没有说话,只能听到女人的嘴里不断地叫着妈妈。

如果不是可以从面貌和皮肤上判断那个死去的女人其实和她的年龄差不了多少,赵强都以为她们就是母女,她就像是在感受着重新回到自己母亲肚子里的感觉。

他突然想起在他们离开办公室前木九说的话,她说他们在地下室里找到的绝对不会是那个戴着鸭舌帽的男人,找到的只会是把尸体做成娃娃、心智就像孩子的女人。

而事实就像木九所预料的一样,他们没有找到除了她们之外的任何人。秦渊让身后的警察上前控制住了那个看上去痴傻的女人。女人没有反抗,她的头从已经死亡的女人的肚子里伸了出来,头发上脸上都沾着深红色的血迹,她似乎并不明白他们是谁,只是抱着手上的娃娃,双手被戴上了手铐。

女人的尸体被放入了装尸袋里抬出了房间,秦渊和赵强留在了里面,检查着这个狭小房间里的东西。柜子里放满了针线、各种颜色的麻绳,还有一个抽屉里放着密密麻麻的纽扣,各种颜色各种样式各种材质,混合在一起。赵强打开一看,嘴角一抽,心想这要是蓝筱雅在,一定得抓狂。

而秦渊则在桌子上看到了一朵红玫瑰,看上去和这个昏暗肮脏的地下室显得格格不入,他走了过去,拿起了那朵玫瑰花,玫瑰花下铺着一块黑布。他掀起了那块布,下面竟然就是一台电脑,秦渊看着手里的鲜艳的玫瑰花,看来有人把它放在这里,就是为了让进来的人能发现下面的电脑。

住在这个地下室的女人还有女死者的尸体连同在里面发现的电脑被秦渊他们一同带回了局里,尸体被送进了蓝筱雅的法医室,洪眉带着痴傻的女人进行了简单的处理,交由她进行初步的审讯,和她进行交流,尽可能挖掘到关于那个戴着鸭舌帽的男人的信息。

秦渊把电脑交给了石元斐。"从地下室里拿到的。"他接着看向坐着的木九,"上面盖着一块黑布,最上面还放了一朵红玫瑰。"

木九听后微微垂眸,似乎在思考什么问题。

石元斐从刚才开始就在检查这台电脑,就在这时,屏幕一黑,接着跳出来一个东西,他睁大眼睛,然后抬起头看向秦渊,接着又看向了木九,表情有些严肃。"你们快来看这个。"他指了指面前的电脑。

秦渊他们走了过去,木九坐在了石元斐的旁边,看着电脑屏幕。

黑色的屏幕上显示了一串数字,确切地说是6个数字。

03:00:00

木九用漆黑的双眼看着那6个数字,缓缓说出了3个字:"倒计时。"

如同木九判断的那样,下一秒,6个数字同时发生了变动,而就在倒计时启动的那一刻,办公室的电话响了起来。

原本屏息盯着屏幕的赵强和唐逸都被这突然的电话声惊了一下,接着,众人齐刷刷地看向了桌子上的那台电话机。

"石头,做好准备。"秦渊说完走了过去,在石元斐点头后,他伸手按了免提。

秦渊沉声道:"喂。"

几秒后,电话里传来了一个有些低沉的声音,对于木九来说熟悉的声音。

"秦队长,晚上好。"

秦渊回头看了一眼木九,已经知道了打来电话的是谁,但他还是问了一声:"你是哪位?"

"我想应该不用我自我介绍了吧。"他顿了一下,接着开口,"木九。"他似乎知道木九会听到一般。

木九走了过去,在电话前坐了下来,她平静地开口:"解释一下。"

"解释哪一个?向你解释我有没有参与到这个案子中还是解释那个倒计时?"

木九很确定地道:"这个案子和你无关,但是人被你带走了。"在看到红玫瑰的那一刻,她就已经有些猜到了。

"看来你要我解释那个倒计时了。"祁隽缓缓开口,"木九,记得吗?在网上还有一条关于你的死亡预言单,到现在还有90天,但是我发现这个时间太久了,对我来说有些太过漫长了。"

木九面无表情地开口:"我也觉得。"声音没有丝毫的起伏,她依旧是一脸的平静。

祁隽的低笑声从电话里传出:"既然我们都这么觉得,不如就缩短时间吧。"

木九压低了声音,声音里带上了些冷意:"你不是已经缩短了吗?"

祁隽又笑了一声,同样压低了自己的声音:"当然了,不过,三个小时太短了,虽然我迫不及待想要和你见面,但是……"他顿了一下,"这一次,我觉得我们可以玩得更久一点。"

木九听完反问道:"我为什么要陪你玩?"

祁隽轻轻吐出一口气:"当然,你可以不陪我玩这场游戏,这是你的选择,不过既然是游戏,就会有规则,你不妨先听一听规则。"

木九的声音冰冷:"规则你来定?"

"当然由我来定。"祁隽的话音刚落,石元斐面前的那台电脑就传出了一阵嘈杂的声音,原本看着秦渊和木九的他赶紧看向电脑屏幕,可依旧是一片黑色,只有上面的时间在不断地减少。

过了一会儿,祁隽的声音才从电话那头传出,他开口向木九解释道:"你们现在应该可以听到从那台电脑里传出的声音,抱歉,有些杂乱,因为是两个地方传出的。那两个地方分别关着不同的人,一个就是你们在找的人,名字我就不透露了。"他停顿了一下,"而另一个地方,里面有三个人,是一家人,父母还有他们可爱的女儿,是我随机挑选的,现在这四个人的身上都绑着炸弹,三个小时倒计时结束后……爆炸!我一秒都不会多给你。"

秦渊蹙眉开口:"你要我们在三个小时内找到他们的位置。"

祁隽冷声道:"错了。"他又一次叫了木九的名字,"三个小时,不是给你身边那些人的,是给你的时间。"

木九垂眸看着电话机:"你要我一个人找到他们?"

"对。"祁隽轻笑,"这是我们两个人之间的游戏,我不希望有过多的人参与进来,妨碍我们,所以你必须单独到我指定的地方,在那里我给你留下了找到他们的线索,当然,你不能带任何的通信设备,在你确定位置之前你也不能把线索透露给其他任何人,否则,我会提前引爆炸弹,到时候，也许死的就不是他们四个人了。"

　　所有人都看着木九，让她一个人找到两个位置，还是在这么短短三个小时的时间，不说木九可能会有危险，单就这件事来说，怎么可能办到！

　　木九冷哼了一声："那我去你指定的地方的时间也算在三个小时里？"

　　祁隽的声音里带着浓浓的笑意："木九，倒计时已经开始了，你应该已经看到了。"

　　赵强听了直咬牙，他看向电脑屏幕，已经过去了快十分钟了！如果过去要一个小时，那不就只剩下两个小时不到的时间了？

　　木九没有说话，祁隽便继续说："很困难，我知道，对于你来说，找到一个地方或许没有问题，但是两个地方确实太难了，所以你可以选择，去哪个地方，去救谁？是一个控制别人心理的凶手还是一家无辜的人？我都交给你自己选择。"

　　祁隽笑了一声，压低了声音："不过，其实这个决定很好做，当然是去救那一家三口了，你认为呢？"

　　木九沉默了几秒，冷声道："我不需要你替我做决定。"

　　"当然了，我刚才就说过了，交给你自己选择。"他像是突然想到了什么，"啊"了一声，"忘了说了，我可不会告诉你哪个地方关了谁，如果你本想去救那一家三口，最后却找到了另一个人，而导致那无辜的三个人被炸死，木九，可就是你的选择导致的。"

　　"对了，因为你怀孕了，所以我还安排了另外一个人帮你，他现在应该快到那里了。"

　　听到这句话，木九微微睁大了眼睛，她的声音格外冰冷："你把我弟弟扯进来了？"

　　"不用担心，我和他说了之后，他可是自愿要去的，我还以为你听了这个消息会很高兴。"

　　木九用毫无起伏的声音道："听到你的死信我才会高兴。"

　　祁隽听后没有恼，反而笑了起来，笑声过后，他开了口，声音低沉："木九，3个小时，不，2小时41分28秒，你只有这点时间来控制这四个人的生死。"

292

第 9 章　倒计时

1

祁隽说完那句话后,电话就挂断了,办公室一瞬间只有嘟嘟嘟的声音,秦渊伸手按向电话机,接着也挂断了电话。

所有人都看着木九,看着她从椅子上站了起来,赵强一脸的震惊:"这就挂了?地址呢?不是还没说吗?"

木九面无表情地走向石元斐:"石头哥,追踪到了吗?"

石元斐点点头,对木九道"追踪到了,在文风路上的一个废弃工厂里。"

"那就是他安排好的地方。"木九看着电脑屏幕,记下了地址。

不用木九说,石元斐已经查好了过去所需要的时间还有路线:"从这里过去要半个小时。"

"木九。"秦渊想要送她过去,虽然他不能进去,不能陪着她,但是他想保护她到那里。

木九知道秦渊想说什么,只是抬头看着他。

权衡之下,秦渊明白,虽然只是半个小时,但他还是应该留在这里,调配人员继续查找线索:"我知道了,我安排一名警察开车送你去。"

木九视线转向石元斐:"还有多少时间?"

石元斐吞了口口水,紧张地看着时间:"2 小时 38 分。"

半个小时后,木九下了车,祁隽选的地方很僻静,周围几乎没有什么居民区,她的面前是一个工厂,而门口有一个熟悉的人正靠在那里,木九看到他后走了过去。

通过工厂附近的摄像头,石元斐看到了木九坐的那辆警车:"队长,木九妹子到那里了。"

石元斐看向祁隽留下的笔记本电脑,看着上面的数字,有些烦躁地抓了抓头发。"倒计时还有 2 小时 6 分钟，这时间也太紧张了！就靠木九妹子和她弟弟两个人能办到吗？"

秦渊看着监控画面中木九下了车，随后又消失在监控之中，他移开了视线，沉声道："所以我们要和他们一起查。"

石元斐觉得很难："可线索都在那个工厂里，不是不能透露给我们吗？"看不到任何线索，完全就靠两个人在两个小时的时间查到两个地址，而他们似乎只能等待。

"但我们可以尽可能地排除一些地点，首先，我们现在要确定这个案子嫌疑人的身份。"时间紧急，也没时间废话，秦渊马上开始做着安排，"赵强，你去看看眉姐问的怎么样了。看我们带回来的女人能不能提供嫌疑人的名字或者特征。"

赵强点点头："好的，我马上去。"然后就急着往办公室外面跑，走廊里都是他的跑步声。

秦渊又看向石元斐和唐逸："唐逸，你继续查汪天成的妻子有没有去过心理咨询室。石头，能查到她现在的去向吗？"

石元斐也在查："有点困难，如果她已经离开了 s 市，那她肯定不是坐火车、飞机这一类可以查到信息的交通工具，这就很难查了，她是本市人，没有车，她会去哪儿？"

"如果她还在 s 市，亲人和朋友家肯定不会去的，正规的宾馆都需要登记身份证，所以她会选择小旅馆。"秦渊对陈默道，"陈默，你带人去查汪天成他们家附近的小旅馆，我让石头把她的照片发到你手机上。"

陈默："好的，队长。"

没多久后，蓝筱雅走了进来，开口道："队长，尸检报告出来了，死者是头部遭钝器反复锤击致死，腹部是在死后被剖开的。"

秦渊看向她，问："死亡时间呢？"

"今天早上 10 点到 11 点。"蓝筱雅把尸检报告递给他，然后扫了一眼办公室，发现没看到木九，她疑惑地问，"队长，木九呢？"

秦渊把情况告诉了蓝筱雅。

蓝筱雅一听便急了："什么？！又是祁隽，不是说倒计时还有 90 天吗？她不会是一个人去的吧？"

石元斐无奈地道:"祁隽把时间给提前了,现在木九妹妹已经到那里了,还有言律也去了,他们现在还有两个小时的时间。"他回了一句,然后继续查。

"那他们有危险吗?"蓝筱雅对此特别担心。

秦渊同样也是眉头紧锁:"我已经派专业人员在外部检测过工厂内部了,没有发现什么危险物,目前是安全的。"

木九走到了言律面前,抬头看着他的脸道:"你黑了。"

言律手插着口袋,站直了身体,转身站在了木九的旁边:"刚旅游回来,怎么,羡慕?"

木九面无表情地看着工厂的大门,缓缓说出三个字:"不羡慕。"

言律"哼"了一声,然后指着门旁边的墙壁上:"门需要6位密码才能打开。"

木九没有任何的思考,然后抬起手在数字键盘上按了6个数字:030000,接着嘀嘀两声,显示密码正确,门打开了。

言律蹙眉:"居然这么简单?"

木九没有说话,伸手去推门,工厂的门很大很重,言律看到她的动作,视线瞥向她的腹部,把手放在门上:"让开。"

木九斜睨了他一眼,然后放开了手,退到一边看着言律把大门推开,等到推开的距离足够大之后,她就自顾自走了进去。

所以当言律回头时,木九已经进去了,他眯起眼睛盯着她的背影,然后拍拍双手跟着走了进去。

可刚走没几步,木九毫无起伏的声音就从前方传来,说了两个字:"关门。"

"……"言律咬咬牙,但还是停了下来,转身去关上了门。

这个被废弃的工厂很大,里面的设备都已经被搬光了,此时显得格外空旷,里面只有一把椅子,不知是不是祁隽为了木九而特地准备的,除此之外中间没有放任何东西,当然,除了贴满了整整三面墙壁的纸,密密麻麻数也数不清的纸。

木九走到一面墙壁前停下，用漆黑的眼睛看着那些纸，一些纸上写着文字，一些写着数字，一些是图形，一些是图片，还有一些是人的照片，甚至还有报纸上的一角。木九扫了一眼，墙壁上什么样的信息都有，他们需要的和不需要的都混合在一起，难以辨别。

　　的确，祁隽在这个工厂里给木九和言律提供了找到他们四个人的线索，但是他故意给了过多的信息。

　　现在只剩下两个小时不到的时间，普通人在这么短的时间内根本都看不完这么多信息，而祁隽要让他们完成任务的难度更加恐怖和不可思议，他让他们两个人在这些数不清的纸中提取出隐藏在其中的线索，从而拼凑出那两个地址。

　　一个几乎不可能完成的任务。

　　言律走到木九的旁边，也扫了一眼墙壁上的纸，马上皱起了眉头，他偏头看着木九："你这边，我那边？"

　　木九却似乎并不急着开始寻找线索，她转头看向言律，问他："祁隽给你听过那段录音吗？"

　　言律漫不经心地点了下头："从那两个地方提取出的声音？他给我听过。"

　　木九继续问他："你都听到了什么声音？"

　　那些声音还保存在他的大脑里，所以言律没怎么思考，直接回答："电视机的声音，车子开过的声音，还有人的声音，而且他们的嘴都被贴上了封条。"

　　木九补充道："还有滴水的声音，所以那两个地方可能是地下室、下水道、他们的家里，或者只是祁隽安排的一个房间。"

　　言律斜睨了她一眼："其实也没有缩小多少范围，主要的线索还是在这三面墙壁上。"他又扫了一眼那三面墙壁，舔了一下嘴唇，眯着眼睛，眼神里满是冷意，他压低了声音开口，"真想快点把他给解决了。"

　　木九没有回应言律说的话，而是转换了一个话题："祁隽说那一家三口是他随机选择的，这不可能，他选择任何人都有他的原因，就像他带走的那个男人，就是因为那个男人在某些方面和他很像，喜欢控制别人完成他想要完成的事，达成效果。"

言律冷笑一声，手插着口袋，微微弓着背："他让我们参与到他设计的游戏也是一样的，限定一个时间，找出那两个地址，破解了，救了四个人；破解不了，就如同是因为我们的失误间接害死了他们，还真是想得好。"

木九眯了眯眼睛，她的视线停留在一张只写了一个数字3的纸上，缓缓开口："或许不是四个人。"

言律偏头看她："什么意思？"

木九面无表情地看着言律："为什么他给的时间是三个小时，不是两小时，也不是四小时。"她之前并没有考虑这个问题，但是现在她觉得有一些地方不对劲。

言律听后同样眯了眯眼睛。

木九继续说着，声音如同机器发出的一般毫无起伏："绑架的无辜者是三个人，参与这场游戏的，你、我、他，也是三个人，这个工厂的门牌号是三，线索又是在三面墙上，这可不是巧合了。"所有的全都是三，这是祁隽刻意的安排。

言律明白了："所以我们要救的实际上只有三个人，根本没有你们的嫌疑人。"

木九的视线从言律的脸上又回到了那张纸上："而他给我们的第一个关键词，就是三。"

2

特案队办公室。

"队长，队长！"人还没进来，走廊里就传来了赵强大叫的声音，几秒之后，他一把抓住门，一下子冲进了办公室，手里还拿着一张纸。

"好的，我知道了，谢谢。"秦渊刚接到电话，逃离s市的邹昌奇已经被那里的警察给抓捕了，现在正在押回s市的路上。

秦渊放下手机，看向走过去还喘着气的赵强："怎么了？眉姐问出什么了？"

赵强走到秦渊旁边："把尸体做成娃娃的女人叫千千，除了告诉了眉姐她的名字，其他什么都问不出，但是，她画了画像，一个男人的画像。"

赵强把那张纸给秦渊看，吞了口口水，激动地道，"就是我们要找到的那个男人。"

秦渊看向那幅画像，这个叫千千的女人，虽然心智还如同孩子一般，但是应该学过画画或者在这方面很有天赋，画像画得非常细致，一个戴着鸭舌帽的年轻男人，面容清晰可辨，眼神中带着一种温和和沉着。

秦渊把画像给了石元斐："石头，尽快确定这个人的身份，他的年龄应该在30岁左右。"

唐逸放下电话，边举起手边叫："队长，我有发现！汪天成的妻子最近的确去过一家心理咨询室，这件事，她只和一个朋友提过，是因为汪天成在外面有个情人，而且就是他公司里的，汪天成似乎还要离婚，她知道后接受不了，心里非常痛苦，就去了心理咨询室。"

秦渊马上问："知道是哪家吗？"

唐逸有些无奈地摇摇头："不知道，但是汪天成的妻子提到过，那个心理治疗师姓高。"他不知道这个信息能不能锁定目标。

听到这个重要的信息，石元斐赶紧睁大了眼睛看着屏幕，接着就找到了匹配的人："姓高，有心理医师的执照，查到了！高靖，就是他，他经营着一家心理咨询室，在国服路上。"

"好，赵强，你带人去这家心理咨询室。"接着，秦渊又派了警察前往高靖的家进行搜查。

看不到祁隽留下的信息，也没法和木九进行交流，他们现在能做的就是进行排除。

"第一个关键词是三。"

木九看着眼前的满墙壁整整齐齐贴着的纸，确定了一件事："用三来提取这些信息。"

可问题是以什么样的规律，隔三取一张纸，还是每一行的第三张纸，或者是每一列的第三张纸，或者……还有其他的方式。

如果没有办法确定，提取线索依旧无比困难。

言律看着中间一张风景画，轻哼了一声："你没有想过，祁隽根本就没想让我们破解出来，他只是给了我们这些乱七八糟的东西，看着我们浪费两个小时的时间，最后再引爆炸弹。"

木九摇了下头，非常肯定："不，线索一定在这里，他设计这场游戏就是为了让我们知道，他能控制任何人的生死，而我们没法改变。"祁隽在等待倒计时结束后，告诉他们线索在哪里，如何去破解，他想要的就是通过这种方式高高在上地嘲讽他们。

言律听后低头冷笑着："他还真当自己是神了吗？还真是言斐文教出来的。"

木九伸手拿下了墙壁上的一张纸，声音毫无起伏："开始吧。"

此时距离倒计时结束还有 1 小时 37 分 39 秒。

在确定嫌疑人的身份后，秦渊对石元斐道："石头，高靖的资料。"

石元斐马上看了一遍，然后把关键的信息告诉秦渊："高靖，28 岁，父母在他很小的时候就离婚了，然后父亲马上再婚，和第二任妻子有一个儿子，问题是这个儿子是在高靖父母离婚之前就已经生下了。"

唐逸听后皱了眉头："所以说高靖的父亲当时已经出轨了，而且已经和小三有了孩子，然后才和他母亲离了婚。"

石元斐点点头，继续道："就是这样，没多久之后，高靖的母亲就生了重病，高靖的父亲一点都没管他们，接着他母亲就过世了，这么一看，简直和姚千千的经历一模一样啊。"他们从地下室找到的女人叫姚千千，她的父亲当时发现她的智力缺陷后就抛弃了她们母女，之后马上再婚，又生了一个儿子，而在姚千千母亲车祸去世之后，她的父亲也没有管她。

秦渊沉声道："所以通过那些娃娃表达自己愤怒的不仅仅是姚千千，还有高靖他自己。"他从那些来找他做心理咨询的人中找出那些因为自己丈夫或是妻子出轨的，在他们的家里装了摄像头，然后用自己的方式让他们去谋杀了自己的丈夫或妻子，通过摄像头看到了他们行凶杀人之后，追踪到他们的弃尸地点，把尸体带到了地下室，让姚千千制作成了娃娃，再由他放在娃娃店的门口。

秦渊派去高靖家里的警察发现家里并没有人，没有高靖也没有其他任何人，而赶到心理咨询室的赵强很快打来了电话："队长，高靖经营的这家心理咨询室今天根本没有营业，我们进去看了，没有找到任何人。"

秦渊并不放心："都搜仔细了吗？"

赵强："嗯，所有的房间都搜查了一遍，没有找到任何人，我觉得关他们的地点应该不在这儿。"

秦渊听后又问了一句："有没有暗室或者地下室？"

赵强回道："也没有。"

秦渊继续问："那找到高靖的办公室了吗？"

赵强此时就在那间办公室里，他的手上拿着一个本子："找到了，他的电脑在，而且我找到了一本他用来记录行程的本子，上面写着他今天要去故名路。"

听到这个路名，秦渊马上反应过来："故名路，故名墓园。"他说着看向石元斐。

石元斐接收到秦渊的视线后马上低头开始查，查到后，抬头看向秦渊："他母亲就葬在那里。"

"好的，我知道了，赵强，你回来吧。"秦渊挂了电话，对石元斐道："马上查故名墓园的监控。"

石元斐点点头，眼睛紧紧盯着电脑屏幕，调出了那里的监控，开始查找高靖。

之后，陈默又打来电话："队长，找到汪天成的妻子了，她的确躲在一家小旅馆里，她承认了昨天晚上在牛奶里投毒，杀害了汪天成。"

"好的，辛苦了，把她带回局里。"秦渊挂了电话，而石元斐根据时间很快在监控里看到了高靖。

石元斐一脸疑惑的表情："队长，高靖的确去了故名墓园，而且……他现在还在那儿。"

秦渊蹙眉。"还在那儿？"祁隽说把高靖关了起来，难不成就是故名墓园？

石元斐点点头，也觉得有些奇怪："对啊，从他到那里到现在已经过了三个小时了，他的车还在停车位上。"

秦渊问："能找到他在什么具体的位置吗？"

石元斐摇摇头:"他至少有两个小时的时间没有被摄像头拍到了。"

那他就是在某一个没有摄像头的位置有两个小时没有移动过了,秦渊感觉不对劲,表情严肃地对石元斐和唐逸道:"我去故名墓园一趟,有任何事给我打电话。"

石元斐和唐逸异口同声地道:"好的,队长。"

秦渊带着几名警察到了故名墓园,将情况告知了墓园的工作人员,然后让他们协助着进行搜查,搜查了十五分钟后,秦渊和一名工作人员走到了墓园的一处角落里,在一片树林中,他隐约看到了一个房子。

秦渊用手指着那里问身边的工作人员:"那里是什么?"

工作人员往那儿看了一眼,道:"是树林管理人员住的屋子。"

秦渊看了一眼四周,发现这里没有安装任何的摄像头,他开口问:"每天都有人在吗?"

工作人员摇摇头:"不是,林师傅生病请假了,所以今天里面应该就没有人。"

今天屋子里没有人……秦渊听后感觉有些不好,便道:"去看看。"

他们走到了门口,秦渊敲了一下门,没有人回应,接着他转了一下门把手,门没有锁,竟然直接打开了。

工作人员一看惊讶道:"哎!奇怪,没有人时门应该是锁着的呀。"

"你在外面待着。"秦渊叮嘱好之后,推开门,独自走了进去,屋子很小,潮湿昏暗,只有一张床、一张桌子和一把椅子,还有一些简单的生活用品。秦渊偏头便看到了床,床上有一只很大的**玩具熊**,和成年人一般高,棕色的,靠在墙壁上,秦渊走了过去,停在床边上,俯身看着玩具熊的眼睛,原本应该在上面的两颗纽扣没有了。

在那两个孔中,他此时看到的是两只人的眼睛。

距离倒计时结束还有 1 小时 03 分 28 秒。

3

玩具熊里装着的是高靖,已经死亡了的高靖。

玩具熊的脖子上有一条横向的拉链,拉开之后,玩具熊的脑袋便整个掉了下来，露出下面高靖颈部的切口，他的尸体被塞进了玩具熊里，不过却不是完整的，而是被肢解成了六块，再一块一块地塞了进去。

秦渊把高靖的尸体带回了局里，交给了蓝筱雅，蓝筱雅一眼看到玩具熊，先是一愣，接着看到了玩具熊眼睛位置那一双人的眼睛，便清楚了，这不是普通的玩具熊，里面装着的是尸体。

她将玩具熊拆开，从里面取出了高靖的六块肢体，在解剖台上重新拼在一起。

秦渊检查过了，无论是高靖的身上还是故名墓园的那个屋子里，都没有找到爆炸物的任何踪迹。

从秦渊那里得知高靖的死信后，众人都感觉很震惊。石元斐皱着眉头推了推眼镜说："难不成祁隽说的被他关在某个地方的不是高靖而是另有其人？"

唐逸却摇摇头："应该不是，我担心的是，祁隽抓的那一家三口也已经被杀害了。"他说完叹了口气，一脸愁苦的表情。

赵强烦躁地抓了抓头发，差点从椅子上跳起来："那他想干吗？！把人都杀了，然后让木九妹子和她弟弟去破解什么地址啊？合着不是去救人，而是去找尸体的吗？这不是耍着人玩吗？"

石元斐点点头："就是啊，可有什么办法呢？"

秦渊长长舒出一口气，有些无奈："这是他制定的游戏规则，不到最后一刻，谁都不知道祁隽到底想干什么。"高靖虽然已经死了，但是他们不能判断那一家三口现在的情况，他们也不能拿那三条人命来赌。秦渊低头看了一眼手表，距离倒计时结束已经不到四十分钟了，守在那里的警察并没有打来电话，说明木九和言律还没有从里面出来，也就意味着他们还没有破解，他不知道里面是什么情况，不知道祁隽是如何给他们留下线索的，最重要的，他不知道木九的情况。

他收起自己的情绪，问洪眉："在地下室发现的那名女死者的身份确定了吗？"

洪眉点点头，把死者的信息告诉了他："已经确定了，女死者叫胡慧，28岁，已婚。"

石元斐抬起头道："队长，陈默在她家的卧室里也发现了摄像头，我刚才查看过了，杀死胡慧的就是她的丈夫。"

赵强补充着："我也在高靖的心理咨询室里找到了胡慧丈夫曹炜的治疗记录，和之前两名凶手一样的情况。"

秦渊点点头，看向石元斐："能确定曹炜的位置了吗？"

石元斐手停了一下，推了一下眼镜："我正在追踪，他已经离开家了，公司今天也没去，应该是逃了。"

如今这一连串案件的凶手除了曹炜之外都已经落网，而故名墓园没有查到任何的可疑人员，发现尸体的屋子周围也没有安装摄像头，所以他们目前根本无法追踪到关于祁隽的任何信息，如今他们能做的都做了，能排查的都已经排查过了，接下来也就只能看木九和言律了。

"好，有情况给我打电话，我去趟工厂。"秦渊终究放心不下，过去大概半个小时，到那里就还剩下十几分钟的时间。

秦渊刚走了几步，身后赵强就喊道："队长，我也一起去吧。"

秦渊却没答应，回头对他道："你待在这里，工厂那边有足够的人员了，有情况我会通知你。"陈默在外面搜查曹炜躲藏的地点，秦渊必须把赵强留在局里，这样如果木九他们破解出地址，可以确保从不同的位置去被绑架者被关的地点。

半个小时不到的时间，秦渊的车停在了工厂的旁边，他下了车，看着不远处依旧紧闭的大门，看了一眼手表。

此时距离倒计时结束还有 13 分钟。

在沿着墙壁走了无数遍，反复推算之后，木九又重新回到了一开始的位置，她看着那张写着数字 3 的纸条，面无表情地缓缓开了口："我知道了。"

和她同时开始进行推算的言律此时并没有完成，听到木九的那四个字后，他走到了她旁边："你破解出地址了？"

木九却没有回答他，而是伸出手，在写着数字 3 的纸条上用两根手指点了一下，接着，隔了三张，她在一张画着玫瑰花的纸上同样用手指点了一下，她继续走，在一张风景画上点了一下，她没有丝毫的停留和迟疑，又继续向前，重复着之前的动作，她手指向的位置时高时低，却没有重复点任何一张纸。

就这样，她走到了第一面墙壁的最后，她转了一下身，走到了第二面墙壁前，继续重复着之前的动作，第二面墙壁结束，她又走到最后一面墙壁前。

言律原本跟着木九一起走，但之后，他就站在了工厂的中央，看着木九的动作，直到她点了最后一张纸。

"你说得没错，这些纸上的信息都是无用的。"木九说着转身看向了言律，声音平缓，"因为他给我们留下的是线路图。"

"线路图？到那个地方的线路图？"这倒是言律从没有想到的，直到刚才他还是觉得这就是祁隽为了耍他们而设计的游戏。

木九点了点头："从3开始，工厂是3号，所以就是从这里开始，他把到那里的线路图留在了这三面墙壁上。"

言律挑眉道："所以我们现在知道了路线。"

"但我需要地图。"她知道秦渊肯定派了警察守在门口，甚至外面还有他在，可她不能等出去再告诉他们如何到那个位置的路线，剩下的时间根本不够，她需要直接推出具体的路名和门牌号，然后告诉秦渊，让最近的人员赶到那里。

言律手插着口袋，看着她的眼睛，抬起下巴笑了，语气里带着满满的炫耀："地图可就在你眼前。"

木九听后没有丝毫的喜悦表现在她的脸上，她只是微微挑了一下眉头，面无表情地开口："哦，你可总算派上用场了。"

居然被当作了无用之人，言律一下子敛了笑容，眯起了眼睛，看着木九恶狠狠地道："快说。"

木九走到言律身边，然后看向第一面墙壁，那些被她用手指点过的纸就像形成了一个个圆点，连接起来，形成的路线已经印刻在了她的脑子里，她没有任何的停顿，直接开了口："直走到第一个路口，右转走到第二个路口，左转走到第一个路口……直走300米后，到达位置。"

言律原本闭上的眼睛缓缓睁开，那些路线已经传输进了他的大脑里，与这附近的地图开始进行重合，而在这个过程中，他转身抬起脚往门口的方向走去，木九也跟了上去，走在了他的旁边。

他们一同走到了门口，在拉开门的那一瞬间，言律直接报出了地址："恒烨路333号。"

站在门口的秦渊在第一时间就听到了这个地址，他拿出手机马上打出了电话："石头，马上通知恒烨路最近的警局，地址是恒烨路333号，有爆炸物。"

挂了电话，秦渊看向手机上显示的时间，然后看向木九和言律，表情凝重："还有七分钟。"

木九点点头，然后伸出手摸了一下言律的头发。

言律感觉到之后，马上露出了嫌弃的眼神。

"果然只有一个地址。"秦渊喘了一口气，透过他们看到了工厂里的墙壁上那些密密麻麻数也数不清的纸条，他根本无法想象他们是如何在这么短的时间推断出来的。

听到这句话，木九已经确定了一件事："高靖的尸体找到了？"

"嗯，找到了，在故名墓园的一个屋子里，他的尸体被肢解后塞进了玩具熊里。"接着秦渊突然反应过来，木九叫了他的名字，她应该是不知道的，他接着想到了一种可能性，"里面写着他的名字？"

木九点点头，里面写的还不止这些："在高靖小的时候，他把自己塞进了玩具熊里，挖去了它的眼睛，躲在他父母的卧室里，就为了亲眼确定他的父亲在外面有了情人，那一天晚上，他也的确看到了。"

高靖会形成如今扭曲的心理，做出这样的事就源自小时候的这一次经历，而现在在他死后，他又一次回到了玩具熊里，算不算是一种命运？

秦渊紧张地看着时间，看着倒计时的时间越来越短，他不知道倒计时结束之后，他接到的第一通电话告诉他的会是什么样的消息。

几分钟后，石元斐打来了电话，声音却是非常无力："队长，爆炸物拆除了，但是……"他停顿了几秒，才又开口，"屋里的三个人已经确认死亡……"

4

秦渊挂了电话，看向木九，面色凝重："爆炸物拆除了，三人都已经死亡。"

木九依旧面无表情,只是眨了下眼睛。

言律冷笑着道:"所以我们还是被他耍了,无论能否破解出来,结果他们都会死。"

"去现场吧。"秦渊牵起木九的手,而后看向旁边的言律,"言律,你……"

言律抬着下巴,看着秦渊道:"我也去。"

秦渊点点头,没有反对,但是木九却开了口:"你别去。"

言律蹙眉看着她:"为什么?"

木九偏头看着他,漆黑的眼睛盯着他,却不说话。

言律眯起了眼睛,压低声音道:"这地址好歹也是我……"

"回家。"木九也微微眯起了眼睛,冷声说了这两个字,完全是不容他拒绝的语气。

秦渊看了一眼木九,知道她不想再让言律牵扯进来了,便道:"那我派人送他回家。"

木九满意地点了下头,跟着秦渊上了车,留下黑了脸的言律。

秦渊发动车子,开往恒烨路的方向,路口的红灯亮了,车停了下来,他偏头看向木九:"你怎么样?"

木九眨了眨眼睛:"有挫败感吗?"

秦渊伸手摸了一下她的脑袋:"我是问你身体怎么样?"

木九揉了揉肚子:"肚子饿了。"

"知道你会饿。"秦渊拿出一个袋子,然后放在木九的腿上。

木九打开一看,里面全是她爱吃的东西,她从里面拿出了一包零食,偏头看向他。

"秦渊,我不会死的。"

......

恒烨路333号,是一家店铺,离这里最近的警察到这里时,铁门紧锁,在撬开锁,拉开铁门之后,就看到了在里面背靠背坐着的三个人,一男一女还有一个小女孩,他们的身上都被绑上了炸弹,那时候距离爆炸还有两分钟的时间，而在他们面前的电视机还在播放着新闻。

他们迅速且成功地拆除了炸弹，但同时也发现三个人其实已经死亡。

二十分钟后，秦渊的车在门口停下，两人下了车，现场已经被封锁，秦渊出示了证件，和木九前后走了进去。

爆破组的组长和秦渊说明了一下情况，而木九戴上了手套走到房间的中央看着已经死亡的三个人。

几乎只看了几眼，她微微眯起了眼睛，然后看向了在门口的秦渊。

秦渊接收到她的目光，在听完对方说的话后，颔首道："谢谢，辛苦了。"他走到木九面前，知道她有了发现，"怎么了？"

木九面无表情地开口，很肯定地道："他们不是一家人。"

秦渊有些意外地看着她："不是一家人？"

木九就说了两个字："戒指。"

之后，蓝筱雅和赵强也赶了过来，蓝筱雅一看到木九，就冲过去一把抱住："你可吓死我了，没事吧？"

木九摇摇头："我没事。"

赵强则一脸激动地道："木九，你和言律太厉害了，简直神了！我们刚才看到工厂里的线索了，整整贴了三面墙壁啊！怎么做到的？"

蓝筱雅斜睨他一眼："她说了你也听不懂。"

秦渊打断赵强，看向蓝筱雅："这个以后再说，筱雅，先检查一下尸体。"

蓝筱雅点点头，戴上了手套走到尸体前，开始做初步的检查。

过了一会儿，她站起身，对他们道："三名死者都没有外伤的痕迹，应该是中了毒，死亡时间在三个小时左右。"

赵强震惊地道："所以祁隽打来电话的时候他们已经死亡了？！"

蓝筱雅有些无奈地颔首道："是啊。"

唐逸所担心的事情还是发生了，无论是高靖还是这三个人，其实早就已经死亡，如果在倒计时结束后木九和言律无法推断出地址，爆炸发生，虽然他们不是爆炸身亡，但这些爆炸物的威力足以导致周围人的死伤，这就是祁隽的目的，他掌握着整个游戏，不会因为任何人而改变多少。

"咦！"这时蓝筱雅无意中从男性死者的衣服里找到了一张纸条，上面写了三个字：陶逸言。

蓝筱雅把纸条给他们看，接着又从另外两位死者的衣服里同样找到了纸条，女性死者衣服里的纸上写了三个字：汤宁斐；而那个小女孩的衣服里的纸条同样也写了三个字：顾文文。

木九把三张纸条拿在了手里，三个人名字的最后一个字连起来就是："言斐文。"这就是祁隽挑选他们的原因，就这么无聊而残忍地夺去了他们三个人的生命。

勘查完现场之后，他们带着三具尸体回了局里，很快就确定了三人的身份，他们的确不是一家人，姓名和纸条上的完全一致。

蓝筱雅进行尸检之后，确定他们的死因相同，是中了同一种毒，毒蜘蛛的毒，与血色婚礼的案子是同一个品种的毒蜘蛛。

这是他们交手的第一个案子，而现在他又一次用了毒蜘蛛，或许是觉得这是最后一次了。

最后一名嫌疑人曹炜一个小时后在他的一个朋友家里被陈默抓捕，可直到这个时候，祁隽却依旧没有打来电话，在地下室找到的那台笔记本电脑，屏幕上就定格在 00：00：00，再也没有任何反应。

赵强觉得实在太奇怪了："祁隽是什么情况？没有下文了吗？"这种不知道他想干什么、以后还要干什么的感觉实在是太糟糕。

唐逸摇摇头，表示自己也搞不清楚，接着他们下意识地看向了木九。木九一如既往的淡定和面无表情，正喝着牛奶。

完成审讯的秦渊从门外走了进来，曹炜已经认罪，和他们之前的推断没有什么差别，他看向石元斐："石头，监控查的怎么样了？"在放有三具尸体的店铺里装有摄像头，而且当时在运行中。

赵强摊手道："肯定没有吧，如果他们没有清除监控画面，这种事也肯定不会是祁隽自己去干的。"他已经对监控不抱什么希望了。

"啊！"石元斐突然睁大眼睛看着电脑屏幕，倒吸了一口凉气。

赵强被他吓了一跳，忙问："怎么了？你看到什么了？"

石元斐推了推眼镜，开口道："监控画面竟然没有被清除，完完整整地拍下了，他们三个人是在这里面被杀害的。"

"啊！"赵强反应过来，所以那时候他们还能听到他们在胶带下发出的细微声音，他看着石元斐的表情，"难不成拍下凶手的模样了？"

"拍下了，就一个人。"石元斐用手指指着电脑屏幕，还是有些发蒙的样子。

秦渊几人听到后马上走到他的旁边，而石元斐看着向他走过来的木九，表情有些复杂："木九妹妹，你是不是说过祁隽的脸上有伤疤？"

木九没有回答，而是走到了他的旁边，看向了屏幕，看向了被石元斐暂停的监控画面。画面中有一个男人，他的脸上没有任何遮挡物，所以正脸完全被摄像头拍到，他的左脸上有一道狰狞的疤痕，破坏了原本清俊的脸。

木九看着那个男人，缓缓开口："祁隽。"

唐逸吃惊地问："真的是他？"

下一秒，木九说了一句让他们都不明白的话："怪不得。"

赵强一脸疑惑，看向面无表情的木九："怪不得什么？"

这时，蓝筱雅走了进来，手里还抱着一个盒子："小九，有你的快递。"

"速度真快。"木九说着走向了蓝筱雅，接过了那个盒子。

蓝筱雅拿来剪刀递给她："你买什么了？还挺重的。"

木九没有回答她，她把封条剪开，然后打开了那个盒子，里面还有一个黑色的盒子，她把黑色的盒子从外面的盒子中取了出来，下面还放着一个黑色的信封，她把信封放在一边，先打开了盒子，盒子的里面在下一刻同时展开，露出了里面的东西。

一个人头。

一个男性的人头。

他的两只眼睛大睁着，左脸上一道狰狞的疤痕，从眼睛直到嘴角，和监控里拍到的男人是完全一样的脸。

"啊！"蓝筱雅在看到的那一瞬间惊讶地倒吸了一口冷气，不是因为看到人头害怕，而是因为这个人头是寄给木九的。

"天哪！这是谁啊？！"

所有人都走到了木九旁边，看着放在红色绸布上的人头。

木九没有丝毫的意外，因为在看到监控的那一刻，她就已经知道，祁隽肯定已经死了。

她只是看了一眼他的人头，然后拿起了旁边的那个黑色信封，黑色的信封上没有写任何的字，她打开信封，从里面拿出了一张信纸，上面用钢笔写了一句话。

亲爱的言斐文的女儿：

这是送给你的一份小礼物，希望你能喜欢。

署名为：s

而在同时，网站上那条原本关于木九的死亡预言被替换了。

"祁隽，男，27岁，死亡时间：2015年9月29日，死因：自杀。"

第10章 番外

1

我叫祁隽。

这是言斐文给我起的名字，当然我之前并不叫这个，在孤儿院收养我的养父母给我起过名字，但我现在只能记得是三个字的。

被亲生父母抛弃之后，我又有了一对父母，那几年一切都很好，虽然我已经忘记了。

七岁时，我的脸上被划开了一道很深的口子，从左眼一直到嘴角，是我的养父用刀划开的，意外，他们是这么说的。

没有送我去医院，而是在小诊所里处理了伤口，幸运的是没有伤到眼睛，但是那道伤疤却永远留下了，狰狞而可怕。

半年后，他们把我遗弃了，因为他们当初领养我就是因为这张脸，现在，脸被毁了，自然就可以丢弃了。

于是我到了大街上，流浪乞讨，过了也许一年，也许半年，也许只有几个月，一个男人出现在我的面前。我穿着破烂的衣服，他穿着高档的大衣，站在我面前，递给我一个包子。

男人俯身问道："要不要跟我走？"

"去哪儿？"我旁边比我大一岁的孩子问他。

他缓缓笑了起来："让你重生的地方。"

"那是哪里？"旁边的孩子继续问他。

我也不是很明白他说的，于是只是盯着他的脸。

他依旧没有解释，他抬起手看了一眼手表，然后微笑着看着我们开口："不过，我不能带走你们两个人，我只带走一个，所以，我等会儿要去办事，等我办完事回来，我带走你们中还活着的那个人。"

男人走后，旁边的孩子对我说："那我们打成平手不就好了？这样我们都活着了，都可以被带走了，是不是？"

"是啊。"我看着他点点头，心里却在骂他傻。

冬天快要来了，没有地方住，没有吃的，等待我们两个的只有死亡，男人只会带走一个人，这就意味着，如果等到他回来，我们都活着，他一个都不会带走，他只会带走活下来的人，我们中的强者。

这很公平，人们向来只会选择更优秀的那一个，无论是在什么时候。

半个小时后，那个男人回来了。

我活了下来，当然了，只有我一个人活了下来。

他看了一眼我旁边沾着血的砖块还有我衣服上被溅上的血迹，只说了一句话："下次不要弄脏了自己。"

那个男人就是言斐文。

他把我带回了他的地下基地，他所说的重生之地。那里住着一些孩子，和我差不多的年龄，他从不教授知识，那些都要靠他们自己去学习，他要的只是成果。

他采用的方式很极端，但也很有成效，就是优胜劣汰，弱肉强食，你杀不了别人，那接下来被杀死的就是你。

半年之后，我杀了我的养父母，言斐文查到之后，只说了一句话："要是我，我只会杀了他们的儿子，而且让他们亲手杀了。"

我不懂，因为当初我的亲生父母还不是像垃圾一样把我扔了。

后来，我发现，言斐文的女儿和儿子也在这里，和我们一样经历着相同的训练，在木九没有离开之前，我曾经尝试过杀了她和言律，为了向言斐文证明我的能力。

没错，因为就像木九说的，我从来不被言斐文所重视，从进去的那一天，直到言斐文被抓，即使他是一个失败者，但他总能让我觉得自己比他更加失败。

可后来言斐文这个失败者死了，我没法杀了他，所以我想杀了他最自豪的女儿，可我忘了一点，言斐文从来就不喜欢别人碰他的东西，他活着的时候没有杀了木九，那么在他死后，他便不会让任何人动他的女儿。

而我没想到的还有，我最终竟然犯下了和他一样的错，当年他被抓，就是因为木九和言律，因为他自己的女儿和儿子，而我，更加可笑，因为一个女人，一个双目失明的女人。

那个人找到了我，在我面前放了一把刀和一张照片，照片上的女人双眼无神，手里捧着一束鲜花，永远带着那抹微笑，而她对面的我竟然笑着，脸上的疤痕显得如此丑陋。

应该杀了她的，早知道，就应该杀了她的。

"祁先生，您的花。"

"谢谢。"

2

木九怀孕七个月后，彻底被秦渊禁止出外勤，没有任何可以讨价还价的可能性，于是原本在办公室看家的除了石元斐和唐逸，又多了一个人——木九。

虽然此时办公室开着空调，在空调下面吹着暖风的石元斐却依旧觉得有一股冷意，从木九的周围飘散过来……

所以为了让木九能更为清晰地看到凶案现场，石元斐在一副眼镜上安装了微型摄像头，让特案队的队员带到了现场，当然，佩戴这副眼镜的人就是赵强，于是，这之后……

赵强："木九妹子，这是尸体。"

木九："嗯，我看得出。"

木九："强哥，离尸体近一点。"

赵强（吞口水）："够近了吗？"

木九："再近一点，还有，强哥，你人不要抖。"

蓝筱雅（大叫）："赵强，脚不要抖！不然你要是直接摔尸体上，我还得把你一起带回法医室！"

木九："强哥，稍微往后退一点。"

赵强照做，后退了两步。

木九："嗯，可以了。"

石元斐："赵强，你往右边走两步。"

赵强："左边？哦。"

石元斐："再往左边走两步。"

赵强："石元斐！你烦不烦！那我不是又回到原地了吗？你这耍我玩呢！"

石元斐："当然不是，我只是看看你是不是左右不分。"

赵强："结果呢？"

石元斐："你果然左右不分。"

赵强："……"

又过了两个多月，木九顺利生下一个男孩，取名为秦洛，木九看到自己的儿子之后很满意，因为她发现他比言律刚生下来的时候要好看。

言律从秦渊手里接过小宝宝，身体就这么僵住了，一副生怕把他摔下去的紧张模样，偏偏还硬是要露出一脸的嫌弃："长得像猴子一样。"

木九听到后面无表情地开口："你刚生下来的时候更难看。"

言律一脸不相信地道："怎么可能？！"

木九："你看到过？"

言律："当然……没有。"

木九："可我看到过。"

木九和言律的妈妈一把接过孩子抱在怀里，轻笑道："我也看到过，确实比你好看。"

言律："……"